Das Meer ist ein Schatz,
von dem keiner weiss,
was er enthält:
Perlen und Korallengold
oder Bestien und Stürme.
(Aus den Sprüchen Scamanders)

Jonas Torsten Krüger

Die Wassermagier von Alua

UEBERREUTER

ISBN 3-8000-5077-3

Umschlagillustration von Silvia Christoph
Umschlaggestaltung von Werkstatt · München / Weiss · Zembsch

Druck: Ueberreuter Print
1 3 5 7 6 4 2

Ueberreuter im Internet: www.ueberreuter.at

Wieder für Ira –
so viele Küsse wie das Meer Wellen hat …
Und noch einmal in Gedanken an meine Eltern,
die das Wasser liebten.

Erste Welle:

Von der Dunkelheit …

»Gib deinem Sohne Glück und wirf ihn ins Meer.«
»Jeder Regentropfen wird zum Meer,
wenn er ins Meer kommt.«
»Wer beten lernen möchte, der gehe aufs Meer.«
»Niemand würde über das Meer fahren,
ohne die Hoffnung, davon zu erzählen.«
»Was ein Steinwurf trübt, ist kein Meer,
sondern ein Sumpf.«
»Das Meer schwillt an von unseren Tränen.«
»Niemand führt die Sonne aus dem Meer heraus,
niemand erzwingt ihren Untergang.«

(Aus dem Großen Muschelbuch von Alua)

Das Atoll der Tausend

Berryl tanzte mit dem Meer. Durch das Holz spürte er jede Berührung der Wellen. Er lauschte ihrem Flüstern an der Bootswand, nahm die Strömung wahr, die den Einbaum zum Schwingen brachte, und drehte sich auf die Seite, wenn tief unter ihm ein riesiger Schwarm Nervenfische plötzlich die Richtung änderte. Ruhig lag Berryl im Boot, presste seinen Rücken an das Holz – und tanzte.

Warum konnte es nicht immer so sein? Leicht und einfach. Er blinzelte zur Sonne hinauf und hob eine Hand vors Gesicht. Spreizte seine Finger, musterte die Schwimmhäute. Im grellen Gegenlicht konnte er jede Ader erkennen, jede winzige Schuppe. Alles sieht so richtig aus, dachte er. So normal. Aber er war weder das eine noch das andere. Er war eine Missgeburt, er …

Berryl hustete und schreckte hoch. Keuchend rang er nach Luft und hustete wieder. Konnte das sein? War so viel Zeit vergangen, so viel Zeit verträumt? Noch einmal zog sich sein Körper zusammen, rasselte sein Atem so klirrend wie eine Muschelkette. Außerdem – bei Scamander, dem Meeresgott, wo blieb denn …

»Fim?«, rief er in den Einbaum hinein, als könnte sich in dem winzigen Boot jemand versteckt haben. »Fim!!« Diesmal brüllte er schon. Ein neues Husten folgte. Berryl beugte sich über den Bootsrand und starrte ins Wasser. Scamander noch mal! Wie lange war Fim wohl schon unten, während er im Boot vor sich hin geträumt hatte? Zehn mal dreißig Atemzüge oder noch länger? Auf jeden Fall viel zu lange.

Berryl blickte zum Horizont, wo im Abenddunst das Atoll der Tausend aufschimmerte, sein Zuhause. Sogar von hier aus konnte er die Palmen erkennen und die gebeugten Riesenfarne, die an den Stränden in den blauen Himmel wuchsen wie Zäune. Das Atoll der tausend Inseln. Ein Zuhause, das keines war.

Schmerzhaft zog sich sein Hals zusammen; er hustete noch stärker und glitt aus dem Boot, geschmeidig wie ein laurianischer Meeraal. Schluckte das Wasser, salzig wie Tränen.

Berryl tauchte. Sofort hob sich das Gewicht von seiner Brust, die Hautfalten an seinem Hals öffneten sich. Noch einmal das Gefühl, zu ersticken, ein Aufbäumen, ein Augenblick der Angst – dann war der Übergang vollzogen. Jetzt war das Salzwasser nicht nur auf seiner Zunge, sondern im Hals, im Bauch, war überall. Er atmete es.

Berryl atmete Wasser und stieß sich schnell nach unten. Fim! Wo steckte der Kerl bloß! Bei Uma, Schöpferin der Wellen – hoffentlich fand er ihn. Und hoffentlich schnell. Keiner aus dem Stamm der Lichtatmer konnte so lange unten bleiben. Außer Berryl natürlich. Hat auch seine Vorteile, dachte er hämisch, eine Missgeburt zu sein.

Er tauchte weiter hinab. Hier, in der Nähe der Atollinseln, war das Wasser noch nicht tief – zehn, zwanzig Schwimmzüge vielleicht –, aber schon gefährlich genug. Vielleicht hatte ein Brüller Fim geschnappt. Oder

der Trottel hatte sich in den Ästen einer Greifkoralle verfangen. Egal – Berryl musste ihn finden. Heute Morgen hatte man Fim und ihn losgeschickt um Graurollen zu sammeln, sehr schmackhafte gurkenähnliche Tiere, von denen schon etliche im Netz hinter dem Boot zappelten. Fim wollte nur noch ein allerletztes Mal tauchen und Berryl hatte sich überreden lassen im Boot zu bleiben. Es war Gesetz bei den Lichtatmern, dass man nur zu zweit tauchte, aber es hielt sich kaum jemand daran. Berryl hatte Fim zugenickt, hatte angefangen zu träumen, hatte mit dem Meer getanzt und die Zeit vergessen.

Tiefer.

Ein Schwarm Nervenfische stob auseinander, als Berryl hindurchschwamm. Eine Glockenqualle kümmerte sich dagegen überhaupt nicht um ihn, sondern pumpte gefühllos ihren Körper aus nichts weiter vorwärts. Wie jedes Mal, wenn er tauchte, glaubte Berryl zu wachsen: Sein Körper schien sich zu strecken, seine Hände wölbten sich und gewannen mehr Kraft, seine Augen wurden schärfer. Jetzt hatte er den steinigen Grund erreicht. Schwebte knapp über einem Felsen, der mit Glutschwämmen bewachsen war und im schwachen Licht leuchtete wie ein Sonnenuntergang.

Wo steckte Fim?

Ob er schon ertrunken war? Furcht kroch ihm wie eine zweite Haut über den Körper. Bei Uma, der Mutterwelle – bloß nicht. Der Trottel Fim war ihm egal, aber sie würden ihm wieder die Schuld geben. Immer war er schuld. Berryl, die Missgeburt. Berryl, das Findelkind.

Wo steckte bloß ... o Uma!

Erschrocken drückte sich Berryl enger an die Glutschwämme. Eine kalte Strömung zerrte an ihm und er hielt sich fest. Die Stille der Unterwasserwelt machte ihm auf einmal Angst, laut war nur sein eigenes Herz. Denn, beim heiligen Scamander – das konnte nicht wahr sein: Peitschenigel. Hier!

Dicht an den Fels gepresst, schwankend im Wasser, als wäre er ein Stück Tang, spähte Berryl durch die Schwämme. Er hatte Fim gefunden, der seltsam starr wie eine Puppe im Wasser schwebte und von dessen Lippen kleine Luftblasen perlten. Den schlaffen Körper umringten drei Peitschenigel, doppelt so groß wie der Felsen, hinter dem Berryl sich versteckte. Mit normalen Seeigeln machten schon die kleinsten der Lichtatmer Bekanntschaft, wenn sie am Rand der Atolle durch das Wasser streiften und auf eines der stacheligen Tiere traten. Aber Peitschenigel kannte Berryl nur aus alten Legenden. Angeblich lebten sie im Eiswasser des Nordens und waren nie auch nur in die Nähe des Atolls der tausend Inseln gekommen. Peitschenigel lähmten ihr Opfer mit einem starken Gift, hatten Stachel so dick wie Berryls Arme und schickten sich offenbar gerade an, Fims reglosen Körper damit zu durchbohren.

Sie waren bösartig und unbesiegbar.

Berryl schloss die Augen – er konnte nicht länger hinsehen. Aber diese Tiere waren noch etwas: langsam. Ja … wenn er den Giftpeitschen ausweichen konnte, würde er es vielleicht schaffen.

Berryl beobachtete, wie die Tiere auf den gelähmten Fim zukrochen, dann holte er noch einmal tief Wasser durch seine Halsfalten und preschte los.

Er schwamm nach oben, bewegte sich danach vorwärts, bis er genau über Fim schwebte, dem die Peitschenigel immer näher kamen. Dann stürzte er sich senkrecht nach unten, schnell wie ein Barrakuda, und war auf einmal mitten unter ihnen. Bei Uma, wie riesig diese Viecher waren! Er packte Fim an den Schultern und riss ihn hoch, leicht war der vom Auftrieb im Wasser, Berryl zerrte, er konnte es schaffen.

Zischhhhh! Hier unten waren alle Geräusche leise, wie gedämpft. Trotzdem hörte er die heransausenden Giftpeitschen und zuckte zur Seite. Nur eine Handbreit neben seinem Gesicht fetzten die schwarzen Tentakel vorbei – so nah, dass Berryl die kleinen Zähnchen daran aufblitzen sah, in denen das lähmende Sekret lauerte. Immer noch hielt er Fim unter den Achseln und starrte auf die heranrückenden Igelmonster. Ihre Stacheln zuckten leicht, schienen nach ihm zu wittern und zwischen ihnen streckten sich die schwarzen Giftpeitschen wie gierige Schlangen. Berryl strampelte und zog und schwamm. Langsam gewann er an Höhe.

Zischhhh, zischhh! Auch diesmal verfehlten ihn die Peitschen nur knapp – er hatte Glück. Über sich erkannte er schon den Rumpf ihres Bootes, das gelangweilt auf der Meeresoberfläche schaukelte.

Zischhhh. Aber nur noch ganz leise. Weit genug weg. Seeigel konnten nicht schwimmen: Sie krochen auf dem Meeresboden entlang wie bösartige messerbestachelte Schnecken.

Sie waren entkommen.

»Fim! Fim, wach auf!«

So wie der im Boot lag, immer noch steif, die Haut grün, die Lippen violett, sah es nicht so aus, als würde er überhaupt noch einmal aufwachen. Verflucht! Nur mit letzter Kraft hatte Berryl es bis zum Einbaum geschafft und irgendwie auch Fim hineingezerrt. Aber das Gift der Peitschenigel hatte den Jungen schwer erwischt.

»Fim, bitte!«

Aber der blieb stur. Antwortete nicht. Bei Uma – atmete er überhaupt noch? Berryl drehte ihn auf die Seite, öffnete ihm nach einigem Zögern die Lippen und massierte den Bauch. Klopfte ein paarmal heftig auf Fims Rücken, bis ein Schwall Meerwasser aus dem Mund des Vergifteten spritzte. Berryl drückte sein Ohr auf Fims Brust und lauschte. Da klopfte was! Aber war das Fims oder sein eigenes Herz, das so stark hämmerte wie Hagelkörner auf einem Palmendach?

Berryl wusste nicht, was er tun sollte. Und packte die Ruder. Sie waren nicht sehr weit vom Atoll der Tausend entfernt und näherten sich rasch den Inseln. Gehetzt, als wären hundert Peitschenigel hinter ihm her, drückte Berryl das Boot vorwärts und beobachtete dabei grimmig, wie Fims Hautfarbe von einem giftigen, aber immer noch lebendigen Grün zu einem fahlem Grau wechselte. Einem kalten, einem toten Grau.

Schon bevor man ihn hören konnte, brüllte Berryl los. »He-hoo! Eleni, holt Eleni! He-hoo!! Holt Eleni!«

Endlich wurden die Lichtatmer auf das kleine Boot aufmerksam und Schreie wurden laut. »He-hoo!«, rief es bald von überall, wurde über die tausend Inseln geworfen wie ein Ball aus Klang. »He-hooo! Eleni, holt Eleni!« Kein Mensch wusste, ob das Atoll wirklich aus tausend Inseln und Inselchen bestand – niemand hatte sie gezählt –, aber dennoch funktionierte das Gewirr von Buchten, Sandbänken und durch unzählige Brücken verbundenen Inseln allein durch die weitergegebenen Rufe der Bewohner.

Und es funktionierte gut. Denn als Berryl den Rand des Atolls erreichte, geschoben von helfenden Lichtatmern, die ihm entgegengeschwommen waren, wartete dort schon Eleni auf sie, die Heilerin.

Sie beugte sich über Fim. Betastete den Körper und strich vorsichtig über die rote Strieme am Arm, die der Gifttentakel hinterlassen hatte. Ihre Augen weiteten sich, sie blickte zu Berryl. Fragend und wissend zugleich.

»Peitschenigel«, bestätigte er leise. Die Umstehenden keuchten erschrocken, aber Eleni nickte.

»Rasch!«, sagte sie. »Bringt ihn zu meiner Hütte. Beeilt euch.«

Als sich Berryl ihnen anschließen wollte, schüttelte Eleni den Kopf. »Nein, du nicht, Findelkind. Du hast schon genug Unheil angerichtet.«

»Aber …«

»Sei still!«

Berryl spreizte die Hände, bis die Schwimmhäute zwischen seinen Fingern schmerzten. Bald war er allein mit den tausend Inseln des Atolls, allein mit den glitzernden Wellen und seinen Gedanken, die genauso hin- und herschwappten: zwischen Angst und Wut.

Warum passierte so etwas immer ihm? Noch nie waren Peitschenigel im Atoll aufgetaucht, aber prompt krochen sie auf Fim und ihn los. Hatte er nicht schon genug Ärger, weil er ein Findelkind war und eine Missgeburt dazu, ein groteskes Mischwesen aus Licht- und Wasseratmer? Keiner wusste etwas über seine Vergangenheit, aber alle ließen ihn spüren: Du gehörst nicht zu uns, bist kein Lichtatmer wie wir. Du wirst bloß geduldet.

Missmutig stapfte er am Strand entlang, suchte dabei wie jeder Meeresbewohner automatisch den Boden ab, immer auf der Jagd nach Goldsteinen, Muscheln oder Perlmuttkrümeln. Aber heute sah Berryl nichts. Er schlurfte weiter, überquerte Brücken und Inseln ohne mehr wahrzunehmen als den Gedankenstrudel in seinem Kopf. Er würde es ihnen zeigen. Allen. Dieser arroganten Eleni, dem Trottel Fim, dem ganzen Stamm der Lichtatmer. Er würde sie noch alle überraschen.

Berryl blieb stehen. Unbemerkt hatten seine Füße ihn auf die Tempelinsel getragen – jetzt stand er vor der großen muschelbestückten Pforte und trat ein. Seine schwatzenden Gedanken wurden leiser. Hier im Tempel fand sogar er Ruhe, das Findelkind. Alle anderen Gebäude des Atolls waren nicht mehr als einfache Hütten aus Palmenholz. Diesen Saal aber hatte man aus mächtigen Korallenblöcken aufgeschichtet, geschmückt mit Fischhäuten und kunstvollen Walbeinskulpturen. Es war dunkel, aber nicht düster, in den Ecken verbrannten Trankerzen ihr warmes gelbes Licht und in der Mitte des großen Raumes sprudelte die Quelle. Zwar waren auch die Lichtatmer ursprünglich Geschöpfe des Meeres, aber sie lebten an Land. Anders als das Tiefe Volk konnten sie nur mit Licht und Luft leben und – mit süßem Wasser. Dies hier war ihr Tempel: die Quelle des Atolls der Tausend.

Nur das durchsichtige Wasser plätscherte, manchmal knackte eine der Kerzen und der Abendwind kratzte an den Korallenwänden – sonst war nichts zu hören. Lange starrte Berryl in die Quelle, die von zwei großen Schalen einer Mördermuschel eingefasst wurde. Zwischen den Schalen, das wusste er, hatte früher einmal die Große Perle der Wellen gelegen. Größer als drei Männerköpfe sei sie gewesen, erzählten die Alten; sie habe sich unter dem Sprudeln des Quellwassers sanft gedreht und im Licht der Kerzen geleuchtet wie die Sonne am Himmel.

Berryl seufzte. Seit Generationen war die Perle der Wellen verschwunden. Viele waren aufgebrochen sie zu suchen – keiner hatte Erfolg gehabt und mancher war nicht zurückgekehrt. Auch der Thron der Quelle stand verwaist am Ende des Tempelsaals. Ihn würde nur der besteigen, der die Sonne des Atolls, die Perle, fand. Berryl ging näher heran. Prüfte das Möbelstück, das aus filigranen Korallenästen gefügt war, und überlegte, wie es sich wohl anfühlen würde, auf ihm zu sitzen, nein, zu thronen. Berryl schaute sich um, stocherte mit seinen Augen in der Dunkelheit wie mit zwei Messern: Niemand da. Aber den Thron zu berühren galt als Sakrileg und Berryl hatte für heute wahrlich schon genug Ärger an den Schuppen. Wie es Fim wohl ging? Ob Eleni ihn heilen konnte?

Ach verflucht.

Seine Ruhe war wieder weg, verdunstet wie das Wasser eines sonnenbeschienenen Spritztümpels. Nervös lief er im Tempel umher, bis er schließlich vor der Tafel Halt machte. Die Tafel des Sehers. Eine alte Geschichte – so alt wie die verschwundene Perle der Wellen. Berryl las, obwohl er die Worte des Sehers auswendig wusste. Sie waren für viele seiner dunklen Nächte die Sterne gewesen:

Einer, der eins und doppelt ist,
Einer, der aus dem Nichts gekommen,
Einer, der alle Sprachen spricht,
Einer, der durch das Gold geschwommen,

Der wird die Wellenperle finden,
Der wird Umas Segen empfangen,
Wird das Gute aus dem Bösen winden
Und auf den Thron der Tausend gelangen.

Ja. Berryl atmete tief durch, wobei seine Halsfalten warnend zuckten. Bald musste er wieder ins Wasser, um seinen Körper auf die dunkle Weise atmen zu lassen. Wie er dieses Hin und Her hasste. Weder im Licht noch im Wasser konnte Berryl lange überleben: Zwar tauchte er tiefer und länger als jeder vom Stamm der tausend Inseln, aber er konnte nicht für immer unten bleiben wie das Tiefe Volk. Irgendwann versagte sein missgebildeter Körper und er musste an Land. Doch auch dort war er nicht wirklich zu Hause: Nach einer gewissen Zeit im Licht begann er unweigerlich zu husten und zu keuchen. Dann musste er wieder ein Stück vom Meer in sich einatmen.

Ich bin verdammt, dachte Berryl. Ich lebe zwischen Leben und Tod. Ersticke manchmal am Licht, manchmal am Wasser.

Einmal mehr seufzte er, blinzelte die Tafel des Sehers an und quetschte sich Trost aus der alten Prophezeiung heraus. *Einer, der eins und doppelt ist* – auf wen würde das besser zutreffen als auf ihn? Und aus dem Nichts einer unbekannten Herkunft kam er auch. Aber konnte das wirklich sein? Er, eine Missgeburt, ein vor Jahren am

Strand aufgelesenes Findelkind? Sollte er wirklich irgendwann die Große Perle der Wellen finden, zurückbringen und auf diesen Thron steigen? Das war ja lachhaft. Und doch …

»Ah, willst König werden, qua, König der Lacht…, Lucht…, Lichtatmer, was?«

Berryl fuhr erschrocken herum. Hinter ihm stand der alte Qua mit wirrem grauem Haar und in eine abgeschabte Seehundtunika gehüllt. Gebeugt, als trüge er einen Korallenblock auf den Schultern, grinste er von unten zu Berryl hinauf.

»Qua, Tafel der Seher, glaubst, du bist es, was? Ein Narr bist du.«

»Du bist der Narr!«, gab Berryl zurück.

»Qua, ich? Hast Recht, junger König.« Der Alte kicherte, bis ihm Speichel von den Lippen tropfte. Auch Berryl lächelte, aber traurig. Wenn es einem auf dem Atoll der Tausend noch schlechter ging als ihm selbst, dann war es der alte Qua. Nur geduldet wie Berryl lebte der Greis hier, wurde aber noch dazu verlacht und verspottet. Schon die Kleinsten äfften das ängstliche »Qua, qua« nach, das der Alte ohne Unterlass aus seinen runzligen Lippen fallen ließ. Vor Jahrzehnten war er auf dem Atoll aufgetaucht, verwirrt und halb verdurstet, verletzt an Körper und Geist. Nicht einmal den eigenen Namen hatte er mehr gewusst, ein Verrückter, der über viele Sommer nur vor sich hin stammelte: »Qua, die Qua…, sie kommen, kommen, töten, qua.«

Plötzlich hörte der Alte auf zu lachen und legte Berryl eine Hand auf die Schulter. Blickte gehetzt um sich, drückte seinen Körper gerade und brachte sein Gesicht ganz nahe heran. »Musst mutig sein!«, brüllte er los. »Mutig! Mutig sein, haha, quaqua.« Berryl zuckte zurück. Die Augen des Alten spritzten ihr wahnsinniges Funkeln wie Meeresgischt in sein Gesicht. »Nicht die Perle, nein, König, qua, nicht die Perle musst du suchen. Qua fragt: Was ist tiefer – das Meer oder dein Herz?«

Berryl lächelte unsicher. Eine Missgeburt und ein Verrückter, dachte er. Vielleicht sollten wir Freundschaft schließen.

Qua ließ ihn los, warf seinen faltigen Kopf herum und starrte auf die Große Quelle. Flüsterte jetzt nur noch vor sich hin.

»Was sagst du, Qua?«, fragte Berryl.

»Was sagt Qua? Qua ist ganz leise. Gaaaaaanz leise.«

»Aber was …«

Der Alte schaute sich noch einmal um; sein Körper fiel wieder in sich zusammen, schien zu schrumpfen. Dann ging er zum Eingangstor des Tempels, hielt auf der Schwelle inne und winkte Berryl zu.

»Alua stirbt«, sagte der Verrückte. Deutlich und klar.

Berryl blieb allein zurück und drehte sich wieder zur Tafel des Sehers. Qua kommt auch aus dem Nichts, dachte er. Und ist mindestens doppelt. Vielleicht ist er ja der neue König. Dann grinste er. Nein, Quas zuckenden Körper auf dem Quellthron konnte er sich nicht vorstellen. Dort würde nur jemand sitzen, der groß und jung und mutig war. Jemand wie Berryl … Ein Husten schüttelte ihn und sein Hals schmerzte. Er musste wieder ins Wasser. Musste vom Meer atmen.

Fim überlebte das Gift der Peitschenigel. Er erholte sich sogar ziemlich schnell, durfte bald wieder aufstehen und ging Berryl aus dem Weg. Der konnte es ihm nicht verübeln – schließlich hatte Berryl ihn allein tauchen lassen. Und das galt im Atoll der Tausend als kein kleiner Frevel. Also kapselte sich Berryl noch mehr ab als sonst. Dieser Stamm der Lichtatmer war klein, und mochten es nicht tausend Inseln sein, so waren es doch mehr als genug. Auf eine zog er sich zurück, holte sich seine Nahrung aus dem Meer und sein Wasser frühmorgens aus dem Tempel, wenn kaum jemand unterwegs war. Die meiste Zeit aber saß er einfach so wie jetzt am Strand, krallte seine Zehen in winzige Korallenstücke, Muscheln und Sandkörner. Dachte über die Tafel des Sehers nach. *Einer, der eins und doppelt ist, einer, der aus dem Nichts kommt, einer, der alle Sprachen spricht* ... Nun, alle vielleicht nicht, aber schon immer hatte er sich gerne in der Palmblattbibliothek des Atolls vergraben oder den seltenen Besuchern anderer Stämme ihr Denken und Sprechen abgelauscht. Wenn man alleine war, suchte man sich seine Freunde auf dem Palmblatt zusammen. Oder in der Fremde.

Bei Scamander, dachte Berryl und schaute auf die Wellen. Gleich musste der Vollmond aufgehen, dann trafen sich alle Bewohner. Alle vom Atoll der tausend Inseln würden sich im Quellentempel einfinden und erzählen, berichten und – richten. Auch Berryl musste hin, hatte aber kein gutes Gefühl dabei: Das roch so stark nach Schwierigkeiten wie das Meer nach Tang, wenn es geregnet hatte. Berryl fuhr mit den Händen durch den Sand, formte kleine Hügel und wollte wieder ein Kind sein, das Burgen baut.

Das Signal eines Tritonshorns schlug ihn dröhnend aus seinen Grübeleien heraus. Irgendjemand blies in die große Schneckenschale mit voller Kraft; der dumpfe Ton schallte wie ein Rufen über die Inseln. »He-hooo!« auch hier. War es denn schon so weit?

Ja, die Mondscheibe stieg aus dem Meer, wachte auf und schien ihre Müdigkeit nur langsam abzuschütteln. Noch im Rot der Geburt kroch der Mond in den Himmel – wenn er das Wasser ganz losgelassen hatte, mussten alle im Tempel versammelt sein. Berryl stand auf und starrte zu dem leuchtenden Kreis, der sich wie ein Buckelwal aus den Wellen empormühte. Rot. Rot wie Blut.

»Unter diesem Mond müssen wir Gericht halten«, begann Eleni, die Heilerin. Zusammen mit dem Rest des alten Rates kauerte sie vor dem Quellthron auf dem Boden. »Ein schweres Gericht, denn das Vergehen war schwer.«

Ein Murmeln schwappte durch das Volk der Atollbewohner, wogend wie eine Wasserflut. Was meinte die Heilerin?

»Einer unter uns hat den, mit dem er tauchte, allein gelassen in der Tiefe. Ich klage Berryl an. Komm her, Findelkind.«

Das Murmeln wurde lauter.

Qua, der verrückte Alte, meldete sich aus der Menge und quietschte: »Qua sagt: Taucht nur allein – in einer Schale Wein. He!«

Aber niemand lachte. Zu ernst war Elenis Vorwurf. Mit wackelnden Knien stand Berryl auf und tapste nach vorne.

»Hast du Fim alleine tauchen lassen?«, fragte sie.

»Ja, aber das machen doch …«

»Still.«

Berryl schluckte.

Die Heilerin wandte sich an die Versammelten. »Er bestätigt seine Schuld. Will jemand für ihn sprechen?«

Die Welle aus Gemurmel brandete wieder auf, aber kein klarer Wortspritzer drang heraus. Bis auf einen: »Nicht er, nicht bestrafen, qua, ist doch der König, der neue, qua. König sein ist schwierig, gaaaaanz schwierig ... Und kann so schöne Sandburgen bauen, qua.«

»Sei ruhig, alter Mann.« Traurig blickte Eleni zu dem Greis, dem sie nicht zu helfen vermochte. »Noch jemand?«

Niemand, dann zögernd und leise: »Aber er hat mir das Leben gerettet.«

Noch einmal murmelte das Menschenwasser im Tempel. Berryl glotzte Fim an, als sähe er ihn zum ersten Mal. Musterte das helle, dünne Haar, den fast halslosen Rücken, die schmale Gestalt. Fim sprach für ihn, für das missgestaltete Findelkind! Und staunend hörte er zu.

»Wenn Berryl nicht gewesen wäre – und ihr natürlich, Heilerin Eleni –, dann hätten mich die Peitschenigel getötet.«

»Aber das ist doch Unfug, Fim!«, keifte eine neue Stimme. Sie gehörte Restella, Fims Schwester. »Hätte er dich beim Tauchen nicht alleine gelassen, wäre das alles nicht passiert!«

»Aber wieso nicht, Stella?« Fim schien ehrlich verwirrt. »Die Igel waren doch auf jeden Fall dort unten und ...«

»Er ... er hätte diese Biester bestimmt bemerkt«, zischte Restella ihren Bruder an. »Er sieht besser als wir. Spürt mehr. Er ist schuld, dass du fast gestorben wärst!«

»Aber, Schwester ...«

»Außerdem will es unser Gesetz. Unser Gesetz und

das Umas. An das muss sich sogar diese – diese Missgeburt halten!«

Die Lichtatmer seufzten auf. Alle Bewohner des Atolls starrten erst Stella an, dann den Rat der Alten und schließlich Eleni, die für diesen Mond die Sprecherin war. Auch Berryl starrte; es kam ihm so vor, als wäre er gar nicht hier. Er musste träumen. Lag irgendwo im Einbaum, schaukelte auf den Wellen und träumte von der Tafel des Sehers. Ein Augenblinzeln lang war es so still im Tempel, dass man das leise Plätschern der Quelle hören konnte.

»Genug, Restella.« Elenis Gesicht wirkte mit einem Mal so weiß und alt wie eine von der Sonne ausgebleichte Koralle. Verwittert und müde. Aber die Heilerin schüttelte sich und richtete ihren Körper auf.

»Sie hat Recht.« Eleni schien jeden einzelnen der Lichtatmer anzusehen. »Das Gesetz gilt auch für ihn. Er wird gerichtet.«

Noch einmal wagte Fim einen Einwurf. »Aber Eleni, es hält sich doch fast niemand an diese Regel ...«

»Gesetz!«, donnerte die Heilerin.

»Na, an dieses Gesetz eben. Es kommt doch oft genug vor, dass einer alleine taucht. Das ... das ist halt so, oder?« Hilfe suchend wandte er sich an seine Nachbarn. Manche nickten.

»Wenn das stimmt«, und Elenis Stimme klang laut und endgültig, »muss sich das ändern – Umas Gesetz ist keine Schwimmregel für ungezogene Kinder. Hört mir zu, Lichtatmer vom Stamm des Atolls der tausend Inseln. Ich habe Angst. Die Monde sind seltsam in den letzten Jahren. Die Winde verändern sich. Das Fest der Tangernte wird dieses Jahr karg ausfallen und keiner ahnt auch nur warum. Schon vor Generationen verschwand die Große Perle der Quelle und … und … seit einiger Zeit verliert das Tempelwasser an Süße.«

Wieder reagierte die Menge wie ein einziges Wesen und zuckte zusammen. Und auch Berryl schreckte auf. Was erzählte Eleni da? Das Quellwasser veränderte sich?

»Ja.« Ihre Stimme wurde jetzt leise und eindringlich. »Zur Süße der Quelle mischt sich das Salz. Ihr wisst, was das bedeutet: Verlieren wir die Quelle, verlieren wir das Atoll. Verlieren wir unser Zuhause.«

Einzelne Rufe wurden laut, ängstliche Fragen und wütende Vorwürfe. »Wie lange schon?« – »Was können wir tun?« – »Wer ist schuld?«

Eleni hob die Hände. »Beruhigt euch. Noch ist nichts passiert. Die Quelle ist genießbar und rein, noch schmeckt man das Salz nicht. Es geht langsam, seid ruhig. Aber wir vom Rat sorgen uns sehr. Und wir glauben, dass Uma zornig ist und uns strafen will. Zu lange schon haben wir ihre Gesetze geschoben wie den Sand am Ufer. Wir müssen strenger werden. Mit uns. Und mit ihm.«

Langsam streckte sie ihren knochigen Arm und deutete auf Berryl. Der zitterte jetzt nicht nur in den Knien. Schwierigkeiten hatte er ja gerochen, aber das hier, das war schlimm.

»Bindet ihn«, befahl Eleni. Sie blickte Berryl an, ihre Lippen schwiegen, doch ihre Augen redeten. Berryl las Zorn darin und Hilflosigkeit und etwas, das eine Entschuldigung sein mochte.

»Qua, doch nicht den jungen König! Er muss die Perle trinken, die Perle, den Wein trinken, nein, das Wasser, qua.«

Niemand achtete auf den alten Narren. Alle warteten nur auf Eleni, die ihre Augen jetzt schloss.

»Das Urteil des Rates steht fest«, sagte sie leise und wollte nicht sehen, was in den Gesichtern gleich wachsen würde. »Das Urteil lautet: Tod.«

»Wie geht es ihr?«, fragte Syme, viele hundert Schwimmzüge unter dem Meeresspiegel.

»Schlecht. Sie wird den nächsten Strömungswechsel nicht überleben.«

Das Tiefe Volk konnte nicht weinen, Tränen existierten nicht im Meer. Aber Syme schluchzte. Sie streichelte die Wangen ihrer Großmutter, wischte sanft die weiße Kruste fort, die sich um ihre faltigen Lippen gebildet hatte.

»Warum? WARUM?«

Ihr Vater schwebte neben ihr im Wasser. Wie Syme starrte er auf die kranke Frau hinab. Seine Mutter lag im Sterben.

»Das Salz, Syme. Das Salz.«

»Aber wieso? Wir atmen es doch auch!«

»Deine Großmutter ist alt. Alt und schwach.«

»Nein!«

»Doch, Syme. Ihr Körper schafft es nicht mehr. Das weiße Gift ist zu stark.«

»Aber es ist doch nur Salz, Vater.«

»Nur Salz, ja. Der Weiße Tod erreicht jetzt auch sie.« Wie Syme eben wischte er die Salzkristalle von den Lippen seiner Mutter, die immer dichter um Nase, Mund und Halsfalten wucherten. Sie würde ersticken. »Nur Salz, Tochter ...«

Reglion wandte sich ab. Er hielt es nicht länger aus

hier im Perlmuttpalast, wo er König war und nun ein anderer herrschte: der Weiße Tod. Noch einmal blickte er zu seiner verängstigten Tochter und zu seiner Mutter. Dann verließ er das Zimmer, schwamm durch die Gänge und durchquerte den ganzen Palast. Von seiner Pracht sah er kaum etwas. Er flüchtete hinaus, schwamm immer weiter, bis er ganz Kryla verlassen hatte: Er musste allein sein. Reglion schwamm, bis die Lichter seiner Stadt weit hinter ihm funkelten. Die Dunkelheit der Tiefsee und ihre Stille hüllten ihn ein, deckten ihn zu wie ein Mantel aus frischem Wasser.

Hier, Hunderte von Schwimmzügen unter der Wasseroberfläche, lebte das Tiefe Volk, das manche auch Dunkles Volk nannten. Hier wuchsen keine farbigen Korallen mehr, keine glühenden Schwämme, keine feurigen Anemonen. Keine bunten Fische leuchteten. Kein Sonnenlicht drang hinunter. Das Tiefe Volk liebte die Dunkelheit und die vollendete Nacht. Liebte das uralte Atmen des Meeres, wenn es zweimal am Tag seine Strömung wechselte.

Reglion schwamm und spürte das kalte Wasser in seinem Körper. Den Druck auf seinen Schuppen. Er erreichte einen Berg, eine Felsspitze tief im Meer, und sank auf sie hinab. Weit hinter ihm schimmerte das dämmrige Licht von Kryla, seiner Stadt und seinem Volk. Neben ihm lag die Stille. Leises Kratzen eines Muschelkrebses auf Fels. Manchmal eine Gasblase, die sich durch einen Spalt aus dem Gefängnis der Erde zwängte und befreit aufplatzte. Von weit her das traurige Singen eines gebuckelten Wals. Sonst nichts.

Wieder drang eine zischende Gaswolke aus dem Boden. Dies war seit seiner Kindheit Reglions Lieblingsplatz. An diesen Ort hatte er sich schon als junge Kaulquappe zurückgezogen, wenn Morella ihn bei irgendwelchen Streichen erwischt hatte. Aber dies war kein ungefährlicher Ort: Giftige Schwefeldämpfe und Gasblasen suchten sich hier den Weg an die Oberfläche und nur wenige Schwimmzüge unter der Erdkruste kroch Unterwasserlava dahin. Manchmal brach sie durch und ergoss sich glühend und fauchend wie ein Drache, bis das kalte Meerwasser sie abkühlte und zum Erstarren brachte. Mehr als einmal hatte die geschmolzene Glut ihre verbrannten Arme nach ihm ausgestreckt und Reglion war nur mit viel Glück entkommen.

Morella, meine Mutter, wird sterben. Reglion zuckte zusammen, als dieser Gedanke ihn aus seinen Erinnerungen riss wie ein Wecksignal aus dem Schlaf. Sie war nicht das erste Opfer des Weißen Todes – und nicht das letzte. Wenn der Salzgehalt im Meer weiterstieg, würden alle sterben. Nicht nur die Alten und Kinder. Die Tiefen lebten nicht nur im und vom Wasser des Meeres, sie atmeten es auch. Winzige Drüsen zwischen Nase und Mund schieden das Salz wieder aus ihrem Körper, so wie bei manchen Meeresvögeln oben im Licht. Aber seit zu vielen Strömungen stieg die Konzentration des weißen Kristalls. Erst schleichend langsam wie ein vorsichtiger Taschenkrebs, dann immer schneller. Und ihre Drüsen bewältigten die Salzmengen nicht mehr, schafften es nicht mehr, den Stoff wieder auszuscheiden. Das weiße Gift sammelte sich in ihren Körpern, drang in die Organe ein, zerfetzte ihre Adern von innen. Und schließlich verstopften die Salzdrüsen – und der Kranke erstickte.

Reglion stieß sich vom Boden ab und schwebte ein

paar Schwimmzüge nach oben. Ein Laternenfisch glitt an ihm vorbei, mit weit aufgerissenem Messermaul und leuchtend wie ein Stern. Der Herrscher von Kryla legte den Kopf in den Nacken und blickte nach oben. Dort lebten die Mörder. Die tückischen Giftmischer, die verräterischen Lichtatmer. Die Mörder von Morella und bald auch von Syme, von seinem Volk.

»Ich lasse es nicht zu!«, schrie Reglion hinauf. Seine Hautfalten am Hals pumpten; er spürte, wie sich das Salz auch in seinem Körper sammelte und festsaugte wie eine Napfschnecke. »Nicht wir werden sterben«, schrie Reglion, »sondern ihr!«

Morella überlebte nur noch diese eine Strömung. Als das Wasser seine Richtung änderte, bäumte sich ihr Körper noch einmal auf und blieb für immer still.

Syme hatte den ganzen Zyklus bei ihr gewacht. Jetzt drückte sie ihrer Großmutter die Augen zu und kreuzte ihre Arme über der Brust. Ein letztes Mal kratzte sie ihr das Salz von den Lippen.

»Warum?«, flüsterte sie, aber niemand hörte zu.

Schließlich riss sie sich los und verließ das Gemach. Entschlossen schwamm sie zum Großen Saal. Der ganze Palast war mit Perlmutt überzogen, das im sanften Licht des Tiefen Volkes nur schwach, aber in allen Farben schimmerte. Den Großen Saal jedoch schienen die Lichter der Laternen nicht nur zu verdoppeln durch Wände, Decke und Boden aus Perlmutt, sondern der Raum selbst leuchtete: Er flimmerte im Wasser der Tiefsee und die feinen Linien im Perlmutt bildeten Landkarten und Figuren, erzählten Geschichten, die sich immer wieder veränderten. Syme wusste, dass ihr Vater einen

Kriegsrat abhalten wollte. Sie wusste aber nicht, was das bedeutete: Krieg. Seit dem großen Königskrieg kämpfte kein Volk mehr auf Alua gegeneinander. Sogar mit den Lichtatmern hatte man schon so lange Frieden geschlossen, dass sie auf Syme wie fremde Wesen aus Legenden wirkten. Sie hatte noch nie einen Lichtatmer gesehen. Nur wenige Male war sie überhaupt bis zur Wasseroberfläche geschwommen, hatte geblendet von dem Feuer die Augen geschlossen und etwas von diesem Nichts, das kein Wasser war, eingeatmet.

Das war schrecklich, erinnerte sich Syme. Ihr Vater hatte erklärt, dass die Lichtatmer das Feuer ›Sonne‹ nannten und dieses seltsame Nichts ›Luft‹ hieß. Syme schüttelte sich. Wie konnte jemand freiwillig in dieser Hitze und Weiße leben wollen? Die Lichtatmer mussten wirklich seltsam sein …

Heute also würden die Schützer von Kryla über Krieg reden. Natürlich wollte Reglion nicht, dass seine junge Tochter zuhörte, aber Syme kannte sich aus im Perlmuttpalast. Rasch schwamm sie an dem verschlossenen Portal des Großen Saals vorbei, schlängelte sich durch den Nebenraum zur Küche, wo schon filetierte Zackenbarsche für den Rat bereitlagen und Schnupfwein. Sie huschte einen Gang nach oben, überlegte dabei, dass es bei den Lichtatmern etwas geben sollte, was sie ›Treppe‹ nannten, und kicherte. Aber nur kurz. Sie schwamm weiter und dachte an Morella, die ihr so oft von den Lichtatmern erzählt hatte. Und die nun tot war. Syme schüttelte sich, quetschte sich in eine Röhre, so schmal, dass kein Erwachsener hineinpasste, und ließ sich treiben. Nur ab und zu stupste sie sich mit den Händen am Boden vorwärts, bis sie ein Gitter erreichte.

Sie presste sich an die feinen Korallenmaschen und schaute hindurch. Blickte hinunter in den Großen Saal, den die Röhre, in der sie steckte, mit Frischwasser versorgte.

Seltsam, überlegte sie. Noch vor ein paar Tagen wäre ich ganz aufgeregt darüber gewesen, all die hohen Herren zu belauschen. Ein kindischer Streich. Aber in dieser Strömung war Morella gestorben und plötzlich hatte Syme die Schuppen der Kindheit verloren. Es tut weh, dachte sie und beobachtete, wie unten im Großen Saal ihr Vater dem Schützer Brilion lauschte. Dann dankte er ihm und begann zu sprechen.

»Brilion hier hat nichts Gutes zu berichten. Alle Späher melden dasselbe: Der Weiße Tod breitet sich überall aus und sein Messer ist scharf wie die Flosse des Saphirhais.«

Die Schützer Krylas nickten düster. »Was sollen wir tun, Reglion?«

Symes Vater stand auf und packte einen weißen, runden Stab. Er lief spitz zu und war in sich gewunden. Syme hielt das Wasser an – sie kannte diesen Stab, das war das Horn eines Narrwals, Zeichen für den Frieden der Tiefe. Reglion hob ihn hoch, zeigte ihn allen. Dann packte er ihn fester mit beiden Händen, drückte, seine Armmuskeln schwollen an. Das Horn brach. Die Druckwelle war so stark, dass sie jeden im Raum erreichte, sogar Syme hinter ihrem Gitter.

»Wir tragen den Tod zurück zu denen, die ihn uns brachten.« Reglions Halsfalten arbeiteten schwer. »Zu den Lichtatmern!«

Wieder nickten die Schützer. Nur Hanalf, der beste Freund ihres Vaters, hatte Zweifel. »Ist das wirklich klug,

Reglion? Wir wissen ja noch nicht, ob die Lichtatmer schuldig sind.«

Reglion lachte. Es klang so, als würde ein Brüller zuschnappen. Syme drückte sich ängstlich ans Gitter. »Hanalf, mein Freund. Wer sonst sollte ein ganzes Volk vernichten wollen? Schon immer lagen die Lichtatmer und wir Tiefen im Streit.«

»Aber seit vielen Strömungen herrscht Frieden.«

»Frieden! Ein Wort so zerbrechlich wie eine Luftblase hier unten. Sie ist längst zerplatzt.«

»Aber warum sollten sie ...«

»Warum, warum! Licht und Tiefe hassen einander. Sie brauchen kein Wasser zum Atmen, also vergiften sie es. Nur die Lichtatmer können schuld sein, Hanalf! Jedes andere Geschöpf im Meer würde sich selbst töten!«

Reglions Freund schlug mit der linken Hand die Welle – das Zeichen der Zustimmung. »Du hast Recht. Aber vielleicht ...«

»Weg mit diesem ›Vielleicht‹!« Symes Vater hob die zerbrochenen Hornstücke, schwamm ein Stück nach oben und blickte auf die Schützer hinab. »Fort mit diesem Wort. Ich will Rache. Unser Volk will sie, unsere Toten wollen sie. Die Rache des Tiefen Volkes!«

Noch lange diskutierten die Schützer von Kryla – und Syme hörte zu. Wie sollte man gegen die Lichtatmer kämpfen? Die vom Tiefen Volk konnten ohne schwere Wassertanks nicht lange an der Oberfläche überleben und viele waren vom Weißen Tod schon geschwächt. Außerdem lebten die Lichtatmer verstreut und in kleineren Stämmen, nicht in großen Städten wie Kryla. Schließlich fand gerade Hanalf eine Lösung. Er, der gegen den Krieg gewesen war, zeigte den Schützern nun einen schwimmbaren Weg. Und einen schrecklichen. So leise, dass Syme ihn fast nicht verstand, knurrte er ein einziges Wort. Alle starrten ihn an, und auch Syme glaubte einen Augenblick, Hanalf habe den Verstand verloren.

»Krebsmenschen«, sagte er.

Syme schlug die Hände vors Gesicht und bekam plötzlich kein Wasser mehr zum Atmen in der engen Röhre. Schnell robbte sie zurück, schwamm durch die Gänge des Perlmuttpalasts und flüchtete in ihren Raum. Schloss die Tür und ließ sich treiben. Glitt von einer Ecke in die andere und starrte in das fluoreszierende Flackern der Tiefsee. Zum ersten Mal schien ihr die Dunkelheit des Meeres keine Geborgenheit zu geben.

Krebsmenschen. Auch die kannte sie nur aus Morellas Erzählungen. Wenn sie Syme früher erschrecken wollte, drohte sie immer: »Ich schick dich zu den Krebsmenschen!« Und Syme war jedes Mal zusammengezuckt. Grausame Riesen waren sie, Söldner, die ihre Panzer und Scheren an jeden verkauften, der bereit war ihren Preis an Blutkorallen zu bezahlen. Krebsmenschen waren Metzger. Sie waren gute Söldner, denn sie töteten gern.

»Warum?«, fragte sie zum dritten Mal in dieser Strömung.

Großvater

Einer, der eins und doppelt ist – pah! Berryl spuckte aus und zerrte an seinen Fesseln. Aber das war Zagodentang, was ihn da an Händen und Füßen hielt: zäh und elastisch, nur mit einem scharfen Messer oder Knochen zu zerschneiden.

Schöne Träume hast du gehabt, Missgeburt, dachte Berryl. Der große Held, der die Wellenperle findet und als König aller Lichtatmer zurückkehrt. O Uma!

Er starrte wie so oft auf das Wasser hinaus. War das Atoll der Tausend schon nicht sein Zuhause, so war Alua doch auch seine Welt. Irgendwo musste es einen Platz geben, wo auch er hineinpasste, einen Ort, in den er sich kuscheln konnte wie manche Krebse in ihre Muschelheimat. Er hätte diesen Ort gefunden, da war Berryl sich sicher. Aber jetzt …

»Zu spät!«, flüsterte er den Wellen zu, die leise nach seinen Füßen schnappten. »Du redest wohl nicht mit jedem, großes Meer, was?«

Das Wasser antwortete nicht und rollte nur weiter in der Dunkelheit heran; die Schaumkronen der Wellen blitzten in der Dunkelheit wie die klebrigen weißen Fäden der Graurollen.

Wieder war es Nacht. Berryl fröstelte und zog den Umhang aus Seehundfell enger um seine Schultern. Der Mond von Alua stand hoch über den Inseln, schon war er in der Hälfte durchschnitten, aufgeteilt wie eine Palmennuss. Man sagte, dort oben wandere ein Meer aus Silber über den Mond, getrieben von Strömungen, immer im Kreis, leuchtend oder schwarz. Aber auch dieser silberne Mond blieb stumm. Eine Woche war vergangen, seit Eleni das Urteil verkündet hatte.

Die Lichtatmer mussten völlig verrückt geworden sein, überlegte Berryl. Er verstand einfach nicht, wie die Übertretung einer Regel – nun gut, eines Gesetzes – in den Tod führen sollte. In seinen Tod. Wie das wohl war, wenn man starb? Tag um Tag, Nacht um Nacht hockte er jetzt schon auf der kleinsten der tausend Inseln, gefesselt und bewacht. Und wartete. Er wusste, sie würden das Urteil vollstrecken, wenn das Silbermeer auf dem Mond ganz versiegte. Wenn der Mond dunkel war wie die Nacht um ihn herum.

Vom Feuer seines Wächters, der auf der nächsten Insel hockte und Seesternstreifen in die Flammen hielt, kamen Geräusche. Balomus, den alle wegen seines schmalen Kopfes nur Schildkröte nannten, stopfte sich noch schnell ein Stück Seestern in den Mund und stand auf.

»Was willst du?«, hörte Berryl ihn fragen.

»Mit ihm sprechen.« Eine leise Stimme. Jung.

»Geht nicht.«

»Ach, ist das auch eines von Umas Gesetzen?« Berryl kannte diese Stimme.

Balomus grunzte nur. Er hatte das alles satt – seit Generationen hatte es auf dem Atoll der Tausend keinen Gefangenen gegeben, den man bewachen musste.

»Komm schon, Schildkröte, nur ein kurzer Besuch.«

Anscheinend willigte Berryls Wächter ein, denn über die enge Brücke kam eine dünne Gestalt.

»Fim«, stellte Berryl fest, stand aber nicht auf. »Warum kommst du?«

»Ich … ich … es tut mir Leid.«

»Wie großzügig von dir!«

»Berryl, ich will dir helfen.«

»Dann schneide die Fesseln durch.« Er hielt Fim seine gebundenen Hände entgegen. Fim grinste nervös und blickte zu Balomus, der sich wieder über den Seestern hermachte.

»Kann ich doch nicht. Du weißt es.« Fim kauerte sich neben den Gefangenen.

»Umas Gesetz, was?«

Fim zuckte müde mit den Schultern. »Ich bin nicht schuld, Berryl.«

»Und ich? Bin ich schuldig?«

Fim schwieg.

Jetzt saßen zwei Jungen da und starrten ohne ein Wort das Meer an und den Mond.

»Noch bist du nicht tot«, sagte Fim endlich.

»Stimmt. Dauert noch ein paar Tage.« Berryl lachte böse. »Muss ja alles seine Ordnung haben.«

»Hör mal, ich helfe dir!«

»Nur zu. Überrede unsere Heilerin das Urteil aufzuheben.«

»Das geht nicht.« Fim zögerte. »Aber vielleicht … vielleicht mindert Eleni die Strafe.«

»Du meinst …«

»Verbannung, ja.«

Berryl starrte Fim an. Hoffnung sprudelte so leise in ihm auf wie die plätschernde Tempelquelle. Verbannung mochte für die anderen Lichtatmer Schmach und Verderben bedeuten – für ihn hieß es Leben.

Wieder hockten sie lange nebeneinander. Schweigend. Bis Fim aufstand und sich mit einem wortlosen Nicken verabschiedete. Da sagte Berryl etwas, das er noch nie gesagt hatte: »Danke, Fim.«

Die Nacht des Dunklen Mondes kam schnell. Fim hatte ihn nicht mehr besucht und Berryl überlegte, ob er sich nur einen grausamen Scherz mit ihm erlaubt hatte. Als das Tritonshorn schließlich sein tiefes »He-hoo« erklingen ließ, zuckte Berryl zusammen.

»Na, dann komm mal.« Balomus, das Schildkrötengesicht, schnitt ihm die Fußfesseln durch. »Bringen wir's hinter uns.«

»Gibt es ...«, Berryls Hals war durch die Wüste der Furcht so ausgetrocknet, dass er nur krächzen konnte. »Gibt es ... keine Gnade?«

»Tut mir Leid, Kleiner«, antwortete Balomus. »Ich habe so einige Jahre auf meinem schuppigen Buckel, aber so hart habe ich Eleni nie erlebt. Tja ...«

Er schob Berryl vorwärts, manchmal musste er ihn anstoßen, so langsam ging der Doppelatmer. Trotzdem erreichten sie nur zu schnell den Tempel der Quelle.

Alle warteten schon. Auch Eleni mit steinernem Gesicht. Und ein geweihtes Richtschwert aus Walknochen.

Das sieht durstig aus, dachte Berryl und für einen Moment glaubte er verrückt zu werden vor Angst.

»Gelobt sei Uma, die große Welle und ihr Gesetz.« So fing die Heilerin an, den Blick fest auf Berryl gerichtet. Sprach noch einmal von Umas Zorn, von der Reinheit der Gesetze, von der Wahrheit und Notwendigkeit des

Urteils. Kein Hauch von Gnade, kein Wort von Verbannung. Das Richtschwert lag in ihrer Hand, groß wie ein junges Palmenbäumchen.

Man hatte Berryl auch die Füße wieder gebunden – reglos stand er vor dem Rat der Alten. Ich werde sterben, dachte er. So ruhig, so weit weg, wie er manchmal überlegt hatte: Morgen wird es bestimmt regnen. Dann traf ihn die Wahrheit hinein in den Bauch und er krümmte sich vor. Weinte.

»Knie dich hin, Berryl, das Findelkind.«

Eher fassungslos als trotzig schüttelte er den Kopf, wollte, konnte nicht glauben, was passierte. Eleni gab Balomus einen Wink; der Wächter drückte Berryl hinunter, und als das nichts nützte, trat er ihm in die Kniekehle, sodass Berryl stürzte.

»Tut mir Leid«, flüsterte Schildkröte ihm zu.

Und Eleni hob das Richtschwert.

In diesem Moment hörten sie das Tritonshorn. Das dumpfe Signal ließ Eleni innehalten. Auch die anderen Lichtatmer lauschten nervös, hörten bald das vereinzelte »He-hooo« der Rufer. Und zwischen dem Klagen des Horns versteckt ein einzelnes Wort, immer und immer wieder, ein Wort, das sie alle erschauern ließ: Krebsmenschen.

Voller Angst stoben die Lichtatmer auseinander. In wenigen Augenblicken waren Berryl und Eleni allein im Tempel – alles rannte panisch nach draußen um zu sehen und zu hören. Krebsmenschen? Hier auf dem Atoll der Tausend?

Die Heilerin starrte Berryl an und ließ endlich das Schwert sinken. »Du wartest hier!«, befahl sie leise und folgte den anderen.

Was soll ich auch sonst machen?, überlegte Berryl. Davonkriechen?

Das Wasser der Großen Quelle plätscherte, von draußen klangen immer noch aufgeregte Rufe und das Signal der Muschel herein. Berryl zerrte an seinen Fesseln, bis er sich auf den Rücken fallen ließ. Müde. So müde. Zu müde zum Weinen.

»Berryl!« Fim tauchte so plötzlich auf wie ein getarnter Chamäleonfisch. Und er grinste. »Ich hab dir was mitgebracht.« Ein im Kerzenlicht funkelndes Perlmuttmesser, zerbrechlich, aber sehr scharf.

»Was?« Mühsam rappelte sich Berryl auf.

Mit wenigen Schnitten durchtrennte Fim den Zagodentang und drückte dem Befreiten das Messer in die Hand.

»Schnell, du hast nicht viel Zeit. Hinter der Palmblattbibliothek habe ich unser Boot versteckt. Beeil dich, solange hier alles kopflos über die Inseln springt.«

»Aber was ist denn passiert?«, fragte Berryl.

»Ich weiß nicht. Aber du musst jetzt verschwinden. Warte im Einbaum, bis der Dunkelmond untergeht. Warte auf mich! Ich bringe dir noch etwas anderes sehr Wichtiges mit! Und bis dahin finde ich auch raus, was los ist!«

Und wie ein Schlammspringer hüpfte Fim aus dem Tempel hinaus.

Bei Scamander und Uma gleichzeitig! Was ging hier vor? Berryl schüttelte den Rest Benommenheit von sich ab, warf einen letzten Blick auf die leere Mördermuschel, die hier im Tempel schon so lange auf die Große Perle der Wellen wartete, und schlich in die Nacht hinaus.

Das Wasser gluckerte unter dem Boot, die Rufe waren schon lange verstummt. Berryl war kein Risiko eingegangen, obwohl ihn in der allgemeinen Aufregung wohl ohnehin niemand bemerkt hätte: Er war getaucht, hatte das halbe Atoll umrundet und mit dem Instinkt eines Wandermerlins auch unter Wasser die Insel der Bibliothek gefunden. Aus dem großen Bestand der Palmblattbücher hatte er sich noch rasch ein paar Rollen herausgefischt und kauerte jetzt im Einbaum, aufgeregt und voll Hoffnung. Aber lange durfte er nicht mehr warten. Der Dunkelmond war bereits untergegangen – bald würde es dämmern. Und was auch immer Fim mitbringen wollte, kostbarer als Berryls Leben konnte es nicht sein. Aber neugierig war er doch. Was sollte das Geschrei um Krebsmenschen? Waren sie auf dem Atoll? Gab es sie überhaupt? Zweifelnd biss Berryl die Zähne zusammen. Aber Peitschenigel existierten ja schließlich auch …

Er hörte ein leises Kratzen am Strand, kauerte sich zusammen und lugte vorsichtig über den Bootsrand. Es war Fim, der mit einem Satz hineinsprang.

»Da bist du ja endlich!«, rief Berryl.

»Ja, ja – los, hauen wir ab.«

»Aber was ist mit den Krebsmenschen? Was sagt Eleni? Was …«

»Später, Berryl. Jetzt sollten wir schnell verschwinden.«

Ohne noch weiter zu zögern packte jeder ein Ruderblatt, sodass sie sich schnell, aber leise von den Inseln entfernten.

»Was war das eigentlich so furchtbar Wichtiges«, fragte Berryl nach einer Weile, »was du mitbringen wolltest?«

Fim grinste. »Na, mich natürlich. Oder hast du nicht

bemerkt, dass ich Proviant für zwei im Boot verstaut habe? Aber jetzt weiter!«

Und Fim drehte sich zurück, als seine Heimat im ersten Dämmerlicht ein letztes Mal aufleuchtete. »He-hoo, Atoll der Tausend«, sagte er leise.

Nachdem sie viele hundert Schwimmzüge durch die Nacht gerudert waren, begann Fim endlich zu erzählen. »Vorhin, als du ... also als wir alle im Tempel waren, da kam ein Boot an. Mit einem Verletzten, einem ... Überlebenden.« Fim wusste nicht genau, wie er die Worte setzen sollte. Wie Sandkörner rieselten sie ihm von den Lippen und fielen einfach hin. »Er kam von ... von der Sandbank der Stille. Dort haben ... haben Krebsmenschen alle getötet.«

Keiner wusste, warum die schrecklichen Söldner über sie hergefallen waren. Keiner lebte lange genug um es herauszubekommen. Nur einem war die Flucht gelungen. Er hatte sich mit einem Boot zum nächsten Nachbarstamm gerettet – zu den Bewohnern des Atolls der Tausend.

»Fim, glaubst du ...?«

»Ja. Die Krebsmenschen werden weitermorden. Eleni hat befohlen das Atoll schon morgen zu verlassen.«

»Dann muss Uma wirklich wütend auf uns sein ...«

»Ja. Aber nicht auf dich.«

Fragend schaute Berryl in Fims nachtblasses Gesicht.

»Du hast mich vor den Peitschenigeln gerettet.«

»Und du mich vor dem Richtschwert.«

»Hoffentlich war's das erst mal mit: Du rettest mich, ich rette dich.«

Fim grinste. Berryl nicht. »Was hättest du eigentlich

gemacht, wenn das Tritonshorn Eleni nicht gerade noch rechtzeitig gestoppt hätte?«

»Ach, mir wäre schon was eingefallen.«

Berryl nickte nur – zuzutrauen war es Fim. »Und warum kommst du mit mir?«, fragte er dann.

»Ach, du weißt schon. Abenteuer erleben, neue Strände kennen lernen und ...« Fim wurde immer leiser. Schließlich meinte er kleinlaut: »Na ja, Eleni ist halb verrückt vor Angst. Sie glaubt Uma besänftigen zu müssen. Und ich kann mir vorstellen, was sie mit mir machen würde, wenn sie herausbekommt, dass ich dich befreit habe.«

Wieder nickte Berryl.

Die Sonne Aluas ging auf, erhob sich von ihrem Bett aus Meereswellen wie eine strahlende Königin. Die beiden ruhten eine Weile aus und plünderten ihre Vorräte.

»Was machen wir jetzt?«, fragte Fim, an einem Stück Räucherfisch kauend. »Wir können ja nicht ewig so ziellos umherrudern.«

»Wer sagt, wir hätten kein Ziel?«

»Welches denn?«

»Natürlich die Sandbank der Stille.«

Fim verschluckte sich an einer Gräte, die aber nicht aus dem Räucherfisch kam, sondern aus Worten bestand. »Die Sandbank? Du bist doch völlig verrückt. Da sind Krebsmenschen, schon vergessen?«

»Da waren Kebsmenschen.«

»Ich verstehe dich nicht. Warum willst du bloß dorthin?«

»Ach, du weißt schon.« Berryl grinste wie ein Zackenbarsch. »Abenteuer erleben und neue Strände kennen lernen ...«

Aber Fim musste nicht groß überzeugt werden – er war zwar auf der Flucht, wollte aber seine Freunde vom Atoll der Tausend bald wieder sehen, seine Familie und sogar Eleni. Sein Stamm war sein Zuhause. Und da er dort im Moment wohl nicht gern gesehen war, schien die Idee nicht schlecht, das Rätsel um die Krebsmenschen zu lösen und die mörderische Bande in die Flucht zu schlagen. Dann könnte er zurückkehren und würde dazu noch gefeiert werden – auch Fim hatte seine Heldenträume.

»Du, Berryl?«, fragte er, nachdem sie sich an den Sternen orientiert hatten und in neuer Richtung losruderten. Jedes Kind bei den Lichtatmern kannte sich im Nachthimmel aus. »Was glaubst du, warum die Krebsmenschen unsere Nachbarn angegriffen haben?«

»Weiß nicht.«

»Und glaubst du, dort auf der Sandbank hat noch jemand überlebt?«

»Keine Ahnung.«

»Bist nicht gerade gesprächig, was?«

»Stimmt.«

Fim gab auf.

Sie ruderten den halben Tag, bis ihnen vor Müdigkeit fast die Ruder aus den Händen rutschten. Wenig später erreichten sie eine kleine Insel, die von mächtigen Mangrovenbäumen bewacht wurde. Dunkel und braun standen die holzigen Riesen da; ihre Luftwurzeln streckten sich über den Strand wie die Arme von Tintenfischen. Oder wie die Giftruten von Peitschenigeln, dachte Fim und kratzte sich ängstlich die Schuppen.

»Scheint verlassen zu sein«, meinte er leise.

»Ja. Wir sollten ein paar Stunden schlafen.« Erschöpft

zogen sie ihr Boot an Land; wenigstens schützten die Mangrovenbäume vor der stechenden Sonne. Berryl und Fim drückten sich in ihren Schatten und versuchten zu schlafen.

»Werden sie uns suchen?«, fragte Berryl.

»Glaub ich nicht. Eleni wird zwar sturmflutig wütend sein, aber noch mehr sorgt sie sich wegen der Krebsmenschen. Alle Lichtatmer werden das Atoll verlassen.«

»Wo wollen sie hin?«

Fim lachte leise. »In die entgegengesetzte Richtung, die wir nehmen. Ich habe gehört, dass Eleni noch heute zum Atoll der Korallen aufbrechen will.«

»Hm.« Die vom Korallenatoll waren ihre nächsten Nachbarn – das machte Sinn. »Aber warum flieht ihr und kämpft nicht?«

»Aber Berryl, wir sind nun mal keine Krieger. Und womit sollten wir gegen Krebsmenschen angehen? Mit dem hier vielleicht?« Fim zog den zerbrechlichen Perlmuttdolch heraus, mit dem er Berryl befreit hatte. »Na, viel Spaß damit. Ein Krebsmensch zerstückelt dich mit seiner Schere wie Wasser. So eine Waffe hier spürt der gar nicht.«

»Hm.« Berryl nickte und drehte sich auf die Seite. »Schlaf gut.«

Aber Fim holte sich erst noch ein Stück Räucherfisch, trank ein paar Schlucke Wasser und massierte sich die vom Rudern müden Hände. Schaute zu Berryl, der sich nicht mehr regte und schon zu schlafen schien.

Wo bin ich da bloß hineingeraten, dachte Fim, während er sich endlich auch auf einer Luftwurzel zurechtrückte.

»Nein, ich gehe nicht!« Restella stampfte mit dem Fuß auf dem Sand auf, dass es Korallenstückchen spritzte. »Nicht ohne Fim. Nicht ohne meinen Bruder!«

»Aber Stella …«

»Nichts Stella!«

»Aber die Krebsmenschen …«

»Die Krebsmenschen waren auf der Sandbank der Stille, und das sind zwei Tagesreisen. Sie werden kaum langsamer sein als der arme halb tote Kerl in seinem Boot. Wenn diese Mörder also zu uns wollten, wären sie schon längst da.«

»Hör zu, Kind. Du weißt nicht …«

»Nein, nein, nein!« Noch einmal trat sie den Sand, bis die Körner spritzten, drehte sich um und rannte weg.

Stellas Mutter winkte ihren Mann herbei. »Sie will bleiben.«

»Diese Kinder!«, rief er aus. »Erst Fim und jetzt sie. Hast du schon alles gepackt?«

»Wenn sie bleibt, dann bleibe ich auch.«

»Nichts wirst du tun. Wir folgen dem Gesetz. Folgen dem Rat. Du hast doch gehört, was Eleni gesagt hat: Umas Zorn blitzt über uns.«

Mann und Frau starrten sich an. Die Mutter wankte – sie sollte erst ihren Jungen im Meer von Alua treiben sehen und jetzt ihre Tochter alleine lassen? »Nein, ich …«, begann sie.

»Bitte. Wir gehen mit den anderen. Fim ist unterwegs mit dieser doppelatmenden Missgeburt, der kommt so schnell nicht wieder. Und wenn Stella warten will, dann ist das ihre Sache. Sie hat die erwachsene Strömung erreicht. Du weißt das.«

Und ganz langsam nickte seine Frau.

Restella stand am Strand, die Hände in die Hüften gestemmt, eine Haarsträhne fest zwischen den Lippen, und beobachte fassungslos, wie ein Boot nach dem anderen das Atoll verließ. Das konnte alles nicht wahr sein. Nicht die Zeiten waren verrückt, sondern ihre eigenen Eltern. Und Eleni. Und der Rat. Und ... alle anderen auch. Wie konnten sie verschwinden ohne auf Fim zu warten? Feige Bande. Wütend trat sie auf den Sand ein. Uma war also zornig, ja? Dann sollten sie erst mal eine zornige Restella kennen lernen!

Es dauerte nicht lange und sie war allein: Das Atoll der Tausend lag völlig verlassen in der Umarmung des Meeres.

Na und, dachte Stella. Dann würde sie eben alleine auf Fim warten. Und wenn diese Krebsmenschen wirklich, also wenn diese Viecher hierher kommen sollten ...

Stella kaute wild auf ihrer Haarsträhne herum und wandte sich ab. Sie hatte Durst und ging zum Tempel, trank ein paar Schlucke aus der Quelle. Die sollte salzig geworden sein? Lachhaft. Sie schmeckte nichts als klares, reines Wasser.

»Qua fragt: Ist der Himmel tief und das Wasser hoch? Oder umgekehrt? Du trinkst Wasser wie der König.«

Irgendwie wunderte sich Stella kein bisschen. »Was machst du denn noch hier, alter Narr?«, fragte sie.

»Qua vergessen. Nimm etwas Altes und nimm einen Narren. Klopfe es zusammen und du brauchst es nicht. Vergiss es. Qua, die Qua...«

»Armer Kerl. Hast du Hunger?«

Der Greis nickte. »Qua gaaaanz leise. Gaaanz hungrig.«

Stella lächelte. Verrückt oder nicht – wenigstens war

sie nicht das einzige Lebewesen auf dem verlassenen Atoll. »Dann suche ich mal meinen Fischspeer«, sagte sie zu Qua, »und jage uns was Frisches zum Essen …«

Berryl erwachte hustend und keuchend. Ein Traum hatte ihn durch den Schlaf gehetzt – jetzt hetzte ihn sein eigener Körper.

Auch Fim wurde wach. »Was ist, Berryl, was ist los?«

Der hustete lauter und spuckte trockenen Schleim. »Wasser«, keuchte er, »muss atmen …«

Verwundert schaute Fim zu, wie Berryl ins Meer sprang. Natürlich wusste er von dieser seltsamen Doppelatmung, wegen der Berryl bei vielen als Missgeburt galt. Aber Fim hatte sich das bis jetzt eher großartig vorgestellt: So lange unter Wasser bleiben, wie man wollte, und nicht wie alle anderen Luft und Licht anhalten müssen. Doch eben hatte Berryl gar nicht großartig ausgesehen.

Es tut ihm weh, dachte Fim und wartete darauf, dass sein neuer Freund wieder auftauchte. Es dauerte eine Weile, aber dann stieg Berryl an Land. Scheu schaute Fim ihn an.

»Was ist?«, knurrte Berryl los. »Noch nie einen verfluchten Doppelatmer gesehen?«

»Tut mir Leid, aber ich … Warst du schon immer so?«

Berryl funkelte ihn an und holte den kleinen Perlmuttdolch aus dem Boot. »Ich besorge uns frisches Frühstück. Geh noch ’ne Runde schwimmen …«

Restella war ziemlich erfolgreich gewesen. Zwei so dicke wie unvorsichtige Rotbauchschnapper hatte ihre Harpune erwischt – das sollte mehr als genügen für den alten Verrückten. Sie selbst hatte keinen Hunger: Ständig musste sie an Fim denken, der jetzt irgendwo auf Aluas Meer schaukelte, zusammen mit diesem Monster von Berryl. Keine besonders appetitanregende Vorstellung.

Aber egal. Langsam schwamm sie zurück zum Ufer, wo Qua auf sie wartete. Eine große Welle erwischte sie; Stella wurde hinuntergedrückt, ruderte heftig mit den Armen und presste sich wieder nach oben. Keuchte. Das war keine kleine von Umas Töchtern gewesen. Stella schnappte nach Luft und freute sich plötzlich auf den Strand. Immer wieder vergaßen die Lichtatmer, eingelullt von der Schönheit der Korallen und edelsteinbunter Fische, dass Uma keine freundliche Göttin war. Das Meer hatte seine Launen.

Der Alte winkte ihr vom Ufer aus zu, fast meinte sie sein »Qua, qua« bis hierher zu hören. Sie lächelte und winkte zurück. Schwamm jetzt schneller.

Qua winkte immer stürmischer – was sollte das? Blöder Spinner, dachte sie. Er rief auch etwas: In der Mier? Keine Ahnung, was das heißen sollte. Beunruhigt schwamm sie noch schneller, obwohl sie müde war. Irgendetwas stimmte da nicht.

»In ter dier!!«, brüllte der Alte und vergaß sogar sein »Qua«. Er war aufgeregt. Hatte er Angst? Und plötzlich verstand ihn Stella: Hinter dir!

Sie warf sich herum, schwamm aber auf dem Rücken liegend weiter Richtung Strand. Im Wasser hinter ihr buckelte sich eine Welle hoch, die anders aussah. Stella ahnte, was dort auftauchen würde, und als das schwarzgraue Dreieck sich nach oben schob, war sie nicht überrascht. Na gut, ein Hai. Das war zwar selten, so nah am

Atoll der Tausend, aber nicht ungewöhnlich. Sie kannte die Drohgebärden dieser Tiere gut, sie würde einfach tauchen und sich ruhig verhalten. Die erbeuteten Fische, die den Hai angelockt haben mochten, musste sie natürlich vorher loswerden, doch eigentlich gab es keinen Grund zur Aufregung.

Uma noch mal!, dachte sie. Das muss ja ein Riesenvieh sein! Denn die Rückenflosse des Räubers schob sich wie eine graues Schwert immer weiter nach oben. Schnitt das Wasser entzwei und wurde größer und größer. Stella bekam jetzt doch Angst, während Qua am Ufer brüllte und schrie: »Komm, komm her, komm!«

Die dreieckige Flosse wuchs immer noch! Sie wurde erst länger als Stellas Arm, als ihr Bein, dann länger als sie selbst.

Das kann nicht …

Dann sprang das Tier. Groß wie ein Wal warf sich der Hai in die Luft und krachte zurück ins Wasser.

Stellas Augen weiteten sich. Ein Doppelhammer! Eleni hatte verdammt noch mal Recht: Die Zeiten waren wirklich seltsam und voller bösartiger Zeichen. Nur kurz hatte sie den mächtigen Fischkörper gesehen, aber lange genug: An der Schnauze des Tieres wucherten nach rechts und links zwei große Knorpel zur Seite, die wie Hammerköpfe aussahen. Dort lagen die Augen des Hais, weiß, hungrig und vollkommen. Vollkommen gefühllos.

Dann schoss die Flosse wieder auf sie zu.

»Komm, Königin, KOMM!« Qua kreischte und riss Stella damit endlich aus ihrer Starre. Atemlos lag sie im Wasser. Das mit dem Tauchen konnte sie vergessen: Dieses Biest war hungrig. Und bösartig. Ihre einzige

Chance war, so schnell sie konnte den Strand zu erreichen. Möglichst in einem Stück.

Wieder warf sich Stella herum und preschte vorwärts. Qua brüllte sich weiter den Rest seines Verstandes aus dem Leib und sie schwamm, wie sie noch nie geschwommen war.

Aber sie würde es nicht schaffen. Schon so nahe am Ufer, dass sie Quas aufgerissene Augen sehen konnte, so nahe, fast als müsste sie sich nur noch ausstrecken um den Sand zu berühren – doch es war zu spät. Sie spürte die Druckwelle, die von hinten kam, als das mörderische Tier sie fast erreicht hatte. Nein, sie würde es nicht schaffen.

Hinter Stella hob sich der Schädel des Doppelhammers aus dem Wasser, öffnete sich und streckte seine vierfachen Zahnreihen dem Opfer entgegen. Weit riss er sein Maul auf, nahm die zappelnden Bewegungen des Mädchens wahr, jetzt direkt vor ihm, das laute Schreien dieses Stücks Frischfleisch, und er schnappte zu.

Auch Berryl machte gute Beute. Wenige Minuten, nachdem er losgeschwommen war, fing er schon zwei Plattfische, die reglos am Boden kauerten und sich unter einer dünnen Sandschicht verborgen hielten. Aber Berryl entdeckte ihre Augen und packte sie. Sein Magen brachte sich knurrend in Erinnerung, als er die schmackhafte Mahlzeit in den Händen hielt – außer Räucherfisch hatte der lange nichts mehr zu verdauen gehabt. Ob dem Tiefen Volk auch der Magen knurrte?, überlegte Berryl zerstreut. Er hatte noch nie einen von ihnen gesehen, aber sie mussten so anders sein. Früher, das hatte er in der Palmenbibliothek gelesen, hatten Lichtatmer und Tiefes Volk sich lange bekämpft. Doch daran erinnerte sich heute kaum jemand mehr. Die Dunklen hatten sich zurückgezogen in die tiefe See, lebten ärmlich in lichtloser Unterwasserwelt und schäbigen Höhlen, aus denen Schwefelwolken dampften. Erzählten jedenfalls die Alten und berichteten die Bücher.

Aber vielleicht sind sie wie ich, dachte Berryl. Vielleicht werde ich sie irgendwann besuchen. Als folgte er diesem Impuls, tauchte Berryl tiefer. Wie weit konnte er eigentlich hinunter? Nie war er bis an seine Grenze geschwommen. Irgendwann, wenn nach fünfzig oder sechzig Schwimmzügen hinab alles Licht aus dem Wasser verschwunden war, hatte sich auch sein Mut davongemacht und er war jedes Mal umgekehrt.

Irgendwann, dachte Berryl.

Plötzlich bemerkte er einen großen Schatten über sich. Ein Tier. Ein seltsam zuckender Meeresbewohner. Langsam näherte er sich und erkannte bald: ein Manta, die größte Rochenart, die in Aluas Meeren lebte. Mantas waren friedlich, aber so verdammt groß: Mit ihren Schwingen, auf denen sie durch das Wasser segelten, konnten sie ihm ganz aus Versehen einen derben Stoß geben oder den Kopf abreißen …

Vorsichtig kam er noch näher und überlegte dabei, warum der mächtige Schwimmer sich kaum regte. Erst als Berryl ihn fast berühren konnte, sah er das Netz. Der Manta hatte sich darin verfangen und kam nicht mehr los. Trotz all seiner Kräfte.

Das muss Zagodentang sein, dachte Berryl und grinste unter Wasser. Dieses Zeug kannte er ja nur zu gut: Es riss nie, sosehr man auch zerrte. Konnte nur zerschnitten werden.

Ohne zu zögern holte Berryl den Perlmuttdolch aus der Scheide und fing an die Stricke zu lösen – zu lange hatte er selbst in diesen Tangfesseln gesteckt. Der große Rochen schien zu verstehen, dass Berryl ihm helfen wollte: Er bewegte sich nicht, hielt seine gewaltigen Schwingen ganz still und drehte nur einmal den Kopf, so als wollte er sich seinen Befreier wenigstens einmal ansehen. Riesige gelbe Augen flammten dem Jungen entgegen.

»Ganz ruhig«, sagte Berryl. Zu seiner eigenen Überraschung kamen die Worte verständlich und klar zusammen mit einem Schwall Wasser aus seinem Mund. Wie konnte denn das sein? Verrückt! »Ganz ruhig, mein Guter«, wiederholte er, mehr um sich selbst tief unter Wasser sprechen zu hören. Es klang zwar ein bisschen dumpf, aber er verstand sich. Noch nie hatte Berryl beim Tauchen geredet – mit wem auch? Doch er hätte auch nie gedacht, dass es überhaupt funktionieren würde. Er atmete Wasser, ja. Aber sprechen?

Als er den letzte Tangknoten durchgeschnitten hatte, ging ein gewaltiges Zittern durch den Manta. Hastig brachte sich Berryl mit ein paar Schwimmzügen in Sicherheit – der Rochen streckte sich und schlug einmal so stark mit den Flügeln, dass die Druckwelle Berryl herumwirbelte. Wie Ohrfeigen traf ihn das Wasser. Würde das Tier, wütend wegen seiner Gefangenschaft, auf ihn losgehen?

»Du bist frei!«, rief Berryl ihm zu.

Fim saß im Schatten der Mangroven, wartete auf Berryl und langweilte sich. Wo blieb der Doppelatmer bloß? Und wie es wohl den Eltern ging und seiner Schwester

Restella? Die waren jetzt bestimmt schon auf dem Weg zum Atoll der Korallen. Fim stand auf und schlenderte zum Boot, wühlte ein bisschen in ihrem Proviant und zählte die Trinkwasserbeutel durch. Bis zur Sandbank der Stille würde es reichen. Dann fiel ihm eine kleine Palmrolle auf – neugierig strich er die getrockneten Blätter glatt. *Die Große Perle und wo sie zu suchen ist* las er und fing an zu grinsen – natürlich wusste auch er von der Tafel des Sehers. Scamander noch mal, dachte Fim. Da glaubt einer, der eins und doppelt ist, zum neuen König der Lichtatmer zu werden …

Kichernd schob er die Buchrolle zurück. Aber warum auch nicht? Besonders toll schien Berryls Leben bis jetzt nicht gelaufen zu sein – warum sollte er dann nicht zumindest schön träumen?

»He-hoo!«, hörte Fim. Das musste er endlich sein. Aber wo …

»Uma trägt Scamander!«, brachte Fim keuchend hervor. Staunend schaute er aufs Meer, wo ein wahres Ungetüm von Mantarochen aus dem Wasser sprang. Und kein anderer als Berryl hielt sich an dem Fleischberg fest.

»Na komm schon!«, rief er. »Das macht Spaß!«

Fim ließ sich das nicht zweimal sagen und sprang ins Wasser, tauchte hinab, wo Berryl und der Rochen schon auf ihn zu warten schienen. Behutsam packte er eine der großen seitlichen Flossen, während Berryl am zweiten Flügel hing. Und schon bewegte sich das Tier vorwärts.

Fim war schon oft auf einem Manta geritten, aber nie auf so einem großen und starken Tier. Dieser Rochen musste uralt sein: Auf seiner rauen Haut hatten sich im

Lauf der Jahre unzählige Napfschnecken angesiedelt; Meermoos überzog den breiten Rücken und sogar eine Kolonie Anemonen und Putzerfische hatte sich auf ihm niedergelassen. Von der Schnauze kräuselten sich Steinalgen – und hingen hinunter wie ein langer grauer Bart. Aber schnell wie ein Barrakuda stob der Manta durch das Wasser – seine zwei Gäste schien er kaum zu spüren. Er segelte durch Korallenwälder und unter Vorhängen aus Kelptang hindurch, schwomm enge Kurven und legte sich einmal sogar auf den Rücken, sodass Fim nach oben sah, zur Wasseroberfläche und weiter bis zur Sonne, die vielfach gebrochen und gespiegelt über dem Meer leuchtete. Eine wahnwitzige und großartige Fahrt, die erst endete, als Fim Luft und Licht ausgingen und er widerstrebend loslassen musste. Während Berryl sich weiter am Rochen festhielt, trieb Fim nach oben und schaute zu.

Irgendwann hatte der Rochen keine Lust mehr und schwebte mit königlichen Flügelschlägen auf Fim zu, fast so, als wollte er sich von ihm verabschieden. Ehrfürchtig streichelte Fim die Schnauze des Tieres und schaute in die gelben Augen. Auch sie schienen alt, alt und weise. Fast gütig. Und Fim verstand nicht, woher er das wusste, aber er war sich dessen sicher: Diese Augen lächelten. Fim winkte ihnen zu.

Berryl tat es ihm nach und beide beobachteten, wie das Tier in weiten Kreisen nach unten sank, eine majestätische Wolke, die zu einem flirrenden weißen Fleck wurde, noch tiefer ging und dann verschwand.

»Wunderschön«, meinte Fim, als sie durchgefroren und keuchend wieder am Strand lagen.

»Ja. Das ist ein echter, ein richtiger … Großvater!«

Fim lachte. »Der Name würde ihm bestimmt gefallen.«

»Meinst du?«

»Ganz sicher.« Fims Antwort erstaunte ihn selbst, denn sie klang so eindeutig – Fim wusste es einfach. Er und Berryl blickten sich an.

Restella sah nicht, wie der Doppelhammer seinen Rachen voller Zähne aufriss, die Messer waren. Sie sah nicht, wie Qua ein paar Schritte auf sie zumachte, im flachen Wasser stand und erst den Gruß der Welle mit seinen Händen zeichnete, aber dann immer schnellere Bewegungen ausführte. Stella sah überhaupt nichts. Sie presste die Augen zusammen und fühlte sich wie in einer der Unterwassergrotten, tief unten im schimmligen Licht der Tiefe. Eine große Luftblase schwebte da unten, dehnte und streckte sich, platzte schließlich und gab einen einzigen Gedanken frei, alles andere verschluckend und mitzerrend wie eine Flutwelle: Ich werde sterben.

Nichts sonst war in ihrem Kopf, in ihrem Körper, in ihrem Herz. Bis sie plötzlich ein scharfes Knacken hörte: Der Doppelhammer hatte seinen Kiefer ganz ausgestülpt, war bereit zum Zubeißen. Sie wusste es und presste die Augen noch fester zusammen.

»NACH RECHTS!«, brüllte eine Stimme.

Instinktiv gehorchte ihr Körper und schlug einen Haken. Gleichzeitig öffnete sie die Augen, denn sie wollte beim Sterben ein menschliches Gesicht sehen, auch wenn es nur der verrückte Qua war. Ein flimmernder, grellweißer Speer sauste auf sie zu. Erschrocken wich sie noch einmal aus, planschte verzweifelt im Wasser, schluckte vom Meer und spürte den flüsternden Strahl, der sich zu drehen und zu winden schien, knapp an sich vorbeizischen. Der Doppelhammer war nicht schnell genug: Zu groß, zu massig war sein Körper um Stellas Bewegung noch rechtzeitig zu folgen. Der weiße Speer fuhr ihm direkt in den erwartungsfrohen Rachen, zerfetzte seinen Körper und trat hinter der Rückenflosse wieder aus – immer noch singend, flüsternd, strahlend und wie von Wellen bewegt. Der Hai zuckte im lautlosen Todeskrampf, wand sich in seinen Schmerzen und warf sich rasend in den Wellen herum, bis weißer Schaum spritzte – fast hätte er noch mit seinem sich aufbäumenden Schwanz Stellas linke Hand abgerissen.

Dann lag er still auf dem Wasser.

Stella wimmerte.

Der gekrümmte Kadaver des Doppelhammers trieb auf sie zu. Erst wollte sie aufschreien und wegschwimmen, dann näherte sie sich langsam dem reglosen Körper. Schluchzend und schniefend untersuchte sie die Wunde hinter der Rückenflosse, aus der das Geschoss gekommen war. Das, was sie für sich den Speer aus Licht nannte. Was durch die gepanzerte Haut des Tieres gedrungen war wie durch Wasser. Die tödliche Verletzung war kreisrund, der Durchmesser größer als ihr Arm. Nur ganz langsam fing sie wieder mit dem Denken an: Ich bin Stella, sagte sie sich. Ich lebe auf dem Atoll der Tausend und ein Doppelhammer war hinter mir her und jemand rief mir zu, ich sollte nach rechts ausweichen, und – Qua!

Der alte Narr war einfach vornübergekippt. Er lag auf dem Bauch, halb im Sand, halb im Wasser. Restella schwamm hin, zerrte den verschrumpelten, faltenübersäten Körper den Strand hoch und ließ sich neben ihn fallen.

»Uma sei Dank, Uma sei Dank, Uma sei Dank, ich lebe, lebe, lebe.« Wie geheime Zauberworte aus ihrer Kindheit flüsterte sie diese Sätze. Immer wieder. »Uma sei Dank, Uma sei Dank, ich lebe, lebe, lebe.« Und allmählich beruhigte sich ihr Atem. Neben ihr zuckte der Alte und murmelte ein gequältes »Die ... Qua...«

Und mit einem Mal wusste Restella, woraus dieser Lichtspeer bestanden hatte. Speer, das war schon mal nicht schlecht gewesen, aber Licht stimmte nicht. Diese Lanze, dieser runde Strahl, der den Doppelhammer zerrissen und ihr Leben gerettet hatte, war nichts anderes gewesen als Wasser. Verdichtetes, zu steinharter Substanz gedrücktes Meerwasser. Sie bekam wieder Angst und schielte nervös zu dem vor sich hin brabbelnden Qua.

Bei Uma, dachte Restella. Das durfte alles nicht wahr sein: Wassermagie!

Die Sandbank der Stille

»Berichte, Hanalf, was sagen die Kundschafter?«

Im Großen Saal des Perlmuttpalasts herrschte völlige Stille. Die Schützer von Kryla warteten so gespannt auf die Antwort wie Reglion selbst. Und Syme auch, die wieder in ihrem Versteck, dem Frischwasserschacht, steckte.

»Die Söldner haben einen ersten Angriff ausgeführt«, begann Hanalf zögernd. »Auf einer Inselgruppe, die von den Lichtatmern Sandbank der Stille genannt wird. Wie erwartet hatten die Bewohner den Krebsmenschen nichts entgegenzusetzen und wurden alle, hm, ausgeschaltet.«

Die Schützer nickten im Kreis, aber ihre Gesichter hinter den Schuppen wurden blass.

»Weiter«, drängte Reglion.

»Gemäß unseren Befehlen brechen die Söldner im Wasserschlag zu ihrem neuen Ziel auf, dem Spitzwald der Felsen.«

»Gut.«

»Allerdings«, einen Augenblick verharrte Reglions Freund, so als müsste er sich selbst Mut machen. »Allerdings wurden keinerlei Hinweise gefunden.«

»Was meinst du, Hanalf?«

»Nun, Beweise oder Geständnisse, dass die Lichtatmer für den Weißen Tod verantwortlich sind.«

Reglion knurrte. »Das ist zweitrangig. Meiner Welle gehört die Rache, spricht Scamander.«

»Bei den Schaumkronen Umas, Sir. Das glaube ich nicht.«

Diese feige Memme, dachte Syme, dicht an ihr Gitter gepresst. Was braucht dieser fette Hanalf Beweise, wenn mein Vater sich so sicher ist? Reglion irrte sich nie. Und wenn doch?, wisperte ein kleine Gedankenstimme, schwach und zart wie eine winzige Weichgarnele.

Aber unten im Saal schien man sie gehört zu haben, denn ein anderer Schützer Krylas trat vor und stimmte Hanalf zu.

»Nun gut«, knurrte Reglion. »Was also sagen die Gefangenen im Verhör?«

Sogar von hier oben konnte Syme erkennen, wie Hanalf nervös seine Schwimmhäute spreizte.

»Es tut mir Leid, Sir«, antwortete er leise. »Es gibt keine Gefangenen.«

Berryl und Fim brauchten noch den ganzen Tag und die nächste Nacht um die Sandbank der Stille zu erreichen. Schon von weitem sahen sie eine Rauchwolke am Horizont und zuckten zusammen. Feuer war selten auf Alua – es gab nur wenig kostbares Holz und immer viel Wasser zum Löschen. Das sah gar nicht gut aus. Bisher hatten sie wenig gesprochen, jetzt plapperte Fim nervös los: »Dieser Großvater war wirklich ein riesiger Brocken. Und du hast ihn aus dem Tangnetz befreit?«

»Ja.« Auch Berryl war froh, die dumpfe Erwartung in ihm mit Wörtern zu überdecken. »Er hielt ganz still dabei, als wüsste er genau, dass ich nur helfen will.«

»Bei Uma.«

»Ja, seine Augen blickten so, als würde er genau verstehen.«

»Mehr als das. Fast ...«, Fim führte sein Ruder tief ins Wasser. »Fast, na ja, weise.«

»Stimmt.« Wieder schweigend näherten sie sich der Rauchwolke um weitere hundert Schwimmzüge.

»Du, Berryl?«

»Was?«

»Glaubst du, wir bekommen heraus, warum die Krebsmenschen uns auf einmal angreifen?«

»Hm.«

»Aber ...«, Fim tastete sich vorwärts, so vorsichtig, wie eine Moräne ihren Kopf auf der Wohnhöhle streckte. »Aber das ist nicht der einzige Grund, warum du zur Sandbank der Stille willst, nicht wahr?«

Berryl starrte Fim böse an und der zog den Kopf ganz schnell wieder zurück.

Schweigen. Und Rudern.

»Wie kommst du darauf?«

Fim grinste – zwar nicht mit den Lippen, aber im Kopf. »Na ja, ich habe das Buch aus der Palmenbibliothek zwischen unseren Vorräten gefunden. Du bist auf der Suche nach der Großen Perle, nicht wahr?«

»Und wenn es so wäre?«

»Nichts, nichts. Ich meine, toll!«

Misstrauisch beäugte Berryl seinen Mitruderer. »Du hältst mich nicht für verrückt?«

Jetzt kicherte Fim doch laut. »So wie den alten Qua? Nein. Du spinnst ganz normal.« Na also, dieser Berryl konnte ja doch lächeln.

»Und auf der Sandbank der Stille«, überlegte Fim weiter, »suchst du bestimmt nach dem alten Kalamus.«

Berryl zuckte ertappt zusammen. »Du weißt ...?«

»Ja, jeder Lichtatmer, dem die erste Schwimmhaut wächst, kennt die Geschichte vom weisen Kalamus. Dem Letzten, der aufbrach um die Perle der Wellen zu suchen. Und sie fast in Besitz nahm.«

»Ja!« Auch vor Berryls Augen spielte sich jetzt diese Geschichte ab. »Kalamus merkte erst ganz zuletzt, dass er nicht der Ausgewählte war. Er würde kein König der Lichtatmer sein. Weise genug war er um seine Suche abzubrechen. Seit dieser Zeit ...«

»... kamen Hunderte zu Kalamus um ihn nach dem Weg zu fragen«, beendete Fim den Satz. »Aber nie rückte der Alte mit einem einzigen Wort heraus. Und du meinst, dir wird er alles erzählen?«

Berryl schaute nach vorne auf die Wolke aus Rauch und Asche. Sie erkannten erste Inseln und aufglimmende Feuer. Die Sandbank der Stille lag in Schutt und Asche.

Berryl stand auf, brachte das Boot zum Schlingern und deutete mit Arm und Finger auf das verwüstete Land. Antwortete auf Fims Frage: »Ja, mir wird er alles erzählen. Wenn er noch kann.«

Wieder war es Syme zu eng geworden im Frischwasserschacht. Nachdenklich huschte sie in ihr Zimmer und starrte hinaus auf ihre Heimat: das strahlende Kryla. Direkt neben dem Palast lag der Handelsbezirk, wo die Einwohner der Stadt ihre Waren tauschten. In der Mitte strahlte der Springbrunnen aus Feueralgen. Diese winzigen Pflanzen leuchteten in einem köstlichen Sternenblau und schossen wie kaltes Feuer nach oben. Stundenlang konnte Syme vor dem Springbrunnen sitzen und den Feueralgen zuschauen. Konnte sie früher einmal. Jetzt dachte sie an Morella und fühlte sich alt – Erwachsenwerden war schwieriger, als sie gedacht hatte.

Gegenüber dem Handelsbezirk lag das Rondell des Wissens, in dem die Gelehrten arbeiteten – man sagte, sie forschten auch nach der verloren gegangenen Wassermagie. Im Moment aber waren dort alle nur damit beschäftigt, ein Heilmittel gegen den Weißen Tod zu finden. Vergeblich bisher. Und so weit Syme schauen konnte, erblickte sie Gebäude, Plätze und Wohnhäuser der Stadt. Nicht dass das Tiefe Volk brauchte, was die Lichtatmer ein Dach über dem Kopf nannten. Die Dunklen hatten keinen Regen zu fürchten und keine Kälte. Aber sie schätzten einen eigenen Raum. Vielleicht ein Relikt aus früheren Zeiten, als die Tiefen an der Oberfläche lebten, ein Rest Körpererinnerung. Sie wusste es nicht.

»Wazzz denkzzzt du?«

»Phosphor! Schön, dass du da bist. Komm doch her, bitte.«

Ihr Leuchtaal schlängelte sich heran. Wie immer beobachtete Syme ihn fasziniert, wie er da auf sie zuschwamm. Leuchtaale waren fast völlig durchsichtig, sie sahen ein bisschen aus wie lang gezogene Quallen oder als bestünden sie aus Glaskristall. Jedes Organ konnte man unter der unsichtbaren Haut erkennen und Syme sah, wie Phosphors Herz aufgeregt zuckte.

»Was hast du, mein Freund?«, fragte sie.

»Man zzzagt, dazzz ezzz Krieg gibt, kleine Zzzyme.«

»Ja, und die erste Schlacht ist bereits gewonnen.«

»Ach? Weizzzt du nicht, dazzz in einem Krieg keiner gewinnt, auch nicht der Zzzieger?«

»Hör auf kluge Reden zu blubbern. Wir müssen uns doch wehren! Wir wollen nur Frieden und haben den Krieg schließlich nicht angefangen.«

»Nein?«

»Der Weiße Tod lässt keinen von uns am Leben, Phosphor. Vergisst du das etwa?«

»Dazzz tue ich nicht, kleine Zzzyme.«

»Und nenn mich nicht immer kleine Syme. Du bist der Winzling hier!«

Der Leuchtaal zischte und Syme streckte ihm die Zunge raus. Sie liebte Phosphor über alles, aber manchmal ging er ihr ganz schön auf die Nerven mit seinem weisen Geschwätz. Immerhin redete er überhaupt – Leuchtaale waren die einzigen Tiere Aluas, die sprechen konnten. Nicht die klugen Wale oder die lachenden Delfine, deren Gesang keiner aus dem Tiefen Volk verstand. Nur Leuchtaale sprachen – wenn sie auch mit dem ›S‹ ihre Schwierigkeiten hatten. Jetzt kraulte Syme Phosphors Kopf, der sich beruhigend um ihren Hals gelegt hatte und sich an ihrer Wange rieb. Sie kannte ihn gut genug um zu fragen: »Was möchtest du?«

»Kluge kleine Zzzyme …«

»Für ein Haustier bist du ganz schön frech!«

Phosphor klappte mehrmals sein Maul auf und zu – seine Art des Lachens. Die spitzen, mit Widerhaken besetzten Zahnreihen sahen allerdings nicht sonderlich witzig aus. So zerbrechlich Leuchtaale auch wirkten – was sie einmal geschnappt hatten, ließen sie nie mehr los.

»Hauzzztier, ja?«, zischte Phosphor. »Frech, ja? Und klein, wie? Arrogante Menschenabkömmlinge zzzeid ihr. Zzzo einen grozzzen Kopf habt ihr mit zzzo wenigen Gedanken darin. Bizzzt du dazzz Hauzzztier deinezzz Vaterzzz?« Phosphors Kopf schwang vor ihrem Gesicht hin und her, als lauschte er einer Melodie. Starrte in ihre Augen und wartete auf Antwort.

»Natürlich nicht.«

»Und bin ich nicht älter alzzz du? Habe ich nicht deiner Grozzzmutter bei ihrer Geburt zugezzzehen und bei ihrem Sterben?«

Die erneute Erinnerung an Morella ließ Syme sofort jede Lust an dem Herumgeplänkel mit ihrem Freund vergehen. Außerdem gewann der sowieso jedes Streitgespräch.

»Entschuldige, Phosphor. Natürlich bist du kein Haustier, sondern, hm, wohl eher ein Lehrer.« Sie streichelte den Rücken aus Glas und beobachtete, wie die Kiemen des Tieres Wasser einpumpten. »Und ein Freund«, setzte sie leise hinzu.

»Freund«, wiederholte der gläserne Leuchtaal. »Und alzzz Freund bin ich zu dir gekommen. Mit einer Bitte.«

»Was möchtest du, Phosphor?«

Das Tier drückte sich enger an Symes Hals, auch sein Kopf kam noch näher an ihren heran. Seine durchsichtigen Augen funkelten sie an.

»Du muzzzt deinen Vater dazu bringen, dazzz er den Krieg gegen die Lichtatmer beendet. Der Krieg izzzt falsch.«

»Niemals!«, rief Syme und riss sich mit einer unbeherrschten Bewegung den Leuchtaal von der Schulter. »Niemals!«

Wie viel Leben hier auch immer gelacht und geweint haben mochte, jetzt trug die Sandbank der Stille ihren

Namen zu Recht. Über den Inseln lag eine Ruhe, die endgültig war. Und neben dieser Stille lag der Geruch schwelender Feuer, von verbranntem Fleisch, von Angst und Tränen und Tod.

Berryl und Fim waren so still wie eine Hand voll Algen. Seit sie ihr Boot an den Strand gezerrt hatten, sprachen sie nicht mehr. Schauten nur noch. Sahen Verwüstung und Zerstörung. Vorsichtig schlichen sie vorwärts. Von den Krebsmenschen war zwar nichts zu sehen, aber man konnte ja nie wissen. Sie entdeckten die Reste von Palmenhütten, deren Wände noch dampften. Der Rauch biss sich in ihrem Atem fest – beide sehnten sich zurück in die Kühle des Meeres. Der Tod hatte seine Hand auf die Sandbank der Stille gelegt und seine Finger bestanden aus Feuer und Schmerz. Als sie die erste verstümmelte Leiche entdeckten, würgte Fim die Reste der Plattfische hervor. Und Berryl ging es nicht besser.

Hütte um Hütte, Insel um Insel durchsuchten sie. Fim zitterte mit jeder Schuppe und drängte sich an Berryl. »Darf ich?«, fragte er leise. Berryl grunzte nur, aber nickte dann: Hand in Hand stolperten sie weiter über das Schlachtfeld der Krebsmenschen.

»Warum tun sie so etwas?«, fragte Fim heiser. Berryl schüttelte den Kopf. Seine Sprache war irgendwo hinten in ihrem Boot liegen geblieben. Tod und Grauen machten ihn stumm.

»Hier hat keiner überlebt!«, flüsterte Fim nach langer Zeit. Er war unendlich froh, dass sich langsam die Dämmerung über die verheerte Sandbank senkte wie ein gnädiger Vorhang.

Berryl schwieg verbissen.

»Lass uns verschwinden«, drängte Fim. »Hier finden

wir nichts und niemanden mehr. Ich möchte fort.« So hatte er sich seine Abenteuer und Heldengeschichten nicht vorgestellt.

Berryl brummte nur ein einziges Wort: »Kalamus.«

»Hast du keine Augen im Kopf? Niemand hat überlebt.« Fim schrie jetzt. »Alle sind tot! Alle, verstehst du? Auch der großartige Perlensucher Kalamus. TOT!« Zornig riss er seine Hand aus der Berryls. »Was bist du nur für ein Mensch? Du stapfst hier umher, über zerstückelte Lichtatmer und verbrannte Häuser, nur auf der Suche nach dieser blöden Perle!«

»Nach meiner Zukunft«, antwortete Berryl.

Und Fim schwieg.

Schließlich durchwateten sie einen Meeresarm zwischen zwei Inseln – selbst die Brücken hatten die Krebsmenschen zerstört. Nichts war ihren Zangenscheren und zermalmenden Hieben entgangen.

Auch hier war das einstmals große Haus verbrannt. Berryl kniete sich auf den rußschwarzen Boden und schob Trümmer zur Seite. Hob das verkohlte Stück einer Palmblattrolle auf und musterte die Schriftzeichen.

»Die Bibliothek«, sagte er.

»Und«, stieß Fim hervor, »siehst du hier irgendwo deinen Kalamus?«

»Nein«, antwortete Berryl hart. »Aber auch nicht seine Leiche.«

Da hielt Fim es nicht länger aus. Er hustete die rauchscharfe Luft aus, fiel auf die Knie und weinte. Berryl zögerte, dann setzte auch er sich. Berührte den Jungen sanft an der Schulter. »Es tut mir Leid, Fim. Aber ich musste doch suchen. Mein ganzes Leben habe ich von der Großen Perle der Wellen geträumt. Ich muss einfach …«

Berryl stockte: Fim hatte aufgehört zu schluchzen und beugte sich ganz nahe über den Boden.

»Schau doch!«, schniefte er. Dann sah es auch Berryl: eine Falltür.

Restella hatte Qua in den Schatten einer Palme gezerrt; der Alte war leicht wie ein ausgehöhlter Ast. Danach rannte sie zum Tempel, holte Wasser und flößte es dem Ohnmächtigen ein. Versuchte es jedenfalls. Schließlich spritzte sie ihm eine Ladung einfach ins Gesicht.

Qua hustete und begann zu blinzeln.

»Was?« Mühsam setzte er sich auf, gestützt von Stella. »Was ist passiert?«

Fims Schwester grinste erleichtert. »Das wollte ich eigentlich von dir wissen. Hast du mich gerettet? Bist du …«, sie zögerte, hatte wieder den hungrigen Schädel des Hais vor Augen und schluckte. »Hast du den Doppelhammer getötet?«

»Ich, qua, ich, jaaaaaaa …«

Stella erschauerte. Das Gesicht des Greises veränderte sich ständig: Seine Augen, seine Lippen, ja jede einzelne Falte schien in Bewegung, rannte wie auf der Jagd nach oben und unten, wechselte hin und her wie winkende Hände. An den Augen war es am deutlichsten: In einem Augenblick flirrten sie voller Wahn und Verrücktheit, im anderen schauten sie Stella mit weichem und klugem Ausdruck an. Was, bei Uma, Mutter aller Wellen, ging hier vor?

Quas Gesicht wetterleuchtete. Immer wieder blitzte Verstehen auf, gleich darauf versanken seine Blicke wieder in Irrsinn und Vergessen. Dann plötzlich, als hätte eine Wasserspinne ihn mit ihrem Netz festgezurrt, erstarrte Quas Ausdruck zu einer Maske. Die Maske eines gütigen und klugen Gesichts. »Restella, wie geht es dir?«, fragte Qua flüsternd.

Ihre Augen waren so weit aufgerissen, dass es wehtat. »Gut«, antwortete sie hastig. »Hast du ... den Hai getötet?«

Qua nickte müde. Kein Blinzeln, kein Zucken in seinem Gesicht. Wenn er sprach, schienen sich die Lippen nicht zu bewegen.

»Bist du ein«, Stella fing an zu stottern, »ein ... ein Magier?«

Keine Bewegung, kein Lächeln. Aber so etwas wie Wehmut in der mühsamen Antwort. »Früher einmal, ja. Früher gehörte ich zur Zunft der Magier. Mächtig waren wir, mächtig war ich.«

Stella hielt den Atem an und wagte nicht den Greis zu unterbrechen.

»Aber dann«, flüsterte Qua weiter, »dann geschah etwas. Und die Schule der Magier sandte mich aus, um ...« Plötzlich zerbrach die Maske. Quas Gesicht schien aufzuquellen und zu zerspringen, wild zuckten seine Wangen, die Nasenlöcher blähten sich und in den Augen entzündete sich der alte Irrsinn. Qua schrie: »Dann ging ich in die Tiefe, qua, so tief, tief, noch tiefer, dunkel, so dunkel und kalt, qua, die Qua... und meine Kraft reichte nicht und ich zerbrach, qua, und die Welt war tot, qua, und ich auch. ICH AUCH!«

»Beruhige dich!« Erschrocken drückte Restella den dürren Körper zurück an den Palmenstamm. Qua hatte angefangen um sich zu schlagen und schrie weiter, immer nur ICH AUCH, und brüllte so lange, bis er sich leer geschrien hatte. Endlich wurde er ruhiger. Stella strich ihm den Schweiß von der Stirn. Und wieder wechselten seine Gesichter, wieder blitzte der Wahnsinn auf und gleich danach der Verstand, bis die Maske sich noch einmal über Quas Kopf legte.

»Es ist so schwierig«, flüsterte der Mann, der einmal ein Magier gewesen sein musste. »So schwierig, mich festzuhalten. Glitschig wie ein laurianischer Meeraal. Und so wenig Zeit. Zeit. Zeit.« Wieder blieb das Gesicht regungslos, aber seine Finger bohrten sich so fest in Stellas Schultern, dass sie zusammenzuckte. »Wir müssen«, raunte er, »wir müssen sie suchen. Etwas Schreckliches geschieht. Verhindern, Restella, verstehst du, wir müssen sie suchen und finden.«

»Wen denn?«

»Ahhhh, so schwer, mich zu halten, ich will zurück. Zurück ins Vergessen.« Die Maske bröckelte erneut.

»Wen, Qua, wen müssen wir finden?«

»Die Schule«, raunte er mit letzter Kraft. »Die Schule der Magier. Geh in die Bibliothek. Palmblattbuch, die Karte. Bringe uns zur Schule! Letzte ... Möglichkeit. Sonst ... gibt ... gibt es keine ... Rettung ...«

Wieder brach der Sturm aus auf dem Gesicht des Alten. Zucken und Schreien. Dann sackte er in sich zusammen, erschlaffte und schlug doch wieder die Augen auf. »Qua sagt: Gaaanz hungrig sein. Gibst du mir was?«

Restella schaute ihn an und schluchzte los – das war einfach zu viel. Erst Fim, der mit diesem verfluchten Findelkind verschwand, dann die Krebsmenschen auf der Sandbank der Stille, ihre Eltern, die sie allein zurückließen, und der mörderische Hai, dem sie nur knapp entwischt war. Und jetzt dieser zerstörte alte Mann, der mit einer bloßen Handbewegung den Doppelhammer vernichtet hatte, aber jetzt wie ein Kind vor sich hin brabbelte. Zu viel. Viel zu viel.

»Nicht weinen. Musst nicht weinen. Qua ist hungrig. Qua fragt: Was ist heller, das Feuer einer Kerze oder ein brennendes Palmblatt? Die Qua… Musst nicht weinen. Gibst du mir was?«

Stella zwang sich zu einem Lächeln. Und nichts verblüffte sie mehr an diesem ganzen furchtbaren Tag als die Erkenntnis, dass die beiden Rotbauchschnapper immer noch an ihrem Gürtel hingen. »Ja«, sagte sie schniefend. »Ich geb dir was.«

Die Falltür führte ein paar wenige, in den Sand geschnittene Treppenstufen hinab zu einem schmalen Gang, in dem sie nicht aufrecht stehen konnten. Mehr kriechend als gehend folgten Berryl und Fim dem Tunnel. An seinem Ende flackerte ein Licht.

»Krebsmenschen können das auf keinen Fall sein«, flüsterte Fim. »Die sind viel zu groß für den Gang hier.«

Berryl antwortete nicht, sondern setzte nur vorsichtig einen Fuß vor den andern, bis der Tunnel in einer kleinen Höhle endete. Auch hier knisterte ein Feuer, gespeist von Palmblattbüchern, die ein alter Lichtatmer verbrannte. Er bemerkte die beiden nicht. In sicherer Entfernung blieben sie stehen, bis Berryl sich entschloss: »Umas Gruß für Euch.«

Der Mann fuhr erschrocken herum und musterte die Jungen. Sagte kein Wort. Er musste uralt sein – ein Großvater wie der Manta. Seine Schuppen hatten jeden Glanz verloren, sein Kopfhaar war grauweiß und dünn, Falten durchzogen seine Haut wie die Rillen eines Baumstamms. Die zerfetzte Tunika war blutverschmiert und über seinen Augen lag ein milchiger Schleier wie bei einem toten, halb verwesten Fisch.

Nach langem Schweigen redeten sie gleichzeitig los. »Bist du Kalamus, der Perlensucher?«, fragte Berryl. »Wo sind die Krebsmenschen hin?«, wollte Fim wissen. »Lebendige Lichtatmer!«, rief der Alte aus.

Dann lachte er krächzend auf, als er Berryls Frage verstand. »Du suchst also die Perle, was? *Einer, der eins und doppelt ist, einer, der aus dem Nichts gekommen, einer, der alle Sprachen spricht, einer, der durch das Gold geschwommen* ... Ha!« Der Alte lachte böse. »Du kommst zu spät. Ich habe alles verbrannt, jede Aufzeichnung, jeden Hinweis. Zur Wüstenhölle mit dieser Perle.«

Berryl zuckte mit keiner Schuppe. »Du bist Kalamus'«, stellte er fest.

»Ja.«

»Kalamus, der Weise. Der die Perle fand und doch nicht berührte.«

»Weil ich nicht der Ausgewählte war.« Kalamus' Stimme klang gequält.

»Ich brauche deine Aufzeichnungen nicht.« Unerschrocken, getrieben von seiner Zukunft und dem Weg, den er gehen musste, redete Berryl weiter. »Du bist am Leben, Kalamus. Du kannst mir alles erzählen.«

Wieder lachte der Alte – so greisenhaft hell, dass Fim die Schuppen zu Berge standen.

»Ich sage nichts«, erklärte Kalamus dann. »Mein Leben war lang. Ich wartete auf den Richtigen, aber er kam nicht. Nie. Nur zu ihm hätte ich gesprochen.«

»Ich könnte dich zwingen.« Berryls Stimme war kalt. Die Perle leuchtete in seinen Gedanken, das große Ziel, die Gewissheit, dass er siegen würde, wo so viele versagt hatten. *Einer, der eins und doppelt ist.*

Kalamus lachte nur. »Womit willst du mir drohen, Bursche? Mit Schmerzen? Mit dem Tod? Schaut her!« Mit knochigen Fingern zerrte er seine Tunika auseinander und Fim stieß die Luft zischend aus – er war froh, dass sein Magen schon leer war: Quer über die eingefallene Brust des Alten zog sich eine klaffende Wunde. Blut und Eiter tropften heraus; von den Wundrändern hing zerfetztes Fleisch in kleinen Streifen.

»Ja, mich haben die Bastarde auch erwischt. Nur ein einziger Hieb mit ihren Scheren und sie ließen mich liegen für tot. Hatten ja auch Recht.« Erneut kicherte Kalamus und hustete Blut. »Ich habe keine Drohungen mehr zu fürchten, Bursche. Meine Fahrt ist zu Ende. Die große Strömung ist bereit für mich. Endlich.«

Berryl schien aufzuwachen. Er zuckte vor der blutigen Verletzung zurück und schlug die Hände vors Gesicht. »Verzeiht. Bitte. Ich … ich wollte nicht, o Uma, ich war nur so sicher, dass …«

Fim hörte die enttäuschten Schreie in Berryls Stimme und auch Kalamus hörte sie.

»Vielleicht?«, krächzte er. »Vielleicht … Kommt her, Burschen. Kommt zu mir. Meine Augen sind so stumpf geworden wie die eines blinden Olms. Kommt. Ja, noch ein Stück – aber das, nein, das … Kann das sein? Jetzt, am Tor zum großen Ozean, im Augenblick des letzten Schwimmzugs? Blendet mich Scamanders Nähe?«

Berryl und Fim waren zögernd herangekommen und blickten in die weißen Augen Kalamus', die nervös blinzelten.

»Ich muss mich setzen«, keuchte der. Und hustete

wieder. Ein Blutstropfen quoll aus seinem Mund und blieb an der runzligen Unterlippe hängen. »Vielleicht«, meinte er wieder. »Also gut. Hört zu, ich habe nicht mehr viele Worte in meinem Mund. Aber sie mögen noch ausreichen.« Kalamus krümmte sich zusammen und hustete roten Schleim. »Du suchst also die Perle. Versuch es doch. Nur der Eine wird den Wächter überlisten. Bist du es nicht, schenkt er dir das ewige Schweigen.«

»Der Wächter?«, fragte Berryl.

»Schweig!«, keuchte Kalamus. »Und hör zu. Du musst durch das Gold schwimmen, ja, das ist schwer, das brennt.« Nur noch mühsam konnte der alte Mann sprechen. Jedes Wort schien er mit letzter Kraft aus sich herauszuzerren. »Für den Goldenen See brauchst du die Feueralge. Kannst du nur von den Dunklen bekommen.« Ein Geräusch aus seiner Kehle, das ein Lachen sein konnte oder ein Schmerzensschrei. »Schon daran wirst du scheitern. Sinnlos. Dann ist da noch der Wächter. An ihm erkannte ich mein eigenes Scheitern. Nein. Keinen Sinn … ich …«

»Wo, alter Mann! Wo ist die Perle?« Berryl packte Kalamus an den dürren Schultern und schüttelte ihn. »Wo?«

»Geh … nach Norden …« Die greise Stimme war am Verlöschen: Eine Kerze brannte zu Ende und zischte nur noch leise. Aber Berryl wollte auch dieses Zischen noch hören und presste sein Ohr ganz dicht an Kalamus' Mund. »Norden … über den Spitzwald der Felsen … dann die Kette der Zwölf … das Tal der roten Schatten … dort …«

»Was?« brüllte Berryl.

»Dort … hinunter … zum … Goldenen See …«

»Wo, alter Mann. WO?«

Fim riss ihn zurück. »Er ist tot, Berryl. Hör auf.«

Mit wildem Funkeln blickte Berryl ihn an, schüttelte sich und erkannte erst dann den zerbrochenen Körper in seinen Händen.

Auch Fim starrte und die Schuppen standen ihm immer noch zu Berge. »Du hast Blut am Ohr«, sagte er und wandte sich ab.

Stella konnte es kaum glauben, aber auch sie verzehrte die Schnapper hungrig und schnell.

»Leckkkkker«, gurrte Qua und rieb sich den Bauch. »Qua sagt: Danke, Königin.«

Und Stella lächelte. Die Sonne versank und schickte ihre orangefarbenen Lichtkinder in den Himmel. Fims Schwester war froh, dass dieser Tag endlich zu Ende ging, aber sie war noch nicht müde. Immer wieder musste sie daran denken, was ihr der alte Narr erzählt hatte. Auf einer Haarsträhne kauend schaute sie Qua zu, der sich die Finger ableckte.

»Komm«, meinte sie dann, »wir suchen uns etwas Schönes zum Lesen.«

In der Bibliothek verließ sie aber die Hoffnung. Wie sollte sie unter den Tausenden von Palmrollen die richtige herausfinden? Wo sollte sie überhaupt anfangen? Und was suchte sie eigentlich? Irgendetwas über eine Schule der Magier – mochte Uma wissen, was das überhaupt sein sollte. O Göttin der Wellen, warum musste bloß alles so kompliziert sein? Sie wollte doch nur auf ihren Bruder warten und danach den anderen aufs Korallenatoll folgen. Mehr nicht. Und trotzdem stand sie jetzt hier, inmitten unzähliger Schriftrollen und drauf und dran eine geheimnisvolle Magierschule zu suchen. Völlig verrückt. Und doch: Qua beherrschte die Magie des Wassers. Die furchtbare Drohung seiner Worte vorhin presste etwas in ihrem Körper zusammen. So stark und schmerzhaft, wie der Wasserdruck ihre Lungen zusammendrückte, wenn sie zu tief tauchte. Bring uns zur Schule, hatte Qua gesagt – oder der andere, der sich aus Qua herausgearbeitet hatte. Zur Schule der Magier. Sonst gibt es keine Rettung.

Stella seufzte und wühlte in den Büchern herum. Las Titel und Überschriften, öffnete hier eine Rolle und dort. Qua schaute ihr grinsend und zufrieden zu. »Hilfst du mir?«, fragte Restella.

Der Alte nickte. »Qua hilft. Qua räumt auf.« Fast zärtlich nahm er ihr die Schrift ab und rollte sie sorgfältig zusammen.

»Nein! Du musst mir beim Suchen helfen. Wir müssen die Schule der Magier finden, erinnerst du dich nicht?«

Qua verzog den Mund, fast als wollte er weinen. »Qua hilft, ja, qua, Wasser trinken. Aber Qua kann nicht lesen.«

Stella seufzte noch einmal. Sie würden es nie schaffen. Trotzdem versuchte sie es. Sie wühlte sich durch Palmrollen, strich brüchige Blätter glatt und las, bis sie eine ganze Talgkerze verbraucht hatte und ihr die Augen fast zufielen. Genug für heute. Qua war schon längst in eine Ecke gesunken und schnarchte leise vor sich hin, stöhnte aber auch manchmal. Was für Albträume er wohl haben mochte? Aber lange dachte sie nicht darüber nach. Räumte sich selbst ein Eckchen frei, kuschelte sich dann in getrocknete Daunenalgen und kämpfte bald mit ihren eigenen Träumen.

Am nächsten Morgen wachte sie auf mit Kopfschmerzen und Seelenschmerzen und überhaupt tat ihr eigentlich alles weh. Aber immerhin lebte sie noch. Und das hatte sie Qua zu verdanken, der immer noch schlief – ob der magische Wasserstrahl ihn so erschöpft hatte?

Stella streckte sich und lief zur großen Vorratshütte ihres Stammes. Heute würde sie auf keinen Fall fischen gehen! Aber die Auswahl an Vorräten war groß: Sie griff sich ein paar eingelegte Tintenfischringe, etwas Salzfisch und ein paar Hände voll Brotalgen, die sie zermahlte und zu Teigfladen formte. Dann füllte sie noch einen großen Wasserbeutel im Tempel der Quelle und kehrte zur Bibliothek zurück.

Qua und sie frühstückten ausgiebig. Und verblüfft stellte Restella fest, dass sie diesen Morgen genoss. Eitel schaute sich die Sonne in den Millionen Wellen ihr Spiegelbild an – prachtvoll glitzerte das Meer. Weit draußen sprangen Delfine, die treuen Hunde Scamanders, um die Wette, schlugen sogar Purzelbäume und ließen sich keckernd wieder ins Wasser zurückfallen. Es war heiß, aber ein kühlender Nordwind verhinderte das Schlimmste, und am Himmel standen weiße Streifenwolken wie Pfeile, die ihr die Richtung zeigen wollten.

Es ist schön hier auf dem Atoll der Tausend, dachte sie. Vielleicht muss man erst den Wellengruß mit dem Tod wechseln um sich wieder daran zu erinnern. Noch eine Weile lag sie in der Sonne, freute sich an der Wärme auf Haut und Schuppen. Dann machte sie sich wieder an die Arbeit.

Aber sie hatte kein Glück. Sie durchstöberte die Regale und rollte ein Buch nach dem anderen auf. Sie fand eine vergilbte Chronik des Atolls und einmal sogar einen Reiseführer zu den Geheimnissen Aluas. Da las sie dann zwar staunend über lebendige Eisberge im Nordmeer und über eine Kette der Zwölf – aber eine Schule der Magier wurde auf keinem Palmblatt erwähnt.

Die Zeit trieb langsam vorwärts, und die Sonne kletterte ihre Himmelsleiter hinauf, bis sie den Mittagsthron erreicht hatte. Stella suchte in der Bibliothek. Nichts.

»Königin, spiel mit mir!«

»Es tut mir Leid, Qua, aber für Spiele haben wir keine Zeit. Wir …«

Sie stockte, denn sie hatte Qua angeschaut. Seit sie gestern den furchtbaren Kampf auf seinem Gesicht beobachtet hatte, suchte sie immer wieder in den Augen des Alten diesen anderen. Und gerade eben war es ihr so vorgekommen, als …

Unsinn. Qua stand blöde grinsend neben ihr und hielt ein Tuch in der Hand. Wollte er Blinder Wal spielen oder was?

»Hör mal, Qua, ich …«

»Spiel mit mir, Königin. Qua sagt: Wer denkt, ist eine leere Auster; wer spielt, ist eine Auster mit Perle.«

Stella zögerte. Aber warum nicht? Eine Pause musste sie ohnehin machen – ihr schwirrte der Kopf vor lauter Büchern.

Also band sie dem lächelnden Qua die Binde um die Augen, zupfte sie sorgfältig zurecht, damit er auch bestimmt nichts sah, und wirbelte ihn ein paarmal im Kreis herum. Nicht zu heftig natürlich. Dann schlich sie in eine Ecke. Wie sie erwartet hatte, stolperte Qua orientierungslos umher.

»Hier bin ich!«, sagte sie leise. Aber der alte Lichtatmer kümmerte sich nicht um sie. Gerade wollte sie wieder etwas sagen, als sie sich vorsorglich eine Haarsträhne zwischen die Lippen stopfte und zu kauen begann: Qua drehte sich zu den Bücherregalen! Witternd wie eine Nacktschnecke, die ihre Fühler ausstreckt, befingerten seine Hände vorsichtig die Palmblätter, zuckten manchmal zurück und tasteten zaghaft weiter.

Stella hielt den Atem an und rührte sich nicht. Konnte es sein ...

Lange tapste Qua wie ein Schlafwandler zwischen den Bücherregalen hin und her, strich zärtlich über gegerbte Fischhäute oder beschriebene Palmblätter. Endlich blieb er stehen und schien zu lauschen. Zog aus den Tiefen eines mit Manuskripten voll gestopften Schrankes eine einzelne vergilbte und brüchige Rolle. Und murmelte: »Qua sagt: Ja.«

Langsam zog er sich die Binde von den Augen und grinste Stella an. »Qua gewonnen?«

»Lass mal sehen ...« Neugierig nahm sie ihm die Schrift aus der Hand und breitete sie vorsichtig aus. »Aber das sind nur Tabellen!«, rief sie enttäuscht. »Zahlen und Buchstaben und Namen. *Zeitgleichung und Ortswahl der veränderlichen Objekte Aluas*. So heißt das Ding. Was sollen wir damit bloß anfangen?« Doch dann fiel ihr Blick auf die drei Worte, die sie suchte: Schule der Magier.

Stella brauchte eine Weile, bis sie verstanden hatte, worum es sich bei dieser Buchrolle handelte. Sie enthielt die veränderlichen Objekte Aluas – das bedeutete alles, was nicht an einem Ort blieb. Schwimmende Inseln, Kometenfischschwärme und sogar Strömungen waren vermerkt. Jeder Name der langen Tabelle wurde in ein System von Monden und Jahreszeiten eingegliedert. Restella fuhr die Zeile entlang, über der *Schule der Magier* stand, und zählte die Monate ab. Jetzt waren sie kurz vor der großen Tangernte. Also mal sehen. Sie fand eine Zahl und einen Buchstaben. Und jetzt?

Sie blätterte weiter, überflog Namen und Zahlen. Auf der letzten Seite schließlich fand sie die Karte. Eine Landkarte von ganz Alua, eingeteilt in ein Linienraster. Stella staunte – so groß war ihre Welt? Neugierig suchte sie das Atoll der Tausend und fand es schließlich in der unteren rechten Ecke. Wie winzig ihr Zuhause auf dieser Karte aussah – die tausend Inseln waren nicht mehr als ein kleiner Fleck. Restella schaute noch einmal in der Tabelle nach, verglich Zahl und Buchstaben mit dem Raster auf der Landkarte und tippte schließlich auf einen Punkt der großen Zeichnung. »Dort«, flüsterte sie. Genau dort musste die Schule der Magier jetzt sein. Aber war das möglich?

Stella seufzte und ließ *Zeitgleichung und Ortswahl der veränderlichen Objekte Aluas* sinken. Das hatte doch alles keinen Sinn. Mit einem Mal kam sich Stella vor wie ein kleines Kind mit einer selbst gemalten Schatzkarte, ein Kind, das wirklich an diesen Schatz glaubte. Aber es gab keinen. So zwecklos. Stella wurde wütend.

Qua stand immer noch neben ihr und lächelte erwartungsvoll.

»Ja, grinse nur, du Möchtegernmagier. Wenn du jetzt sagst, du willst spielen, fange ich an zu schreien. Was glaubst du eigentlich? Schule der Magier! Siehst du, wie weit das ist? Zehnmal die Strecke bis zur Sandbank der Stille. Und die anderen haben uns gerade mal einen winzigen Einbaum übrig gelassen. Nein, mein Lieber.

Schlag dir das aus dem Kopf, falls da überhaupt noch etwas drin ist.« Und gereizt ließ sie Qua stehen.

Am Strand beruhigte sie sich, aber nur langsam. Warum aufregen? Sie hatte getan, was sie konnte. Allein mit einem verrückten Qua auf einem verfaulten Boot halb Alua zu durchqueren, das kam überhaupt nicht infrage. Sicher, sie übertrieb – das Boot war gut in Schuss und die Strecke nicht unüberwindbar. Aber trotzdem. Sie würde jedenfalls nicht ihr knapp gerettetes Leben aufs Spiel setzten um sich einer vergilbten Landkarte anzuvertrauen. Und nur Uma wusste, ob die Tabellen überhaupt noch stimmten. Strömungen änderten sich. Und Schulen der Magier, falls so etwas überhaupt existierte, konnten schon längst irgendwo anders umherschwimmen.

Nein. Sie würde auf Fim warten und dann zu Eleni fahren und ihr alles erzählen. Sollte doch die entscheiden, was zu tun war. Doch sie wird dir nicht glauben, brummte eine zweite Stella in ihrem Kopf. Sie hat Quas Wassermagie nicht mit eigenen Augen gesehen. Würdest du es glauben? Natürlich nicht, antwortete Restella Nummer eins. Aber trotzdem. Das war alles viel zu vage und gefährlich. Ihr Entschluss stand fest: Sie würde hier auf Fim warten. Und mehr nicht.

Doch in dieser Nacht begannen die Träume.

Das Treffen

Sie hatten die Sandbank der Stille nicht verlassen – sie waren geflüchtet. Obwohl die Nacht düster und ihre Körper müde waren, rannten sie zu ihrem Boot, schoben es ins Wasser und fuhren in die Dunkelheit hinaus. Nur weg, nur fort von diesem todesstinkenden Ort.

Sie ruderten unter dem wieder anschwellenden Silbermeer des Mondes und sprachen kein Wort. Aber umso mehr Wörter schwammen im Ozean ihrer Köpfe. Fim dachte an all den Gräuel, der hinter ihnen lag, all die zerschundenen Leiber, all die Zerstörung. Was für ein Idiot er doch gewesen war: Berryl retten und dann mit den Krebsmenschen Frieden schließen oder sie zurückschlagen und als gefeierter Held zu den Lichtatmern zurückkehren. So hatte er sich das vorgestellt. Lachhaft. Die Krebsmenschen hatten die Sandbank der Stille so gründlich auseinander gerissen wie ein Taifun aus Fleisch und Panzer. Was sollte Fim schon gegen die ausrichten? Und nichts hatte er erfahren über ihre Gründe und ruchlosen Pläne. Wohin die Söldner wohl jetzt unterwegs waren, plündernd und mordend?

Mal sehen, überlegte Fim. Wenn sie einen Feldzug gegen uns führen würden, hätten sie von der Sandbank der Stille aus zum Atoll der Tausend ziehen können. Sind sie aber nicht – die hätten wir bestimmt nicht übersehen. Bei Uma, ich werde nie mehr schlafen können ohne von aufgeschlitzten Leibern zu träumen. Ruhig, Fim, ruhig. Also, wohin gehen sie dann? Vielleicht ...

Auch Berryl hatte Mühe, nicht in seinen hin- und herwogenden Gedanken zu ertrinken. Es kam ihm vor, als hätte sein doppelter Körper, der mal Licht, mal Wasser atmen musste, plötzlich auch zwei Köpfe bekommen. Der eine war voller Euphorie und glücklichem Taumel: Kalamus hatte ihn als den Ausgewählten erkannt und ihm den Weg zur Großen Perle gezeigt. Er, Berryl, die Missgeburt, würde sie finden und zum Thronsaal der Quelle zurückbringen. Endlich würden die Lichtatmer nicht mehr auf ihn hinunter-, sondern zu ihm aufsehen. Der zweite Berryl dagegen weinte, lautlos und ohne Tränen. Was tust du?, fragte der. Wozu wirst du? Zu einer seelenlosen Puppe wie die Krebsmenschen? Kalt und böse, nur auf der Suche nach dieser Traumperle. Du willst König der Lichtatmer sein? Du bist grob und gefühllos. Nichts interessiert dich als dein eigener Weg.

»Fim?«, fragte er irgendwann, als das Schweigen so unüberwindbar zwischen ihnen lag wie ein Graben der Tiefsee. »Verzeihst du mir?«

Fim schaute mit leeren Augen, nur langsam tauchte er aus seiner Gedankenreise auf. Und wie aus weiter Ferne sagte er: »Nein. Du hast Kalamus beleidigt, bedroht und gequält. Dich möchte ich niemals als meinen König sehen.«

Nur mühsam unterdrückte Berryl seine wieder aufflackernde Wut. Und fragte sich, woher sie kam. »Wer Großes will, muss Großes tun, sagt Scamander.«

»Ach ja?« Fim schüttelte den Kopf. »Und du tust also Großes, ja?«

»Ich werde die Perle finden.«

»Mit zahllosen Leichen um dich herum?«

»Wenn es sein muss.«

Fim lachte hohl auf. »Ich habe mich geirrt. Gestern, als ich sagte, du seist nicht verrückt. Du bist es, Berryl. Du bist besessen von dieser Perle. Bist verrückter, als Qua es je war. Alles andere ist dir egal, nur die Große Perle der Quelle zählt. Die Angriffe der Krebsmenschen kümmern dich nicht. Oder das Elend der Lichtatmer. All der Schmerz.«

»Was weißt du von meinem Schmerz?«, fragte Berryl leise.

»Nichts«, antwortete Fim. »Aber was weißt du von Freude?«

Sie schwiegen und ruderten weiter. Die Nacht blieb still und warm, der Mond schaute auf sie herunter, sah nichts Interessantes und verschwand schließlich im Meer. Der Morgen brach an. Rudern und Schweigen.

Beharrlich folgte Berryl dem Nordstern – bald konnte er wieder nach der Sonne lenken. Fim bemerkte ihre Richtung nicht oder schwieg einfach. Nach Norden, hatte Kalamus gesagt. Zum Spitzwald der Felsen. Unbarmherzig trieb Berryl das Boot vorwärts, selbst getrieben. Er würde die Perle finden. Er musste sie finden. Sonst, das verstand Berryl jetzt, wäre sein Leben sinnlos gewesen.

Aluas Sonne schickte ihre ersten Strahlen, vertrieb die Gespenster der Nacht und zumindest auch ein paar in Fims Kopf.

»Ich kann nicht mehr«, brummte er müde.

»Ja, wir sollten uns ausruhen«, meinte auch Berryl.

Nach kurzer Zeit entdeckten sie einen öden Felsenhaufen, der wie von achtlosen Riesen hingeworfen vor ihnen im Meer auftauchte.

»Dort«, sagte er und Fim nickte nur erschöpft mit dem Kopf.

Als sie die Steinküste erreicht hatten, spürte Berryl, wie sein Körper zu zucken begann und ein brennender Husten in seiner Kehle saß. Seine verfluchte Doppelnatur forderte ihr Recht. »Schaffst du es alleine bis zu der Bucht dort vorne?«, fragte er Fim. »Ich muss ins Wasser.« Und bevor der andere antworten konnte, ließ er sich über den Bootsrand gleiten. Und tauchte.

Eine lichtdurchglühte Zauberwelt empfing ihn. Das Wasser war flach und klar, unter ihm wuchsen Geweihkorallen wie zu Stein gewordene Fächer und wiegten sich leicht in der Strömung. Glitzernde Fischleiber stoben an ihm vorbei, flammten auf, wenn sie in die Kurve gingen und Sonnenstrahlen reflektierten. Eine kleine Gruppe Seepferdchen drängte sich um einen abgebrochenen Riesenschwamm und Berryl tauchte zu ihnen hinab. Näherte sich vorsichtig und wartete, bis die kleinen Tiere ihn nicht mehr als Bedrohung wahrnahmen. Eines der Seepferdchen schwebte neugierig heran und kringelte seinen winzigen Schwanz um Berryls Finger. Die Angst, die ganze Müdigkeit der letzten Tage – all das schien das Wasser abzuwaschen wie die rußige Asche auf Berryls Haut. Das Meer beruhigte ihn und verzauberte mit seinen unzähligen Farben und Geschöpfen. Wie so oft dachte Berryl, dass er vielleicht eher hierher gehörte als zu der lauten Welt der Lichtatmer.

Ein großer trapezförmiger Schatten schob sich über ihn – etwas verdeckte die Sonne. Als Berryl hochsah, verschluckte er sich fast. Unmöglich. Und doch: Was da jetzt groß und majestätisch zu ihm hinuntersank, war niemand anderer als Großvater, der Manta. Unverwechselbar hing ihm der graue Bart aus Steinalgen von der Schnauze.

»Großvater!«, rief Berryl unwillkürlich aus – wieder überrascht von dem Klang seiner Stimme unter Wasser. So als freute sich der Rochen, dass der Junge ihn erkannt hatte, schlug er einen gewaltigen Salto und ließ sich dann an Berryl herantreiben. Der kratzte ihm einen Parasitenkrebs vom Rücken und schaute in die tiefen, so menschlichen Augen.

»Du bist uns gefolgt, nicht wahr? Bist jetzt unser Freund.«

Großvater antwortete nicht.

»Er ist uns die ganze Zeit hinterhergeschwommen?«

Fim konnte es kaum glauben. »Verrückt. Die ganze Welt wird verrückt. Erst Qua, dann Eleni, dann du – und jetzt auch noch ein großer, alter Rochen!«

Berryl grinste. Er war froh, dass Fim nicht mehr so enttäuscht und bitter klang.

»Hast du nur mit ihm herumgespielt oder uns auch ein bisschen was zum Essen mitgebracht?«

»Natürlich!« Berryl hob ein halbes Dutzend Graurollen hoch und legte sie Fim vor die Füße. Der zuckte zurück und kratzte sich am Arm – dort, wo die Giftrute des Peitschenigels eine dünne Narbe hinterlassen hatte. Seit diesem Tauchgang waren Graurollen wahrlich nicht mehr seine Lieblingsspeise.

Aber Berryl lachte nur und holte den kleinen Perlmuttdolch hervor, mit dem Fim ihn befreit hatte. Weidete die Tiere aus, schlug mit einem Flammenstein Funken und brachte ein Büschel Knallgras zum Brennen. Bald knackte ein kleines Feuer, in dem das Graurollenfleisch knusprig schmorte. Und lecker roch.

Was soll's, dachte Fim und griff zu.

Der Traum wiederholte sich jede Nacht. So gleichmäßig, wie die Tage auf dem Atoll der Tausend verstrichen, so unabänderlich kam in den Nächten der Traum. Restellas Augen hingen schon tief in ihren Höhlen, sie schob das Einschlafen immer weiter hinaus, bis sie einfach wegdöste. Und der Traum wartete schon wie ein gieriger Doppelhammer auf seine Beute.

Er begann schön: Stella schwebte weit über Alua und konnte sich gar nicht satt sehen an dem türkisblauen Wasser der Meere, an den kristallweißen Wolkenstreifen, an den goldenen Stränden und Inseln. Aber dann fiel sie. Stürzte auf ihre Welt zu und erkannte, dass sich alles verändert hatte. Die Inseln und Atolle waren menschenleer und verwüstet. Nicht von Krieg oder Krebsmenschen, sondern von Sturm und Flutwellen. Alle Bäume waren geknickt und zersplittert wie Seegrashalme. Die Hütten der Bewohner waren zerfetzt und in alle Winde verstreut oder schwappten als Treibgut auf den Wellen. Wohin Stella auch kam, überall das gleiche Grauen: Alua war eine verwüstete Welt. Und kalt. Entsetzt bemerkte sie, wie große Eisschollen auf dem Wasser trieben. Regen und Schnee peitschte auf die wenigen Überlebenden ein – in Lumpen gehüllte Lichtatmer, abgemagert und frierend. Stürme brüllten über die Atolle und Inseln, wie große Drachen fraßen sie sich satt, kauten, zermalmten und spuckten nur die Reste wieder aus: zerbrochene Bäume, zerstörte Hütten, leblose Körper.

Dann tauchte Restellas Traumkörper in das Meer ein und auch hier fand sie nur Zerstörung. Die früher einmal bunten Feuerkorallen reckten sich ihr sterbend und ausgebleicht vom Meeresboden entgegen. Die schönsten Farbschwämme waren nur noch schimmlig und fahl. Ganze Seegraswiesen zerstört – nur noch braune, vertrocknete Halme trieben in der Strömung. Und über allem lag eine kristallene weiße Kruste. Mit der Gewissheit eines Traumes wusste sie auch, was das war: Salz. Stella schrie, sie schluckte Wasser, sie erstickte, wurde wieder hinausgeschleudert nach oben, mitten hinein in einen Sturm, der sie hin und her warf wie einen Kiesel in der Meeresbrandung. Dann tauchte plötzlich Qua auf. Der kluge, wissende Qua, Beherrscher der Wassermagie und Beschützer der Lichtatmer. Aber diesmal trug er keine starre Maske, überhaupt keine Maske, nicht einmal Haut, keine Lippen, keine Augen, keine Nase. Qua trug einen Totenschädel auf seinem greisen Körper und in den leeren Augenhöhlen lag nichts als ozeantiefe Traurigkeit.

»Wir müssen los, Restella«, sagte er im Traum, die Worte spritzten wie kleine Stacheln aus den gebleckten Zähnen des Schädels – jedes bohrte sich in sie hinein. »Wir haben keine Zeit mehr. Wir müssen die Schule der Magier finden. Müssen mich finden. Qua muss wiedergefunden werden. Wenn du hier bleibst, Königin …«, Qua packte Stellas Hand und zerrte brutal an ihren Fingern – und bei jedem der folgenden Worte riss er einen ab: »Dann« – knack – »wird« – knack – »unsere« – knack – »Welt« – knack – »sterben« – knack!

Das Knirschen ihrer ausgerissenen Knochen war so fürchterlich, dass sie schrie und aufwachte.

Stella wurde immer nervöser und reizbarer, aber sie wollte nicht nachgeben. Sie würde hier auf Fim warten, auf ihren Bruder. Alleine mit dem verrückten Qua aufzubrechen um die Magierschule zu suchen war genau das: verrückt. Restella war stark – einen einmal gefassten Entschluss konnte so leicht nichts erschüttern. Aber bald hatte sie mehr Angst vor dem Einschlafen, als sie vor dem Doppelhammer gehabt hatte – ihr Tod mit seinem aufgerissenen Messerrachen.

Irgendwie brachte sie die Tage herum. Strich über das verlassene Atoll der Tausend, erinnerte sich, wie sie dort mit Fim gespielt hatte und an diesem Ufer einmal ein toter Buckelwal angetrieben war, von dem sich die Lichtatmer mondenlang ernährt hatten. Stella besserte die Hütten aus, fegte Sand aus dem Tempelsaal der Quelle, tauchte nach Nahrung, kochte für Qua und sich und ging sogar oft in die Palmblattbibliothek und las. Alles – nur nicht an die nächste Nacht denken, den nächsten Schlaf, den nächsten Traum.

Und dann, zwei Wochen waren vergangen, in denen sie auf ihren Bruder wartete und auf ihren Traum, dann wurde er zur Wahrheit. Er begann wie sonst, zeigte ihr in dunklen Visionen die Zerstörung Aluas, und auch Qua trat pünktlich auf mit seinen Warnungen, die er aus seinem fleischlosen Totenschädel spuckte. »Wir müssen los, Restella«, sagte die hohle Stimme.

Sie wachte auf. Aber Qua verschwand nicht, sondern redete weiter. »Wir haben keine Zeit mehr. Wir müssen die Schule der Magier finden.«

Der Alte beugte sich über sie und flüsterte die Worte ihres Traumes. Immer noch war es Nacht, aber er hielt eine Talgkerze in der Hand, die sein Gesicht von unten beleuchtete. Verwirrt dachte Stella ein Blinzeln lang, dass da wirklich ein Totenschädel auf sie einflüsterte. Aber dann erkannte sie die Maske: Der andere Qua war wieder aus dem Wahnsinn seines verrückten Bruders aufgetaucht und schaute sie wissend an. Und wieder ohne jedes Zucken, ohne ein Blinzeln, fast ohne Bewegung der Lippen. Sein Gesicht war so starr, als drückte der vergessene, der versteckte Qua sich mit aller Kraft nach draußen, als presste er sich aus seinem eigenen Gesicht heraus um wenigstens Worte hinauszuschicken. Es waren die Traumworte.

»... müssen mich finden. Qua muss wiedergefunden werden. Wenn du hier bleibst, Königin ...«

Voller Grauen fühlte Stella mehr, als dass sie es sah, wie der Alte ihre Hand packte und seine knochigen Finger mit unbarmherziger Gewalt um ihre krallte. Er wird es tun, dachte sie entsetzt. Wird mir die Finger ...

»Qua, wach auf!«, schrie sie. Der Druck um ihre Hand wurde stärker. »Qua, bei Uma, hörst du nicht! Wach auf! BITTE!« Schmerz in den Fingern wie der würgende Griff einer Moräne. O Scamander, gleich musste ihr erstes Gelenk reißen. Qua zerrte mit stoischem Blick, ohne jede Regung im Gesicht, und gleich würde er »dann« sagen und ihren Finger abreißen.

»Qua! Was du auch bist, Verrückter oder Magier oder nur ein Traum du hast gewonnen ich komme mit gleich morgen suchen wir diese Teufelsschule aber bitte lass jetzt los bittelassjetztlosbitte ...«

Immer schneller hatte sie gesprochen, geschrien –

befehlend und beschwörend zugleich. Qua schien zu zögern. Aber wieder stach der Schmerz in ihre Hand hinein wie der Biss einer Seespinne.

»Verdammt noch mal, WACH AUF!« Mit letzter Kraft riss sie ihre freie Hand nach oben und schlug dem Alten, so fest sie konnte, ins Gesicht.

Qua zuckte nicht zusammen, wich nicht ein winziges Stück zur Seite. Aber endlich blinzelte er. Ließ ihre Hand fallen wie ein Stück Glutstein. »Qua sagt: Du bist es. Du bist die neue Königin der Lichtatmer.«

Und einen Moment lang wusste Stella nicht, wer da sprach: der verrückte Alte oder ein mächtiger Wassermagier, der irgendwo im Körper des Irrsinns gefangen saß.

Dann kippte sie um.

»Er folgt uns immer noch!«, rief Fim und zum ersten Mal seit langer Zeit klang seine Stimme wieder jung und glücklich. Er merkte es nicht.

»Ja!«, sagte Berryl. »Großvater ist jetzt mit von der Partie. Schön, nicht?«

Fim nickte. Zwei Tage waren vergangen, seit sie auf dem kahlen Felsen Rast gemacht hatten und dort den Manta wiederfanden. Seitdem folgte der Rochen ihnen. Und hatte ihnen schon bewiesen, dass er nicht einfach nur hinterherschwamm. Heute Morgen, als Fim hinabtauchte um Korallenharz zu sammeln, war es passiert. Ihr Boot leckte, sodass sich der Boden ihres Einbaums langsam mit Wasser füllte. Fim hatte ziemlich lange gesucht, denn nur eine bestimmte Korallenart schwitzte das seltene Harz aus, das dann wie goldene Tropfen um die Äste der Tierpflanze funkelte. Dabei war er einem

Rudel Bluthaie zu nahe gekommen, das offenbar gegen ein frisches Stück Fim nichts einzuwenden hatte. Bluthaie besaßen eine feuerrote Haut, waren klein und eigentlich nur als Gruppe gefährlich. Aber dieses Rudel war ziemlich groß. Fim war mit dem Einsammeln des Korallenharzes beschäftigt und bemerkte sie nicht. Außerdem ging ihm wieder einmal die Luft aus. Er kratzte noch einen letzten goldenen Harztropfen ab, schaute nach oben und sah sie: Wie rote Feuerwolken umkreisten ihn die Haie, immer enger, immer näher an ihm vorbeischießend. Aber dann war der Manta aufgetaucht, hatte mit seinem bulligen Körper einen der Bluthaie gerammt, so gelassen, als verscheuche er einen lästigen Putzerfisch. Das Rudel flüchtete sofort, während der Rochen Fim schon zu einem schnellen Ritt nach oben einlud.

»Großvater hat mich gerettet«, sagte Fim stolz, wobei er die letzten Ritzen in ihrem Boot mit Korallenharz zustrich.

»Ja, ja«, antwortete Berryl schlecht gelaunt. Sie kamen kaum voran. Erst das lecke Boot, dann starker Wind, gegen den sie nur schwer anrudern konnten. Auch die Strömungen waren schlecht. Die letzten zwei Tage hatten sie sich praktisch nicht von der Stelle gerührt. Kaum ein paar Schwimmzüge weiter Richtung Norden. Wo irgendwo der Spitzwald der Felsen auf ihn wartete. Und noch weiter eine Kette der Zwölf. Das Tal der roten Schatten. Und die Perle der Quelle.

Fim beobachtete seinen Freund, wenn dieses Wort denn überhaupt passte. Er konnte einfach nicht vergessen, wie Berryl den tödlich verletzten Kalamus angebrüllt hatte, konnte dieses eine Bild nicht aus seinem Kopf bekommen: Berryl, die Schultern des greisen Kämpfers gepackt, sein Ohr an dessen blutigen Lippen und dieses furchtbare Etwas in den Augen. Gier, entschied Fim. Blanke Gier war das gewesen in Berryls Gesicht. Aber Fim verstand auch, wie zerrissen sich der Doppelatmer fühlen musste. Sein Leben auf dem Atoll der Tausend war grausam gewesen: gerade mal geduldet, verachtet als Missgeburt und ohne Freunde oder Eltern. Oder eine Schwester. Sehnsucht nach Restella stülpte sich plötzlich über Fim wie ein Seestern über eine zu knackende Muschelschale. Ja genau, so war Berryl. Eine zusammengepresste Muschel, die sich niemandem öffnete. Ob man klopfte oder herumzerrte oder ein Messer zwischen den Spalt der beiden Schalen zwängte: Die Muschel Berryl blieb zu.

»Du willst zum Spitzwald der Felsen, nicht wahr?«, fragte Fim schließlich.

Berryl nickte. »Natürlich. Kalamus sagte ...«

»Ich weiß!«, unterbrach ihn Fim, heftiger als gewollt. »Ich weiß, was Kalamus gesagt hat.« Er würde es nie vergessen. »Aber ich habe nachgedacht. Es könnte sein, dass nicht nur wir dorthin unterwegs sind.«

Berryl beäugte ihn misstrauisch. »Was meinst du?«

»Die Krebsmenschen.« Leise, ganz leise. »Wo, glaubst du, sind sie hin? Wenn sie nicht zum Atoll der Tausend weitergezogen sind, dann bleibt als Nächstes nur der Spitzwald.«

Berryl erschrak. An die Söldner hatte er gar nicht mehr gedacht. Hatte ihr brutales Schlachtfeld weit in eine vergessene Ecke seines Kopfes gezwängt. »Du meinst ...?«, fragte er zögernd.

Fim nickte grimmig. »Genau. Wenn sie einen Krieg

gegen die Lichtatmer führen, dann gehen sie auch dorthin, wo sie welche finden.«

Stella zählte noch einmal die Wasserbeutel durch. Ihr Boot lag fast zu tief, angefüllt mit Segeltuch, Netzen, Waffen und Proviant. Aber wir werden lange unterwegs sein, dachte sie. Oder soll ich doch lieber bleiben und auf Fim warten?

Nein! Schaudernd dachte sie an letzte Nacht – alles war besser als noch einmal solch ein Traum, solch ein Erwachen. Und seit sie die Vorbereitungen für die Abfahrt traf, fühlte sie sich besser. Qua stand neben ihr am Strand, erwartungsvoll, aber dümmlich grinsend. Zum ersten Mal heute lächelte sie zurück. Sie brauchte wirklich keine Angst haben vor dem Alten. Oder doch?

Hatte sie noch etwas vergessen? Die Karte natürlich! Das Palmenbuch aus der Bibliothek. Schnell rannte sie und holte das kostbare Manuskript. Doch ein Schatz, irgendwie, dachte Stella. Sie glaubte nicht, dass es diese vergilbten Seiten, diese eine Karte noch einmal irgendwo auf Alua gab. Wieso verstaubte sie aber auf dem Atoll der Tausend? Einmal mehr wunderte sie sich, warum noch niemand die Tabellen und Zeichnungen benutzt hatte. Warum nie einer aufgebrochen war um die Schule der Magier zu suchen. Früher hatte Stella oft mit wohligem Schauer am Lagerfeuer zugehört, wie die Heilerin Eleni von dem verschwundenen Zauber der Wassermagier erzählte. Von einer Schule war zwar nie die Rede gewesen, aber trotzdem. Oder war alles vergessen? Fragen. Eleni hatte immer gesagt: »Fragen sind wie Schildkröten: Ein Leib legt tausend neue Eier.«

Stella seufzte und wandte sich an Qua: »Ich wünschte, du könntest mir antworten.«

»Qua sagt: Schweigen ist die Zierde der Fische, Königin.«

Stella runzelte die Stirn. »Warum sagst du bloß immer Königin zu mir?«

»Qua, die Qua... weil du es bist.«

Sie musste lachen. »Na gut. Ich glaube, jetzt haben wir alles. Sag dem Atoll Lebewohl und steige ins Boot, mein Prinz!«

»Du muzzzt vorzzzichtiger zzzein.«

»Ich weiß doch! Mach mich jetzt nicht nervös!«

»Dazzz bizzzt du doch schon!«

Syme fluchte leise. »Danke«, flüsterte sie Phosphor zu. »Du bist ein echter Freund.«

»Dazu zzzind Freunde ja da.«

»Wozu? Einem die bittere Wahrheit zu sagen?«

»Genau, kleine Zzzyme.«

»Geh doch in die Wüstenhölle, glitschige Schlange.«

Phosphor schwieg entrüstet. Schlange und Leuchtaal waren doch wohl zwei Paar Flossen. Ach, diese kurzlebigen Menschenkinder. Er mochte sie.

»Jetzt!«, raunte Syme aufgeregt und schwamm los. Der Leuchtaal glitt hinterher und erreichte kurz nach ihr die offene Luke der Dschunke.

»Los, rein mit dir!«, herrschte Syme ihn an. »Du leuchtest viel zu auffällig!«

»Gar nicht wahr! Auzzzerdem bin ich nun mal, wazzz ich bin.«

Aber schon war der Leuchtaal im Innern des Schiffes verschwunden – nicht ohne weiter über ihre verrückte

Idee zu schimpfen. Das konnte nicht gut gehen, fand Phosphor. Syme erlaubte sich ein Grinsen und folgte ihm dann. Erinnerte sich …

Nachdenklich geworden durch die Warnungen Hanalfs und anderer Schützer hatte Reglion schließlich nachgegeben. Eine der königlichen Dschunken würde sofort aufbrechen zum Spitzwald der Felsen. Dort sollte man nicht nur die Armee der Krebsmenschen beobachten, sondern auch einige Lichtatmer gefangen nehmen und verhören. Das Tiefe Volk musste herausbekommen, warum die Oberflächler das Meer vergifteten. Und auf welche Art und Weise. Und vor allem: wie man den Weißen Tod besiegen konnte.

Reglion trieb alleine im Perlmuttpalast und hielt das zerbrochene Narrwalhorn in Händen. »Meiner Welle gehört die Rache, sagt Scamander«, murmelte Krylas Herrscher. Und machte sich Sorgen. Während jeder Strömung starben die Alten und Schwachen. Unaufhaltsam spülte sich das giftige Salz in ihre Halsfalten hinein. Was sollte er tun?

Während Reglion im Perlmuttpalast grübelte, machten Hanalf und Brilion die Dschunke zur Abfahrt bereit. Bis zum Spitzwald der Felsen war es weit genug, um den Einsatz einer Dschunke zu rechtfertigen. Hanalf befahl noch ein letztes Mal die Zugtiere zu füttern – sie würden das Schiff ohne Pause an ihr Ziel bringen. Dorongas waren delfinartige Tiere, die aber zusätzlich zu ihren Flossen mit vier mächtigen Schaufelfüßen ausgestattet waren – nur Barrakudas waren vielleicht schneller. Jetzt mampften die acht Dorongas ruhig vor sich hin glotzend auf dem Seegras und niemand sah ihnen ihre Geschwindigkeit und Kraft an.

Dann gab Hanalf den Befehl zum Aufbruch. Nur er, Brilion und eine Hand voll Jungkämpfer würden zur Oberfläche aufbrechen. Und ein blinder Passagier mitsamt einem vor sich hin grummelnden Leuchtaal um die Schultern.

Die Dorongas brauchten zwei mal vier Strömungswechsel, bis sie das Schiff zum Spitzwald der Felsen gezogen hatten. Sie kamen gerade noch rechtzeitig. Für Brilion, Schützer der Stadt Kryla, bedeutete das allerdings: zu früh.

Als Berryl und Fim dagegen endlich ihr Ziel erreichten, war schon alles vorbei. Der Himmel strahlte klar und blau, keine Aschewolke, kein Rauch kündete von einem Überfall der Krebsmenschen. Aber das bedeutete nichts. Denn hier gab es keine Palmen, kein Holz. Dieser lichtatmende Stamm lebte in kleinen Felshöhlen – es gab einfach nichts auf der Inselgruppe, das brennen konnte.

Fim und Berryl waren müde. Die Fahrt hatte so lange gedauert. Immer wieder drückten Strömungen sie zurück, auch der Wind wehte ihnen entgegen, als wollte er sie unter allen Umständen von ihrem Weg abbringen. Tag um Tag strich Uma in ihrem großen Kalender ab und sie kamen doch nicht vorwärts. Auch einen sicheren Ort zum Schlafen fanden sie selten, sodass sie nachts meist auf ihrem Boot blieben. Damit sie nicht vom Kurs abkamen, wachten sie abwechselnd. Und nur Großvater heiterte sie auf, wenn er sie manchmal zu einem Ritt unter Wasser einlud. Eines Morgens endlich rieb sich Berryl ungläubig die müden Augen. Die hatten einen verschwommenen Punkt am Horizont ausgemacht, der sich langsam in einen spitzen Berg verwandelte: zu einer Säule aus rötlichem Stein. Und sie blieb nicht die einzige. Bald ragten nebeneinander Dutzende von Felsnadeln aus dem Meer, ins Wasser hineingerammt wie die Spazierstöcke eines Gottes. Hinter diesen steinernen Baumstämmen funkelte die aufgehende Sonne, zerteilte ihre Strahlen an dem roten Stein der in den Himmel stechenden Säulen.

»Der Spitzwald der Felsen«, flüsterte Fim.

Und mit neuer Kraft ruderten sie weiter. Was auch immer sie dort erwarten mochte – alles würde besser sein als die Tage auf See, die so leer gewesen waren wie die Augenhöhlen eines Totenschädels.

Als sie näher kamen, wuchs nicht nur der Wald aus steinernen Stämmen immer höher, sondern auch ein eigentümlicher Lärm. Noch eine Menge Schwimmzüge waren sie von der ersten Steinsäule entfernt, als eine ganze Lawine von Schreien über ihre Ohren schwappte. Berryl horchte gekrümmt auf das Kreischen und Krächzen und Fims Rücken spürte einen guten alten Bekannten: zu Berge stehende Schuppen.

»Bei Uma und Scamander!«, brachte Berryl zögernd hervor. »Was ist das?« Sie lauschten, kamen noch näher und die Wolke aus Brüllen und Keifen wurde lauter und lauter.

Plötzlich lachte Fim auf. Er hatte weiße Punkte auf den Felsenspitzen entdeckt, die sich bewegten. Und weiße Punkte, die um die Steinsäulen herumschwebten.

»Vögel!«, rief er erleichtert aus.

Es stimmte. Bald waren sie nahe genug, um das irrsinnige Getümmel beobachten zu können, das im Spitzwald der Felsen herrschte: Auf jeder Kante im Fels, an jeden Riss gedrängt, auf jedem Grat, jeder Zacke, jedem Steinsaum hockten die Seevögel. Tausende, Hunderttausende mussten das sein, die sich an die Steinsäulen krallten wie junge Fischlarven um ihr Muttertier.

Fim erkannte Papageientaucher und Schreimöwen, die großen Flachsegler und sogar Gleittölpel, die sich todesmutig von der Felskante in den Abgrund stürzten, herabfielen und erst kurz vor der Meeresoberfläche ihre großen Schwingen ausbreiteten. Und alle kreischten und schrien und keckerten.

»Uma noch mal!«, rief Berryl. »Und hier leben Lichtatmer? Wie halten die nur das Geschrei aus?«

»Vom Gestank ganz zu schweigen«, gab Fim zurück. Denn der Kot der unzähligen Tiere, der wie weißer Schnee auf dem Stein leuchtete, erfüllte die ganze Umgebung mit einem scharfen Geruch.

»Schweigen? Wo?«, versuchte Berryl zu witzeln. Aber er verstand wirklich nicht, warum jemand hier leben wollte.

»Es ist nur jetzt so schlimm«, erklärte Fim schließlich, dessen neugierige Augen Nester und Eier entdeckt hatten. »Sie brüten für ein paar Wochen hier. Das ist alles. Dann ist wieder Ruhe.«

»Hm.« Berryl dachte nach. »Wenn es den Viechern so gut geht, scheinen die Krebsmenschen doch nicht hierher gekommen zu sein. O verflucht, Scamander noch mal!«

Er hatte ein Boot entdeckt, das wenige Schwimmzüge vor ihnen auf dem Wasser schwamm.

»Herrenlos«, brummte Berryl.

»Hoffentlich«, meinte Fim. »Schauen wir es uns an?«

Berryl nickte. Er wünschte sich sehnlichst, diese Boot sollte leer sein. Aber der Wunsch ging nicht in Erfüllung.

Als sie nahe genug waren, erkannten sie einen Lichtatmer. Regungslos auf dem Bauch liegend. Berryl ging mit ihrem Boot längsseits und sprang hinüber. Der Einbaum schwankte und Berryl rutschte auf den Körper zu. Packte ihn und drehte ihn um.

»Ist er …?«, fragte Fim.

»Ja.«

Fim zwang sich hinzusehen. Da, wo der Bauch des Lichtatmers hätte sein sollen, war einfach nur ein großes, blutiges Loch. Er brauchte nicht viel Fantasie um sich die unbarmherzige Schere vorzustellen, die es dort hineingestanzt hatte.

»Krebsmenschen!« Berryl keuchte.

»So viel zu deiner Vogeltheorie.« Fim sagte es und musste fast lachen dabei. Das war doch irgendwie komisch, oder nicht? Dann packte ihn das Grauen mit würgenden Fingern und schüttelte ihn. Fim zitterte. Schloss die Augen.

»Müssen wir wirklich dorthin?« Bebend wedelte er in Richtung des felsigen Waldes.

»Ja«, sagte Berryl unerschütterlich.

Und während der ganzen Zeit kreischten und pfiffen und grölten die Vögel, als würden sie über die beiden Jungen lachen.

Als Fim und Berryl die erste der Steinsäulen erreichten und ihr Boot in eine Art natürlichen Hafen ruderten, donnerte gerade ein schwer verletzter Schützer an die Pforten des Perlmuttpalasts. Hanalf hielt sich nur noch durch den Auftrieb des Wassers aufrecht: Seine Rückenflosse war nicht mehr als ein zerfetztes, knorpeliges Stück Fleisch und der rechte Arm baumelte verdreht an der Seite. Mit der Linken schlug er auf die Tore ein.

»Reglion! Ich muss zu Reglion!«

Kurz danach schwebte er seinem Freund und König gegenüber. Der warf nur einen Blick auf Hanalf und hieß ihn schweigen, bis der herbeigerufene Heiler die Wunden zumindest notdürftig geflickt hatte. Erst dann schlug er den Gruß der Welle und sagte: »Berichte, Hanalf.«

»Sir, die Krebsmenschen sind völlig außer Kontrolle. Sie haben ... Brilion ist tot ... und ...«

»Der Reihe nach, Hanalf. Du bist ein Schützer Krylas, also handele wie ein solcher. Beruhige dich!«

Hanalf zuckte zusammen und straffte sich. »Verzeiht, Sir. Unsere Dschunke kam zur rechten Zeit auf die Inselgruppe, von den Oberflächlern Spitzwald der Felsen genannt. Rechtzeitig, um das Heer der Söldner zu beobachten, wie sie sich über die Lichtatmer hermachten. Auf Euren Befehl.« So viel Traurigkeit schwang in Hanalfs Stimme mit, dass Reglion darin hätte tauchen können.

»Weiter«, befahl er leise.

»Ein grausames Blutbad folgte. Und ein unnötiges.« Hanalf schluckte. War er zu weit gegangen?

Aber Reglion starrte nur vor sich hin. »Weiter.«

»Brilion und ich versuchten die Krebsmenschen zu stoppen.«

»Um Gefangene zu machen«, warf Reglion ein.

»Ja, Sir. Aber der Befehlshaber der Söldner lachte nur. Falls sie überhaupt einen haben.« Grauen zuckte über

Hanalfs Gesicht. »Sie metzelten alles nieder und dann … dann griffen sie uns an.«

Der König von Kryla nickte nur stumm. Doch der Zorn in seinen Augen redete und schrie und brüllte.

»Ich weiß nicht warum, Sir. Ich verstehe es nicht. Die Attacke kam völlig überraschend: Brilion wurde getötet, zwei der Jungkämpfer fielen und auch einige der Dorongas erlitten Schnitte und Hiebe. Ich … ich bin geflohen.«

»Nicht geflohen. Zurückgekehrt zu deinem König.«

Schweigen breitete sich aus im Perlmuttpalast. Eine halb eingerissene Schuppe auf Hanalfs Arm löste sich ganz und trieb im klaren Wasser nach vorn, drehte sich und glitzerte im schwachen Dämmerlicht. Hanalf sah sie nicht, aber Reglion. Er streckte die Hand aus und umfasste sie. Ballte eine Faust.

»Nun gut«, sagte er gefährlich leise. »Wie groß ist der Söldnertrupp?«

»Nur zwanzig Krebsmenschen, Sir.«

»So wenige?«

»Auch die Lichtatmer leben in kleinen Stämmen.« Und nach einer müden Pause. »Sir.«

»Gut. Können wir sie schlagen?«

»Wie Ihr selbst sagtet: An der Oberfläche sind wir im Nachteil. Und viele von uns sind von der … Krankheit geschwächt.«

»Dann lockt diese Söldner ins tiefe Wasser. Schickt eine Hundertschaft Jungjäger aus. Machen wir dem ein Ende. Keiner dieser Krebsmenschen wird noch einmal seine Scheren erheben gegen einen Schützer Krylas.«

»Sir … da gibt es noch etwas. Etwas Furchtbares.«

»Schlimmer als Brilions Tod kann nichts sein.«

»Ich … ich fürchte doch …«

Die Dunklen konnten nicht weinen und sie konnten nicht schwitzen. Hanalf war so nervös, dass jedem Oberflächler der Schweiß in Strömen von der Stirn geflossen wäre. Die vom Dunklen Volk sonderten einen schwachen Duftstoff aus, der den gleichen Zweck erfüllte.

»Was ist passiert, Hanalf?«

»Sir, es geht, geht … um Syme. Sir. Sie hat sich auf der Dschunke eingeschlichen und wir entdeckten sie erst, als wir den felsigen Spitzwald erreichten. Wir ließen sie zwar an Bord zurück, schlossen sie sogar ein, aber nachdem … nachdem wir so schnell flüchten mussten, habe ich … ich war froh sie sicher in der Kammer zu wissen, und da …

»WO IST MEINE TOCHTER?«, donnerte Reglion los.

»Ich … ich weiß es nicht, Sir. Sie ist verschwunden.«

Der Hafen des Spitzwaldes bestand aus einigen kargen Felsbrocken, die am Fuß einer der Steinsäulen aufgetürmt waren. In ihrem Schutz dümpelten ein paar vertäute Boote – zum Glück leer. Niemand war zu sehen. Nichts regte sich außer den Vögeln, die hoch oben ihrem Brutgeschäft nachgingen. Und obwohl sie immer noch so laut kreischten, dass die Luft zu vibrieren schien, kam es den beiden Jungen still vor, als sie an Land sprangen. Viel zu still.

»Wo sind die alle?«, fragte Fim.

»Vielleicht konnten sie fliehen?«

»Und der im Boot?«

Berryl zuckte mit den Schultern. Vorsichtig stiegen sie eine schmale, in den Felsen geschlagene Treppe hoch. Hinter ihnen sprang Großvater aus dem Wasser und platschte zurück.

»Ob er auch nervös ist?«, fragte Fim.

»Kann schon sein. Hier! Eine Höhle ...«

»Ich will da nicht rein!« Fims Stimme zitterte wie ein zerfetztes Segel im Sturm.

Berryl duckte sich alleine in den Schatten des Eingangs und schlich vorsichtig hinein. Er blieb nicht lange.

»Hast du jemanden gefunden?«

»Ja.« Und auch die andere, unausgesprochene Frage von Fim beantwortete Berryl: Er schüttelte den Kopf.

Die roten Steinsäulen funkelten in der Sonne. Sie waren über enge Steinbrücken miteinander verbunden und trugen sicher von einer Wohnhöhle zur anderen. Kein Lichtatmer hatte überlebt. Auch auf dem Spitzwald der Felsen hatten die Scheren der Krebsmenschen ihre grausame Ernte geschnitten.

Berryl und Fim suchten den ganzen restlichen Tag nach Überlebenden. Fanden niemand. Erschöpft und niedergeschlagen kehrten sie zu ihrem Einbaum zurück, unter dem Großvater seine unruhigen Kreise zog. Die Sonne kippte ihren roten Farbeimer aus und bemalte den westlichen Himmel mit Feuer.

»Was machen wir jetzt?«, fragte Fim müde.

Mit leerem Blick starrte Berryl in die Wellen. »Irgendwo«, murmelte er, »muss es auch hier eine Bibliothek geben.«

»Die Perle?«

»Ja.« Gesprochen wie im Traum. »Die Große Perle der Quelle.«

»Du willst immer noch nach ihr suchen? Kletterst über die Leichen und stöberst nach Hinweisen für deinen Schatz?«

»Fim, ich muss …«

Platsch! Der Manta war wieder gesprungen und krachte zurück ins Wasser. Voller Verzweiflung winkte Fim ihm zu. Großvater schwamm ein Stück aufs Meer hinaus und drückte sich spritzend aus dem Wasser, tauchte weiter und sprang erneut.

Fast, als wollte er uns etwas zeigen, überlegte Fim erstaunt. Er kletterte einen der Felsen hinauf um besser sehen zu können und starrte aufs Meer – dorthin, wo der große Rochen zuletzt gesprungen war. Fim stutzte. »Da ist irgendetwas.«

Gleich war Berryl neben ihm und blinzelte gegen die untergehende Sonne. »Ein treibender Körper«, stellte er fest.

»O Uma. Glaubst du?«

»Ja. Noch ein Toter.«

Fim sackte in sich zusammen. Aber dann sahen sie, wie eine Mantaschwinge den reglosen Leib berührte und vorwärts drückte.

»Schau nur, was Großvater macht«, flüsterte Fim. Und Berryl zögerte nicht mehr. Kopfüber sprang er vom Felsen ins Meer hinab, ließ den Schauder und den Moment des Wechsels über sich ergehen, atmete Wasser – und tauchte zu dem Manta hinaus.

Aber als er das Tier und den menschlichen Körper erreichte, vertrocknete seine Hoffnung wieder: Er trieb mit dem Gesicht nach unten im Wasser und bewegte sich nur, weil Großvater ihn vorwärts schob. Wenn das ein Lichtatmer war, dann ein toter.

Und wenn – wenn nicht?

Bei Scamander … konnte das sein? Vorsichtig schwamm Berryl näher heran und starrte auf den von

Wellen geschaukelten Leib. Die Haut sah ganz silbern aus – ja! Sie war mit großen weißen Schuppen übersät. Und zwischen den schmächtigen Schulterblättern steckte etwas, das nur – Uma steh ihm bei – eine Rückenflosse sein konnte. Jetzt hatte Berryl den Körper erreicht, strich ungläubig über die silberne Schuppenhaut und hob vorsichtig das Gesicht aus dem Wasser heraus.

»Bei den Göttern«, murmelte er und fuhr erschrocken zurück. »Einer vom Tiefen Volk!«

»Lebt es … lebt er noch?« Fim klang ängstlich und neugierig zugleich. Berryl hatte den Körper des Dunklen ins seichte Hafenwasser gezogen und Fim hineingewunken. Jetzt umkreisten sie schwimmend den Fremden.

»Weiß ich doch nicht!«, zischte Berryl. »Aber die Hautfalten am Hals scheinen zu atmen. Und ich glaube, sein Herz schlägt noch.« Oder ihr Herz, dachte er für sich. Als er sein Ohr an die Brust gedrückt hatte, bemerkte er schnell, dass die keinem Mann gehörte. Aber wer wusste das schon – Berryl hatte noch nie einen vom Tiefen Volk gesehen und sie sahen wahrlich fremd genug aus. Dabei war es nicht mal so sehr die Rückenflosse oder die Silberhaut aus Schuppen. Am fremdartigsten wirkte das Gesicht der Frau. Oder vielleicht sogar des Mädchens? Dieses Gesicht, das ihm so falsch vorkam, fast monströs, und doch auch wieder vertraut wie eine ferne Erinnerung: Die Augen hatten keine Lider und waren doch geschlossen – eine Art Hornhaut hatte sich über die Pupillen geschoben. Ihr Kopf war völlig kahl und zwischen Nase und Lippen spreizte sich eine kleine

Öffnung, an der eine weiße, kristallene Kruste klebte. Und dann noch ihre Stirn. »Uma und Scamander«, murmelte er. Wie ein drittes Auge wuchs dort ein kleiner Tentakel heraus, der in einer glitzernden Kugel endete. Was mochte das bloß sein?

»Was sollen wir tun?«, fragte Fim neben ihm ehrfurchtsvoll und strich zum hundertsten Mal über die silberne Schuppenhaut der Dunklen.

»Wenn ich das nur wüsste«, antwortete Berryl. »Ziehen wir sie erst mal ins flache Wasser – mir wird kalt.«

»Sie??«

Kurz danach hockten sie am Fuß einer Steinsäule vor einem kleinen Feuer. Vor ihnen, gerade so tief im Wasser, dass der reglose Körper noch umspült wurde, trieb die vom Tiefen Volk. Hinten im Hafen wachte Großvater weiter über ihr Boot.

Berryl und Fim schwiegen. Sie hatten den Körper, so gut es ging, untersucht, aber keine Verletzung gefunden – wenn man von einer großen Beule am Hinterkopf absah. Doch vielleicht gehörte die ja zu den Dunklen dazu wie der kleine Tentakel mitten auf der Stirn.

Unruhig stand Berryl auf. War dieses Wesen krank? Tot? Oder einfach nur ohnmächtig? Was sollten sie nun tun? Und was war mit der Perle? Obwohl er müde war, konnte er nicht schlafen. Nervös schnippelte er mit dem Perlmuttdolch an einem Rest Räucherfisch herum.

»Ich schau mich ein bisschen um«, sagte er schließlich und verschwand auf einer der Brücken, die von Fels zu Fels führten.

»Viel Spaß!«, raunte Fim. »Such schön nach deiner Perle.« Er lachte bitter auf und blickte dann fasziniert auf die im flachen Wasser liegende Gestalt. Stand auf und watete vorsichtig zu ihr hin. Tatsächlich – da waren lappige Falten am Hals wie bei Berryl; Fim konnte im Licht des Feuers sehen, wie sie Meerwasser in den Körper hineinpumpten. Warum wachte sie – wenn Berryl Recht hatte – nicht auf? Vorsichtig drehte er den Kopf der Dunklen und musterte das fremdartige Gesicht. Bemerkte, dass die weiße Kruste zwischen Nase und Mund dicker geworden war, eine im Feuerschein glitzernde Wucherung. Vorsichtig berührte Fim das weiße Zeug. Leckte am Finger. Das war nur Salz, ganz gewöhnliches Salz. Trotzdem gefiel Fim nicht, wie es sich in dieses Gesicht hineinzufressen schien. Er kehrte zurück zum Feuer, schnappte sich einen der Wasserbeutel, den sie an der Quelle des Spitzwaldes aufgefüllt hatten, ging zu der Dunklen zurück und wusch mit dem süßen Wasser ihre Lippen. Zögerte zwischendurch. Die vom Tiefen Volk atmeten Meerwasser – vielleicht war alles andere für sie giftig? Aber Berryl war schließlich ein verrückter Mischmasch – und ihn hatte süßes Wasser nie gestört. Also machte er weiter. Er war sehr vorsichtig und brauchte ziemlich lange. Plötzlich zuckte die Dunkle zusammen, japste leise und warf sich herum.

Erschrocken fuhr Fim zurück, doch schon lag ihr Körper wieder ganz still im Wasser. Aber – seltsam. Warum konnte er sie auf einmal schlechter sehen als gerade eben noch? Das Feuer konnte doch noch nicht heruntergebrannt sein. Oder war Berryl zurückgekehrt und stand zwischen dem Feuer und ihm?

»Berryl?«, fragte Fim leise und traute sich nicht über die Schulter zu schauen. Wieder einmal standen ihm die Schuppen zu Berge. Hinter ihm war etwas! Das Feuer warf einen Schatten ins Wasser vor ihm, zeichnete eine große, massige Form. Viel größer als Berryl. Eine riesige Gestalt, die jetzt ihren schwarzen Arm hob, einen Schattenarm ohne Hand, aber mit etwas anderem – mit einer auf- und zuklappenden scherenförmigen Klaue.

Fim wirbelte herum und schrie, schrie lauter als alle auf dem Spitzwald brütenden Meeresvögel zusammen.

Der Kampf

Stella und Qua waren schon seit vielen Tagen unterwegs. Richteten sich nach den Sternen oder dem Lauf der Sonne und ruderten, bis sich ihre Hände doppelt so groß anfühlten: übersät mit Blasen. Jeden Morgen überprüfte Stella die Karte und hoffte, dass sie nach wie vor auf dem richtigen Kurs waren. Noch nie hatte sie so eine weite Reise unternommen und es sah ganz so aus, als würde es auch ihre letzte werden. Denn die ganze Zeit über sahen sie nichts anderes als Wasser. Blaues Meer, türkisfarbenes Meer, dunkelschwarzes Meer, himmelfarbenes Meer. Und so weiter. Aber keine noch so kleine Insel, keine Sandbank, kein Felsenriff. Noch ein halber Mond und ihr Wasservorrat wäre aufgebraucht. Und sie waren so langsam. Qua gab sich zwar viel Mühe, aber ein besonders starker Ruderer war er nicht. Auch über ihre Richtung konnte er nicht wachen, wenn Stella schlief – wahrscheinlich waren sie schon längst abgedriftet und würden nie die Schule der Magier finden.

Trotzdem war Stella nicht verzweifelt. Denn seit sie unterwegs waren, blieb der Traum aus. Sie schlief, und wenn sie träumte, dann nur von ihrem Bruder, der sie anlächelte.

Doch etwas musste passieren, und zwar bald! Sie kamen einfach zu schlecht vorwärts, so viel sie auch ruderten. Zwar hatte Stella ihren kleinen Mast mit Segeltuch bestückt, aber das hing nur schlaff wie eine abgezogene Fischhaut herunter: kein Lüftchen weit und breit.

»Qua«, fragte sie, »du kannst nicht rein zufällig, äh, ein bisschen Wasserwind zaubern oder so?«

Der Alte grinste schwachsinnig. »Qua sagt: Zwischen Reden und Tun liegt das Meer.«

Stella seufzte. Sie hatte Durst, rührte aber den Wasserbeutel nicht an. Nichts regte sich und so packte sie mit einem erneuten Seufzer das Ruderblatt. Ihr Hände schmerzten. Das würde wieder ein langer Tag werden.

»Berichte, Hanalf!«

»Die Hundertschaft zur Vernichtung des Söldnertrupps wurde losgeschickt, Sir. Angeblich sind die Krebsmenschen vom Spitzwald der Felsen in Richtung einer Inselkette aufgebrochen, die Atoll der Tausend genannt wird. Wir werden sie kurz vorher abfangen und in eine Falle locken.«

»Gut.« Reglion starrte wie fast immer in letzter Zeit auf das zerbrochene Friedenshorn in seinen Händen. »Syme?«

Hanalf schluckte. »Eine zweite Hundertschaft schickt sich gerade an die gesamte Strecke zwischen hier und dem Spitzwald der Felsen abzusuchen, Sir.«

»Gut«, wiederholte der Herrscher von Kryla.

In diesem Moment wurde an die Tore des Großen Saales gepocht.

»Ich will nicht gestört werden!«, rief Reglion nach draußen.

Aber die Türen schwangen auf und Gelgamesch stürzte herein, einer der ältesten Schützer der Stadt, von seinen vielen Jahren aufgeschwemmt und schwer. Zitternd wischte er sich eine dicke Salzkruste von den Lippen.

Auch er ist schon gezeichnet vom Weißen Tod, dachte Reglion bitter.

»Was ist?«, herrschte er Gelgamesch an.

»Sir, Ihr müsst auf den Turm kommen. Schnell!«

»Berichte. Was ist passiert?«

»Ich bitte Euch, Ihr … Ihr müsst das selbst sehen!«

So wenig wie Häuser und Dächer brauchten die Dunklen einen Turm: Wer sich einen Überblick verschaffen wollte, schwamm einfach so hoch, bis die Sicht auf die Unterwasserlandschaft frei wurde. Aber der Turm des Perlmuttpalasts war nicht nur reine Zierde.

Mit pochenden Halsfalten folgte Reglion zusammen mit Hanalf dem keuchenden Gelgamesch. Oben auf der Plattform angelangt blickte er hinunter auf Kryla, seine Stadt und sein Stolz. Auf dem Marktplatz wurde leiser als sonst gefeilscht – nur wenige Lastdorongas schleppten Waren herbei. Die Fontäne der Feueralgen sprudelte dampfendes Licht in ihr Brunnenbecken und im Rondell des Wissens blinkten viele Laternen auf: Die Gelehrten suchten verzweifelt nach einem Heilmittel gegen den Weißen Tod.

Fast automatisch glitt Reglions Blick weiter, über die Stadt hinaus zu seinem Lieblingsplatz in den Bergen, dort wo die Lava unter der Oberfläche flüsterte. Und weit dahinter …

»Bei Scamander!«, rief Krylas Herrscher aus. Er hatte eine endlose Linie aus Lichtpünktchen ausgemacht, die auf seine Stadt zurückte. Klein und weit entfernt, aber zielstrebig und unendlich. »Was ist das?«

»Seht selbst.« Gelgameschs Stimme zitterte, als er auf das Kristallteleskop deutete – einer der Gründe für den Turm des Perlmuttpalasts.

Reglion schwamm heran und drückte sein Auge an die bernsteingelbe Linse. Schob und zerrte an der Apparatur, bis das Bild endlich scharf wurde. Identifizierte die Lichter: Laternenfische, die als lebendige Fackeln im Unterwasserreich benutzt wurden. Und in ihrem Licht erkannte Reglion dunkle, massig Gestalten, die über den Meeresboden auf sie zukrochen. Unzählige.

Fassungslos fuhr Krylas Herrscher zurück, starrte erst auf das Teleskop und dann zu der fern leuchtenden Linie. »Das ... das müssen Tausende sein.«

Hanalf durchzuckte es schmerzlich, als er die Erschütterung in der Stimme seines Freundes und Königs hörte. »Krebsmenschen?«, fragte er.

»Ja. Ein ganzes von Scamander verfluchtes Heer.«

»Aber ... aber was wollen sie?«

Reglion lachte grimmig. »So wie es aussieht, mehr als eine Prise Schnupfwein und eingelegten Dorsch zum Abendessen. Kommt.«

Wenig später drängten sich die Schützer Krylas im Großen Saal. Brütend trieb Reglion im Wasser, gestattete sich einen kurzen Gedanken an Syme – wo mochte seine Tochter jetzt sein? – und schob ihn zur Seite. Mit einer kurzen Beinbewegung schwamm er höher und streckte beide Hände aus.

»Schützer Krylas«, sagte er leise und alles verstummte. »Die großen Strömungen verirren sich immer mehr. Scamander schickt uns Fluten, wie sie das Tiefe Volk noch nie ertragen musste. Ihr habt von der Armee der Krebsmenschen gehört, die auf Kryla zumaschiert. Ich erwarte eure Gedanken.«

Lautes Gemurmel brachte das Wasser im Saal zum Schwingen, bis der alte Gelgamesch die Stimme hob. »Sir, gegen diese Übermacht haben wir keine Chance. Wir müssen fliehen!«

»Nein. Keine Kreatur wird unsere Stadt überrennen.« Reglions Stimme war fest.

»Aber es sind zu viele!«

»Hanalf, wie viele Truppen haben wir noch?«

Der zögerte. »Zwei Hundertschaften Jungkrieger sind unterwegs. Bleiben noch fünf.«

»Und die vierzig erfahrenen Schützer Krylas!«, setzte Reglion grimmig hinzu. »Das muss genügen.«

»Sir«, wandte Gelgamesch ein. »Das da draußen sind Tausende! Und sie sind praktisch unbesiegbar.«

»Ach!«, fuhr Reglion ihn an. »Kein Panzer ist so stark, dass er jede Waffe aufhält.«

»Einen Vorteil haben wir«, versuchte Hanalf die Wogen zu glätten. »Die Krebsmenschen sind nicht für diese Tiefe gemacht. Es muss sie Kraft kosten, hier unten zu atmen. Außerdem sind sie langsam. Sie schwimmen kaum und können nur marschieren. Bis sie Kryla erreichen, haben wir noch viel Zeit.«

»Und die sollten wir nutzen um die Stadt zu verlassen«, brummte Gelgamesch.

»Nein.« Hanalf streichelte nachdenklich seinen verletzten Arm. »Um Informationen zu sammeln. Wir wissen zu wenig. Wollen die Krebsmenschen wirklich Krieg? Warum? Sie sind Söldner, wir selbst haben sie gekauft. Wie groß genau ist ihre Armee?«

»Hanalf hat Recht«, gab ein anderer Schützer zu bedenken. »Scamander sagt, nur wer die Gefahr kennt, kann mit ihr tauchen.«

»Gut.« Mit einer Handbewegung beendete Reglion dieses Gespräch. »Sendet unsere geschicktesten Späher aus. Sie sollen sich die besten Dorongas nehmen und losreiten. Sechs versuchen so nahe wie möglich an die Söldner heranzukommen. Stärke des Heeres, Absicht und Geschwindigkeit. Irgendetwas müssen sie herausbekommen.« Einen Augenblick schwieg Reglion, dann befahl er: »Ein siebter Späher holt die Hundertschaft Jungkrieger zurück, die auf dem Weg zum Atoll der Tausend ist. Wir können auf keinen Mann verzichten.«

»Und die Suche nach Syme?«

Hanalf sagte es so leise, dass nur Reglion dicht neben ihm die Frage verstehen konnte. Krylas Herrscher schwankte. Auch diese Hundertschaft würde wichtig sein. Musste zurückkehren. Aber ...

»Wird fortgesetzt!«

Fim hörte nicht auf zu schreien. Das Mädchen vom Tiefen Volk lag wieder leblos und tot im Wasser. Weiter hinten im Hafen sprang Großvater wie verrückt hoch und fiel zurück; Wasserfontänen spritzten, aber er konnte nicht helfen. Dort, wo Fim stand, war das Wasser zu flach für seinen massigen Körper.

Dort, wo Fim stand – und das andere. Dunkel, mit schnappender Schere und furchtbar groß. Hoch wie ein Riesenfarn vom Atoll der Tausend ragte der Krebsmensch auf. Er stand auf vier stachelbesetzten Beinen, sein gebuckelter Rücken war eine einzige Panzerplatte, undurchdringlich für alles. Sein Kopf hatte menschliche Lippen, aber die Augen wuchsen wie kleine Hörner auf der Stirn: längliche Fühler, die hin und her zuckten und sich schließlich auf Fim richteten. Am entsetzlichsten waren die beiden zu Scheren ausgebildeten Arme. Die eine war stumpf und breit – wie einen Schild hielt sie der Krebsmensch vor seine Brust. Die andere, größer als der ganze Fim, bestand aus einer spitzen, dornenbesetzten Schere, die sich nervös öffnete und schloss. Und jedes Mal, wenn die scharfen Panzerschneiden zusammentrafen, hörte Fim ein unheimliches Klacken.

»Einen übersehen.« Der Krebsmensch sprach. Aber seine Stimme klang so rau, als würde man einen Korallenblock über harte Felsen ziehen. »Einer übrig. Ein Junges. Schreit.« Mit einer Geschwindigkeit, die niemand diesem Koloss zugetraut hätte, ließ er seine Kampfschere auf Fim niedersausen.

Der wich zurück und vergaß sogar zu schreien, als eine Handbreit vor ihm die riesige Klaue in den Sand drosch, sich sofort wieder hob und aufklappte – ein Maul, das sich erst wieder schließen würde, wenn Fim drinsteckte. Der junge Lichtatmer machte einen panischen Schritt zurück, stolperte und kippte. Fiel auf den Rücken.

Schnapp!

Der Krebsmensch kroch auf seinen vier Beinen vorwärts. »Hat Glück, das Junge.«

Denn nur durch den unfreiwilligen Sturz hatte die Schere Fim verfehlt. Aber schon wieder sauste sie auf ihn hinab. Er sah nur einen grau verwischten Schatten auf sich zukommen, brüllte und rollte sich blitzschnell zur Seite.

Wumm! Ungläubig starrte Fim auf das tiefe Loch neben seinem Kopf, das die gepanzerte Scherenhand in den Felsboden gesprengt hatte. Und jetzt nur noch einen Fingerbreit von ihm entfernt!

»Viel Glück«, knarrte der Krebsmensch. »Schnelles Junges. Festhalten.«

Nach Luft schnappend lag Fim auf dem harten Stein, versuchte sich noch einmal zu drehen und fortzukriechen. Aber jetzt war der Krebsmensch heran. War über ihm. Trat einfach auf ihn! Eines der stampfenden Beine senkte sich auf Fims Brust und nagelte ihn fest. Etwas knackte leise in seinem Bauch. Ein bisschen mehr Druck und er wäre platt wie ein papierner Schmalfisch. Aber der Krebsmensch passte auf. Er wollte spielen. Wollte mit seiner Schere treffen.

»Schreie für mich!«, bat er mit rauer Stimme und hob seinen Panzerarm. Der leuchtete im Licht des Feuers wie Scamanders Götterhammer und senkte sich fast zärtlich auf den Jungen hinab. Fim konnte sich nicht regen, konnte nicht fliehen, nicht einmal schreien, weil keine Luft mehr in seinem Bauch war. Er konnte nichts als zusehen, wie die Klauenschere sich öffnete und auf ihn zukam.

»Lass ihn in Ruhe, du widerliches Vieh!«

Der Krebsmensch wirbelte herum und suchte mit seinen kleinen Augen, die wie zwei monströse Haare an der Stirn klebten, die Umgebung ab. Fim konnte plötzlich wieder atmen, wimmerte und kroch ins Wasser.

»Noch eins. Übersehen.« Der Krebsmensch schien wütend zu werden, als er Berryl entdeckte, der sich weit über ihm an eine Felssäule klammerte. Er hatte Fims Schreie gehört, war zurückgeeilt und hatte voller Entsetzen beobachtet, wie sich der mörderische Koloss über Fim hermachte. Kletterte hinauf, so schnell seine Schwimmhäute den Stein packen konnten. Hing jetzt auf einem Felssims über dem Monster und versuchte krampfhaft es von Fim wegzulocken.

»Lass ihn in Ruhe, Scheusal!«, wiederholte Berryl laut. »Komm doch zu mir, du stinkendes Panzerschwein!«

Und der Krebsmensch reagierte. Wieder zuckten seine für diesen Körper viel zu kleinen Stielaugen, als er auf die Steinsäule zustampfte. Sie erreichte. Knirschend reckte er sich zu seiner vollen Größe auf und schlug zu.

Der ganze Felsen erbebte, Stein krachte und splitterte, eine Staubwolke hüllte Berryl ein. Aber der Krebsmensch hatte ihn nicht erwischt. Gierig zitterten die kleinen Augen zu dem Doppelatmer hinauf, der sich enger an die rote Felswand presste.

»Komm doch rauf!«, brüllte er die riesige Gestalt unter sich an. »Oder bist du nicht schwindelfrei, du Mörder?«

Noch einmal fuhr die Scherenhand krachend in den Stein. Wieder regnete es kleine Steintrümmer aus den Staubwolken heraus.

»Daneben!«, kreischte Berryl wie von Sinnen. »Und klettern kannst du also auch nicht, was?«

Die Stielaugen des Krebsmenschen vibrierten. Der kleine Mund öffnete und schloss sich. Ging wieder auf. Wieder zu. Spuckte dann drei Wörter aus.

»Zuerst anderes Junges«, knurrte der Krebsmensch und drehte sich um. Wie zum Hohn hob er seine gewaltige Schere in die Luft. Als ob er Berryl winken wollte, klappte er sie auf und zu.

Schnapp!

Und stapfte los. Dorthin, wo Fim immer noch verzweifelt Richtung Wasser kroch. Richtung Großvater, der unablässig aus dem Wasser sprang und nicht helfen konnte.

»Nein!«, brüllte Berryl. »Komm hierher, du Miststück! Zu mir!« Aber der Krebsmensch kümmerte sich nicht mehr um ihn. Voller Angst packte Berryl einen Felsbrocken, hob ihn mit beiden Händen hoch und schleuderte ihn hinab. Der Stein traf, prallte jedoch nur mit einem dumpfen Geräusch vom Rückenpanzer des Krebsmenschen ab – so wirkungslos wie ein Regentropfen.

Und Berryl sprang.

Schürfte sich die Hände am Panzer auf, rutschte ab und krallte sich fest, zog sich hoch und gewann Halt. Der Krebsmensch bemerkte ihn nicht einmal und erreichte Fim, der gerade dabei war, ins flache Wasser zu krabbeln. Wie seine Brust schmerzte! Mit jedem Lichtzug schien er Feuer zu atmen. Es war zu Ende. Wieder ragte der bösartige Schatten auf und Fim hörte ihn sprechen. »Hallo. Junges.«

Aber Berryl gab noch nicht auf. Er klammerte sich auf dem Rücken des Giganten fester und schrie: »Hallo, Drecksvieh!«

Der Krebsmensch wirbelte herum. Die Stielaugen zitterten.

»Wo bist du?«, schnappte er.

»Hinter dir, du miese Garnele!«

Jetzt endlich merkte der Krebsmensch, dass er einen ungebetenen Reiter mit sich herumtrug. Wütend schnellte seine Klaue nach hinten.

Schnapp!

Berryl presste sich an den Panzer und entging der Schere.

»Daneben, dummer Krebs.«

Schnapp, schnapp!

Ungläubig beobachtete Fim, wie Berryl sein Ende noch einmal hinausgeschoben hatte: Der Krebsmensch wirbelte wütend im Kreis herum, stach mit seiner Schere nach hinten, so als wollte er sich am Rücken kratzen. Knurrend versuchte er das lästige Insekt zu verscheuchen, das ihm pausenlos Beleidigungen zukreischte. Fim blinzelte. Wenn bloß seine Brust nicht so wehtun würde. So viel Feuer konnte doch gar nicht in der Luft sein, oder? Ich muss es löschen, dachte Fim und ließ sich endgültig ins Wasser gleiten. Großvater wird es löschen, dachte er fiebrig, während der Krebsmensch weiter seine donnernden Tanzschritte mit dem Doppelatmer ausführte.

So weit, so gut, dachte Berryl und wich wieder gerade noch rechtzeitig der schnappenden Schere aus. Aber ewig kann ich mich nicht halten. Was jetzt?

Auf dem gepanzerten Rücken herumrutschend zog er den kleinen Perlmuttdolch aus der Scheide und grinste trotz allem. Großartige Waffe! Er zog sich ein Stück höher und musterte den Körper unter ihm. Irgendwo mussten Gelenke sein, die dem Krebsmenschen trotz der Panzerung seine Beweglichkeit gaben. Dort würden zwei Platten aufeinander stoßen. Berryl tastete über den gewaltigen Nacken des Tieres, spürte eine schmale Ritze und bohrte den Dolch hinein. Gelber Schleim tropfte heraus, aber das Vieh schien den Stich nicht zu bemerken.

Genau das ist es auch, dachte Berryl verzweifelt. Nicht mehr als ein Mückenstich. Immer wieder stach er auf kleine Zwischenräume zwischen den Panzerplatten ein, oft genug glitt sein Messer ab und schlug Funken.

Und oft genug auch entwischte er der nach ihm schnappenden Klaue des Krebsmenschen nur knapp.

Sinnlos, dachte Berryl.

Plötzlich blieb das Monster stehen. Rührte sich nicht mehr.

Das Ding denkt nach!, brüllte Berryls Kopf.

Dann grollte und zitterte der Körper unter ihm. Der Krebsmensch lachte.

»Lichtatmerjunges wie Parasit«, knurrte er dann. »Ihn abkratzen wie Parasit.« Er drehte sich zur Felssäule und witterte mit seinen Stielaugen die Steinwand. Blinzelte dorthin, wo eine der Brücken die Felsbäume des Spitzwalds miteinander verband. Er stampfte darauf zu.

Was hat das Vieh vor?, überlegte Berryl. Bei Uma, jetzt drehte es sich um! Rannte rückwärts auf die Felswand zu! Das Ding wollte ihn zerquetschen. Vor Angst gelähmt hing Berryl auf dem Rücken des Krebsmenschen, drehte den Kopf und sah die Felswand auf sich zukommen. Krabbelte und zog und zerrte sich höher hinauf, bis er direkt hinter dem Kopf des Monsters hing. Aber er hatte keine Chance. Jetzt war es endgültig vorbei. Kein Trick mehr. Und keine Perle der Wellen. Und kein siegreicher Held Berryl. Der Krebsmensch bewegte sich rückwärts und wurde schneller, um seinen Rücken mit aller Wucht auf den Stein prallen zu lassen.

He-hooo, Alua, dachte Berryl. He-hoo, Fim. Natürlich würde er sich fallen lassen, bevor ihn die Mühle aus Steinwand und Rückenpanzer zu Berrylschuppen verarbeitete. Aber danach würde es schnell gehen. Dann hatte er keine Chance mehr. Dann würde er sterben.

»Seine Augen!«, schrie plötzlich Fim vom Wasser her.

»Berryl, seine Augen!« Immer wieder und wie mit letzter Kraft. Was sollte das?

»Seine Augen!«, kreischte Fim.

Und plötzlich verstand Berryl. Kurz bevor der Krebsmensch mit seinem lebendigen Rucksack an die Felswand krachte, wuchtete sich Berryl noch einmal um ein paar Hände höher und führte mit dem Perlmuttdolch einen gewaltigen Hieb – der die beiden Stielaugen vom Kopf abtrennte.

Und ließ sich fallen.

Gar nicht gut, dachte Restella. Sie schlug die Augen auf und blinzelte in die Sonne. Erkannte, dass sie ihr Ruder im Schoß hielt und wie eine Puppe hin und her wiegte. Sie merkte, dass sie etwas sang, und hörte sich erstaunt zu:

Schlafe, schlafe, schlafe, mein Licht,
Wenn auch die Sonne für heute zerbricht.
Lausche den Wellen, lausche den Stimmen,
Sie bringen die Nacht und die Meere zum Klingen.
Schlafe, schlafe, schlafe, mein Licht,
Und lausche, was Uma für morgen verspricht.

Gar nicht gut, dachte Stella. Ich singe ein Wiegenlied. Und meine Stimme hört sich an wie die meiner Urgroßmutter.

Sie versuchte zu blinzeln, aber irgendetwas verklebte ihr die Wimpern. Sie war so müde. Wo war sie eigentlich? Ja, auf dem Boot. Sie suchte irgendetwas. Sie suchte Fim, genau. Nein, das stimmte ja gar nicht. Sie suchten die Schule, die Magier. Warum war ihr so heiß? Warum hatte sie so einen Durst? Mit Qua, wo ist Qua?

Sie schaffte es, ihren trockenen Hals zu drehen, ohne dass er wie ein morscher Ast abbrach. Blickte mit stumpfen Augen zu dem alten Verrückten, der seltsam gekrümmt im Boot lag. Der schläft aber komisch, dachte sie. Ich muss ihn zudecken.

Nein!, blitzte plötzlich ein klarer Gedanke auf. Du musst ihn retten. Wir sind schon viel zu lange ohne Wasser. Und die Sonne ist zu stark. Du musst Wasser finden.

Ach nein, dachte Stella. Ich bin müde. Keine Lust, in den Tempel der Quelle zu gehen. Aber Durst hatte sie schon.

Du wirst sterben, verdammt!, schrie es in ihr drin. Sterben, jämmerlich verdursten, wirst einschlafen und nie mehr aufwachen!

Wieder zwang sie sich dazu, die Augen aufzustemmen. Es funktionierte nicht sehr gut. Sie sah nur verschwommen. Da saß ja ein Vogel in ihrem Boot, das war lustig.

Das ist gar nicht lustig!, kreischte die wachere Stimme in ihr. Das ist eine Aasmöwe, verflucht. Bei Uma, du weißt doch, was das bedeutet!

Der weiße Vogel hüpfte ein wenig an sie heran und pfiff trillernd. Öffnete den nach unten gebogenen Hakenschnabel. Er lacht, dachte Stella, das sieht süß aus. Wenn ich bloß nicht so müde wäre. Und durstig. Schon seit Tagen ohne Wasser. Aber noch mehr müde. Sie würde einfach wieder die Augen zumachen, aber, wie lustig, die waren ja schon wieder zu. Schön.

Nicht einschlafen!, brüllte die verzweifelte Stimme in ihr.

Doch. Lass mich in Ruhe.

Du wirst verdursten, wirst sterben!

Aber ich bin so müde, sei endlich still. Und Restella fing an ihr altes Wiegenlied vor sich hin zu summen. Noch einmal rief jemand in ihr drin: Sterben! Aber schon viel leiser. Darauf brauchte sie nicht mehr zu achten. Sie musste jetzt schlafen. Ja.

Schlafe, schlafe, schlafe, mein Licht,
Wenn auch die Sonne für heute zerbricht.
Lausche den Wellen, lausche den Stimmen,
Sie bringen die Nacht und die Meere zum Klingen.
Schlafe, schlafe, schlafe, mein Licht,
Und lausche, was Uma für morgen verspricht.

Ihr Kopf war auf die Brust gesunken, hinter den Augenlidern zuckte es leicht: Stella schlief. Die Sonne brannte so heiß, als wollte sie das ganze Meer zum Verdunsten bringen und alles verbrennen, was in ihrem Blick lag. Quas Haut glänzte rot vom Sonnenbrand und schälte sich, seine Lippen waren ausgedörrte Wülste. Er regte sich nicht. Und auch Stellas Augen zuckten nicht mehr. Die Luft stand still. Sogar die Wellen waren eingeschlafen – die Oberfläche des Meeres lag so glatt wie ein endlos großes Stück Papier.

Das Einzige, was sich bewegte, war die Aasmöwe. Vorsichtig hüpfte sie an Stella heran, die starren Augen argwöhnisch auf den zusammengesunkenen Körper gerichtet. Vorsichtig pickte sie in Stellas Bein und flatterte zurück. Keine Reaktion. Die Möwe krächzte leise, öffnete ihren Schnabel und rückte wieder vor. Hungrig.

Alles passierte gleichzeitig: Berryl stieß sich ab und fiel, der gepanzerte Rücken des Krebsmenschen krachte mit einem Knall gegen die erzitternde Steinsäule, Großvater warf sich in die Luft und klatschte zurück ins Wasser – und Fim, während irgendetwas wie der Stachel eines Peitschenigels in seiner Brust herumbohrte, schrie immer noch: »Seine Augen!«

Dann fing der menschliche Krebs an zu kreischen. Voller Wahnsinn stolperte er im Kreis, trampelte dabei alles nieder, was unter seine Klauenfüße geriet. Mit einem weiten Sprung brachte Berryl sich in Sicherheit und beobachtete, wie der wankende Koloss beide Scheren vor sein Gesicht hob und seinen Kopf abtastete. So als könnte er noch nicht glauben, dass seine Augen verschwunden waren. Und dabei kreischte das Monstrum wie hundert Brüllerschwärme auf einmal.

So hat Fim auch geschrien, du Mistvieh, dachte Berryl. Und hatte eine Idee, wie sie dieses Ding ein für alle Mal loswerden konnten. Leise schlich er sich auf die schmale Brücke – den Zugang zur benachbarten Felssäule –, betrat sie und huschte bis zu ihrer Mitte. Blickte in das Wasser unter ihm, nicht tief, aber tief genug, und sah zu dem Söldner zurück.

Immer noch vor Schmerzen heulend wirbelte der Krebsmensch umher und brachte das ganze Felsplateau zum Beben.

»Komm schon, du blinde Wasserratte! Hier bin ich!« Berryl brauchte nur ein Mal zu rufen. Kaum hatte der Krebsmensch ihn gehört, drehte er sich, ließ seine Klauenschere durch die Luft sausen und taumelte auf Berryls höhnische Stimme zu.

»Genau! Hier bin ich, du blindes Stück Graurolle!«

Schon der zweite Schritt ging ins Leere. Die Brücke war viel zu schmal für den Koloss; der Krebsmensch torkelte, versuchte sich festzuklammern, verlor den Halt – und stürzte, immer noch kreischend, in die Tiefe. Ein gewaltiges Klatschen ertönte, als er aufs Wasser traf, von der Strömung mitgerissen wurde und versank.

Nicht tief, dachte Berryl, aber tief genug. Tot wird das Vieh wohl nicht sein. Aber finden wird es uns auch nicht mehr.

Einen herrlichen Augenblick lang gönnte er sich Ruhe. Legte sich mitten auf die steinerne Brücke, entspannte sich, seinen Atem und seine Gedanken – blinzelte einfach nur zur Sonne hoch. Er hatte es geschafft. Sie hatten es geschafft. Er und Fim, sie …

Mutter aller Wellen! Er hatte Fim ganz vergessen. Ächzend stand er auf und rannte zum Hafen hinunter. Fim lag am Ufer, schwer atmend, aber grinsend. »Uma sei Dank«, keuchte er. »Du lebst!«

»Ja.« Erleichtert lachte Berryl los. »Diesem übergroßen Zahnstocher haben wir es gezeigt!«

»Gut!« Fim verging sein Lächeln, als seine Brust zu explodieren schien. Gequält verzog er das Gesicht.

»Fim, was ist?«

»Nichts. Ich … ich habe nur zu viel Feuer getrunken. Ha.«

Besorgt beugte sich Berryl vor und strich über eine heiße Stirn. Fim hatte Fieber. Und irgendwas in seinem Bauch musste gebrochen sein. Eine Rippe?

»Komm schon, Junge! Sag was!«

Aber Fim stöhnte nur. Vorsichtig hob Berryl ihn hoch und trug ihn in eine der Höhlen. Fim musste raus aus der Sonne. Und vielleicht konnte er ein paar Heilalgen auftreiben. Berryl bettete ihn im kühlen Dämmerlicht auf eine Pritsche mit Daunentang und rannte dann zurück zum Boot um süßes Wasser zu holen, das er Fim einflößen wollte. Erst da fiel ihm die Dunkle ein. Mitten im Laufen hielt er inne und schaute sich um. Nichts. Kein Körper im Wasser. Sie war verschwunden.

Berryl zögerte nicht länger und kehrte zu Fim zurück. Er musste dem Kleinen helfen. Bloß wie?

Syme war aufgewacht, als ein seltsames Wesen ihr Wasser einflößte. Komischerweise in ihren Mund, wo sie doch mit den Halsfalten atmete. Aber dieser Geschmack war ganz und gar ungewöhnlich: Wasser und doch nicht Wasser. Und auf einmal konnte sie wieder atmen. Syme spuckte und keuchte und warf sich herum. Hörte einen durchdringenden Schrei, der ihre Schwimmblase zum Zittern brachte. Ganz vorsichtig öffnete sie die Augen einen winzigen Spaltbreit und beobachtete das fremdartige Wesen, das immer noch einen Beutel mit Wasser in der Hand hielt. Und wie von Sinnen kreischte.

Gleich danach hörte sie eine andere Stimme, groß und ohne Gefühl: »Einen übersehen.« Und Syme entschloss sich, sofort wieder die Augen ganz zuzumachen und sich nicht zu regen. Um keinen Fingerbreit.

Und so erlebte sie den Angriff des Krebsmenschen mit. Erst reglos in unmittelbarer Nähe, dann, als Berryl die Kreatur weggelockt hatte, mit wieder offenen Augen. Sobald ihr die Gelegenheit günstig schien, tauchte Syme weg und brachte sich in Sicherheit. Beobachtete aus beruhigend großer Entfernung, wie der Kampf weiterging. Das mussten, ja, das waren also diese hinterhältigen Lichtatmer, die ihr Volk vergifteten. Wie komisch die aussahen: Auf ihren Köpfen wuchs ein Büschel dünner Fadenalgen und sie besaßen weder Rückenflossen noch Laternenaugen. Aber so furchtbar und gemein wirkten sie eigentlich nicht. Diese Wörter passten schon eher auf das gepanzerte Monstrum, das ein Krebsmensch sein musste. Und obwohl Syme allen Lichtatmern den Weißen Tod an die Kehle wünschte, konnte sie doch nicht umhin, diesen kleinen Kerl zu bewundern, der sich verzweifelt auf dem Panzerrücken festkrallte. Mit einem lächerlich winzigen Messer auf den Söldner einstach. Ihm schließlich die Augen abschnitt und ihn in den Abgrund lockte.

Nicht schlecht, dachte sie. Ein mutiger Krieger. Aber dann brachte sie sich zur Vernunft: Dies waren ihre Feinde. Die Mörder Morellas und aller anderen vom Tiefen Volk, die der Weiße Tod hinwegraffte. Dieser kleine Kerl mochte mutig sein, er gehörte trotzdem zu einem verräterischen Volk.

Nachdem Syme beobachtet hatte, wie der mit dem Messer den anderen vom Ufer wegtrug und in einer Höhle verschwand, tauchte sie tiefer und atmete das kühle Meerwasser ein. Schwamm hinab und versuchte einen klaren Kopf zu bekommen. Was war eigentlich passiert? Sie hatte sich auf der Dschunke eingeschlichen, war von Hanalf entdeckt und eingesperrt worden – zu ihrer eigenen Sicherheit natürlich. Dann hatten sie den Spitzwald der Felsen erreicht, aber irgendetwas war gewaltig schief gegangen. Syme hatte erst aufgeregte Rufe, dann entsetzte Schreie gehört. Und die stammten nicht nur von den Lichtatmern. Zum Glück hatte Phosphor ein dünnes Frischwasserrohr gefunden, sich hindurchgeschlängelt und auf der anderen Seite die Tür zu ihrem Gefängnis entriegelt. Sie befreit. Phosphor – wo steckte der Leuchtaal eigentlich? Beunruhigt kratzte sie an ihren Schuppen und der verschwommenen Erinnerung. Sie war auf jeden Fall rausgeschwommen aus dem Schiff und dann hatte irgendetwas Großes sie erwischt und an einen Felsen geschleudert. Vorsichtig betastete sie ihren Kopf und zuckte zusammen, als sie die Beule fand. So weit stimmte also alles. Sie musste ohnmächtig geworden sein. Und dann?

Syme knurrte durch die Kiemen. Das war alles so verwirrend. Außerdem hatte sie einen bitteren Geschmack im Mund, der ihr gar nicht gefiel. Sie tastete über ihre Lippen und zuckte entsetzt zusammen, als sie eine harte, raue Kruste spürte.

Der Weiße Tod hatte auch sie infiziert. O Scamanders Flut! Sie war krank. Sie würde enden wie Morella und all die anderen. Das Salz steckte schon in ihrem Körper und nistete sich ein, erblühte in prächtigen weißen Kristallen und fraß und wuchs und fraß.

Syme stürzte in eine Welle aus blanker Angst, wirbelte in ihr umher, hilflos und schwach. Panisch torkelte sie durchs Wasser, bis ihr ein Satz ihres Vaters einfiel: Du kannst in jeder Strömung tauchen, hatte er gesagt. Du musst nur mit ihr schwimmen und nicht gegen sie.

Und langsam fand sie einen Weg hinaus aus dem Strudel der Hoffnungslosigkeit und Angst. Kalte Ruhe überkam sie. Nun gut, Reglion hatte wie immer Recht: Auch in der Welle des Todes konnte sie schwimmen. Ihr folgen. Syme schoss durch das Wasser und tauchte zum Spitzwald der Felsen zurück. Ihr Entschluss stand fest. Sie selbst und das ganze Tiefe Volk waren dem Tod geweiht. Syme konnte es nicht ändern. Aber sie konnte Rache üben. Auch die Lichtatmer sollten sterben. Alle.

Und mit diesen beiden, die gegen den Krebsmenschen gekämpft hatten, würde sie anfangen.

Berryl wusste wieder einmal nicht, was er tun sollte. Er tupfte Fims heiße Stirn mit feuchten Lappen ab, flößte ihm in Wasser aufgelöstes Tangmehl ein – und wartete. Fim warf sich auf der schmalen Pritsche herum und kam nur ein einziges Mal zu Bewusstsein.

»Immer erwischt es mich«, krächzte er. »Erst die Peitschenigel, jetzt dieser Krebs.« Mit flatternden Augen blickte er zu Berryl hoch. »Du hast ihn besiegt, nicht wahr?

»Ja, mach dir keine Sorgen. Versuch zu schlafen.«

»Nein. Du … du bist ein würdiger König. Ich wünsche dir, dass du die Große Perle findest.«

Berryl bekam es mit der Angst und plapperte drauflos, redete einfach, was ihm gerade einfiel. »Fim, hast du die Dunkle eigentlich verscheucht? Die ist wohl geflüchtet, als sie dein hässliches Gesicht gesehen hat.«

Fim lächelte schwach. »Sie ist … fort?«

»Ja. Hast du irgendwas mit ihr gemacht? Ihr geholfen?«

»Süßes Wasser«, murmelte Fim. Zitterte und schwieg. »Die Augen«, flüsterte er dann. »Das hat ihn zerstört, nicht wahr?«

Berryl nickte. »Ja, du hast ihn besiegt, Fim. Ohne dich …« Dann stutzte er: »Woher hast du das eigentlich gewusst?«

Aber Fim hörte ihn nicht mehr. Fim trank Feuer.

Die halbe Nacht wachte Berryl an seiner Seite, schlief irgendwann selbst ein und träumte von dem Krebsmenschen, der mit jedem »Schnapp« seiner Scherenklaue fein säuberlich ein Stück nach dem anderen von ihm abknipste.

Als er schließlich im Morgengrauen erwachte, schlief Fim ruhig. Das Fieber war gesunken, auch wenn er bei jedem Atemholen schmerzerfüllt zusammenzuckte.

Die Wunde in seinem Bauch muss schlimm sein, dachte Berryl. Ächzend stand er auf – auch an ihm hatte der Kampf Spuren hinterlassen. Sein ganzer Körper tat weh und einen Augenblick schwankte er, bevor er einigermaßen sicher auf den Beinen stand.

Berryl verließ die Höhle und suchte sich im Labyrinth aus Brücken und Steinsäulen einen Weg – er musste vom Quellsaal frisches Wasser holen. In diesem Spitzwald der Felsen konnte man sich wirklich leicht verirren, aber schließlich fand er ihn wieder und füllte seine Beutel. Überlegte, ob er jetzt tauchen sollte oder später – er spürte, dass seine Halsfalten zuckten. Bald musste die Missgeburt wieder ins Wasser. Ha. Aber erst wenn Fim aufgewacht war.

Müde kehrte Berryl zurück in die Wohnhöhle. Und erstarrte: Ein Schatten beugte sich über Fim, silberne Haut, eine geschmeidige Rückenflosse – die Dunkle war zurückgekehrt. Mit angehaltenem Atem machte er ein paar Schritte vorwärts und wartete, bis sich seine Augen an das Dämmerlicht gewöhnt hatten. Die vom Tiefen Volk kauerte über Fim und hob etwas in die Höhe. Eine Art, ja doch, eine Art Harpune oder Speer. Sie richtete die Spitze auf Fim.

»Bei Scamander!«, rief Berryl aus.

Syme fuhr herum. Vor ihr stand der zweite Lichtatmer – sie war nicht schnell genug gewesen. Jetzt richtete sie ihre Knochenlanze auf Berryl und grinste spöttisch. »Ich dachte, ihr glaubt nur an diese verweichlichte Uma, trostlose Mutter aller Wellen.«

»Ich nicht«, zischte Berryl, »Ich bete zu beiden und ich fluche mit beiden.«

Syme lachte. »Dann bete!«

Berryl rührte sich nicht von der Stelle. Das Mädchen sah geschwächt aus, aber ihre Harpune scharf. Und die Reichweite der Waffe war einfach zu groß. Also reden, entschied er.

»Wer bist du? Was haben wir dir getan?«

Ihr Lachen war hart und traurig zugleich. »O ihr Heuchler!«, schrie sie ihn an. »Ihr Mörder und Giftmischer!« Die Knochenlanze weiter auf Berryl gerichtet fuhr sie sich mit dem Unterarm über ihre Lippen. Wischte das Salz fort.

»Ihr werdet dafür bezahlen«, flüsterte sie.

»Aber … ich verstehe nicht. Was meinst du? Wir haben dich im Meer treibend gefunden und versucht dir zu helfen. Wir wollen nichts Böses.«

Syme zögerte. Dieser Lichtatmer klang freundlich. Sie konnte die Angst hinter seinen Worten spüren, aber auch die Wahrheit. Vielleicht wusste er wirklich nichts von den Giftmischereien seines Volkes. Doch das würde ihn nicht retten. Syme musste sich beeilen: Ihre Halsfalten speicherten das Meerwasser nur für kurze Zeit in ihrem Körper – bald würde sie an dem gnadenlosen Licht der Oberflächler ersticken.

In diesem Moment stürzte Berryl sich auf sie. Ein plumper Angriff, den sie schon im ersten Jahr der königlichen Kampfschule von Kryla hätte abwehren können. Sie machte sich nicht einmal die Mühe, zuzustechen, sondern wirbelte einmal um die Achse und ließ das stumpfe Lanzenende in den Bauch des Dummkopfs knallen. Der Lichtatmer klappte zusammen.

Mutig ja, dachte sie. Aber dumm. Sofort war sie über ihm und drückte die Spitze ihrer Knochenlanze an seine Kehle.

»Bete jetzt«, sagte sie fast sanft.

»Aber warum? Was willst du?« Berryl wagte nicht sich zu bewegen und flüsterte nur.

»Rache! Rache für unser Volk.«

»Aber …« Weiter kam Berryl nicht, denn er musste husten. Sein Atem ging schwer und in seinem Körper zuckte das Licht.

»Was soll das?«, fragte Syme misstrauisch.

Berryl hustete wieder und japste nach Luft. »Muss … ins Wasser«, keuchte er. »Atmen!«

Sein Körper bäumte sich auf, aber Symes Lanze bewegte sich keinen Fingerbreit. Schon tropfte Blut von seinem Hals. »Auf so einen Trick falle ich nicht herein!«, murrte Syme. Und als Berryl die Entschlossenheit in ihren Augen erkannte, drehte er den Kopf zur Seite, zog die Tunika zurück und keuchte. »Da. Erkennst du die?«

Fassungslos starrte Syme auf die Falten am Hals. Sie zog die Knochenlanze zurück, während Berryl sich auf dem Boden wand wie ein auf dem Rücken liegender Taschenkrebs und ohne Pause husten musste. Hasserfüllt starrte er zu ihr hinauf. »Na, was ist?«, fragte er mühsam. »So eine Missgeburt … wie mich hast du wohl … noch nicht gesehen!«

Sie schwieg, packte Berryl dann und zerrte ihn hoch. »Komm mit«, sagte sie und zog ihn nach draußen und ins Meer hinein.

Erschrocken und fasziniert zugleich beobachtete sie den Übergang. Berryls Körper bäumte sich einmal auf, schluckte Wasser und trieb dann ruhig neben ihr. Wie konnte das sein? Wie konnte einer im Licht leben und in der Tiefe?

Aber ihre Lanze lag weiter zielsicher in der Hand – bereit zum Zustechen.

»Da staunst du, was?« Berryls Stimme klang dumpf im Wasser. Sie war nicht mehr wütend, sondern nur noch müde. All diese Kämpfe, das Töten, all diese Wut, all diese Angst. Sogar die Große Perle der Quelle war auf einmal nicht mehr wichtig.

»Du kannst sprechen?« Ungläubig umkreiste Syme ihn einmal.

»O ja. Ich bin nicht nur derjenige, der eins und doppelt ist. Ich kenne auch alle Sprachen. Im Licht und unter Wasser. Wahrscheinlich würde ich sogar reden, wenn ich fliegen könnte wie die Vögel, oben am Himmel, wo nichts mehr ist.« Erschöpft trieb er im Wasser. Alles war so sinnlos. Und wo steckte eigentlich Großvater? Der konnte diesem kleinen Miststück vom Tiefen Volk ruhig mal einen Schrecken versetzen.

In Symes Kopf drehte sich alles. »Trotzdem«, sagte sie leise. »Ihr seid verantwortlich für das Sterben unter meinem Volk. Meiner Welle gehört die Rache, sagt Scamander.« Und sagt mein Vater, setzte sie in Gedanken hinzu. Reglion irrte sich nie.

»Unsinn.« Berryl lachte auf. »Die Lichtatmer sind ein schwaches und friedliches Volk. Den Einzigen, den sie töten wollten, war ich selbst.«

»Du?«

»Ja.« Ein paar Luftblasen perlten von seinen Lippen.

»Und auch das nur aus Angst vor Umas Zorn.« Berryl war müde. Wenn diese Wasserfrau ihn töten wollte, dann sollte sie doch. Ohne nachzudenken redete er einfach weiter. »Umas Zorn, ja. Du weißt schon, schlechte Tangernte und so ein Unsinn. Stürme zur falschen Zeit. Giftiges Salz in der Quelle des Tempels ...«

»WAS SAGST DU?«, schrie Syme so laut, dass Berryl zusammenzuckte.

»Bei Scamander«, murmelte er. »Ihr habt zwar keine Haare auf dem Kopf, aber doch wohl Ohren ...« Berryl schwatzte drauflos und ließ Syme nicht mehr aus den Augen, die auf einmal verwirrt schien. Unbewusst kratzte sie sich an den Lippen, setzte zu einer neuen Frage an und senkte die Lanze.

Berryl schoss vor und überraschte sie diesmal völlig. Mit einem Ruck riss er Syme die Waffe aus der Hand, umschlang ihren Körper von hinten und setzte ihr nun seinerseits die scharfe Spitze an die Kehle.

»Dazzz würde ich nicht tun, Doppelatmer!«

»Was bei Scamander ...!«

»Tu mir den Gefallen, Freund, und zzzenke die Lanze.« Die geisterhafte Stimme schien von allen Seiten zu kommen – aber da war nichts. Verblüfft blickte Berryl sich um.

»Ihr müzzzt euch zuhören. Jetzt izzzt nicht die Zeit von Kämpfen!«

Plötzlich begann direkt vor Berryl etwas zu leuchten, eine schlangenhafte Gestalt ringelte sich vor ihm. Ein strahlender, durchsichtiger Körper.

»Phosphor, endlich! Wo hast du die ganze Zeit gesteckt?«

»Zzzyme, kleine Zzzyme. Immer in Schwierigkeiten.«

Und an Berryl gewandt: »Zzzenk deine Waffe, mein Freund. Ihre Zeit izzt vorbei.«

Berryl zögerte. »Und dann werden wir endlich reden?«

»Ja«, antwortete der Leuchtaal, aber Berryl wartete auf die Antwort der Dunklen.

Die schwieg einen Augenblick und nickte dann, immer noch in seinem Griff, die Lanze am Hals.

»Gut.« Berryl ließ sie los. Die drei starrten sich an. Langsam öffnete er die Hand und ließ die Waffe fallen. Sie stürzte, trudelte im Wasser unter ihnen, blitzte manchmal auf und versank. »Wir reden«, meinte er dann. »Du fängst an. Dein Name ist Zzzyme?«

Sie brauchte nicht lange. Viel gab es über den Weißen Tod nicht zu berichten: Er breitete sich aus und tötete. Das war alles. Als Syme dann von den Söldnern erzählte, konnte Berryl nicht mehr an sich halten: »Ihr habt diese Monster losgeschickt? Ihr habt all die Lichtatmer töten lassen?« Fassungslos starrte er in die Tiefe hinab, so als wollte er tauchen, die Lanze wieder hochholen und zustechen. Aber bestimmt würde der Perlmuttdolch an seiner Seite auch genügen.

»Beruhige dich, Freund!«, mischte sich der Leuchtaal ein. »Fehler wurden gemacht. Aber neue Fehler können verhindert werden. Wenn du klug bizzzt, Doppelatmer.«

Berryl zwang sich zu einem Nicken und hörte dann zu, wie Syme in die Dschunke gelangt war und bis zum Spitzwald der Felsen. »Den Rest kennst du«, beendete sie ihren Bericht, indem sie zitternd an der Salzkruste über ihren Lippen kratzte.

Dann war Berryl an der Reihe und er brauchte schon

länger. Erzählte von seinem Leben auf dem Atoll der Tausend, von seiner Verurteilung und Flucht, davon, wie er mit Fim zusammen die Sandbank der Stille erreicht hatte und schließlich den Spitzwald. Nur seine Suche nach der Großen Perle verschwieg er.

»Dann … dann seid ihr wirklich nicht schuld am Weißen Tod?«

Berryl schüttelte schweigend den Kopf.

Ein Augenblinzeln lang leuchtete in Symes Kopf noch der Satz auf: Reglion irrt sich nie, dann drehte sie sich entschlossen zu Phosphor: »Wir müssen zu meinem Vater. Er muss das alles hören! Und wir müssen uns beeilen!«

»Ohne Dorongazzz wird dazzz schwierig werden, kleine Zzzyme.«

»Und ich kann Fim nicht alleine lassen!«

»Bring ihn zu mir anzzz Wazzzer«, wandte sich der Leuchtaal an Berryl. »Ich bin zwar durchzzzichtig wie Krizzztall, aber trage die Erinnerungen von vielen Strömungen in mir. Vielleicht kann ich helfen.«

Sie schwammen zurück ans Ufer, aber Berryl zögerte. »Ihr … ihr werdet nicht verschwinden?«

Syme lächelte ihn an. »Nein.«

Sie kamen ihm sogar entgegen, als er mit Fim auf den Armen zurückkam. Vorsichtig betteten sie den Verletzten ins flache Wasser und ließen den Leuchtsaal seinen Körper umschlängeln. Mit weit aufgerissenen Augen starrte Fim dieses durchsichtige Etwas an. Eben hatte er gedacht das Fieber los zu sein – aber offenbar fantasierte er immer noch. »Was ist das hier?«, fragte er völlig fassungslos.

»Dein Heiler!«, grinste Berryl zurück.

»Zzzo izzzt ezzz. Strecke die Zunge herauzzz und zzzag: Ahh!«

»Es spricht!« Jetzt war sich Fim ganz sicher, dass er träumte.

Phosphor klappte sein Maul auf und zu – nur Syme wusste, dass der Leuchtaal lachte. »Und ihr beiden verschwindet erzzzt mal«, zischte er Syme und Berryl an. »Ihr stört nur.«

Sie ließen Phosphor seine Arbeit tun und gingen am Ufer entlang. »Wie heißt du eigentlich?«, fragte Syme. »Du hast mir so viel gesagt, aber nicht deinen Namen.«

»Äh … äh, Berryl.«

»Nun, Ähähberryl, ich glaube, ich muss mich bei dir entschuldigen.«

»Nur Berryl.«

»Das habe ich schon verstanden.« Zum ersten Mal lachten sie zusammen. Und sahen sich an. Neugierig und freundlich. Nicht der Blick zweier Kämpfer um das eigene Leben. Fasziniert bemerkte Berryl, dass sie zwar keine Augenlider hatte, aber trotzdem blinzelte. Wie bei Haien, dachte er erstaunt. Eine Hornhaut, die sich nicht von oben nach unten schließt, sondern von außen nach innen. Verrückt. Das sah aus, als würde sie ihm ständig zuzwinkern.

»Sind das … Haare?«, fragte Syme.

Berryl lachte wieder. »Ja.«

»Darf ich … sie anfassen.« Und auf sein Nicken hin streckte sie zögernd die Hand aus und strich ihm über den Kopf. »Es ist weich!«

»Und das … Ding da auf deiner Stirn?«, fragte Berryl zurück und deutete auf den kleinen Tentakel.

Syme kicherte und erklärte: »Unser Laternenauge.«

»Hm?«

»Unser Licht. Wir vom Tiefen Volk lieben die Dunkelheit, aber manchmal brauchen sogar wir ein wenig Helligkeit.«

»Scamander noch mal!«, entfuhr es Berryl.

»Stimmt. Ziemlich praktisch.«

Und wieder lachte sie.

Wie schön das klingt, dachte der Doppelatmer.

Beim Tiefen Volk

Als Syme und Berryl zurückkehrten, hatte sich Fim wieder ans Ufer geschleppt und winkte ihnen matt zu.

»Onkel Heiler meint, die Rippe sei nur angebrochen. Er taucht gerade irgendwo umher und sucht ein widerliches Schneckenfleisch, das helfen soll.«

»Klingt ganz nach Phosphor«, lachte die Dunkle.

Dann sah Berryl, wie Fims Gesicht sich verschattete: »Was ist? Hast du wieder Schmerzen?«

Fim schüttelte den Kopf. »Ich ... ich kann es einfach nicht glauben. Der Leuchtaal hat mir alles erzählt. Die vielen Toten. Zwei ganze Stämme von uns ausgelöscht. Das Atoll der Tausend verlassen und meine Freunde auf der Flucht. Und alles nur, weil ... weil euer verrückter König glaubt, wir sind schuld am Weißen Tod.«

Syme schluckte. Dass sie Reglions Tochter war, hatte sie Berryl verschwiegen und auch Phosphor schien so diplomatisch gewesen zu sein wie immer.

»Er, hmm, er ist nicht verrückt«, stotterte sie. »Er hat nur Angst. Sein Volk stirbt.«

»Und deswegen tötet er ein anderes?«

»Fim, ich ...« Syme kniete sich hin und schaute ihn an.

Aber der beruhigte sich nicht. »Hier sind alle tot!«, schrie er sie an und packte ihre Schultern.

Sieht aus, dachte Berryl, als wollte er sie auf der Stelle erwürgen.

Da schreckte ein leises Plätschern die drei auf. War der Leuchtaal zurückgekehrt?

»Prinzessin, auf den Boden! Zurück!«

Fünf vom Tiefen Volk waren barrakudaschnell aus dem seichten Wasser aufgetaucht; einer davon schwang seine Knochenlanze und zielte auf Fim. Gekleidet in schwere Muschelpanzer – nur ihre silbrigen Schuppenarme funkelten im Sonnenlicht – wirkten sie fast genauso bedrohlich wie die Krebsmenschen.

»Prinzessin?«, stammelte Berryl. »Also doch nur Verrat?«

»Tötet die Lichtatmer!«, befahl der Dunkle mit der Knochenlanze – und schleuderte sie auf Fim. Dieses leichte Ziel konnte er nicht verfehlen – der Lichtatmer würde sich nicht an Reglions Tochter vergreifen.

»Hört auf!«, kreischte Syme.

Die Knochenlanze flammte in der Sonne auf und sauste auf Fim zu. Wie oft hatte er jetzt schon dem Tod in den Rachen geschaut? Würde der jetzt endlich zubeißen?

Berryl stand wie vor den Kopf geschlagen und murmelte nur immer wieder »Prinzessin?«

Syme brüllte aus vollen Kiemen: »Aufhören!« Und nur ein Leuchtaal stand zwischen Fim und dem Tod. Oder besser: Sprang. Phosphor schoss aus dem Wasser und fing noch im Flug die durch die Luft sirrende Waffe. Knirschend packte sein Maul zu und riss die Knochenlanze zu Boden.

Einen Moment lang starrten sich alle an.

Dann ließ der Leuchtaal los, die Waffe klirrte auf den Stein und Symes Lehrer ringelte sich hilflos auf dem trockenen Boden. »Würde mich freundlicherweizzze jemand wieder inzzz Wazzzer bringen!«, zischte er. »Auzzzerdem habe ich mir einen Zahn abgebrochen …«

Schmerz weckte Restella. Ein Schmerz in ihrem Bein, als würde jemand mit einem Messer darin herumstochern und die Schneide genüsslich drehen und drehen und drehen.

»Umaaaaa«, stöhnte sie und versuchte ihr Bein zu bewegen. Ging nicht.

Alles war schwer. Sie musste unter Wasser sein, wo jede Bewegung ihres Körpers anders war als im Licht. Aber warum war es so heiß? Warum die Schmerzen? Warum war sie so durstig? Fragen. Schildkröteneier. Viele, viele Schildkröten.

Das Bein funktionierte nicht. Gut, dann eben die Augen. Aber auch die blieben reglos.

Augen hoch!, befahl Stella stumm, nur dass ihre zwei Soldaten über der Nase nicht gehorchten. Meuterei, dachte Stella.

Und wieder das Messer. So schmerzhaft, dass der erschöpften Mannschaft diesmal nichts anderes übrig blieb, als auf ihre Posten zurückzukehren: Irgendwie schaffte sie es, die Augen zu öffnen.

Blau. Nur Blau. Grell und wie eine einzige riesige Kerze, die sich in ihr Gesicht hineinbrannte. Der Himmel, begriff Stella und versuchte ihren Kopf zu neigen. Ja. Jetzt sah sie ein dunkleres Blau. Musste das Meer sein. Noch ein Stück tiefer und sie sah einen weißen Vogel, der mit seinem Schnabel auf ihrem Bein herumhackte. Blutiges Fleisch herauszerrte. Der Schmerz.

Aus ihrer Kehle, dort, wo früher einmal Wörter gewesen waren und Lieder, kam ein krächzendes Grollen. Sie schaffte es, einen Arm zu heben und mit ihrer Hand herumzufuchteln. Die Aasmöwe hüpfte ein kleines Stück zurück und stieß ein heiseres Keckern aus, wütend, weil man ihre Mahlzeit gestört hatte. Seelenlose Vogelaugen starrten Restella an.

Und für einen Augenblick wurden ihre Gedanken so klar wie der wolkenlose Himmel. Sie wusste wieder, wo sie war und warum. Erinnerte sich an die vielen Tage unter gnadenloser Sonne, an die endlose Windstille und die Blasen an ihren Händen. Ganz deutlich sah sie den Moment vor sich, als sie den letzten Wasserbeutel geleert, oder jene Nacht, in der Qua sein Ruderblatt verloren hatte … Qua!

Der Alte lag gekrümmt wie eine ausgeweidete Graurolle im Boot. Hatte sie ihn nicht schon einmal so verbogen liegen gesehen? Wie lange war das her? Stunden? Tage? Lebte er überhaupt noch?

Lebe ich überhaupt noch?, fragte sich Restella, aber ihre wunde Kehle und das schmerzende Bein schrien: Ja, o ja! Noch lebst du!

Die Aasmöwe schlug mit den Flügeln und starrte. Machte einen Hüpfer zu Stellas Bein und öffnete ihren Schnabel. Diesmal hatte ihr Arm keine Kraft mehr, sich zu heben.

Aber immer noch war ihr Kopf klar. Und ihre Augen auch – einigermaßen. Sie schauten geradeaus ohne etwas zu sehen. Nur spiegelglattes Wasser. Sie schauten nach links und entdeckten: nichts. Keine Insel, keinen Fels, keine Sandbank. Kein süßes Wasser. Sie würde hier sterben. Restella hatte einen schrecklichen Fehler gemacht. Sie hätte auf dem Atoll der Tausend warten sollen, im Schatten einer Hütte, Schatten, o ja. Eine kühle Hütte. Aber sie würde verdursten. Verbrennen von dem Feuer der Sonne. Oder aufgefressen werden von diesem widerlichen Aasvogel. Bei lebendigem Leib.

Sie schaute nach rechts. Eine Hütte schwebte über dem Wasser auf sie zu. Erst weiter entfernt, dann näher. Eine zweite Hütte tauchte auf, eine dritte. Schatten, ja! Ich halluziniere, dachte Stella. Ich wünsche mir Hütten und sie tauchen auf. Vielleicht klappt das auch mit Wasser? Ich träume schon. Sterben. Die Möwe.

Einer ihrer letzten Gedanken galt dem armen Qua, in dem die Kraft eines gewaltigen Magiers steckte und der so dumm und sinnlos verdursten würde. Ihr vorletzter Gedanke zeigte Fim, der auch über das Wasser schwebte und ihr zuwinkte. Und Stellas allerletzter Gedanke galt ihr selbst. Ich will nicht sterben, dachte sie.

Nachdem sich alle beruhigt hatten und Phosphor wieder im Wasser umherschwamm, klärte Syme die Jungkrieger rasch über die neue Lage auf: Die Lichtatmer schleppten nicht die Schuld am Weißen Tod. Im Gegenteil – auch die Oberflächler machten sich Sorgen um das Salz im Wasser. Der Anführer der Dunklen dagegen berichtete, wie die Krebsmenschen hier am Spitzwald der Felsen die vom Tiefen Volk angegriffen hatten. Und Brilion töteten. Von der Armee der Söldner, die in diesem Augenblick auf Kryla zukroch, wussten sie nichts. Sie waren nur losgeschickt worden um Syme zu suchen, die Tochter Reglions.

»Wir müssen sofort zu meinem Vater und ihm alles erzählen!«, meinte Syme aufgeregt. »Ihr seid doch mit Dorongas gekommen?«

Die Jungkrieger nickten.

Zweifelnd wandte sie sich an Berryl. »Wirst du es schaffen, so tief zu tauchen?«

»Ich weiß nicht«, gab der zu. »Wie tief ist ›so‹?«

»Dreihundert Schwimmzüge.«

Berryl schluckte. Tiefer als fünfzig oder sechzig war er nie getaucht. »Wird schon gehen«, meinte er. »Aber ... das ist keine Falle?«

»Warum?«, zischte Syme. Ihre Augen funkelten wütend und die Nickhaut huschte ein paarmal von außen nach innen über ihre Pupillen.

»Na ja, du hast mir nicht gesagt, dass du eine Königstochter bist.«

»Vertraust du mir nicht?«, keifte sie.

»Doch, doch!« Berryl musste grinsen. Sie sieht schön aus, dachte er, wenn sie wütend ist.

»Und was ist mit mir?«, meldete Fim sich zu Wort, der mittlerweile mit einem ganzen Berg Heilschneckenfleisch und einem Verband aus Breittang verarztet war. »Ich schaffe es unmöglich so tief hinunter. Ganz abgesehen davon, dass mir Licht und Luft ausgehen würden – nicht mal eine Atemblase könnte mir da helfen.«

Syme zuckte mit den Schultern und auch Berryl wusste keinen Rat.

Der Leuchtaal streckte seinen Kopf aus dem Wasser und drängte: »Wir zzzollten jetzt aufbrechen! Ich spüre, dazzz wir nur wenig Zeit haben.«

»Ich ... ich lasse Fim nicht alleine zurück!«

Aber der grinste. »Mach dir keine Sorgen. Ich glaube nicht, dass die Krebsviecher noch mal hierher kommen. Und wenn doch, weiß ich ja jetzt, wie ich mit ihnen fertig werde.« Er zwinkerte Berryl zu, lächelte und sagte dann entschlossen: »Ich bleibe!«

Schon kurz darauf stand Fim alleine am Hafen des Spitzwaldes und schaute den letzten blubbernden Luftblasen nach. Er beneidete Berryl. Der würde Kryla sehen, eine Stadt des Tiefen Volkes, die voller Schätze und Schönheit sein musste.

Noch ziemlich wacklig drehte er sich um und stieg zur Wohnhöhle hinauf. Er war müde. Und eigentlich nicht besonders böse darüber, eine Zeit lang alleine zu sein. Denn er wollte nachdenken. Musste nachdenken. Über die Rache des Tiefen Volkes zum Beispiel, die zwei ganzen Stämmen der Lichtatmer den Tod gebracht hatte. Über seinen eigenen Stamm vom Atoll der Tausend, der Berryl verurteilt hatte, obwohl er Fim vor den Peitschenigeln rettete. Über Berryl selbst, der so verbittert und besessen nach der Großen Perle suchte, aber jetzt mit der Dunklen aufgebrochen war, um ein weiteres Abschlachten der Lichtatmer zu verhindern. Und er musste über die Krebsmenschen nachdenken. Warum kämpften sie plötzlich gegen diejenigen, die ihr Blutgeld bezahlten? Warum wandten sich die Söldner gegen das Tiefe Volk?

Müde humpelte Fim weiter und öffnete einen Wasserbeutel. »Du muzzzt viel schlafen«, hatte der Leuchtaal gemeint. Was für seltsame Geschöpfe Aluas Tiefen bargen. Auch darüber sollte er vielleicht nachdenken. Jedenfalls würde er diesen Rat beherzigen – Fim legte sich auf die Tangpritsche und schloss die Augen. Er würde lange schlafen. Irgendwann aufwachen, sich an das felsige Ufer setzen und die nistenden Meeresvögel auf den Klippen beobachten. Wieder schlafen. Gesund werden.

Und nachdenken. Besonders über eine ganz bestimmte Frage, die ihn nicht mehr losließ. Eine Frage, die so groß in seinem Kopf herumstand wie das schreckliche Bild vom sterbenden Kalamus oder dem monströsen Krebsmenschen, der vor ihm aufragte und mit seiner Schere schnappte. Eine Frage, die ihn unruhig machte und ängstlich. Neugierig: Woher, Scamander noch mal, hatte er das mit den Augen gewusst? Er erinnerte sich schwach, wie er ins Wasser geflüchtet war, als Berryl mit dem Krebsmonster kämpfte. Wie er auf Großvater zuschwamm, als könnte der ihm helfen. Und wie er selbst plötzlich geschrien hatte: »Die Augen! Berryl, die Augen!«

Fim schloss seine eigenen und atmete ruhig. Zuckte leise, als die Muskeln sich entspannten. Aber noch im Einschlafen dachte er darüber nach. Er hatte diese Worte gehört. Ganz ruhig und klar, deutlich und unmissverständlich. Aber Fim hatte keinen Menschen gesehen. Da war ja auch niemand gewesen, weder Lichtatmer noch Tiefes Volk. Und doch hatte Fim diesen Satz gehört und ihm blindlings vertraut. Diesem einen Satz: »Die Augen, junger Krieger, sind der einzige Schwachpunkt dieser Kreaturen.«

Noch einmal ging ein kurzes Zittern durch seinen Körper. Und Fim schlief.

Kurze Zeit vorher fragte unter Wasser eine lächelnde Syme: »Kannst du reiten?«

»Was? Auf einem Manta schon.«

»Dann wirst du ein Doronga auch schaffen. Und außerdem werden wir uns ja eins teilen. Komm.«

Dorongas? Teilen? Neugierig schwamm Berryl hinterher, bis sie ein Korallenriff erreichten, an dem schon die fünf Jungkrieger wartend im Wasser schwebten. An Felsbrocken festgebunden hingen sechs mächtige Tiere – eine Mischung aus Delfin und Schildkröte, wie Berryl fand, mit riesigen Palmblättern am Bauch anstelle der Füße. Mit ihren großen, breiten Mäulern grasten sie friedlich eine Seegraswiese ab und mampften ruhig vor sich hin. Wie die Jungkrieger trugen sie einen Panzer aus Muschelschalen – und einen Sattel auf dem Rücken. Geschmeidig schwang sich Syme auf eines der Tiere; auch die anderen Dunklen saßen auf.

Ratlos trieb Berryl an ihrer Seite. »Du meinst …«

»Ja.« Syme rutschte in ihrem Sattel ein Stück nach vorne. »Hier ist genug Platz für zwei!« Berryl schwamm heran und ließ sich auf das hintere Ende sinken. Syme packte die Zügel und drehte sich zu ihm um: »Dorongas sind schnell. Du wirst dich schon festhalten müssen.«

Berryl verstand nicht gleich und Syme lachte. »Du bist süß.« Sie packte seine Arme und legte sie sich um den Bauch.

»Los geht's!«, rief Syme, während er nur ein furchtsam gemurmeltes »He-hoo, Fim« hervorbrachte.

Dann bäumten sich die sechs Tiere auf, streckten ihre Schaufelflossen und stürzten los – hinab in die Tiefe. Hinab nach Kryla.

Großvater beobachtete sie. Der Mantarochen zögerte und schlug mit seinen gewaltigen Flügeln einen nachdenklichen Kreis. Sollte er ihnen folgen? Oder hier bleiben, in diesem elend flachen Wasser, um den verletzten Lichtatmer zu beschützen?

Aber die Tiere des Meeres sind keine Zweifler. Sie wägen eine Entscheidung ab, überlegen kurz – und folgen dann doch dem Ruf Aluas. Sie folgen der Tiefsee, die alle Fragen enthält, aber auch alle Antworten.

Großvater lauschte dem Meer, hörte den Wellen zu,

den kalten und warmen Strömungen, dem Gewisper des Planktons. Er lauschte und nickte und folgte Berryl in die Tiefe.

»Was sagen die Späher?«

Im Großen Saal des Perlmuttpalasts herrschte ein so dichtes Gedränge, dass die Dunklen zum Teil übereinander schwimmen mussten. Reglion hatte auch die Anführer aus den Hundertschaften herbeigerufen und andere der Jungkrieger. Dies sollten alle hören.

Fünf mal zwei Strömungen waren vergangen, seit sie die Kundschafter ausgeschickt hatten. Und bei jedem Wechsel hatte Reglion auf dem Turm gestanden, mal alleine, mal von Schützern begleitet, und auf die Armee der Krebsmenschen hinabgesehen. Immer noch weit entfernt, nur langsam sich an Kryla heranschleichend – aber unaufhaltsam.

Hanalf räusperte sich nervös. »Einer unserer Späher ist nicht zurückgekehrt«, begann er und das Gemurmel der Menge brandete eine Spur dunkler durch den Saal. »Die anderen berichteten von«, Hanalf schluckte schwer, »von rund zweitausendfünfhundert Söldnern, die auf Kryla zumarschieren.«

Sofort wurde es still. Ungläubig spreizten manche ihre Schwimmhäute oder schüttelten nur die Köpfe.

»Diese Armee ist nicht zu schlagen!«, rief der alte Gelgamesch aus. Zustimmende Rufe unterstützten ihn.

Reglion bat um Ruhe. »Weiter, Hanalf. Wie schnell bewegen sich die Truppen?«

»Langsam. Noch haben wir Zeit, Sir. Die Späher sagen, dass die Krebsmenschen uns frühestens in drei mal zehn Strömungen erreichen werden.«

Gut, dachte Reglion. Was wir auch tun werden, wir müssen nicht überstürzt handeln. An der Oberfläche würde Aluas Sonne noch fünfzehn Mal mit ihrem Feuer blenden. Tage, nannten das die Lichtatmer. Noch fünfzehn Tage.

»Weiter!«, befahl der Herrscher von Kryla. »Was haben wir über ihre Absicht erfahren? Gründe? Strategien?«

Hanalf winkte einen schmächtigen Jungkrieger herbei, dessen Muschelpanzer verkratzt und schmutzig war. »Glando hier ist der Einzige«, erklärte Hanalf, »der ein Gespräch der Krebsmenschen belauschen konnte. Er möge selbst sprechen.«

Der junge Krieger schlug das Zeichen der Welle und nickte Reglion zu. »Die Krebsmenschen rasten nicht oft, Sir«, begann er leise. »Ihre Ausdauer scheint ebenso groß wie ihre Kraft. Ich habe Söldner gesehen, die mächtige Korallenblöcke mit ihren Scheren zersprengten, nur weil sie ihnen im Weg waren.«

»Hört, hört«, warf Gelgamesch ein.

»Aber einmal stoppte doch ihre Armee und es gelang mir, mich heranzuschleichen.«

Neugierig reckten die Schützer die Köpfe und lauschten Glandos Bericht. »Ich ... ich konnte wirklich ein Gespräch belauschen, auch wenn ich mir nicht sicher bin, ob es denn eins war.«

»Was meinst du?«, fragte Reglion ihn.

»Nun, ich hörte zwei der Krebsmenschen reden. Zwei Anführer, glaube ich ...«

»Weiter!«

»Sie sprachen jedoch nicht miteinander, sondern ... gleichzeitig.«

»Was?«

»Ja. Sie schienen … nicht miteinander zu reden. Es kam mir vor, wie … nun …«

»Sprich frei, Glando«, wies Reglion den Jungkämpfer an.

»Nun, Sir, mir kam es vor, als würden sie dem Wasser um sich herum lauschen. Sie redeten monoton und stumpf, als kämen die Sätze direkt aus ihren Erinnerungen. Direkt aus ihrem Kopf.«

Ein erregtes Raunen schwappte durch die Menge.

»Das klingt nach Zauberei aus den düsteren Tagen der Wassermagie«, flüsterte Gelgamesch.

»Aber was sagten sie, Glando?«

»Sir, sie legten ihre … Strategie fest.«

»Ah!« Reglion rückte näher heran. »Berichte uns!«

»Nun, sie … sie vertrauen auf ihre bloße Masse und Zahl. Sie werden bis an die Mauern Krylas marschieren und sie – überrennen. Sie … sie sagten, dass sie alles bis auf den letzten Korallenblock zerstören werden und … jeden vom Tiefen Volk töten.«

Im Großen Saal des Perlmuttpalasts war es jetzt so still, wie es nur im tiefsten Ozean still sein kann, Hunderte von Schwimmzügen unter der Meeresoberfläche. Dann keifte Gelgamesch los. »Wir müssen fliehen, Sir! Jetzt müsst sogar Ihr das einsehen.«

»Ruhe!«, rief Hanalf. »Wir sollten Glando fragen. Er hat sich in nächster Nähe aufgehalten. Er hat sie gesehen.«

Reglion nickte und wandte sich an den Jungkrieger. »Nun, Glando, sage deinen ehrlichen Glauben: Können wir die Armee der Krebsmenschen besiegen?«

»Nun, Sir, ich … es sind so viele. Ich bewegte mich in unmittelbarer Nähe zu ihren Truppen und kam mir vor wie eine winzige Putzergarnele im Rachen eines Buckelwals. Diese Söldner sind ...«

»Beantworte die Frage!«, donnerte Reglion. »Können wir siegen?«

»Nein, Sir. Ich glaube nicht.«

Kurz darauf trieb Reglion alleine im Saal. Er hatte keine Entscheidung getroffen und alle hinausgeschickt.

»Warum?«, stieß er zwischen zusammengebissenen Zähnen hervor. Ja, warum griffen die Söldner Kryla an? War seine Stadt wirklich verloren?

Jemand klopfte an die geschlossenen Türen – wieder einmal.

Hier habe ich nie meine Ruhe, grübelte er. Und welche vernichtende Botschaft würde ihm jetzt überbracht werden?

»Ja!«, rief er unwillig. Die Türen schwangen auf und Reglion erstarrte.

»Vater!«

Kopfüber sprang er auf sie zu, sauste durchs Wasser wie als glücklicher Prinz in jungen Jahren. »Syme!«

Reglion umarmte sie so fest, dass sich ihre Schuppen ineinander verhakten. Jetzt wird alles wieder gut, dachte er. Muss gut werden. Für meine Tochter. Für mein Volk.

»Du lebst!«, brachte der sonst so Wortgewaltige stockend heraus.

»Ja! Und ich bringe dir eine wichtige Botschaft: Die Lichtatmer sind nicht verantwortlich für den Weißen Tod.«

Reglion seufzte. Der Ausflug an die Oberfläche musste seine Tochter wohl ziemlich verwirrt haben. Seinen wachsamen Vateraugen war die Beule an ihrem Hinterkopf nicht entgangen.

»Was redest du da, Syme. Außerdem muss ich mich um noch ernstere Dinge kümmern.«

»Die Krebsmenschen, ich weiß, Vater. Sie sind …«

»… unbesiegbar«, beendete er den Satz.

Da erklang eine neue Stimme vom Eingang des Saals her: »Das glaube ich nicht!«

»Scamanders Rache!«, rief Krylas Herrscher aus. Hasserfüllt blickte er zu Berryl hinüber. »Ein Lichtatmer. Hier im Perlmuttpalast! Schützer zu mir! Packt diesen elenden Giftmischer.«

»Wo … wo?«

»In Sicherheit, Kind.«

»Aber … was? Wieso … die Aasmöwe und Qua … Fim … und …«

»Sei nicht so stürmisch, kleine Welle. Uma hat es noch einmal gut mit dir gemeint.«

Restella öffnete ihre Augen ganz und schaute sich um: Eine Hütte, ganz ähnlich wie die zu Hause auf dem Atoll der Tausend. Eine Essnische, Bänke, Stühle und ein Bett mit Goldtangmatratze, auf der sie lag. Und eine Lichtatmerin mit rundem Mondgesicht, die ihr zulächelte.

»Hallo, ich bin Ambrette. Und wer bist du, meine hübsche kleine Welle?«

»Re…stella.« Ihr ausgetrockneter Hals brannte bei jedem Buchstaben. »Wo bin …?«

»Nur ruhig. Du musst schlafen.«

»Durst.«

»Ja, das glaube ich. Schlafen und trinken. Aber nur wenige Schlucke.«

Damit hielt ihr Ambrette eine Trogmuschel an den Mund und benetzte ihre Lippen mit köstlichem Wasser. Süßem Wasser!

Stella seufzte und sank zurück. Riss die Augen gleich wieder auf. »Was ist … Qua?«

Ambrette seufzte traurig. »Dein Begleiter? Nun, seinem Körper geht es gut. Aber … du musst jetzt tapfer sein, Restella! Ich fürchte, die Sonne hat seinen Geist verbrannt.«

Stella lächelte glücklich.

O Uma, dachte Ambrette. Wenn sich die Kleine darüber freut, hat ihr Kopf wohl auch zu viel Licht abbekommen …

Als Stella das nächste Mal aufwachte, ging es ihr schon besser. Sie staunte. Ich bin noch am Leben, dachte sie. Und Qua auch. Wir müssen auf einer Insel gestrandet sein. Neugierig blickte sie sich in der kleinen Hütte um. Wirklich wie zu Hause, obwohl …

Irgendetwas irritierte Stella. Da war etwas nicht richtig, aber sie kam nicht darauf.

Neben ihr stand die Trogmuschel mit frischem Wasser und gierig trank Stella sie leer. Wie hatte die Frau geheißen? Ambrette. Sie war nett. Das musste ein freundlicher Stamm sein, der sie gefunden hatte. Aber irgendetwas hier …

Bei Uma. Jetzt wusste sie es! So viele Tage hatte sie auf dem Boot verbracht, dass ihr das Schaukeln der Wellen nicht mehr aufgefallen war: Die Hütte wankte! Ganz deutlich konnte Stella jetzt spüren, wie sich auch ihr Bett hob und senkte. Das konnte doch nicht …

Die Tür ging auf und Stella erhaschte einen Blick hinaus. Auf – Wellen. Aber bevor sie sich von ihrer Überraschung erholen konnte, trat Ambrette ein, gefolgt von einem jungen Lichtatmer mit weichen, von der Sonne dunkel gebrannten Gesichtszügen.

»Du bist wach, kleine Welle. Geht es dir gut?«

Stella nickte.

»Uma sei Dank. Das hier ist Lygart, unser Anführer. Und mein Sohn, hübsches Mädchen aus dem Meer.«

»Wer ... wer seid ihr?«, stieß Restella hervor.

»Wir«, antwortete Ambrettes Sohn, indem er an das Bett herantrat und lächelnd auf sie hinabblickte, »sind die Reiter der Wellen.«

»Puh!« Syme strich sich über ihren Schuppen. Das war ein hartes Stück Arbeit gewesen! Sie hatte schon fast gedacht, ihr Vater würde überhaupt keine Vernunft mehr annehmen, so rasend war er auf Berryl zugestürzt. Fast hätte er ihn mit den eigenen königlichen Händen zerschmettert. Lange und eindringlich hatte sie auf ihn einreden müssen, und zuletzt war es nur Phosphors Redegewandtheit zu verdanken gewesen, dass sie den König von Kryla doch noch überzeugten. Ja, grinste Syme: Der Leuchtaal schlängelte sich genauso geschickt durchs Wasser wie durch Worte. Dann endlich hatte sich alles zum Guten gewendet. Berryl hatte seine Geschichte erzählt und Reglion – Scamander sei Dank – hatte zugehört. Noch nicht besonders überzeugt, was die Seuche des Weißen Todes betraf, aber immer aufgeregter, als Berryl von seinem Kampf gegen den Krebsmenschen berichtete. »Die Augen«, hatte Reglion gemurmelt. »Endlich eine Schwachstelle.« Noch lange hatten sie miteinander gesprochen, bis ihr Vater sie schließlich fortgeschickt hatte.

Jetzt hockte er wohl mit Hanalf und den anderen Schützern zusammen und heckte einen Plan aus für die Schlacht. Denn Reglion wollte kämpfen. Syme zuckte zusammen. Auch sie und Berryl waren nach oben auf den Turm geschwommen und hatten die Armee der Söldner marschieren sehen. Es waren so viele.

Syme schüttelte sich und rieb sich die Lippen – wie das Salz brannte! Der Weiße Tod war eine langsame Krankheit. Viele Strömungen vergingen, bis sie in jede Pore des Körpers eingedrungen war und schließlich das Ende brachte.

Wie viel Zeit ich wohl noch habe?, dachte Syme. Auf einmal kam ihr wieder alles so sinnlos vor. Draußen die Truppen der Krebsmenschen, drinnen in ihr der Weiße Tod. Warum sollten die Dunklen überhaupt noch kämpfen?

»Was hast du?«, fragte Berryl, der neben Syme herschwamm.

»Ich … ach nichts.«

Der Doppelatmer drängte sie nicht: Zu viel trieb ihm selbst im Kopf herum. So viel war passiert. Der Ritt in die Tiefe auf dem Doronga, von dem Berryl nur wenig mitbekommen hatte, weil sein Körper so eng an ihren gepresst war. Sein Bauch schmiegte sich an Symes Rücken, er hatte die Kühle ihrer Schuppenhaut spüren können und sogar das Pochen ihres Herzens. Glaubte er zumindest. Er genoss diesen Ritt, so schnell wie ein Sturm unter Wasser – und bemerkte gar nicht, wie sie tiefer und tiefer in den Ozean eindrangen. Erst als die fünf Jungkrieger ihre Laternenaugen aufleuchten ließen, war er sich der Dunkelheit bewusst geworden. Und der Kälte. Das Atmen hier unten machte ihm keine

Schwierigkeiten und auch die ewige Dunkelheit konnte er ertragen – aber die Kälte …

Trotzdem gefiel sie ihm auch, denn er durfte sich enger an Syme drücken und sie sagte nichts dagegen. Immer tiefer stürzten sich die Dorongas hinab. Berryl sah einen Doppelhammer vorbeihuschen und einen Buckelwal seine singenden Kreise drehen. Im gespenstischen Licht der Laternenaugen stakste ein gewaltiger Stangenstern vorbei und glotzte sie an. Phosphor, der sich in Symes Schoß eingerollt hatte, begann in der Nacht der Tiefsee zu glühen. Und schließlich drangen auch von unten Lichter zu ihnen herauf. Erst vereinzelt, dann immer enger beieinander und schließlich funkelnd und klar: Sie hatten Kryla erreicht, Symes Heimat. Wie ein glitzernder Sternenhimmel tief unter dem Meeresspiegel – so hatte die Stadt dagelegen und Berryl stumm gemacht.

Und auch jetzt kam er aus dem Staunen nicht heraus. Der Perlmuttpalast war ein einziges Wunder, die Straßen von Kryla wimmelten von Dunklen und waren – nun, einfach groß. Kein Lichtatmer würde sich so etwas vorstellen können.

Und trotzdem merkte er, dass Syme etwas bedrückte. Was hast du?, hatte er gefragt und sie hatte geantwortet, Ach nichts.

»Und du, Doppelatmer? Wie gefällt dir meine Stadt?«

»Sie ist … großartig. Ich wünschte, ich könnte immer hier leben!«

Syme lächelte erst, dann blickte sie unruhig. »Kannst du das denn?«

Berryl zuckte zusammen: Daran hatte er noch gar nicht gedacht. Er konnte nicht ewig im Wasser bleiben. Seine verfluchte Doppelnatur würde ihn zurück an die

Oberfläche zwingen. Und was, wenn er den Zeitpunkt nicht früh genug erkannte? Er würde es nicht nach oben schaffen – mit keinem noch so schnellen Doronga.

»Syme?«, fragte er bestürzt. »Was ist, wenn ich wieder, wenn mein Atem ... du weißt schon!«

Zu seinem Ärger lachte sie nur laut auf. »Keine Sorge, mein Bezwinger des Krebsmenschen. Wenn es so weit ist, bringe ich dich einfach in den Zoo.«

»Waaas?«

Eine halbe Strömung später war es dann so weit: Berryls Körper krampfte sich zusammen, seine Halsfalten pumpten immer langsamer und sein Bauch schrie nach Luft. Gerade noch rechtzeitig folgte er Syme in ein kuppelförmiges Gebäude, das aus gehärteten Steinkorallen errichtet war, deren Äste perfekt ineinander griffen. Er schwamm ihr hinterher, schob sich durch einen Eingang, dann sah er Licht über sich, bäumte sich noch einmal heftig auf – und durchbrach die Wasseroberfläche.

»Was, bei Scamander ...« Berryl hustete. Spuckte Meerwasser und zitterte heftig, als sein zweites Ich wieder zu atmen begann. Licht. Und Luft.

»Riecht ein bisschen komisch hier!«, hustete er.

»Undankbarer Kerl!« Syme lachte schon wieder und das gefiel Berryl überhaupt nicht. »Es war schwierig genug, das alles zu erschaffen.« Mit einer Handbewegung zeigte sie auf den weiten Raum.

Berryl staunte. Die Illusion war perfekt: Das Gewölbe der Kuppel hatte man mit der Farbe blauer Purpurschnecken bemalt und Hunderte Leuchtkristalle strahlten von dort oben herab – Sterne einer künstlichen Nacht. Es gab einen richtigen kleinen Strand, auf den Berryl sich jetzt sehr vorsichtig hinaufzog – er war sich nicht sicher, ob der ihn tragen würde. Einige Palmen standen auch dort, allerdings vertrocknet und grau – sie würden bald absterben. Und eine kleine Strandechse blinzelte Berryl müde und gelangweilt an. Von hinten hörte er ein leises Plätschern.

»Ist das …?«

»Süßes Wasser, ja. Der einzige Platz in ganz Kryla, wo du welches findest. Denn der Transport ist sehr mühsam.« Berryl trank und nickte anerkennend. »Ein bisschen muffig wie die Luft, aber sonst ganz gut. Und … und das ist wirklich ein Zoo?«

»Ja. Unsere Forscher unternehmen immer wieder Expeditionen an die Oberfläche. Und bringen Exemplare von Tieren und Pflanzen in großen Trogmuscheln mit. Aber die meisten überleben den Transport nicht.«

Berryl schauderte. Wie unbedarft Syme daherredete. Er stellte sich Tiere oder sogar Lichtatmer vor, die in einer riesigen Trogmuschel gefangen saßen und langsam erstickten. Und im Ersticken kannte er sich aus: Sein ganzes Leben lang hatte er den Kampf mit seinem Atmen geführt.

»Na ja, und auch hier gehen die meisten ein.« Syme redete weiter, als ginge sie das gar nichts an.

Lichtatmer und die Dunklen waren doch sehr verschiedene Wesen, dachte Berryl bitter. »Ich hoffe, mich pflegst du ein bisschen besser«, sagte er. »Werde ich auch regelmäßig gefüttert?«

Syme zuckte zusammen. »Entschuldige. Bitte … ich …« Und dann schluchzte sie los. Sie fiel in seine Arme, zitternd und stotternd. Sie konnte nicht weinen, aber jede einzelne ihrer wunderschönen Silberschuppen schien zu beben. »Ich … ich werde sterben, Berryl. Der Weiße Tod … ich … meine Lippen … die Salzdrüsen …«

Berryl verstand nur die Hälfte von dem, was sie sagte, aber er verstand genug: Syme hatte schreckliche Angst. Er hielt sie fest und spürte hilflos ihren schaudernden Körper an seinem. Mit weit aufgerissenen Augen schaute sie ihn an und kratzte dabei unablässig den weißen Schorf von ihrem Mund.

»Komm.« Sanft zog er sie zu der kleinen Quelle, hielt sie aber immer noch fest. Zusammen gingen sie in die Knie und Berryl betupfte ihre Lippen mit Wasser.

»Schhhh«, flüsterte er, »es wird alles wieder …«

»Nein!«, schluchzte Syme. »Wird es nicht.« Aber auch sie schöpfte jetzt aus der künstlichen Quelle. Trank sogar einen Schluck. »Ich erinnere mich«, sagte sie. »Fim hat mir auch von diesem Wasser gegeben. Wasser und doch nicht Wasser. Es schmeckt süß.« Noch einmal nippte sie. »Und es tut gut.«

Fast erschrocken sahen die beiden sich an. Konnte es so einfach sein?

»Kann ich … kann ich dich für eine Weile hier alleine lassen?«, fragte sie.

Berryl nickte. »Klar. Aber vergiss die Raubtierfütterung nicht.«

Als Syme abgetaucht war, wanderte er alleine umher. So groß die Kuppel auch wirkte, so klein wurde sie ihm. Hin und her ging Berryl, vor und zurück. Dieser Zoo war in Wirklichkeit ein Gefängnis, das er sich mit der Strandechse teilte. Das Gefängnis seiner Doppelatmung. Hin und her. Die Echse blinzelte ihm verschwörerisch zu. Wo blieb Syme nur? War sie nicht schon seit Stunden unterwegs?

Endlich bewegte sich das Wasser unter ihm und Syme rutschte an den Strand.

»Sag schon!«

Syme – sie lächelte. »Ich habe einen Freund bei den Forschern. Eben habe ich ihn besucht im Rondell des Wissens und ihm erzählt, wie gut mir euer süßes Wasser tut.«

»Und?«

»Er sagt, sie hätten bis jetzt nur nach Wegen gesucht, das Salz aus dem Meerwasser wieder herauszubekommen. Destillieren, sagte er. Aber dieses destillierte Wasser wirkt nicht bei den Kranken. Er hat es an mir ausprobiert. Und ich spürte nichts. Doch jetzt glaubt er, dass euer süßes Wasser von der Oberfläche den Weißen Tod wenn nicht heilen, dann vielleicht aufhalten und verlangsamen kann!«

»Ja!« Berryl packte sie und zum zweiten Mal umarmten sie sich. Aber diesmal nicht in Trauer und Angst, sondern voll Hoffnung. Glück. Und noch etwas anderem?

Erschrocken ließen sie los und schauten sich an. Lächelten.

»Es gefällt mir nicht, dass du dich so viel mit diesem haarigen Lichtatmer abgibst.«

»Aber er hat mir das Leben gerettet, Vater.« Das stimmte zwar nicht ganz, war aber auch nicht völlig falsch.

»Trotzdem«, entgegnete Reglion. »In keinem Lichtatmer steckt Ehre und Wahrheit.«

»Er ist auch einer von uns.«

Reglion schnaubte. »Ich weiß nicht, wie das möglich

sein soll. Aber umso schlimmer. Jetzt geh. Wir müssen uns alle vorbereiten.«

Wütend verließ Syme den Saal.

»Verzogenes Dorongaweibchen«, knurrte Reglion ihr nach. Und grinste dann verstohlen: Sie war eben seine Tochter! Aber dieser Berryl bereitete ihm tiefes Unbehagen. Ein Doppelatmer, ein Fehler der Natur, der nicht existieren dürfte. Lichtatmer und Dunkle konnten keine Kinder bekommen. Konnten nicht zusammen leben. Reglion erinnerte sich nur an einen einzigen Fall und der …

Ärgerlich streckte er die Rückenflosse. Keine Zeit jetzt für solche bösen Geschichten – er musste sich um die Krebsmenschen kümmern. Gleich würden sich die Schützer Krylas noch einmal treffen um die letzten Pläne auszuarbeiten. Sie hatten eine Chance. Strömung um Strömung war nach Symes Ankunft verstrichen,und mit seiner Tochter war auch die Hoffnung nach Kryla zurückgekehrt. Lange hatten sie debattiert und gestritten – jetzt stand die Strategie fest: Sie würden der Söldnerarmee entgegenschwimmen. Der Krieg sollte nicht in die Stadt getragen werden, sondern weit vor ihre Mauern.

Dort würde sich die Schlacht entscheiden.

Hanalf glitt in den Saal, begleitet von dem Jungkrieger Glando.

»Gut, dass du kommst, junger Späher«, begrüßte Reglion ihn. »Ich habe eine besondere Aufgabe für dich. Eine besondere Verantwortung …«

Die Schlacht

Unten, im Reich der Tiefe, wechselten die Strömungen, oben, auf den Inseln, die Tage und Nächte. Fim hatte sich nur langsam erholt und immer noch schmerzte seine Brust bei jedem Atemzug. Aber es ging ihm gut. Das Alleinsein machte ihm nichts aus, obwohl er jeden Morgen zuerst zum Hafen hinunterging, um nach Berryl und der Dunklen Ausschau zu halten. Oder nach Großvater. Es schmerzte Fim vielleicht am meisten, dass der große, alte Rochen ihn verlassen hatte.

Fim wurde langsam wieder kräftiger und durchsuchte den Spitzwald der Felsen, als könnte er die Antwort auf seine Fragen in einer der steinernen Säulen finden. Aber natürlich entdeckte er nichts. Woher sollte der stille Felsen auch wissen, was ihn quälte: Wer hatte zu Fim gesprochen? »Die Augen, junger Krieger …« Woher war diese Stimme gekommen? Wie so oft in den letzten Tagen starrte er einen der nach oben gereckten Steinfinger hinauf: Immer schneller verließen die Vögel jetzt die roten Felsen. Die meisten Jungen waren zwar noch winzig, aber sie konnten schon fliegen. Das Kreischen ebbte ab – bald würde er wirklich ganz alleine hier rumsitzen.

Am nächsten Tag blinzelte er wieder zu der Steinsäule hinauf. Musterte die steilen Wände, die Risse und Kanten im Fels. Vorsichtig tastete er an seinem Bauch herum und spürte keinen Schmerz mehr – Phosphors Schneckenfleisch schien gute Arbeit geleistet zu haben. Fim grinste und schaute erneut nach oben, hoch in die Sonne, hoch auf die Spitze der Felsnadel. Eine tiefe Sehnsucht brannte in ihm, die er sich nicht erklären konnte. Es schien ihm fast so, als würde die Steinsäule ihn rufen.

»Warum nicht? Scamander liebt die Mutigen.«

Aber dann verließ ihn erst einmal der Mut. Morgen, dachte Fim. Morgen würde er klettern.

»Leise, Sir!«, befahl Glando und der Herrscher Krylas nickte. Hier, so nahe beim Feind, hatte der Späher das Kommando. Nur knapp fünfhundert Schwimmzüge entfernt rastete die gewaltige Söldnerarmee.

Reglion knurrte leise und schaute sich auf der Hügelkuppe um. Sein Platz. Sein Ort des Nachdenkens, den er schon als Kind entdeckt hatte. Jedes Wesen braucht einen solchen Ort, überlegte er. Wo die Gedanken eines ganzen Lebens zusammentreffen. Wo die Erinnerungen stark sind. Ja, hier würde sich die Schlacht entscheiden. Genau an diesem Punkt. Wenn die nächste Strömung einsetzte, würden sich die Krieger des Tiefen Volkes auf den Weg machen. Hier würden sie mit dem Heer der Krebsmenschen zusammentreffen. Hier würden sie kämpfen und viele sterben. Aber nicht alle.

Oder doch? Zweifel überfielen Reglion wie Hyänenhaie ein Stück Aas. Er legte die Hand auf den Boden, drückte sie hinein in Algen und Schwämme und zog seine eigenen Erinnerungen heraus, seine tausend Gedanken, die er an diesem Platz schon gedacht hatte. Eine Schwefelblase stieg gefährlich dicht neben ihm auf, schwebte höher und zerplatzte außer Reichweite. Reglion schien die Erde zu hören, wie sie wenige Handbreit unter ihm zischte und wisperte, wie sie ihre Glutlava hin und her schob und ihm die Dampfzunge entgegenstreckte. Ein gefährlicher Ort.

»Also gut«, flüsterte er und zog Glando zur Seite. »Das hier ist deine Position.« Der Jungkrieger nickte. Er kannte den Plan, war aber doch erstaunt, als er den riesigen Knochen erblickte, den eine halbe Hundertschaft schon vor Strömungen quer in den Fels gerammt hatte – unbemerkt von den Krebsmenschen.

»Der Rückenstrahl eines Buckelwals«, erklärte Reglion noch einmal. »Dieser Knochen ist so lang wie unzerbrechlich. Der geht nicht kaputt.« Der König grinste. »Und die Hebelwirkung ist beträchtlich. Aber wir müssen Flosse in Flosse arbeiten, Glando! Das ist wichtig!«

»Ich verstehe, Sir. Und Phosphor gibt das Signal.«

»Ja. Aber vergiss nicht: Nur zusammen können wir diesen Teil des Planes ausführen.«

Dieser Teil, dachte Symes Vater. Das klang gut. Dabei würde dieser Teil nur ein letzter verzweifelter Versuch sein, wenn alles andere fehlschlagen sollte …

Fim schwitzte. Nicht nur von seiner Haut rannen die Schweißtropfen, sondern auch von seinem Herzen: Glitschig rutschte und klopfte es in ihm herum. Schon zweimal war der Stein unter seinen Füßen weggebrochen und wie ein Zackenbarsch am Spieß hatte er an der Felswand gehangen. Fand beide Male wieder Halt, schaute lieber nicht nach unten und fluchte ausgiebig. Scamander liebt die Mutigen, dachte er wieder. Aber er verachtet die Dummen.

Verbissen kletterte er weiter. Setzte seine Hände und Füße in die Klüfte des roten Steins. Zog sich höher und höher. Dieser kahle Baum, diese Steinsäule im Spitzwald der Felsen, war jetzt völlig verlassen. Kein Vogel störte seinen Aufstieg. Nur der Kotgestank drang ihm in die Nase, so scharf, dass seine Augen tränten. Aber er musste hinauf. Irgendetwas – oder irgendjemand? – rief ihn und lockte höher und höher. Fim packte die nächste Kante und zog. Sein Blick fing die Felsenspitze ein und ließ nicht mehr los. Dort oben lag sein Ziel. Welches auch immer.

»Also los!« Reglion fehlten die Worte. Er wollte eine begeisternde Rede halten, die den Mut seiner Kämpfer anschwellen ließ wie eine Flutwelle – aber er blieb stumm. Er wollte Zuversicht ausströmen, funkelnd wie Krylas Brunnen aus Feueralgen. Doch der Zweifel bohrte sich in ihn hinein wie ein Saugwurm ins Gedärm seiner Opfer.

Sie trieben vor den Mauern der Stadt: Fünfhundert Jungkrieger und die fünfzig Schützer von Kryla – fast alle saßen auf Dorongas. Das ist einer unserer Vorteile, sprach sich Reglion selbst Mut zu. Unsere Schnelligkeit. Und auch die Reittiere selbst waren ernst zu nehmende Gegner. Aber die Krebsmenschen – es waren so viele.

Reglion saß aufrecht auf seinem Doronga, geschmückt in der königlichen Rüstung aus Goldmuschelschalen, und reckte die Hand hoch ins Wasser. Er wollte ihnen sagen, dass Scamander auf ihrer Seite stehe und seine göttliche Flut ihnen beistehen würde. Er wollte seinen Jungkriegern zeigen, wie sicher er sich des Sieges war, wollte die zaudernden Schützer an alte Tage erinnern und an glorreiche Kämpfe. Aber die Worte fehlten ihm.

»Also los!«, wiederholte er leise, senkte den Arm und drückte seine Knie in die Seite des Dorongas. Das Tier gehorchte sofort und schoss vorwärts. Die Kämpfer des Dunklen Volkes folgten ihm, das Wasser um sie herum sprudelte und schäumte.

Die Schlacht begann.

Berryl und Syme schwammen den Turm hinauf. Reglion hatte ihnen befohlen im Perlmuttpalast zu warten. Seiner Tochter, weil er um ihr Leben fürchtete, dem Doppelatmer, weil er ihm noch immer misstraute.

Aber sie waren ganz froh, bei dem Kampf nicht dabei zu sein. Berryl hatte es mit einem Krebsmenschen zu tun gehabt und der hatte ihm vollauf genügt. Jetzt warteten mehr als zweitausend der Söldner auf ihre Opfer.

»Schau!«, sagte Syme mit einem ganzen Ozean voll Sorge in ihrer Stimme und zeigte hinab. »Dieser Hügel dort, das war schon immer der Lieblingsplatz meines Vaters.«

»Hoffentlich bleibt er das auch«, brummte Berryl und schwieg. Beobachtete wie die Armee der Dunklen auf diesen Unterwasserberg zuschoss, eine quirlige Linie von aufgeschäumtem Wasser hinter sich herziehend. Zwischen ihnen und den Legionen der Krebsmenschen lag nur dieser Hügel. Reglions Lieblingsort. Die Söldner hatten die Bergflanke auf der anderen Seite erreicht und bewegten sich langsam hinauf.

So viele, dachte Berryl entsetzt. Er beobachtete, wie die Dorongas barrakudaschnell um den Hügel herumglitten, bis sie mitten unter und über den Krebsmenschen waren.

»Erste Hundertschaft! Netzschleuderer! Und los!« Als die Jungkrieger auf Wurfweite heran waren, ließen sie ihre Dorongas noch schneller durch das Wasser preschen und wirbelten die Netze. Geknüpft aus Zagodentang, den nichts so schnell zerriss.

Hundert Dorongas stürzten auf die vorwärts stampfende Flut aus Krebsleibern hinab und kaum einer der Jungkämpfer verfehlte sein Ziel. Fast hundert Söldner verfingen sich in den Tangnetzen, taumelten und streckten ihre Klauenscheren.

Die Fäden und Stränge rissen wie dünnes Seegras.

»Zurück!«, befahl Reglion. Das war nur ein Test, redete er sich selbst ein. Nur ein Test. »Knochenlanzen!«, rief er. Und fünfhundert scharfgespitzte Waffen richteten sich auf die gnadenlose Übermacht.

»Glando, du bleibst an meiner Seite.« Der Späher nickte nervös.

»Knochenlanzen!«, rief Reglion noch einmal, und in seiner Stimme wuchs eine Stärke und Tiefe, die er schon versunken geglaubt hatte im tiefen Graben der Furcht. »Zielt auf die Augen! Ihr wisst, dass sie dort am verletzlichsten sind. Für Scamander! Für Kryla! Und los!«

Die beiden Armeen trafen so wütend aufeinander wie schäumende Brandungswellen, die brüllend auf eine Felsküste krachten. Wie Engel des Wassers fielen die Jungkrieger über die Krebsmenschen her, versuchten mit einem schnellen Lanzenstich die Stielaugen der Söldner abzutrennen und flüchteten wieder nach oben. Oft genug glückte dieser Angriff auch und bald schwoll das

Kreischen der gepanzerten Kreaturen unter Wasser an – so laut, dass Syme und Berryl es noch auf dem Turm hören konnten. Es war, als würde das Meer selbst schreien.

Aber mochte ein Jungkrieger auch zehn Angriffe führen oder fünfzehn – beim elften oder erst sechzehnten Mal schoss unweigerlich die Klauenschere eines Krebsmenschen nach oben und fing das Reittier ab. Schlitzte es auf und manchmal auch seinen Reiter.

Blut färbte das Wasser; dünne, schmierige Wolken trieben dahin. Ein Jungkrieger nach dem anderen fiel. Aber auch das Tiefe Volk hielt seine Ernte. Einmal geblendet waren die Krebsmenschen leichte Beute: Ihre weiche Brust, sonst geschützt durch den Schild der zweiten Klaue, konnte eine Knochenlanze dann mühelos durchdringen, da die Giganten nur noch blind um sich schnappten.

Die beiden Heere wogten hin und her – zwei Wellen, zwei gewaltige Strömungen. Einmal schlug Reglions Gruppe die Krebsmenschen zurück, dann drängte sich die pure Übermacht der Krebsmenschen wieder vor und zertrampelte alles: Korallen, Schwämme, Dorongas. Und Dunkle.

Auf einmal wusste Reglion: Wir schaffen es nicht.

»Sie schaffen es nicht!«, rief Syme entsetzt und presste sich gegen Berryl. Aber der schaute nur stumm hinab auf die metzelnden Krieger. Schon war nicht mehr viel zu erkennen. Eine neblige rote Wolke trübte das Wasser ein. Aber – Berryl schluckte – Syme hatte Recht.

»Ich schaffe es nicht«, keuchte Fim, so als hörte er das Echo des grausamen Kampfes, der sich tief im Meer unter ihm abspielte. Fast hatte er die Spitze des Felsens erreicht. Aber dieses letzte Stück war glatt und unbezwingbar. Ich schaffe es nicht, dachte er wieder. Und dennoch – seine seltsame Sehnsucht war immer lauter geworden; dieser stimmlose Ruf schwoll weiter an und trieb ihn höher und höher. Zwang ihn nach oben – fast schmerzlich. Er musste bis zur Spitze. Koste es, was es wolle. Doch die Wand vor seiner Nase war so glatt wie das Meer bei vollkommener Windstille.

Tief unter Fim blitzten die Wellen auf, die Boote im Hafen schienen nicht größer als treibende Splitter im Wasser. Fims Fuß ertastete plötzlich einen schmalen Sims. Dicht an die Felswand gepresst schob er sich seitwärts. Langsam begann er die Felsensäule zu umrunden. Irgendwo musste es einen Aufstieg geben!

»Glando!«, rief der Herrscher von Kryla. »Es wird Zeit. Auf deinen Posten! Phosphor, zu mir!«

Entschlossen glitt Reglion aus dem Sattel und scheuchte das Doronga fort. »Bring dich in Sicherheit«, raunte er dem Tier zu. »Schnell!« Geduckt schwamm er auf den Hügel hinauf – zu jenem Ort, wo er so viel Zeit verbracht hatte mit der Suche nach Antworten.

Dann hatte er seine Position erreicht. Hier steckte das zweite Rückgrat eines Buckelwals im Felsen und wartete auf ihn. Sobald auch Glando auf seinem Posten war, die Hände ebenfalls um diese unzerbrechliche Stange gelegt, mussten sie ihre letzte Chance nutzen. Eine verzweifelte Chance.

Neben Reglion platzte eine Schwefelblase auf und verätzte seinen Arm – er merkte es kaum. Voller Grauen starrte er in die Senke hinunter, hinab in das Unterwassertal, wo die Armee der Krebsmenschen unter Jungkriegern und Schützern wütete. Hilflos sah er zu, wie Gelgamesch von einer Klauenschere durchbohrt wurde. Vielleicht, dachte Reglion, hattest du Recht, alter Freund. Das Wasser schien nicht nur röter zu werden, sondern auch dicker; zähflüssig trieb es vorbei, trug zerstückelte Dorongas, kreischende Krebsmenschen und die Leichen seines Volkes vorbei.

»Los jetzt!«, zischte er Phosphor zu. »Gib Glando das Signal!«

»Izzzt dazz auch wirklich klug, mein König?«, fragte der Leuchtaal.

Reglion knurrte. »Klug vielleicht nicht. Aber unsere letzte Rettung.«

»Oder unzzzer aller Tod! Wenn die Berechnungen falsch zzzind ...«

»Dann ist das Scamanders Wille! Dann haben zumindest wir selbst Kryla vernichtet und nicht diese stinkenden Krebsmenschen. Los jetzt! Gib Glando das Signal!«

Aber kaum hatte sich der Leuchtaal fortgeschlängelt, stockte Reglion das Wasser im Hals. Er stöhnte auf: Sie hatten Glando entdeckt! Reglion konnte den Jungkämpfer nicht sehen, wohl aber die zehn Krebsmenschen, die sich vom Heer unter ihnen getrennt hatten und jetzt einen Kreis bildeten – einen Kreis um Glando. Schon sah er den jungen Späher hinaufschwimmen, seine Knochenlanze wirbelnd wie ein Tänzer. Die Krebsmenschen rückten auf, drückten mühsam ihre schweren Körper vom Boden, umringten Glando und schnappten nach ihm.

»Bei Scamander!«, hauchte Reglion. Jetzt war alles verloren. Alleine konnte er nicht genug Hebelwirkung aufbringen, um mit dem Walknochen die Erde aufzusprengen. Er spürte das grollende Beben darunter und die Hitze der Lava, die nur wenige Handbreit unter seinen Füßen entlangfloss. Aber ohne Glando hatte es keinen Sinn.

Nichts hatte mehr einen Sinn.

Da stürzte ein großes, weiß leuchtendes Viereck von oben herab. Wie ein gigantisches Unterwasserfloß schwebte das Ding auf den Krebsmenschen zu, der Glando am nächsten war. Ja, das flache und massige Etwas rammte den Söldner, der aufkreischend hinabtrudelte.

»Ein Manta!«, keuchte Reglion.

Und jetzt erkannte er noch mehr dieser Tiere – sanfte Flügel schlugen das Wasser und vertrieben die blutige Wolke. Das mussten Hunderte sein! Eine ganze Armee der gewaltigen Rochen warf sich aufs Schlachtfeld.

Plötzlich musste Fim an Großvater denken. Wo der Manta jetzt wohl schwamm? Und wie es Berryl gehen mochte? Ah, endlich!

Er hatte fast die ganze Steinnadel umrundet, immer so dicht an die senkrechte Wand gepresst, als wollte er sie küssen. Nur noch ganz wenige Gedanken war er vom Aufgeben entfernt: Das war ohnehin eine irrsinnige Idee gewesen, hier heraufzuklettern. Lichtatmer gehörten an den Strand oder ins Wasser. Aber nicht dieses Stück Fels hinauf, das aus dem Meer ragte wie ein Grabstein. Ich bin noch verrückter als Qua, dachte er und sah plötzlich genau vor seinen Augen eine Spalte im Fels. Eher eine Ritze. Aber wenn er seinen Fuß da reinbekam … Sehnsüchtig schaute er nach oben – so nah.

Und Fim schaffte es. Ganz oben auf der Spitze der Steinsäule tauchten zwei kleine Hände mit Schwimmhäuten zwischen den Fingern auf und packten die Kante. Ein vor Anstrengung verzerrtes Gesicht schob sich hoch, Fims restlicher Körper drückte sich mit letzter Kraft vorwärts und fiel auf den Stein. Er hatte es geschafft.

»Endlich bist du gekommen«, begrüßte ihn eine freundliche Stimme.

Für einen langen Augenblick sah es so aus, als würde sich das Glück der Schlacht noch einmal wenden: Angeführt von Großvater, den nur Berryl mithilfe des Kristallteleskops erkannte, wüteten die Rochen unter den Söldnern, rammten mit ihren gewaltigen Körpern die Krebsmenschen und stifteten Verwirrung. Aber ernstlich verletzten konnten sie die gepanzerten Monster nicht. Die restlichen Jungkrieger nutzten zwar jedes Taumeln der Söldner, um ihre Lanzen in die Bäuche der abgelenkten Schlächter zu schleudern – und an vielen Stellen floss gelber Schleim im Wasser –, aber die Armee der Krebsmenschen war einfach zu groß. Auch die Flotte der Mantas hatte den Dunklen nur einen Aufschub gewährt.

Und Glando gerettet.

Grimmig nickte Reglion. Als Phosphor berichtete, der junge Späher treibe wieder auf Position, gab der König von Kryla das Signal.

Phosphor schwamm zwischen die beiden und begann zu leuchten. Eine Sternschnuppe mit langem Schweif glühte in der Nacht der Tiefsee auf und gleichzeitig begannen Reglion und Glando die mächtigen Hebel aus Walknochen hinabzudrücken.

Reglions Muskeln spannten sich. Sein Rücken knackte bedrohlich, seine Arme schienen aus den Schultern zu springen, aber der Fels unter ihm rührte sich nicht. Die lange Knochenstange bog sich immer tiefer und tiefer.

»Komm schon!«, fauchte Reglion und drückte noch fester.

Dann endlich ein tiefes Grummeln im Boden, ein dumpfes Knacken. Vor Reglion tat sich ein Spalt in der Erde auf, ein Strahl kochenden Wassers schoss heraus und verbrühte sein Gesicht. Das Grummeln verwandelte sich in ein dröhnendes Knirschen und schließlich in ein taub machendes Donnern. Immer noch drückte Reglion das Rückgrat des Buckelwals tief in den Fels hinein, bis endlich die Felsplatte brach, so groß wie ein kleines Haus, und eine feurige Lavazunge sich ihm entgegenstreckte. Reglion ließ los, schwamm, so schnell er konnte, nach oben und brüllte ein Wort: »Rückzug!«

»Sturm und Flut!«, war alles, was Fim herausbrachte. Entgeistert starrte er auf das, was ihn hier oben erwartete. Auf einen Vogel. Ein sich auf den warmen Felsenboden kuschelnder, ziemlich großer, aber ansonsten völlig normaler Vogel. »Was in Umas Namen bist du?«

»Wie unhöflich, junger Krieger. Glaubst du nicht, dass auch wir Vögel eine Persönlichkeit haben, die das ›Wer‹ verdient?«

Fims Mund klappte auf und zu.

»Jetzt siehst du aus wie ein Fisch«, kommentierte das seltsame Tier, streckte einen Flügel aus und putzte mit dem Schnabel an seinen Federn herum.

»Na gut, beim Götterhammer Scamanders. Wer bist du?«

Der Vogel blickte ihn an. Fim hätte schwören können, dass das Biest grinste! »Nicht so wichtig. Interessanter ist die Frage, wer du bist.«

Fim stöhnte. Dieser Piepmatz erinnerte ihn an den schön redenden Leuchtaal Phosphor. »Na gut«, wiederholte er und machte das Spiel mit. »Wer bin ich also?« Dann fiel ihm etwas ein. »Du hast mich eben junger Krieger genannt. Warst du das, den ich gehört habe, als Berryl gegen den Krebsmenschen kämpfte? Hast du mir gesagt, dass nur die Augen verletzbar sind?«

Der weiße Vogel reckte den Hals – und kicherte jetzt wirklich. »Ja«, antwortete er kurz.

»Aber … aber wieso kannst du sprechen?«

»Hast du es immer noch nicht verstanden, junger Krieger? Nicht ich bin wichtig, sondern du. Ich bin nur ein einfacher Gleittölpel, der seit Generationen hier oben hockt und wartet.«

»Worauf?«

»Auf dich. Oder einen wie dich. Eigentlich hätte ich ja eher auf deinen kämpfenden Freund getippt, aber der ist wohl beschäftigt.«

»Berryl!«

»Ja.«

»Aber … aber wieso kannst du sprechen?«

»Alle Tiere reden miteinander.«

»Das meine ich nicht. Du sprichst wie ein Lichtatmer!«

Der Gleittölpel klappte seinen anderen Flügel auf und untersuchte ihn eingehend mit dem Schnabel. »Nein. Das versuche ich dir ja gerade zu erklären.« Der Vogel drückte sich hoch und watschelte wackelnd auf

Fim zu. Stupste ihn sanft an. »Nicht ich spreche deine Sprache, junger Krieger. Sondern du – du verstehst meine.«

»Rückzug!«, schallte die Parole durchs düstere Wasser der Tiefsee. Reglions restliche Truppen rissen ihre Dorongas herum und schossen so schnell nach oben, wie die Tiere konnten. Die Krebsmenschen zögerten. Warteten. Und sahen plötzlich eine Lawine aus feurigem Wasser auf sich zurollen.

Denn Reglion, König von Kryla, hatte die Lava aus ihrer Gefangenschaft befreit, in der sie seit Generationen schmachtete. Durch die von ihm und Glando aufgerissene Öffnung brüllte die Glut heraus und ergoss sich wie ein giftiger, alles zermalmender Fluss aus brennendem Tod. Fauchend und dampfend suchte sie sich ihren Weg den Hügel hinab. Ein Augenblinzeln lang sah es wirklich so aus, als hätten Reglions Männer sich verrechnet. Der Lavastrom drehte sich auf Kryla zu, bereit die gesamte Stadt unter sich zu ersticken. Aber dann blockierte eine große Felswand ihren Weg, das geschmolzene Gestein fauchte auf und drehte sich erneut, floss hinab, folgte einer Rille, spuckte Feuer und Rauch, verdampfte Wasser, zischte, brüllte und stürzte in das Tal hinein, in dem die Armee der Krebsmenschen lauerte.

Die Söldner waren zu langsam. Alle. Verzweifelt versuchten sie ihre schweren Körper vom Boden zu stemmen, bevor die nur langsam im Wasser abkühlende Feuerzunge sie erreichte. Manche trudelten tatsächlich ein paar Schwimmzüge in die Höhe, bis sie doch von einer Gluthand gepackt wurden. Die meisten versuchten zu fliehen, machten kehrt, behinderten sich gegenseitig.

Die brodelnde Lava überrollte sie alle. Erstickte ihre gepanzerten Körper, erstickte ihre mörderischen Zangen. Erstickte ihre kreischenden, sterbenden Schreie.

Zweite Welle:

… ins Licht

»Die Sterne führen uns:
Wir erreichen sie nie und doch richten wir
den Kurs nach ihrem Leuchten.«
»Das Meer ist ein Schatz, von dem keiner weiß,
was er enthält: Perlen und Korallengold
oder Bestien und Stürme.«
»Das Meer kannst du nicht austrinken.«
»Das Meer bestimmt nicht nur unser Fühlen.
Auch unser Denken ist Strömung und Ebbe und Flut.«
»Kein Wesen gibt's, das nicht gebunden ist ans Meer.«

(*Aus den Sprüchen Scamanders*)

Die Zwei

»Was hast du, Vater?«

Sie schwammen oben auf dem Turm, hoch über dem Perlmuttpalast: Reglion und die fragende Syme mit Phosphor um den Hals. Fünf mal zwei Strömungen waren vergangen, seit sie die Armee der Krebsmenschen besiegt hatten, fünf mal zwei Strömungen nur und das Wasser floss wieder klar und kühl um sie herum. Sind das noch dieselben Wellen?, forschte Reglion für sich. Dieselben Tropfen? Das Meer ist wie ein durchsichtiges Gedächtnis, dachte er. Nichts wird vergessen, aber es bleiben keine Spuren. Das Wasser strömt einfach weiter, nimmt Bilder und Erinnerungen mit genauso wie eine Wolke aus Blut und zerstückelten Leibern.

»Vater?« Syme legte die Hand auf seine Schulter. »Gleich beginnt das Fest. Du solltest fröhlich sein.«

Reglion lachte leise. »Wie kann ich das? So viele von uns sind gestorben. So viele werden Scamanders Flut nicht mehr in sich einatmen können.«

»Aber du hast gesiegt!«

»Ja, ja.« Reglion versuchte zu lächeln, aber das Grinsen, das er zustande brachte, schien eher in die Schnauze eines Hyänenhais zu passen. »Mit ein bisschen weniger Glück hätte der Lavastrom nicht die Söldner begraben, sondern unsere Stadt, Syme. Nur Glück.«

»Die alte Wahrheit nimmt zzzich ihr Recht«, bemerkte Phosphor. »Eine zzziegreiche Schlacht izzzt noch kein gewonnener Krieg.«

Reglion nickte düster. »Aber sag mir: Gegen wen führen wir diesen Krieg?«

»Nicht gegen die Lichtatmer«, antwortete der Leuchtaal. »Und auch nicht gegen die Krebzzzmenschen.«

»Wer dann, kluger Phosphor? Wer ist unser Feind?«

»Der Weizzze Tod.«

»Aber auch gegen ihn haben wir eine Schlacht gewonnen!«, rief Syme aus, der die Stimmung hier oben viel zu düster war. »Ich komme gerade aus dem Rondell des Wissens. Die Forscher sind jetzt sicher, dass das Wasser der Oberflächler den Verlauf der Krankheit verlangsamt.« Wie zur Bestätigung klopfte sie auf den prall gefüllten Beutel, den sie jetzt ständig mit sich führen musste: Einmal pro Strömung benetzte sie Mund, Salzdrüsen und Halsfalten mit dem süßen Wasser.

»Du hast Recht, meine Tochter.« Reglion starrte hinab. »Aber auch diese Schlacht entscheidet nicht den Krieg. Denn das Salz wächst immer schneller. Irgendwann wird auch dein süßes Wasser versagen. Und nicht nur unser Volk stirbt, Syme – schau dich doch um! Viele der einstmals blühenden Korallenwälder sind krank und bleich. Die Fischschwärme werden kleiner und kleiner. Unser Garten der Seeanemonen ist bereits mit einer dünnen Salzschicht überzogen. Wir …«

»Wir müzzzen dazzz tun«, unterbrach Phosphor ihn, »wazzz in jedem Krieg wichtig izzzt: Verbündete finden.« Eindringlich zischte der Leuchtaal. »Vereint euch mit den Lichtatmern, Zzzir. Zuzzzammen werdet ihr eine Lözzzung finden.«

Reglion starrte hinab. Blickte auf das, was vor kurzem ein kleines Tal gewesen war und sich nun als graue, gerunzelte Ebene über den Meeresboden erstreckte. Immer noch dampfte das Lavafeld; manchmal blitzte orangefarbene Glut unter der erkalteten Kruste auf und brachte das Wasser zum Kochen. So viele Tote lagen unter dem geschmolzenen Gestein. Und nicht nur Krebsmenschen. Gelgamesch wird mir fehlen, dachte er schmerzlich. Mit all seinen Widerworten und seiner Angst.

Und noch etwas fehlte ihm, Reglion, dem König von Kryla: sein Ort. Der kleine Hügel, auf dem er so viele nachdenkliche Stunden verbracht hatte. Das war nun kein Hügel mehr, sondern Teil der Lavaebene. Reglion wusste, dass er nie dorthin zurückkehren würde: An seinem Ort lebten nun andere Geschöpfe, die Gespenster der Schlacht, die Erinnerung an Gelgamesch und die schwarzen Gedanken des Todes. Er hatte ein Stück seiner selbst verloren, und das tat weh.

»Ja«, sagte Reglion leise und wie im Traum. »Wir müssen mit den Lichtatmern reden. Zu lange schon hat sich das Tiefe Volk in der Dunkelheit verschanzt.«

Ein verfrühter Feueralgenschuss ging los – da konnte es jemand gar nicht abwarten. Syme, Phosphor und er schauten dem funkelnden Blitz hinterher, der nach oben durchs Wasser schoss, innehielt und zerplatzte. Ein funkelnder Regen aus feinem Gold ergoss sich über der Stadt. Reglion lächelte. »Aber jetzt wollen wir feiern«, sagte er.

Noch zwei Strömungen später war ganz Kryla auf den Beinen. Der Perlmuttpalast funkelte festlich wie ein einziger großer Leuchtkristall, überall wurde der Schnupfwein in großen Mengen eingeatmet und immer wieder sirrte ein Feueralgenschuss hinauf und schüttete seine goldene Ladung ins Wasser, glitzernd und strahlend.

»Das ist wunderschön«, meinte Berryl, der sich dicht neben Syme durch das Gedrängel schob. Vorbei an Jungkriegern in ihren besten Muschelpanzern, an Händlern in kostbaren Tangroben, vorbei an erleichterten, lachenden Gesichtern. Auch Syme lächelte ihn an. Sie hatte sich eine Kette aus dunklen, schimmernden Perlen um den Hals gelegt, die auf ihrer silbrigen Schuppenhaut strahlten wie schwarze Sonnen. Und Berryl fragte sich, wann sie schöner aussah: Wenn sie wütend war oder wenn sie lachte. Wenn sie lacht, entschied Berryl und grinste sie an.

Syme führte ihn zum Springbrunnen der Feueralgen, der heute besonders festlich geschmückt war – Seeanemonen in allen Farben flankierten die Brunnenschale und feinste Korallenäste verzierten die Brüstung. Hoch loderte der feurige Strahl empor, bis er sich aufteilte und langsam durchs Wasser wieder zu Boden sank, flimmernd und blinkend wie unzählige Sterne.

»Wunderschön!«, murmelte Berryl wieder und wusste selbst nicht, was genau er meinte: den schillernden Brunnen oder Symes Lächeln.

»Das sind Feueralgen«, erklärte sie, »winzige, aber giftige Pflanzen, die bei Bewegung und Wasserreibung goldenes Licht abgeben und ... Was ist denn los, Berryl?«

Der starrte sie mit aufgerissenen Augen an: Feueralgen!

Die Worte des alten Kalamus dröhnten ihm mit einem

Mal im Kopf. Die ganze Zeit über hatte er nicht mehr an die Große Perle der Wellen gedacht, aber nun sangen Kalamus' Worte durch seinen Geist wie lockende Sirenen: Du musst durch das Gold schwimmen, so hatten die letzten Worte des alten Mannes gelautet. »Für das Gold brauchst du die Feueralge. Kannst du nur von den Dunklen bekommen.«

»Die Feueralge«, flüsterte Berryl vor sich hin und musterte wie verzückt den leuchtenden Brunnen. »Kann ich die ... habt ihr die ... Wo ist sie zu finden?« Die Perle der Quelle, groß wie drei Männerköpfe, strahlte sonnengleich in seinen Gedanken.

Syme kicherte unsicher. »Du kannst sie einfach aus dem Brunnen schöpfen, aber ...« Sie schaute den Doppelatmer an wie einen völlig Fremden. »Was ist mit dir?«

Berryl holte tief Wasser und riss sich nur mit Anstrengung von der hochspritzenden Brunnenfontäne los. »Syme, kennst du dieses Gedicht?« Und er sagte es aus der Erinnerung her:

Einer, der eins und doppelt ist,
Einer, der aus dem Nichts gekommen,
Einer, der alle Sprachen spricht,
Einer, der durch das Gold geschwommen,

Der wird die Wellenperle finden,
Der wird Umas Segen empfangen,
Wird das Gute aus dem Bösen winden
Und auf den Thron der Tausend gelangen.

»Nein«, erwiderte Syme nach einer langen Pause, »das sagt mir nichts.«

»Nur wer die Perle der Quelle findet«, erklärte Berryl eifrig, »der wird den Thron der Tausend besteigen. Nur der wird König der Lichtatmer werden!«

»Möchtest du das denn?«, fragte Syme bestürzt.

»Ja!«

Das kam so schnell, dieses Wort, so sicher und so endgültig, dass Reglions Tochter zusammenzuckte wie unter einem Lanzenhieb. »Aber ...«, begann sie traurig. Stockte sofort. Berryl hatte sich schon wieder von ihr weggedreht und starrte den Brunnen der Feueralgen an. Mit sehnsüchtigen, gierigen Augen.

»Komm!«, sagte Lygart und half ihr vom Bett auf. Wieder waren viele Tage vergangen; Ambrette hatte Restella erst heute Morgen erlaubt aufzustehen. »Ich zeige dir meine Heimat, das Reich der Wellenreiter.« Damit öffnete er die Tür der kleinen Hütte. Stella blinzelte geblendet vom Sonnenlicht, bevor sie einen noch unsicheren Schritt vorwärts machte und Ambrettes Sohn folgte.

Neugierig schaute sie sich um. Ein dunkler, geschmeidiger Boden, auf dem nicht nur ihre nackten Füße standen, sondern auch die Hütte selbst. Dahinter ragte ein Mast auf, an dem ein Segel im schwachen Wind murrte und knatterte. Stella kniete sich hin und strich über das elastische Material.

»Die Haut eines Buckelwals«, erklärte Lygart.

Buckelwale waren nicht nur die größten und stärksten Geschöpfe, die Aluas Meere durchschwammen, sondern für die Lichtatmer auch ein wahres Geschenk Umas. Nur einmal hatten die Wellen eins dieser Tiere an das Atoll der Tausend herangespült, aber der ganze

Stamm hatte sich viele Wochen von seinem Fleisch ernährt, aus dem Tran Kerzen gemacht, die Knochen zu Skulpturen verarbeitet und die Haut als Schmuck in den Thronsaal der Quelle gehängt.

Stella richtete sich auf und erst jetzt wurde ihr klar, worauf sie da eigentlich stand. »Ein Floß«, murmelte sie. Ein Floß aus Buckelwalhaut »Aber wie schwimmt es?«

Lygart lachte über sein ganzes rundes Gesicht – offenbar geschmeichelt, dass sein Gast so sehr staunte. »Komm mit, ich zeig es dir.«

Er führte sie an den Rand des Floßes, hockte sich hin und zerrte eine Hand voll großer brauner Pflanzen hervor. »Das ist Blasentang«, sagte er und deutete auf die großen Kugeln, die den Pflanzenstrang ausbeulten. »In diesen Blasen ist Luft, und wenn wir genug von dem Tang unter der Walhaut befestigen, schwimmt das Floß.«

Restella runzelte die Stirn. »Habt ihr keine Angst, dass die Blasen platzen könnten?«

Lygart lachte schon wieder. »Nein. Nur wenn wir über scharfe Klippen schrammen, kann das passieren. Aber wir nähern uns mit den Walflößen nie dem Land.«

»Ihr … ihr bleibt immer hier draußen?«, fragte Stella ungläubig. »Mitten auf dem Meer?«

»Ja«, antwortete Lygart. »Das ist der Preis, den unser Stamm zahlen muss. Wir Reiter der Wellen sind die Nomaden von Alua.« Mit stolzen, weit ausgebreiteten Armen umfasste er seine Welt.

Restella folgte ihm mit den Augen und erkannte nun, wie groß sie in Wirklichkeit war. Denn nicht nur fünf oder zehn Hütten trieben auf einer Walhaut neben Ambrettes Floß, sondern fünfzig oder gar hundert. Stella befand sich inmitten einer schwimmenden Stadt, die mehr Einwohner haben mochte als das gesamte Atoll der Tausend zusammen. Die einzelnen Flöße waren mit dicken Tauen verbunden, auf denen die Wellenreiter schnell und sicher von Hütte zu Hütte balancierten; auf einem hingen Netze wie große Vorhänge und ein anderes war mit Erde bedeckt um einen Garten anzulegen.

»So groß!«, sagte Stella und Lygarts Mondkopf strahlte erneut.

»Komm«, sagte er noch mal. »Ich bringe dich auf das Floß der Versammlung.«

»Aber zuerst zu Qua«, bat sie ihn.

»Dein seltsamer Freund?«, grinste Lygart. »Der wartet dort schon auf uns.«

Es war gar nicht so einfach, sich auf dieser schwimmenden Stadt fortzubewegen. Da die einzelnen Flöße nicht dicht an dicht lagen – bei Gefahr mussten die Verbindungen schnell gekappt werden können –, verbanden die Taue die Walhäute wie Fäden eines Spinnennetzes miteinander. Und mehr als einmal wäre Restella beim Balancieren fast ins Wasser gefallen, hätte Lygart sie nicht lachend festgehalten.

Mitten im Zentrum der schwimmenden Stadt lag das größte Floß – es war völlig leer. Nur ein kleines Feuer brannte in einer Ecke, Lichtatmer hockten in kleinen Gruppen zusammen – und Qua kam auf sie zugehüpft.

»Königin, du bist da!«, begrüßte er sie stürmisch. »Qua sagt: Die Sonne ist nass, wenn das Meer vertrocknet. Königin, du bist da!«

Glücklich umarmte sie den alten Spinner.

Lygart räusperte sich erstaunt. »Bist du, nun, wirklich eine Königin?«

Stella reckte ihre Gestalt hoch auf und meinte mit aller Würde, die sie aufbringen konnte: »Natürlich! Vor dir steht Restella, Königin des Atolls der Tausend, Hüterin der Großen Perle!«

Lygart mahlte mit dem Kiefer, schien ernsthaft zu überlegen, ob er sich nun verneigen sollte, und machte ein so verwirrtes Gesicht, dass Stella es nicht mehr aushielt. Laut lachte sie los.

»Entschuldige, Lygart, das war nur ein Scherz. Ich weiß auch nicht, warum mich Qua immer so nennt ...«

»So.« Der Wellenreiter atmete auf. »Aber weißt du, kleine Welle, so wie du aussiehst, kann ich mir dich schon als Königin vorstellen ...«

Diesmal war es Stella, die verwirrt war. Und diesmal lachte Lygart.

Langsam ließ Berryl die Lichter der Stadt hinter sich. Wieder einmal hatte er eine lange Strömung in Krylas Zoo verbracht, nur ein paarmal besucht von Syme und sonst alleine, denn auch die kleine Strandechse war gestorben. Schließlich, als seine verfluchte Doppelatmung wieder genug Licht und Luft geschnappt hatte, verließ er das künstliche Gefängnis und auch Krylas Mauern. Er schwamm immer weiter, war dankbar für die Dunkelheit und Stille der Tiefsee: In seinem Kopf war es so laut. Stimmen, Ängste und Sehnsüchte kreischten in ihm wie sterbende Krebsmenschen. Am lautesten schrie die Große Perle und rief, dass sie schon so lange auf ihn warte, auf ihn, der eins und doppelt war, der neue König, auf Berryl.

Ja, er musste sie finden. Eine andere Stimme gehörte Syme. Er konnte sehen, wie ihre Lippen sich bewegten und sie dabei an der Kruste des Weißen Todes kratzte. Musste er nicht auch ihr helfen? Musste er nicht alles tun, damit die Bedrohung des wuchernden Salzes abgewehrt wurde? Aber was? Und wie?

Und dann gab es noch dieses Treffen des Dunklen Volkes mit den Lichtatmern. Reglion hatte Späher zum Atoll der Korallen geschickt, die bestätigten, dass sich dort immer noch zwei Stämme der Oberflächler aufhielten. Krylas Herrscher wollte schon in der nächsten Strömung mit einer Dschunke aufbrechen um mit ihnen zu reden. Im Moment saß er mit den Schützern der Stadt im Großen Saal und beriet sich mit ihnen: Sollten sie zugeben, die Krebsmenschen losgehetzt zu haben auf die wehrlosen Lichtatmer?

Und Berryl sollte mitkommen. Schon bald würde ein Doronga bereitstehen, das ihn erst zu Fim in den Spitzwald der Felsen bringen sollte und danach zum Atoll der Korallen. Aber Berryl wollte dort nicht hin. Wo die Heilerin Eleni ihn mit traurigen Augen anblicken würde. Berryl malte sich die Begegnung aus: Sie richtet anklagend ihre knochigen Finger auf ihn und erklärt allen, Lichtatmern und Tiefem Volk: »Die Missgeburt ist schuld.«

Berryl seufzte und lauschte den Stimmen. »Suche mich!«, rief die Große Perle der Quelle in seinem Kopf. »Heile mich!«, sagten Symes Lippen.

Bei Scamanders Hammer! Er würde weder das eine noch das andere schaffen. Seine einzige Heldentat bisher war es gewesen, den Krebsmenschen zu besiegen – und auch das nur, weil Fim ihm geholfen hatte. Na ja – und zumindest hatte er bis jetzt eines: überlebt.

Etwas fuhr sanft über seinen Rücken.

»Großvater!«

Der Manta war kurz nach der Schlacht wieder verschwunden – hatte seine Rochenarmee in die Dunkelheit zurückgeführt und blieb wie vom Wasser verschluckt. Jetzt schwebte er neben Berryl und schlug vorsichtig mit den mächtigen Flügeln.

»Großvater«, wiederholte der Doppelatmer und kratzte dem Tier den Rücken. »Ich bin froh, dass du da bist. Ihr habt alles gerettet, du und deine Freunde. Weißt du das?«

Hier, fünfhundert Schwimmzüge unter der Wasseroberfläche, war es still und dunkel. Aber die Augen des Mantas leuchteten gelb, strahlten voll Wärme und Sanftmut.

»Ich wünschte«, fuhr Berryl leise fort, »ich könnte dich verstehen, Großvater. Du weißt bestimmt, was ich tun soll.« Wieder stupste ihn die Schnauze des Tieres an und seine gelben Augen funkelten. Es schien Berryl so, als nickte der Manta.

»Noch einen Tag«, murmelte Fim vor sich hin. »Ich gebe ihm noch einen Tag, dann verschwinde ich von hier.« Er stand in dem kleinen Hafen aus Steinblöcken und schaute ins Wasser. Weit hinten verging der letzte Sonnenrest wie eine flackernde Kerze – und Aluas Mond schien sie auszupusten.

Morgen, dachte Fim. Wenn Berryl dann nicht kam, würde er alleine in ihren Einbaum steigen und den Spitzwald der Felsen verlassen. Fims Augen huschten zur Steinsäule hinauf, wo der Gleittölpel auf ihn gewartet hatte. Einen ganzen Tag und eine ganze Nacht hatte der seltsame Vogel ihn unterrichtet. Ihn in die Geheimnisse der Tiersprachen eingeweiht und seinen Ohren beigebracht den Lauten der Lebewesen zu lauschen – all dem Knurren und Krächzen, Bellen und Zischeln, Schnurren und Fiepen. Feierlich hatte der weiße Vogel Fim erklärt, dass in jeder Generation einem Lichtatmer die Gabe des Hörens verliehen wurde um zwischen Mensch und Tier zu vermitteln. »Aber nur ganz selten«, meinte der Gleittölpel, »nimmt der Ausgewählte das Geschenk an. Ihr habt das Zuhören verlernt, junger Krieger. Aber jetzt bist du hier.« Und Fim lernte nicht nur, seine Ohren zum Hören zu benutzen. Sondern auch sein Herz.

Als die Morgendämmerung heraufkroch wie ein gigantischer Leuchtaal, der die halbe Welt umschlängelte, trat der Gleittölpel an den Rand der Felsenspitze und wandte sich ein letztes Mal an Fim. »Du wirst noch viel lernen müssen, junger Krieger. Aber du wirst verstehen.« Damit stürzte sich der Vogel von der Klippe. Als Fim sich aufgerappelt hatte und über die Steinbrüstung blickte, war er verschwunden.

Der Abstieg war noch anstrengender gewesen als hinaufzuklettern – noch Tage später schmerzten Fims Hände. Aber es kam ihm so vor, als kletterte er in eine völlig neue Welt hinunter. Denn der Vogel hatte Recht behalten – Fim verstand.

Wie erstarrt, so als hätte ihn noch einmal der Peitschenigel gelähmt, stand Fim am Strand und lauschte. Er konnte den kleinen Strandkrabben zuhören, wie sie klackende Zangensignale gaben: Hierher! Nahrung! Meins! Müde! Er verstand die winzigen Worte in den winzigen Köpfen der Steinflöhe, auch wenn die noch weniger sagten als die Krabben. Und als Fim tauchte, verzagte er fast angesichts des Kosmos aus Rufen und Flüstern, der ihm mit einem Mal entgegenbrandete: Dort in einer Korallenspalte erzählte eine armdicke Moräne ihren Kindern von einer Zeit, als ihr Geschlecht die Meere beherrschte, als Moränendrachen, größer als jeder Buckelwal, durch Aluas Wasser schwammen. Hier knurrte ein im Sand vergrabener Plattfisch seine Wut über den Konkurrenten im Nachbarrevier heraus. Fim hörte und staunte. Als er in einen Schwarm Nervenfische geriet, erschrak er vollends über die neue Klangwelt in seinen Ohren, denn dieser Schwarm hunderter hin und her zuckender Fischleiber redete nicht mit hundert Zungen, sondern nur mit einer. So gleichmäßig und synchron sich die Tiere als Schwarm bewegten, so sprachen sie auch: als Gruppe, als ein kollektives Denken, das seine Befehle flüsterte: Rechts! Links! Und von weit draußen im offenen Meer, unsichtbar für Fim, drang das Lied eines Buckelwals heran, süß und traurig, von seiner Einsamkeit singend und der Schönheit Aluas.

Erschöpft und zitternd war Fim an den Strand geklettert, verwirrt von dem unablässigen Raunen und Kreischen und Flüstern, ängstlich und verstört. Und glücklich.

Fim lernte. In den nächsten Tagen begriff er, wie er das unablässige Wispern kleinerer Tiere wegfiltern konnte oder sich sein Gehör und Denken auf einzelne Laute fokussieren ließen. Fim hörte.

Aber schließlich wurde er unruhig – zu lange war er schon hier. Berryl mochte etwas passiert sein. Und was war mit den Krebsmenschen? Zogen sie weiter über die Inseln und Atolle und töteten die Lichtatmer? Oder hatten der Doppelatmer und Syme es geschafft, diesen Wahnsinn zu beenden? Was war mit seinen Eltern, mit seiner Schwester Stella? Morgen, dachte Fim noch einmal. Morgen breche ich auf.

Aber was ihn am nächsten Tag weckte, waren nicht die ersten Sonnenstrahlen, sondern eine rüttelnde Berührung. »Berryl!«

Der hob seine Hand zum Gruß der Welle und sagte: »Im Namen Reglions, Herrscher von Kryla, grüße ich dich, mein tapferer Freund.«

Dann lachten sie los. Und erzählten.

Zwei Tage waren vergangen, zwei mal drei Strömungen verflossen. Auf dem Atoll der Korallen trafen Lichtatmer und Tiefes Volk zum ersten Mal seit Generationen aufeinander. Und stritten nicht, sondern redeten.

Reglion hatte kurzerhand entschieden den Oberflächlern nicht zu sagen, dass er für das Massaker auf der Sandbank der Stille und am Spitzwald der Felsen verantwortlich war: Krylas Herrscher trat als freundlicher Retter auf und berichtete nur, dass die Krebsmenschen auch die vom Tiefen Volk angegriffen hätten, die Gefahr aber endgültig gebannt sei. Sowohl unter dem Meer wie hier oben am Licht.

»Politik!«, zischte Phosphor wütend, während Syme ihm zuflüsterte: »Aber er schämt sich.«

»Wenigzzztenzzz dazzz!«

Berryl stand zusammen mit Fim so weit im Hintergrund wie überhaupt möglich. Er hatte wahrlich keine Lust auf Elenis vorwurfsvolle Blicke.

Die Lichtatmer, die sich auf dem Atoll der Korallen verschanzt hatten, begrüßten die Dunklen höflich, aber so voller Misstrauen wie eine bis zum Rand mit Wasser gefüllte Trogmuschel. Bald einigte man sich auf eine große Versammlung am Strand der Roten Korallen.

Dort berichtete Reglion nicht nur von der Schlacht gegen die Krebsmenschen, sondern schluckte auch seinen Stolz hinunter und bat die Lichtatmer um Hilfe gegen den Weißen Tod.

Auch in diesem Mond stand Eleni dem Rat vor und selbst die vom Stamm des Korallenatolls hatten sie zur Sprecherin gewählt. Sie und Reglion, umringt von Ratsmitgliedern und den Schützern Krylas, ließen sich am Strand nieder – die Dunklen zum Teil im Wasser. Und redeten.

Aber nicht nur Berryl hatte das Gefühl, dass bei dem Palaver wenig herauskam. Schnell war man sich einig, dass der Weiße Tod eine Bedrohung für beide Völker darstellte. Und rasch beschloss man, eine gemischte Gruppe aus Tiefem Volk und Lichtatmern loszuschicken um das tödliche Geheimnis zu lösen. Aber wer sollte gehen? Als die Lichtatmer sich das fragten, meldete sich nur ein Einziger von ihnen: Fim. Ein trauriger Fim, weil er hier zwar seine Eltern wiedergefunden hatte, aber keine Stella. Seine Schwester blieb verschwunden.

Und noch wichtiger war eine andere Frage: Wohin sollte die Gruppe überhaupt geschickt werden? Alua war groß – viel zu groß.

Als die Dunklen wieder einmal eine Pause brauchten um im Wasser zu atmen, drängte sich Eleni durch die Menge zu Berryl hin – natürlich hatte sie ihn längst entdeckt.

»Findelkind«, sagte sie mit altem Zorn in der Stimme.

»Du wurdest von unserem Rat angeklagt. Wurdest verurteilt und bist geflüchtet. Nur dieser rote Steinboden schützt dich, das Atoll der Korallen. Aber höre!« Sie funkelte ihn an, als hätte sie zwei Leuchtkristalle im Gesicht. Berryl konnte einfach nicht verstehen, warum diese alte Frau so wütend auf ihn war. »Aus unserem Stamm«, fuhr die Heilerin fort, »bist du getilgt für alle Zeiten. Setzt du auf das Atoll der tausend Inseln noch einmal deinen Fuß, so wird das Urteil vollstreckt und du wirst sterben.« Damit wandte sich Eleni um und ließ ihn stehen.

Du wirst mir noch genau diesen Fuß küssen, dachte Berryl erbost. Dann, wenn ich mit der Großen Perle zurückkehre und mich auf dem Quellthron niederlasse. Dann wirst du dich im Korallenstaub winden, Heilerin Eleni, und um Vergebung flehen.

»Nimm's nicht so ernst«, versuchte ihn Fim zu trösten. »Sie hat einfach nur Angst um sich, um uns. Angst vor Umas Zorn.«

»Aber warum gibt sie mir die Schuld?«

Fim schwieg bedrückt.

Schließlich war es aber diese wütende alte Frau, war es Eleni, die eine Antwort darauf fand, was geschehen sollte. »Wir müssen Die Zwei befragen«, sagte sie nach einer langen Pause. »Wenn jemand weiß, wo die Suche beginnen muss, dann sind es Die Zwei.«

»Aber … das geht doch nicht!«, knurrte ein alter Lichtatmer und Reglion grinste traurig: Das hätte auch Gelgamesch sagen können. Eleni fragte nur kühl, genau wie er Gelgamesch gefragt hätte: »Und warum nicht?«

»Weil … seit Generationen hat niemand mehr Die Zwei um Rat gefragt. Sie … sie sind zu gefährlich!«

»So lange ist es nicht her!«, beschied die Heilerin. »Kalamus war es, der als Letzter die Weisheit Der Zwei suchte und fand.«

»Nun, das ist lang genug!« Der Alte gab keine Ruhe. »Sie könnten längst tot sein!«

Eleni wandte sich an Reglion: »Ist es so, König von Kryla?«

»Nein. Aber auch das Dunkle Volk schwimmt einen weiten Bogen um Die Zwei.«

»Siehst du!«, trumpfte der störrische Oberflächler auf.

»Aber ich glaube«, Reglion erhob sich aus dem Wasser und streckte sich zu seiner vollen Größe, »dass die Heilerin klug gesprochen hat. Wir müssen Die Zwei fragen. Wer wird gehen?«

Lichtatmer und Dunkle murmelten durcheinander. Und Fim stöhnte: Das würde noch ewig dauern.

Er hatte Recht. Die Nacht hatte sich schon tief verschattet, der Korallenstrand lag schwarz da, kleine Feuer brannten am Strand und die Leuchtaugen auf den Stirnen der Dunklen – aber immer noch hatte man sich nicht geeinigt. Immerzu gab es Einwände, Kandidaten wurden vorgeschlagen und abgelehnt, die Zusammensetzung der zu entsendenden Gruppe mal festgelegt, dann wieder verworfen. Zu groß war das Misstrauen zwischen den beiden Völkern.

Berryl und Fim lauschten nur noch müde dem Murmeln, das von den Feuern herüberdrang, als plötzlich Syme vor ihnen auftauchte wie ein Schatten aus dem Meer. Sie legte ihren Finger auf die Lippen und sagte leise: »Denkt ihr auch, was ich denke?«

Fim begann zu grinsen: »Wer könnte denn besser geeignet sein als eine vom Tiefen Volk, ein Lichtatmer und ein, hm, Mischmasch!«

Und Berryl fragte nur: »Kennst du denn den Weg?«

»Ja. Folgt mir.«

Die drei glitten vom Ufer, tauchten vorsichtig zu den vor sich hin grasenden Dorongas hinunter und schwangen sich leise in die Sättel.

»Halt!«, zischte da eine Stimme durchs Wasser. »Wo wollt ihr hin?«

»Scamander noch mal!«, fluchte Syme. »Du hast mich ganz schön erschreckt, Phosphor!«

»Und auch du erschreckzzzt mich immer mehr«, entgegnete der Leuchtaal. »Denn ich habe schon befürchtet euch hier zu treffen. Ihr wollt zu Den Zwei, nicht wahr?«

»Ja.«

»Aber, kleine Zzzyme! Dazzz izzzt gar nicht gut!«

»Gut oder nicht, jemand muss es tun!«

»Und«, mischte auch Berryl sich ein, »wir haben nicht viel Zeit!«

Fim schwieg natürlich unter Wasser – er war beschäftigt genug damit, Licht und Luft in seinem Körper zu halten. Jetzt gab er Berryl durch Zeichensprache zu verstehen, dass er zurück an die Oberfläche musste.

»Fim muss nach oben«, erklärte Berryl.

»Also was ist nun?« Syme funkelte den Leuchtaal spöttisch an. »Kommst du mit uns oder muss ich einen Knoten in dich machen, dass du uns nicht verrätst?«

Phosphor seufzte. Diese kurzlebigen Dunklen – immer brachten sie sich in Schwierigkeiten. Aber natürlich ringelte er sich doch um Symes Hals und schloss sich an. Sonst würde dieses respektlose Kind vielleicht tatsächlich einen Knoten in seinen gläsernen Leib …

»Wieso kann er so gut reiten?«, fragte Syme, als sie schon eine halbe Strömung lang unterwegs waren. Fim zuliebe schossen sie knapp unter der Wasseroberfläche dahin, sodass der Lichtatmer immer wieder seinen Kopf hinausstrecken konnte. »Es scheint fast so«, überlegte Reglions Tochter weiter, »als würde er jedes Grunzen seines Dorongas verstehen.«

Berryl grinste, denn Fim hatte ihm von seiner neuen Gabe erzählt. Aber er antwortete nur: »Da könntest du Recht haben, Syme.«

Schließlich erreichten sie eine sanft geschwungene Lagune, die sich unter Wasser fortsetzte und in die Tiefe führte.

»Hier muss es irgendwo sein«, sagte Syme leise.

»Meinst du nicht«, auch Berryl flüsterte auf einmal, »es wäre an der Zeit, uns aufzuklären? Was bei Scamanders Hammer sind diese rätselhaften Zwei? Und warum fürchten sie alle?«

»Das wirst du schon sehen.« Syme schluckte. »Aber auf jeden Fall sind sie nicht böse oder so ...«

»Nein«, bemerkte Phosphor. »Aber ezzz gab zu viele Unfälle. Immer wieder wagten zzzich kleine Menschenkinder zu nahe an Die Zwei heran ...«

Syme ließ wütend ihre Nickhaut blinzeln. Aber der Leuchtaal hatte ja Recht. »Schließlich«, erzählte sie weiter, »wurde jeder Besuch bei Den Zwei verboten und sie gerieten fast in Vergessenheit.«

»Uma noch mal!«, stöhnte Berryl. »Das klingt aber unheimlich!«

Syme grinste. »Genau das richtige Wort für Die Zwei. Dort! Da unten müssen wir lang!«

Bevor sie hinabtauchten, füllte Fim noch eine große

Blase aus der Haut eines Kugelfisches mit Licht und Luft – so konnte er seinen eigenen Vorrat an Atem mit hinabnehmen.

»Wo hast du denn die her?«, staunte Berryl, denn Atemblasen mussten sorgfältig gegerbt und aufwändig behandelt werden – sie waren sehr kostbar.

»Ach«, meinte Fim, »die habe ich, hm, ausgeliehen. Als mir das Hin- und Hergerede zu langweilig wurde, spazierte ich ein bisschen umher und fand das hier.«

»Beeindruckend!« Und Berryl meinte das wirklich so. »Erst verwandeln sich deine Ohren, Fim, dann wachsen auch noch deine Finger und werden lang.«

»He!« Fim grinste. »Ein Dieb bin ich nicht!« Seine Stimme wurde wieder ernst. »Aber wie weit müssen wir runter?« Atemblasen waren nur bis in eine Tiefe von dreißig Schwimmzügen verwendbar – danach platzten die feinen Nähte auf und die Luft entwich. »Syme?«

»Keine Sorge«, antwortete diese. »Wir müssen nicht weit.«

Fim nickte nervös. Denn was bedeutete wohl ›nicht weit‹ für eine vom Tiefen Volk?

Die drei trieben ihre Dorongas an und tauchten hinab.

»Qua, geht es dir gut?« Stella beugte sich über ihn und erschrak. Fast den ganzen Tag hatte Lygart sie herumgeführt. Sie lernte auf den Tauen zu balancieren und schloss viele Bekanntschaften, wurde überall freundlich begrüßt oder neugierig ausgefragt. Die Reiter der Wellen schienen keine Angst vor Fremden zu haben – dieses Nomadenvolk bestand aus einer bunten Mischung unterschiedlichster Stämme. »Zu uns kommen Lichtatmer von ganz Alua«, hatte Lygart erklärt und sein Mondgesicht leuchtete einmal mehr. »Viele, die es in ihrer Heimat nicht hält, finden den Weg zu uns und schließen sich an. Wir reiten über die Wellen und bleiben nie lange an einem Ort. Vielleicht möchtest auch du bei uns bleiben, Königin?«

Restella hatte aufgestöhnt. »Fang bitte nicht auch noch damit an!«, fauchte sie, aber Lygart grinste bloß, nahm sie am Arm und führte sie weiter.

Erst jetzt fand sie Zeit, sich zu Qua zu setzen, der am Rand eines Floßes hockte und die Beine ins Wasser baumeln ließ. Und sie erschrak. Denn auf dem Gesicht des Alten lag die Maske dieses anderen: voll aufbäumenden Lebens und doch ganz starr. »Qua?«, fragte sie wieder.

Er antwortete nicht. Hob nur stumm eine Hand vor die Brust, drehte die Innenfläche nach oben und bewegte seine Finger so, dass sie wie kleine Wellen auf- und abzuckten.

»Uma hilf!«, rief Stella, als aus den Wellen ein plätschernder Strahl auf Quas Hand zuschoss, sich anschmiegte, streckte und zu einer dichten Form geballt wurde, bis schließlich eine perfekte Kugel aus Wasser in Quas Hand lag. Nein – über der Handfläche schwebte.

Stella wich zurück; sie fürchtete sich vor dem, was jetzt kommen musste. Und wirklich fing Qua zu flüstern an – ohne jedes Blinzeln oder eine Regung seiner Lippen. »Wir haben nicht mehr viel Zeit«, krächzte der Alte. »Das Meer stirbt mit jedem Atemzug um eine Welle mehr. Alua wehrt sich, Alua schüttelt sich, Alua kämpft.«

»Was meinst du damit?«, wagte Stella zu fragen.

»Stürme, Königin«, antwortete Qua. »Flutwellen und

Hitze. Beben in der Erde. Schau her!« Qua streckte ihr so ruckartig die Hand hin, dass Stella zusammenzuckte. Die Kugel aus Meerwasser drehte sich und begann zu leuchten. Ein roter Fleck blinkte auf. Und auch über Quas Gesicht ging ein Beben. Die Maske zuckte. »Das«, keuchte der Alte, »ist die Schule der Magier. Unser … Ziel.« Ein zweiter Punkt leuchtete auf. »Und hier … schwimmen die Reiter der Wellen. Wir müssen … nein, die Qua… sie kommen und töten … müssen …« Sein Gesicht schien auf einmal zu brennen. Zuckende Flammen schnellten vor und zurück. »Zur Schule der … Magier …«, stöhnte Qua – und die Wasserkugel zerbarst in tausend Tropfen.

Der erschöpfte Greis blinzelte, wiegte sich hin und her wie ein Kind. Grinste hilflos. »Qua sagt: Nass gemacht.«

»Ja, mein Freund«, antwortete Stella und spürte Tränen in ihren Augen. Was musste dieser gequälte, zerrissene alte Mann für Kämpfe ausgefochten haben? Und wogegen kämpfte er noch immer?

»Qua sagt: Jetzt machst du deine Augen nass, Königin.«

»Ja«, sagte Stella wieder und weinte. Nahm seine Hand. »Komm mit!«

Die Farben verschwanden immer mehr, je tiefer sie tauchten. Mit jedem Schwimmzug verlor sich das Licht. Erst trocknete das Gelb der Zitronenfische fort, dann die Feuerkorallen, dann sogar das Grün vom Seegras. Schließlich stürmten die Dorongas in immer dunkler werdendem Blau dahin. Und weiter. Tiefer.

»Wie lange noch?«, fragte Berryl mit besorgtem Blick

auf Fim, der tapfer noch kein einziges Mal an seiner Atemblase genippt hatte.

»Ich weiß nicht genau«, antwortete Syme. »Phosphor?«

Der Leuchtaal glühte auf. »Wir zzzind gleich da. Schaut.«

Unter ihnen tauchte ein Felsmassiv auf, das ins Wasser ragte wie ein gigantischer Berg. Und an seinem Fuß kauerte etwas Rundes, Verschwommenes.

»Scamander, hilf!«, Berryls Augen wurden groß. »Ist das …?«

»Ja.« Syme zügelte ihr Doronga, bis sie nur noch langsam zu dem runden oder ovalen Lebewesen hinabsanken.

»Wir zzzind da«, bemerkte Phosphor überflüssigerweise.

Eine Seespinne. Fim konnte den Mund unter Wasser nicht öffnen, aber es hatte ihm ohnehin die Sprache verschlagen. Worauf sie da zu trieben, war einfach nur gewaltig. An den Abhang des Unterwasserberges kauerte sich eine Seespinne, die dreimal so hoch aufragte wie die Steinsäulen im Spitzwald der Felsen. Ein Krebsmensch war nur ein winziger Zwerg gegen sie. Seespinnen sahen zwar aus wie die Netze knüpfenden Insekten, gehörten aber zur Art der Krebse. An jeder Seite ihres mächtigen Körpers ragten sechs dünne behaarte Beine heraus – jedes Haar größer als Fim. Der runde Leib lief spitz zu und endete in zwei langen Fühlern, die fast bis hinauf an die Wasseroberfläche zu reichen schienen. Und dazwischen zwei schwarze Kugeln, groß wie Inseln. Zögernd dirigierte Phosphor die drei auf eine dieser Kugeln zu. Und Fim musste jetzt doch schnell eine Portion Luft aus der Atemblase schlucken – denn diese schwarzen Inseln waren nichts anderes als die Augen der Spinne.

Uma, hilf!

Das gesamte Tier war bewachsen wie der Grund des Meeres selbst: Korallen, Tangwiesen und Schwammwälder hatten sich auf dem riesigen Panzer angesiedelt, ein ganzes Rudel harmloser Schnapphaie zupfte an der Wohnhöhle herum, die sie über dem fünften linken Bein der gigantischen Spinne gebaut hatten. Sogar kleine Buckelwale hätten genug Platz gehabt auf diesem … diesem … was auch immer.

»Besuch! Wir bekommen Besuch.« Unter den mondgroßen Augen öffnete sich ein Spalt und spuckte die Worte aus, begleitet von einem Schwall fauligen Wassers, das die Dorongas samt ihren Reitern herumwirbelte wie Plankton in einer Welle. Hastig brachten sie sich in Sicherheit vor dem … Mund? »Besuuuuuuuuch!«, fauchte der Spinnenleib ohne sich zu bewegen. Nur die schwarzen Kugelaugen zuckten leicht.

Berryl und Syme waren wie erstarrt – deshalb übernahm Phosphor das Reden. »Zzzeid gegrüzzzt, ihr, deren grozzzer Ruhm nur den knappen Namen trägt: Die Zwei.«

Ein grollendes Geräusch dröhnte aus dem unergründlichen Leib. Die Seespinne lachte. »Schon lange sprach uns niemand mehr so ehrerbietig an. Wir lachen darüber, aber wir danken euch. Ihr kommt zu fragen, wir sind willig zu antworten. Sprecht!«

Die Stimme kroch so donnernd aus der Krebsspinne heraus, dass sich Syme, Fim und Berryl näher in den Schutz des Unterwasserberges drängten. Nur der Leuchtaal ließ sich nicht beirren, flackerte vielleicht ein wenig nervöser als sonst, aber brachte ruhig und klar ihr Anliegen vor.

Nachdem er geendet hatte, zuckten die Augen der Spinne und einer der schwimmzügelangen Fühler rollte sich ein. »Der Weiße Tod«, dröhnte sie dann. »Ja ... Auch wir haben seit langem diesen Geschmack im Maul – zu viel Salz ist im Meer. Aber wisst ihr, uns ist es egal. Schon bald werde ich sterben und in Scamanders große Flut eingehen.« Wieder schien der ganze Leib zu zittern und zu dröhnen, als die Seespinne lachte.

»Wir Krebse wachsen mit unseren Panzern, wisst ihr?« Der zusammengerollte Fühler streckte sich und schoss durchs Wasser, bis er nicht mehr zu sehen war. »Aber ich ... ich habe meinen letzten Panzer längst erreicht. Ich eilte durch die Tiefen Aluas, unbezwingbar, unendlich, und atmete das Wissen der Meere in mich ein wie ihr Wasser. Aber diese Zeiten sind schon lange verströmt. Denn mein Panzer wurde zur Insel. Pflanzen siedelten sich an und Fische und Würmer. Ganze Wälder aus Algen überzogen meinen Rücken. Immer langsamer und mühsamer wurden meine Bewegungen. Immer lebendiger dagegen meine Hülle. Schließlich wurde die Last zu schwer und ich schleppte mich an diesen Ort. Beweglich blieben bis zu dieser Strömung nur mein Auge und Denken.«

Fim schauderte. Er stellte sich vor, wie dieses Monstrum von Seespinne regelrecht überwuchert wurde, wie es zuwuchs und verdammt dazu war, langsam zu sterben – weil es sich nicht mehr bewegen konnte.

»Ich lebe von dem, was meine Fühler erhaschen. Und von den Opfern jener, die uns fragen. Bringt ihr uns Opfer?«

»Ähm, nein, wir …« Selbst dem redegewandten Phosphor fiel nichts ein.

»Ohne Opfer – keine Antworten!«, donnerte die Seespinne.

»Aber wazzz können …«

»Ich bin hungrig!«, grunzte der riesige Krebs und ließ seine Mondaugen rollen. »Ich hole mir mein Opfer, ja!«

Damit schoss einer der beiden Tentakelfühler herum, zischte durchs Wasser und schlang sich um Symes Doronga. Erschrocken rutschte sie vom Sattel – sie konnte nur zusehen, wie ihr Reittier samt Sattel zappelnd im Schlund des festgewachsenen Tieres verschwand.

Die Seespinne leckte sich den langen Fühler ab. »Kleines Opfer, aber gut. Ich will euch eine Antwort dafür geben.« Wieder zitterten die Augen. »Also hört: Der Weiße Tod wohnt im Norden. Ihr müsst zum Eismeer hinauf, dorthin, wo Maximus seine weißen Tränen weint. Und dann in die Tiefe, dann hinab. Dort wird euch der Weiße Tod begrüßen. Und nun schwimmt! Verlasst uns. Ich muss verdauen.« Die Seespinne rülpste und wieder drückte sie einen Schwall stinkenden Meerwassers aus ihrem Maul.

Ängstlich drängten sich die Freunde noch ein Stück näher an die Bergflanke und begannen aufzusteigen. Die beiden Fühler tanzten um sie herum, witternd und klebrig wie die Fäden einer wirklichen Spinne. Einer verharrte bei Berryl, umschlang ihn blitzschnell und zerrte ihn wieder hinab. Zog ihn ganz dicht an eines der Augen, so groß, dass Berryl nur in eine funkelnde schwarze Wand blickte.

»Duuuuuu«, zischte das Monstrum. »Du suchst nach der Großen Perle. Hast du ein Opfer für mich?«

»Nein«, flüsterte Berryl.

»Kein Opfer? Nicht mal einen winzigen Teil von dir? Eine Hand vielleicht oder einen dieser niedlichen Füße?«

Der zweite Fühler schlängelte sich heran und fuhr über Berryls Arme, schlang sich um eins seiner Beine und zerrte daran. Prüfend.

»Nein!«, kreischte Berryl.

»Schade. Ich bin hungrig, weißt du? Aber auch du bist es, ich kann ihn spüren, deinen Hunger. Du willst die Perle essen. Ja. Wirst du dich verschlucken an ihr? Vielleicht.« Wieder erbebte der ganze gewaltige Körper vor Lachen.

»Ich gebe dir eine Antwort, ich bin großzügig und schenke sie dir... Höre mir zu, hungriger Winzling: Du musst durch den Goldenen See schwimmen. Auch der liegt im Norden, euer Weg ist der gleiche. Du musst die Höhle finden im Tal der roten Schatten, im Zentrum der Kette der Zwölf. Ja, schwimmt nach Norden, alle, auch jener, der die Tiere versteht. Schwimmt nach Norden, bis ihr die Kette der Zwölf findet: zwölf Inseln verkettet. Aber vielleicht ...« Die Seespinne lachte, spannte ihren Fühler – und schleuderte Berryl von sich, der hilflos wie ein zielloser Pfeil durchs Wasser schoss.

»Aber vielleicht habt ihr keine Zeit für die Perle. Der Weiße Tod wartet nicht. Schwimmt jetzt – ich bin müde. Und hungrig. Wir sind alle so hungrig ...«

Scamanders Rache

»Nein. Es tut mir Leid.« Lygart schüttelte den Kopf. »Wir werden unseren Kurs nicht ändern, so wichtig das für euch auch sein mag!«

»Nicht nur für Qua und mich! Für ganz Alua!«

Fragend hob Lygart eine Braue. »Was meinst du?«

»Ich … ich weiß nicht genau. Irgendetwas passiert und nur Qua spürt es deutlich. Ich … vielleicht hat es mit den Krebsmenschen zu tun, die uns jagen, oder mit dem Salz im Quellsaal oder …«

»Was weißt du …« – Lygarts Griff um ihre Schulter war so fest, dass es wehtat – »… über das Salz?«

»Nun, nicht viel … nur dass unser süßes Wasser …«

»Komm mit!«

Wenig später saß Stella in Ambrettes Hütte, ihr gegenüber Lygart und seine Mutter.

»Also«, fragte Lygart nervös, »was weißt du über das Salz?«

»Wenig. Nur dass sich unser Rat um das süße Wasser sorgt.«

Mutter und Sohn tauschten einen Blick.

»Wo liegt das Atoll der Tausend?«, fragte Lygart. »Nördlich von uns?«

Stella zuckte mit den Schultern. Von Quas Wasserkugel wusste sie zwar, dass sie sehr weit von ihrem ursprünglichen Ziel entfernt waren – der Magierschule.

Aber die Himmelsrichtungen hatten sich schon längst von ihrem Orientierungssinn verabschiedet – so schnell wie Orcamännchen, wenn die Weibchen ihr Junges geboren hatten.

Dann fiel Stella die Karte ein. »Einen Moment!«, bat sie, huschte zu ihrem Boot, das immer noch neben Ambrettes Floß vertäut war, und holte das Buch aus der Palmenbibliothek.

»Hier!« Stella zeigte ihnen das Atoll der Tausend. Lygarts Augen leuchteten auf, als sie die Karte entfaltete. »Du musst«, murmelte er, »wirklich eine Königin sein, wenn du solche Schätze mit dir herumträgst.«

»Aber wieso? Das ist doch nur eine Karte ...«

»Nur eine Karte! Kein Lichtatmer besitzt mehr die Kenntnis der Alten. Soll ich dir unsere eigenen kümmerlichen Karten zeigen? Wir reiten seit Generationen über die Wellen und dennoch sind das nur Kritzeleien von Kindern im Vergleich zu dem hier!«

»Genug, Lygart«, unterbrach ihn Ambrette. »Wir haben Wichtigeres zu besprechen.«

Ihr Sohn nickte und beugte sich über die Zeichnung von Alua. »Hier ist dein Atoll? Scamanders Fluch! So weit nach Süden ist das Salz also schon vorgedrungen? Das geht schnell. Zu schnell. Wir müssen uns beeilen.«

Verständnislos hatte Syme zugehört. »Was meinst du?«

Lygart schaute sie an. »Wir Reiter der Wellen sind dem Meer stärker verbunden als ihr. Wir spüren es in unseren Körpern und wissen schon lange, dass etwas passiert. Salz. Immer mehr Salz im Wasser. Lange kreuzten wir umher, immer auf der Spur des weißen Kristalls.«

»Und in der ganzen Zeit«, setzte Ambrette den Gedanken ihres Sohnes fort, »haben wir nur eines herausbekommen, kleine Welle: Das Salz breitet sich von Norden nach Süden aus. Deswegen können wir unseren Kurs nicht für euch ändern. Wenn die weiße Flut sich weiter ausdehnt, wird ganz Alua sterben. Deswegen behalten wir unsere Richtung bei.«

»Nach …«, flüsterte Stella.

»Norden!«, bestätigte Lygart.

Und in Restella wuchs die Gewissheit, dass in dieser Nacht ihr Traum zurückkehren würde. Der Traum vom Ende der Welt.

Nach Norden! Ein Gedanke in vier Köpfen, der sie weiter und weiter trieb. Syme und Phosphor, Berryl und Fim – sie hatten nur kurz am Atoll der Korallen Halt gemacht, wo die beiden Völker immer noch miteinander verhandelten und Reden schwangen wie Netze. Viele Wörter fingen sie ein, aber keine Entscheidung.

Also hatte sich Syme ein neues Doronga ›geliehen‹ – wie sie Fim verschwörerisch zuraunte. Das erste Tier hatte ja ein unglückliches Ende im Bauch Der Zwei gefunden.

Danach waren sie aufgebrochen und hetzten jetzt durch Aluas Meer, so schnell die Dorongas sich durchs Wasser schaufeln konnten. Großvater vermissten sie – der Manta war nach der unheimlichen Begegnung mit Den Zwei in Aluas Wasserweiten verschwunden.

Nach Norden. Sie mussten den Ursprung des Weißen Todes erreichen, bevor alles zu spät war. Und nur Berryl trieb ein anderes Ziel vorwärts. Der Weiße Tod, nun gut – um den würden sie sich schon kümmern. Aber die Perle! Er war der Ausgewählte. Ihm hatte Kalamus seine Geheimnisse anvertraut und sogar die Seespinne hatte gespürt, dass Berryl der Sucher war. Die Große Perle der Quelle schrie in seinem Kopf, der Korallenthron neigte sich erwartungsvoll, der Goldene See flüsterte – sie alle warteten auf ihn. Nach Norden. Bei jedem Halt prüfte er die beiden prallen Blasen, in die er Feueralgen gefüllt hatte. Die Perle! Ein Gedanke wie ein Schwimmreifen, der nie unterging, sich immer wieder hochdrückte im Gedankenmeer seines Kopfes und sämtliches andere verdrängte. Und bei jeder Rast schaute er grimmig zum Horizont, als wollte er die Kette der Zwölf mit seinen Blicken dazu zwingen, endlich aufzutauchen. Eine Inselgruppe, hatten Die Zwei gesagt. Die Kette der Zwölf. Dort irgendwo lag das Tal der roten Schatten. Der Goldene See. Und die Perle der Quelle.

Fim spürte die neu erwachte Besessenheit seines Freundes und fürchtete sich. Das war nicht gut. Warum verstand Berryl nicht, dass es Wichtigeres gab als eine Perle, so groß und schön sie auch sein mochte? Schaudernd musste er wieder an ihre Begegnung mit Kalamus denken und die Gier in Berryls Augen.

»Zzzo nachdenklich, mein Freund?

Fim nickte, wollte aber nichts sagen. Stattdessen fragte er den Leuchtaal: »Ich überlege schon die ganze Zeit, warum ihr die Seespinne Die Zwei nennt. Außerdem war alles doch viel zu einfach. Wir sind zu ihr hin, fragten und bekamen die Antwort. Warum haben alle so schreckliche Angst vor Den Zwei?«

Phosphor klappte seinen Rachen auf und zu – Fim verstand, dass er lachte. »Nun, wir hatten Glück, dazzz nur zzzie wach war.«

»Was meinst du?«

»Der andere hätte unzzz vielleicht mehr genommen alzzz dazzz arme Doronga.«

»Der andere?«

»Ja. Erinnerzzzt du dich an den Berg unter Wazzzer, an dezzzen Fuzzz die Spinne verwachzzzen war?«

»Natürlich!«

»Dazzz war kein Berg, zzzondern Johnzzzon, der Brüter.«

»Was?«

Und nachdem Phosphor die ganze Geschichte von Johnson erzählt hatte, einem Steinfisch, der sich seiner Umgebung so anpassen konnte, dass er wie ein Felsen aussah, um sich hinterhältig auf vorbeischwimmende Opfer zu stürzen; der dann aber immer größer geworden war, immer träger und nachdenklicher, und wuchs und wuchs, bis er zu einem einzigen unbeweglichen Gebirge wurde, festgewachsen wie die Seespinne – nach dieser ganzen Geschichte stöhnte Fim nur »Uma sei Dank, dass dieser Teil Der Zwei geschlafen hat …«

»Ja, Uma zzzei Dank. Und Grozzzvater.«

»Was?«

Wieder lachte Phosphor. »Unterhalte dich mal mit ihm, sollte er aus Aluas Tiefen noch einmal auftauchen. Ich glaube, er hat dafür gezzzorgt, dazzz der alte Johnzzzon schlief.«

Sehr viel später unterhielt sich Fim mit dem alten Manta, fragte und lauschte. Kicherte dann. Kurz bevor Syme, Berryl und er Die Zwei besucht hatten, war Großvater zu ihnen hinabgetaucht. Hatte Johnson, dem Brüter, ein besonderes Opfer gebracht: Fleisch, aber vermengt mit einer Nesselalge, die sogar einen Steinfisch so groß wie ein Berg in Schlaf versetzte. Fim würde dem gewaltigen Rochen ein »Danke« zuflüstern. Aber noch blieb das Tier verschwunden, während die anderen ihrer Richtung folgten: nach Norden.

Reglion schäumte. »Wie viel Vorsprung haben sie?«

»Das wissen wir nicht«, antwortete Hanalf. »Aber da wir ihre Richtung nicht kennen, würde ich sagen: zu viel.«

»Meiner Welle gehört die Rache!«, brüllte Reglion. »Wenn sich diese verrückte Tochter eines ... hm ... eines Königs noch einmal hier blicken lässt, reiße ich ihr eigenhändig den Kopf ab! Wo können sie hin sein?«

Hanalf schüttelte nur den Kopf. »Die Zwei wollen es uns nicht sagen. Sie schweigen und ... hm ... lachen, Sir.«

Nachdem sie noch drei ganze Tage gebraucht hatten um sich auf eine Gruppe zu einigen, konnten die Gesandten endlich aufbrechen zu Den Zwei. Aber die deckten sich mit einem Mantel aus stummem Wasser zu. Ein Opfer nach dem anderen verschwand im gierigen Schlund der Seespinne – seit Generationen war sie nicht mehr so satt geworden. Aber sie gab keine Antworten. »Ich habe jenen alles gesagt«, erklärte sie grollend, »die mich gefragt und die es anging: einer jungen Kriegerin vom Tiefen Volk, einem Lichtatmer und einem Doppelwesen.«

So musste die Gruppe aus Lichtatmern und Dunklen erfolglos zurückkehren. Die Allianz der beiden Völker, kaum gegründet, schien zu knirschen und zu wackeln wie ein brüchiger Palmenbaum. Die Oberflächler zogen sich zurück in ihre Hütten, das Tiefe Volk kehrte nach Kryla zurück. Sie konnten nur noch warten. Und hoffen.

»Dieser haarige Lichtatmer hat ihr den Kopf verdreht!«, schimpfte Reglion jetzt weiter. »Was glauben diese drei Kinder eigentlich, was sie sind? Die Retter der Welt?«

»Vielleicht, Sir, sind sie das sogar.« Hanalf verkniff sich ein Grinsen, wurde aber sofort wieder ernst. Er konnte Reglions Sorge verstehen: Zu viele Gefahren lauerten in Aluas Fluten.

Jemand klopfte an die Pforten des Großen Saales.

Reglion zuckte zusammen – nicht schon wieder. Immer nur schlechte Nachrichten durchquerten diese Türen. Ich werde sie herausreißen, dachte Reglion wütend.

»Sir!« Der Jungkrieger Glando glitt in den Saal und Reglion beruhigte sich. Das war ein Mann nach seinem Geschmack: Glando hatte nicht nur treu, sondern auch tapfer gekämpft und war klug. Wenn Syme sich schon von jemandem den Kopf verdrehen lassen wollte, dann gefälligst von ihm.

»Ich komme gerade vom Verhör«, sagte Glando nervös. Am Atoll der Tausend hatte er in Begleitung einer Hundertschaft die kleine Gruppe Krebsmenschen aufgegriffen, die tatsächlich immer noch über die Oberfläche streifte. Zwei Krebsmenschen hatten überlebt, die nun sicher in den Kerkern Krylas verwahrt waren.

»Und?« Reglion wartete gespannt. »Was sagen diese unseligen Kreaturen?«

»Ich … ich weiß nicht …« Glando setzte seine Worte so vorsichtig, wie er durch einen unbekannten Strömungswirbel geschwommen wäre. »Eigentlich … sprechen sie gar nicht … Sir. Sie wiederholen nur drei Worte …. Immer wieder. Es scheint mir … ein Name zu sein.«

»Nun sag schon!« Nein, dieser Glando war auch nicht der Richtige. Im Sprechen viel zu langsam. Da konnte er es nicht mit Syme aufnehmen.

»Nun Sir, diese drei Worte lauten: Glorant de Grul.«

Schlagartig wurde das Wasser schlechter im Saal. Eine schwarze Wolke aus Nervosität und Angst kreiste um Hanalf, und Reglions Rückenflosse zuckte nervös. Der Herrscher Krylas blieb stumm. Seine Halsfalten pumpten heftig, die Schwimmhäute zwischen seinen Fingern spreizten sich schmerzhaft. Bei Scamanders Flut, dachte Reglion, das konnte nicht sein. Nicht er. Nicht Glorant de Grul.

Nach Norden. Vier Tage spülten die Wellen vom Ufer der Zeit, dann fünf, dann sechs. Vor ihnen und unter ihnen streckte sich nur Wasser. Alua ist eine leere Welt, dachte Fim. Und trotzdem so voller Leben. Er brauchte mit seinem Doronga nur einige Schwimmzüge abzutauchen und schon blitzten nicht nur Fischschwärme, Seesterne oder Tintenfische zwischen den Korallen auf, sondern auch Fims neues Reich aus Klang. An der Oberfläche zog höchstens ab und zu eine Aasmöwe ihre weiten Kreise am Himmel, hier aber tummelten sich zahllose Geschöpfe, klein wie Steinflöhe oder groß wie Buckelwale.

Sechs Tage reisten sie nach Norden, sie aßen kaum, schliefen wenig und redeten noch weniger. Alles schien schon gesagt zu sein und mit Berryl konnte man sich ohnehin nicht unterhalten. Der wollte immer nur wissen, wann die Kette der Zwölf endlich auftauchen mochte – jene Inseln, die ihm von Den Zwei prophezeit worden waren. Nur ein Ereignis hatte sogar Berryl aus seinen Gedanken gerissen: Großvater hatte sich ihnen wieder angeschlossen. Als gewaltiges, weiß leuchtendes Trapez schoss er unter ihnen durchs Wasser, setzte sich an die Spitze der kleinen Gruppe und sprang so weit in die Luft, dass er wirklich zu fliegen schien mit seinen tanzenden Schwingen. Sogar Berryl hatte sich erfreut vom Sattel geschmissen und war eine Weile auf dem Manta geritten – und Fim lauschte abermals auf die Worte des Tieres.

»Was sagt er?«, fragte Syme ehrfurchtsvoll. Für sie war Fims Fähigkeit mehr als unheimlich.

Fim hörte zu. »Er begrüßt erneut die Königstochter des Tiefen Volkes, den suchenden Doppelatmer und den, der zu hören gelernt hat.« Fim grinste: »Damit meint er mich!«

»Und kein Gruzzz an den berühmtezzzten Leuchtaal von ganz Kryla?«, fragte Phosphor und klappte den Mund auf und zu.

Sie lachten – zum ersten Mal auf dieser Reise.

Nur Berryl stimmte nicht ein, sondern schwamm mit verschlossenem Gesicht zum Kopf des Mantas und blickte ihm in die Augen.

»Er freut sich sehr dich zu sehen«, übersetzte Fim. »Er möchte dir sagen, dass er dich für einen großen Kämpfer hält und für seinen Freund. Er …«

»Still!«, zischte Berryl. »Du kannst mir meinetwegen von jedem anderen Tier erzählen, was es zischt und grunzt und pfeift. Das ist mir egal. Aber sag mir nicht, was Großvater meint! Ich … ich verstehe ihn auch ohne Worte!«

Syme schaute ihn entgeistert an und Berryl tauchte ab. Suchte Schutz in der Dunkelheit, wenn auch nur kurz, in der Stille des Meeres. Bei Uma und Scamander – er war ein kompletter Idiot. Was konnte denn Fim dafür, dass Berryl den Rochen nicht verstand? Woher kam dieser ganze Zorn in ihm drin, diese Sehnsucht und jetzt auch noch – Neid? Neid auf Fim, der alle Tiere verstand? Der mit Großvater sprechen konnte, wo Berryl nur in die stummen gelbwarmen Augen starrte? Woher kam das? Er verstand es einfach nicht.

Fim schon. Wie ein Blitz durchzuckte es ihn, wie eine Krebsmenschenklaue in seinem Kopf machte etwas »Schnapp!«. Fim begriff. Er verstand viel mehr als die Qual in Berryls Leben, der sich als ausgestoßene Missgeburt fühlte und nun nach der Großen Perle strebte um es allen zu zeigen. Berryl, der in Großvater einen Freund gefunden hatte, den Fim ihm nun wegnahm, weil er mit dem Rochen sprechen konnte. Das glaubte Berryl und fühlte Berryl. Fim wusste es. Aber die Schere in seinem Kopf schnappte noch einmal, so laut, dass sein Kopf dröhnte, und in diesem Moment verstand er auch sein eigenes Leben. Seine eigene Zukunft. Seine eigene Qual. Seinen eigenen Fluch.

Fim hatte gelernt zu hören. Er verstand seinen Freund vielleicht besser als Berryl sich selbst. Fim verstand die Tiere und wahrscheinlich würde er sogar die Krebsmenschen verstehen, wenn er es nur versuchte. Denn er verstand viel mehr als die Sprachen. Und dieses Verstehen konnte Gabe sein und Fluch: Er würde außen stehen. Fim würde sein ganzes Leben lang zuhören und verstehen, aber er konnte nicht mehr – richten. Konnte keinen Streit entscheiden. Bei keinem Krieg sich auf die richtige Seite schlagen, weil er beide verstehen würde. Er konnte nicht mehr handeln. Er würde selbst zu Wasser werden, das einfach nur dahinfloss, oder zu einem herrenlosen Boot, das zwar lauschte und hörte und verstand – aber sich nicht wirklich bewegte. Nicht lebendig war.

Fim wurde kalt. Und so viel Angst er auch gehabt hatte vor dem Krebsmenschen, der sich am Spitzwald der Felsen vor ihm aufgetürmt hatte – jetzt hieß das Gefühl in ihm nicht mehr Angst, sondern Panik. Jetzt erst begriff er, was für ein besonderes Geschenk ihm der Gleittölpel gemacht hatte, und auch der Sinn seiner letzten Worte wurden ihm klar: »Du wirst verstehen«, hatte der weiße Vogel gesagt und sich von der Klippe gestürzt.

Und Fim verstand. Er verstand. Taumelnd stolperte sein Geist auf einen Abhang zu, der ihn hinunterzureißen drohte, und vielleicht wäre Fim auch wirklich gestürzt, wenn Großvater ihn nicht mit seiner Schnauze angestupst hätte. Der Manta sagte: »Fürchte dich nicht.«

Nach Norden. Auch die schwimmende Stadt folgte weiter ihrem Kurs.

»Du siehst müde aus, kleine Welle,« meinte Ambrette und strich Stella übers Haar.

»Ich habe … schlecht geschlafen.«

»Geträumt, meinst du?«

»Ja.« Zögernd. Sie würde Ambrette nichts erzählen.

»In manchen Träumen teilt uns Uma die Zukunft mit. Die, die sein wird. Oder jene, die sein kann. Aber du brauchst vor Träumen keine Angst haben.«

Die hat gut reden, dachte Syme und schüttelte den Kopf. Bevor sie antworten konnte, schaute Lygart durch die Tür herein.

»Habe ich da was von Angst gehört?« Sein Gesicht sah nicht so freundlich aus wie sonst. Überhaupt nicht. »Dann solltet ihr mal rauskommen und euch den Himmel anschauen. Dann habt ihr wirklich etwas, wovor ihr Angst haben könnt.«

Stella und Ambrette stürzten nach draußen.

Lygarts Mutter suchte den Horizont ab und erschrak. »Uma, hilf!«, stieß sie aus. Auch Stella ließ ihre Augen über den Himmel wandern, entdeckte aber nur ein paar Wolken. Schon das war ungewöhnlich: So lange schon war der Himmel klar und blau gewesen, dass sie gar nicht mehr aufgeschaut hatte. Morgens ging die Sonne auf und abends unter – dazwischen eine Welt aus zwei unterschiedlichen Blaus: Meer und Himmel. Jetzt mischten sich wie Wimpernhaare gezogene Wolkenlinien über das Firmament.

»Gibt es Regen?«, fragte Syme leise.

»Schlimmer!«, antwortete Lygart.

»Sturm?«

»Noch schlimmer.«

Syme zuckte zusammen. Was konnte zerstörerischer sein als die wütenden Sommerstürme, die manchmal über die Inseln herfielen wie ein Rudel Hyänenhaie?

Ambrettes Sohn las ihr die Ratlosigkeit vom Gesicht ab und deutete nach vorne. »Schau dorthin.«

Syme beschattete mit einer Hand ihre Augen und blinzelte zum Horizont. Ganz hinten, wo sich Wasser und Himmel küssten und die heiße Luft flimmerte wie Dampf – dort war etwas. Weiß. Aber keine Wolken. Schaumig. Eine weiße Linie, die sich über den halben Horizont zog. »Was ist das?«, fragte sie leise – und sie hatte Angst. Jetzt schon.

»Scamanders Rache. Eine der großen Fluten«, sagte Lygart gepresst. »Und wenn mich nicht alles täuscht, die größte, die je über Aluas Meere hinwegrollte.«

Die Stunden verstrichen. Sie konnten nichts tun, denn diese Welle würden selbst die Walflöße nicht reiten können. Bald waren die Segel sämtlicher Masten gerefft und alle bewegliche Habe verstaut. Aber Lygart schüttelte nur den Kopf: Das würde nichts nutzen. Wenn sie die Flutwelle voll erwischte, dann ... Nein, lieber nicht daran denken.

Den Nomaden des Meeres blieb nichts mehr zu tun. Das lange Warten begann und das Beobachten der weißen Wand, die sich immer näher auf sie zuschob.

»Da! Dahinten! Endlich!« Berryl trieb sein Doronga so unbarmherzig an, dass sogar Fim kaum mithalten konnte. Er war der bessere Reiter, denn er verstand jedes Schnalzen seines Tieres, aber Berryl war nicht einzuholen. Syme, wie immer mit dem Leuchtaal um den Hals, hatten sie schon weit hinter sich gelassen und nur Großvater schoss in gleicher Geschwindigkeit neben Berryl her. So als wollte er zeigen, dass er trotz allem zum Doppelatmer gehörte.

»Warte!«, rief Fim. »Warte, verdammt noch mal.«

Aber Berryl hörte nichts. Wie ein Delfin sprang das angespornte Doronga über die Wellen, tauchte ein und wühlte sich weiter vorwärts durch das Wasser. Die Perle, dachte Berryl. Das muss die Kette der Zwölf sein. Ja.

Mehr als zwölf Tage hetzten sie jetzt ihre Reittiere nach Norden, immer weiter, immer schneller, mit einem

Koboldfisch im Nacken, der ihnen zuflüsterte: Beeilt euch, ihr habt keine Zeit. Wieder hatten sie die meiste Zeit schweigend verbracht. Fim zog sich ganz in sich selbst zurück und grübelte darüber nach, was das wohl bedeuten mochte: jeden zu verstehen. Und Berryls Neid und Wut verdampften nur langsam. Syme hatte er es zu verdanken, dass es ihm irgendwann besser ging: Sie redete mit ihm, wünschte ihm Glück für seine Suche und glaubte fest daran, dass alles gut werden würde. Und wieder verstand Fim, was die Dunkle antrieb: Syme musste an ein glückliches Ende glauben, weil sie sonst sterben würde. So einfach war das. Der Weiße Tod hatte sich schon längst in ihre Lippen verkrallt und würde so schnell nicht loslassen. Und wenn sie Berryl von ihrem Glauben erzählte, konnte sie selbst daran glauben. Fim verstand. Und konnte nicht bei ihnen sein. Konnte Berryl nicht trösten oder Syme. Er wusste zu viel.

An diesem Morgen schließlich, als Aluas Sonne zum dreizehnten Mal seit ihrem Aufbruch aus ihrem nachtlangen Bad im Meer aufstieg, funkelten weit vor ihnen Farbkleckse auf dem Wasser. Überzeugt davon, endlich die Kette der Zwölf erreicht zu haben, preschte Berryl los ohne auf die anderen zu achten.

Aber da hatte das Doronga genug von der Hetzerei. Es bockte, schnaubte wütend und warf Berryl aus dem Sattel – verharrte dann aber brav neben seinem im Wasser strampelnden Reiter.

Fim kam heran und versuchte zu grinsen. »Geschieht dir recht. Das Doronga sagt ...«

»Was?« Ärgerlich, aber mit neuem Respekt vor dem Tier, schob sich Berryl wieder auf den Sattel. Das Doronga grunzte stotternd. »Was sagt es?«

Fim lachte und diesmal klang es fast echt. »Wenn du es noch einmal so antreibst, wird es dich mit hinab in die nächste Seegraswiese ziehen. Und dich für die nächsten hundert Strömungen zwingen einen Halm nach dem anderen zu futtern.«

»Ach ja?«, knurrte Berryl. »Soll das Biest nur mal versuchen …« Aber dann tätschelte er entschuldigend den Hals des Tieres. »Tut mir Leid.«

Das Doronga grunzte ein paarmal. »Geht klar!«, übersetzte Fim. »Mein Reiter ist mein König.«

Wieder nebeneinander – und eine Spur langsamer – schwammen sie auf die leuchtenden Farbpunkte zu.

»Was meint ihr, ob das wirklich die Kette der Zwölf ist?«, fragte Syme.

»Natürlich!«, antwortete Berryl sofort.

Fim lauschte.

»Und?«, fragte der Doppelatmer und wieder schlich sich Wut in seine Stimme. Denn er wusste genau, wem Fim da zuhörte.

»Großvater meint, ja«, erklärte der fast schüchtern. »Er kennt diese Inseln von früher. Es sind genau zwölf und sie bilden einen Kreis. In der Mitte liegt …«

»Das Tal der roten Schatten«, stieß Berryl aus und starrte Fim herausfordernd an.

»Ja.«

»Wusste ich's doch. Dazu brauche ich niemanden zu fragen.«

Stumm drängten die Dorongas vorwärts. Und auch ihre Reiter waren still.

Wunderschön, hatte Berryl einmal zu ihr gesagt, als sie durch Kryla geschwommen waren. Und Syme war sich nicht einmal sicher gewesen, ob er die Stadt meinte oder vielleicht doch sie. Jetzt schien er überhaupt keine Augen mehr zu haben – weder für seine Gefährten noch für die Pracht der zwölf Inseln. Nur noch der Gedanke an die Perle trieb ihn vorwärts. Syme seufzte.

»Der Doppelatmer wird lernen«, zischte ihr Phosphor leise ins Ohr. »Hab Geduld, kleine Zzzyme. Hab Vertrauen in die Wege Zzzcamanderzzz.«

»Hoffentlich hast du Recht«, flüsterte Syme zurück.

Vorsichtig schwammen drei Dorongas und ein Mantarochen auf die Kette der Zwölf zu. Keine Frage, ob man sofort weiter nach Norden gehen sollte – sie hätten Berryl zurücklassen müssen. Denn nichts würde ihn mehr aufhalten, kein Weißer Tod, kein Tal der roten Schatten und kein Wächter, von dem Kalamus gesprochen hatte. Nichts.

Sie erreichten die Kette: zwölf Inseln in strahlendem Rot. Hier musste einmal ein großer Wald aus Feuerkorallen gestanden haben, der sich jetzt, von Wellen und Zeit vermahlen, in zwölf runden Buckeln aus rotem Sand aus dem Wasser streckte. Kreisrund waren sie angeordnet und verbargen in ihrer Mitte das Tal der roten Schatten. Vorsichtig führten Syme, Berryl und Fim ihre Dorongas zwischen zwei der Inseln hindurch und fühlten plötzlich den Zauber dieses Ortes: Jeder dachte bei der rot aufflammenden Farbe an etwas anderes. Fim an die Lagerfeuer zu Hause auf dem Atoll der Tausend, Berryl glaubte in dem matten Orange schon den Goldsee funkeln zu sehen und Syme wurde an den glühenden Lavastrom erinnert, der über die Krebsmenschen gebrodelt war. Phosphor dachte über die Vielfalt des Lebens nach und Großvater – er lauschte nur dem Meer.

bildete die Nachhut und nickte: Sie waren auf dem richtigen Weg.

Als sie die Kette der Zwölf durchbrochen hatten, wurde die Stille so dick wie das Wasser, in dem sie schwammen. Ihr Atem ging langsam und ihre Worte kamen nur stockend zwischen den Lippen hindurch.

»Wirklich wie eine Kette«, murmelte Syme. »Eine Halskette aus zwölf wunderschönen Rubinsteinen. Und in der Mitte ein gewaltiges Diadem, eine herrliche Brosche.«

»Ist doch nur eine weitere Insel«, meinte Berryl verwundert. »Ein bisschen größer und ein paar Hügel.«

»Aber seht nur!« Fim starrte auf seine emporgehobene Hand. Dann merkten es auch die anderen: Das Licht veränderte sich. Innerhalb des Kreises der zwölf Inseln wurde alles in blutendes Rot getaucht – wie im Schein eines besonders intensiv leuchtenden Sonnenuntergangs.

Alle dachten das Gleiche, aber nur Phosphor traute sich es auszusprechen. »Unheimlich«, sagte der Leuchtaal.

In dem blutenden Licht erreichten sie das Ufer der dreizehnten Insel. Berryl, Fim und Syme stiegen aus dem Wasser, während Phosphor, Großvater und die Dorongas zurückblieben.

Am Ufer zeigte Berryl triumphierend auf seinen Schatten. Er war rot.

Und draußen zog sich die Kette der Zwölf unbemerkt zusammen.

»Vielleicht … vielleicht haben wir ja Glück?« Restella wusste schon beim Aussprechen, dass sie etwas Dummes gesagt hatte.

Und wirklich lachte Lygart bitter. Von seiner sonst so fröhlichen Miene war nichts übrig geblieben. »Glück? Nein, Restella«, entgegnete er. »Das existiert vielleicht auf euren Inseln. Aber auf Aluas Meeren gibt es kein Glück. Kein Unglück. Nur Leben oder Sterben.«

»Aber … können wir denn wirklich gar nichts tun?«

»Bei Scamanders Flossenspitze! Schau doch hin!«

Eine trügerische Stille bedeckte das Meer, das glatt dalag wie Öl. Nur ganz leise schwappte das Wasser an ihre Flöße, gedämpft sprachen die Wellenreiter ihre Befürchtungen aus – oder ihre Gebete. Die schwimmende Stadt lag bewegungslos. Alua hielt den Atem an.

Und nur direkt vor ihnen bewegte sich die weiße, aufschäumende Wand aus Wasser immer schneller auf sie zu.

»Nein«, beantwortete Lygart jetzt doch Stellas Frage. Sie war unendlich dankbar dafür, seine Stimme zu hören. Aber was die sagte, gefiel ihr überhaupt nicht. »Scamanders Rache ist anders als alle normale Wellen«, erklärte Ambrettes Sohn. »Wenn du einen Stein ins Wasser wirfst, dehnen sich die Wellenringe aus, werden langsamer, größer und verlieren sich schließlich. Scamanders Flutwellen aber …« Lygart schien nicht weitersprechen zu können, seine Stimme wurde rau wie die schroffe Haut eines Panzerhais. »Die werden nicht müde. Sie können über die gesamten Meere Aluas ziehen. Haben keine vorhersehbare Richtung. Ambrette meint, sie entstehen aus starken Beben in der Erde, andere halten sie einfach für den Zorn der Götter. Eine solche Welle lässt sich nicht aufhalten. Sie türmt sich immer weiter auf und donnert über das Meer, bis sie auf einen Widerstand trifft, den sie zermalmt und an dem sie selbst bricht. Eine Insel zum Beispiel. Ein Felsen. Oder ein Floß.« Lygart verstummte.

Voller Entsetzen starrte Syme auf die herantosende Flutwelle, die ihre Gischt verspritzte wie weißes Gift. Und da hörte sie es. Ein noch ganz leises, vibrierendes Grollen.

Unaufhaltsam kam Scamanders Rache auf sie zu.

Eleni hielt ein brüchiges Palmblatt in der Hand. Die Heilerin war alt, ihr Tränenbrunnen längst vertrocknet. Und doch wünschte sie sich jetzt, wieder weinen zu können.

Vor einem halben Mond waren sie aufs Atoll der Tausend zurückgekehrt – Tiefes Volk und Lichtatmer hatten sich nichts mehr zu sagen. Eleni hatte keine Hoffnung mehr. Denn auf die drei närrischen Kinder zu vertrauen hieß selbst närrisch sein. Zumal die Missgeburt dabei war – so viel hatten Die Zwei immerhin verraten. Aber der Findling brachte Unglück. Er trug die Schuld in sich.

Eleni konnte nichts mehr tun. Vielleicht starben die Dunklen bald, Umas Wasser würde so fließen, wie die Göttin es wollte. Aber bis die Lichtatmer ihr süßes Wasser verloren, würden noch viele Monde vergehen. Eleni jedenfalls würde das nicht mehr erleben. Sie war alt.

Und wünschte sich zu weinen. Denn sie hatte die Rückkehr ins Atoll der Tausend genutzt um ihre Hütte zu säubern und dabei war ihr diese vergilbte Rolle aus Palmblatt in die Hand gefallen. Ein Brief von ihrer Schwester. Ihrer eigenen, von Uma verfluchten Schwester. Der kurze Brief endete mit einer Frage: Eleni, wirst du mir verzeihen?

Die Heilerin zerriss das Blatt und verbrannte es im

Feuer. Sog den bitteren Duft des qualmenden Palmenöls in sich auf und schüttelte den Kopf. Nein. Sie hatte nicht verziehen und würde nie. Obwohl ihre Schwester schon lange tot war. Oder gerade deswegen. Und plötzlich stand noch ein anderer Name in Elenis Kopf, ein anderer Abscheu. So wie schwarze Wolken andere schwarze Wolken mit sich brachten: Glorant dc Grul.

Die Heilerin war kein Mensch, der verzeihte. Aber manchmal wünschte sie sich weinen zu können.

Viele hatten sich in ihre Hütten zurückgezogen: Sie wollten nichts sehen. Lagen auf ihren Pritschen, murmelten vor sich hin und pressten die Augen zusammen. Die meisten aber hatten sich auf dem Floß der Versammlung zusammengefunden, so als ob schon die Nähe der anderen Sicherheit böte. Auch Ambrette hatte Stella dorthin geführt, wo Lygart verzweifelt versuchte seine Leute zu beruhigen. Qua hockte immer noch am Floßrand und starrte, die Füße im Wasser baumelnd, ins Nichts. Das leise Vibrieren war schnell angeschwollen: Schon wackelten die Hütten auf den Flößen, das Holz knackte, die Walhäute spannten sich. Das ganze Meer schien zu zittern. Und die grausame Wand rollte weiter auf sie zu. Nur noch wenige hundert Schwimmzüge entfernt ragte der Wasserberg über ihnen auf und kam näher und näher. Stella konnte jetzt deutlich die Schaumkronen erkennen, ganz weit oben. So weit oben. Erste Schreie des Entsetzens hallten über das Floß.

Stella rannte zu Qua hinüber.

»Qua! Hörst du mich? Hilf uns!« In ihrem Kopf zerbarst ein sardonisches Gelächter. Jetzt, lieber alter, verrückter Qua, dachte sie mit einem hysterischen Kichern, wäre es wirklich an der Zeit für ein bisschen Wassermagie. »Qua! Bitte!«, brüllte sie ihn an.

Aber der Alte starrte nur ins Wasser. Plötzlich erfasste ein Sog die Flöße, sie kippten nach vorne, die Flutwelle war hungrig und zerrte seine Opfer zu sich hin.

»Bitte!«, schrie Stella.

»Qua sagt: Wenn du lange genug wartest, kommt immer ein Fisch in dein Netz.«

»Komm, Stella.« Lygart war hinter sie getreten und führte sie behutsam weg. Er, Ambrette und Stella hielten sich an den Händen. Wieder schwankte das Floß, sie stürzten. Rutschten auf den Knien zueinander und nahmen sich in die Arme.

Gleich musste die Sturmflut über ihnen sein. O Uma – so groß! Jetzt ... ein Schatten schob sich vor die Sonne, nur dass dort keine Wolke über ihnen hing, sondern bergehoch aufgetürmtes Wasser, viele hundert Schwimmzüge groß, und Stella kaute wie wahnsinnig auf einer Haarsträhne; sie riss sich von Lygart los und starrte – bei Uma: So weit oben wie sonst nur der Mond am Himmel schäumte die Krone der Welle über ihr. Und trug die bereits verdauten Opfer vor sich her: Restella erkannte in der Schaumkrone nicht nur Treibholz und Algenwiesen, sondern ganze Baumriesen, abgerissene Felsblöcke und Leichen, aufgeblähte Fischkadaver und sogar einen Buckelwal – all das schwappte tot auf der Schaumkrone der Welle – und dann, dann war sie fast da! Stella sah nichts mehr, sah nur noch Wasser; es war, als hätte jemand ein großes Messer genommen und den Himmel durchgeschnitten bis in das Meer hinein, und dahinter war nichts – nichts als diese weiße Mauer aus dröhnendem, blubberndem Wasser.

Panik brach aus auf den Flößen, die kreischenden Schreie gingen unter im Getöse der Flutwelle, ein paar der Lichtatmer sprangen voller Entsetzen ins Meer, wurden von einem mächtigen Strudel hinabgerissen – und Stella taumelte zu Qua hin, packte ihn an den Schultern und brüllte: »TU DOCH WAS!«

»Qua sagt: Das Meer ist nass. Qua sagt: Geh zur Seite.«

Dann war die Welle über ihnen.

Scamanders Rache hatte endlich ein Opfer gefunden.

»Und was jetzt?« Diese roten Schatten, dieses fahle Licht – das alles machte Fim ganz nervös. Wir sehen aus, dachte er, wie lebendige Leichen, die zu der Melodie eines Fackelzugs tanzen.

Auch Syme drängte sich eng an die beiden anderen. Sie hoffte, dass dieser Ausflug an Land nicht zu lange dauern würde – schon allein die Entfernung zum Wasser machte sie nervös.

Nur Berryl stampfte vorwärts, als wäre er hier zu Hause. Aber sein ständiges Murmeln fand Fim auch nicht besonders beruhigend. Außerdem zuckten Berryls Hände immer wieder zu den Beuteln mit Feueralgen, die um seine Schulter hingen. »Die Perle«, flüsterte der Doppelatmer. »Große Perle der Quelle. Erst zum Spitzwald der Felsen. Danach durch die Kette der Zwölf. Durchs Tal der roten Schatten, hinunter, hinunter zum Goldenen See. Der Wächter. Die Perle.«

Fim schüttelte den Kopf und stolperte hinterher, Syme am Arm. Er erkannte Berryls Gesicht fast nicht mehr wieder – so verzerrt wirkten seine Züge. So gierig.

Immerhin fand Berryl schnell einen Pfad durch die schroffen Berge, die auf der dreizehnten Insel wie abgesplitterte und wieder zusammengewachsene Baumstämme aufragten. Und dann sogar ein Tal. Voll mit roten, gespenstischen Schatten.

Irgendetwas stimmt hier nicht, dachte Fim. Es wird immer dunkler, obwohl die Nacht noch fern ist. Selbst dieses Rot wird schwärzer. Kein Blut mehr, sondern geronnenes Blut.

Die Stille lag wie ein bedrohliches Tuch über ihnen und das Tal zog sich enger zusammen – bald konnten sie sich nur noch mit Mühe durch die schmalen Gassen und scharfen Steinwände hindurchzwängen. Und am Ende der Schlucht – ein Loch. Ein tiefer Spalt, dunkel und schwarz.

»Licht!«, befahl Berryl ihr schroff und kniete sich über den Rand. Syme tat es ihm nach und brachte ihr Leuchtauge zum Glimmen. Aber der Schacht war zu tief.

»Wir … wir müssen zurück und ein Seil holen«, schlug Fim vor. »Wer weiß, wie tief …«

»Nein!« Berryls Augen funkelten fast so hell und wild wie Symes auf der Stirn. Schon schob er die Beine über den Rand. Und ließ sich fallen.

»Berryl! Bist du verrückt? BERRYL!«

Syme und Fim starrten sich an. Hörten von ganz weit unten ein leises Platschen.

»Verfluchter Idiot!«, keuchte Fim. Und sprang hinterher.

»Dazzz gefällt mir nicht«, meinte Phosphor, als die anderen in die Schlucht eindrangen. Nervös schwamm er am Ufer der dreizehnten Insel entlang, mitten in der Zwölferkette. Immer wieder streckte er seine Schnauze kurz aus dem Wasser, blickte sich um und wiederholte: »Dazzz gefällt mir überhaupt nicht.«

Dieses Licht war falsch, dachte der Leuchtaal: Immer dunkler wurde es um sie her – so als wäre der Sonnenfresser aus alten Legenden unterwegs. Gar nicht gut. Auch die Dorongas schienen zu spüren, dass hier nicht die besten Futterweiden zu finden waren: Sie drängten sich dicht aneinander und ließen sich so tief auf den Meeresboden sinken wie möglich.

Hektisch schwamm Phosphor hin und her, zischte und trieb schließlich auf den Kopf des Mantas zu.

»Und wazzz zzzagzzzt du, alter Knabe?«, fragte er.

Aber Großvater schwieg nur, lauschte dem Meer und schaute den Leuchtaal mit gelben, gütigen Augen an.

Die schäumende, brennende Wand aus Wasser begrub die schwimmende Stadt. Scamanders Zorn schlug wie ein tausendfacher Hammer auf die Flöße ein. Die Flutwelle leckte gierig über die Lichtatmer und verschluckte sie.

Aber Qua stand. Der andere, der im alten, irrsinnigen Körper steckte, stand aufrecht und sicher. Obwohl alles so schnell gegangen war, dass Stella kein einziges Mal geblinzelt hatte, war ihr nichts entgangen. Ihr Schrei um Hilfe. Die herandonnernde, steil aufragende Riesenwelle. Die leisen Worte, die sie trotz des brüllenden Wassers um sie herum gehört hatte: »Qua sagt: Geh zur Seite.«

Stella stolperte, sie stürzte aus dem Weg. Das Floß der Versammlung kippte wieder, wurde diesmal fast senkrecht hochgerissen und einige der Lichtatmer rollten wie Baumstämme über den Rand und verschwanden zischend.

Aber der verrückte alte Qua stand. Seine Hand formte

den Gruß der Welle, und dann sah Stella, obwohl das Wasser um sie spritzte wie bei einem heftigen Regen, dann sah sie, wie Qua beide Hände bewegte, wie er etwas zu ziehen und zu zerren schien, so als führte er eine Puppe an Fäden, die er nach vorne und zurück riss. Und es waren Fäden, wie Stella atemlos erkannte, Fäden aus Wasser, die der Alte direkt aus der Wellenwand vor ihnen zu reißen schien, einen nach dem anderen; seine Hände bewegten sich immer schneller, verwoben Wasser miteinander, Stella sah nur noch Schemen, so schnell arbeiteten jetzt Quas Hände und Finger, von denen Wasserstrahlen hin und her schossen.

Dann blinzelte Restella doch – der Moment war vorüber. Scamanders Rache brach über ihnen zusammen. Und zersplitterte an einer Kuppel aus Wasser, die Qua über ihnen allen gewebt hatte.

Berryls Bestimmung

»Berryl? Bist du hier?«

Platsch!

»Au!«

»Bist du das, Fim?«

»Syme? Mach doch dein verdammtes Stirndings an!«

Schwaches Licht funkelte. Fim trat Wasser, während Syme unter der Oberfläche atmete und ihn wie eine große Ausgabe von Phosphor umleuchtete. Syme tauchte neben ihm auf und leuchtete die Wände ab. Nur dass es keine Wände gab.

»Bei Scamanders Bart«, klagte Fim. »Dieser Kerl bringt uns wirklich immer in Schwierigkeiten!«

»Das sagt Phosphor doch eigentlich ständig zu mir.«

»Dann passt ihr ja hervorragend zusammen.«

»Meinst du wirklich?«

»Uma hilf! Sag mir lieber, was wir jetzt machen sollen?«

»Na, der Strömung folgen, denke ich.«

Fim hatte nicht einmal bemerkt, dass es hier so etwas wie eine Strömung gab. Und er war zum ersten Mal seit langem wieder froh um seine Gabe des Verstehens. Er konnte spüren, was in Berryl vorging, und das war gut so: Sonst hätte er ihm liebend gern den faltigen Hals umgedreht. Einfach in dieses Loch zu springen!

Fim folgte kopfschüttelnd Syme, die vorsichtig in

irgendeine Richtung schwamm. Aber diese lautlose Schwärze machte ihm Angst. Kam ihm dunkler als dunkel vor. Und auch Symes kleiner Tentakel auf der Stirn wirkte …

»Du?«, flüsterte er. »Ist dein Leuchtauge eigentlich in Ordnung?«

»Ich … ich weiß nicht.« Beunruhigt kratzte Syme an ihren Lippen. »Es scheint, als verliere alles Licht seine Kraft an diesem Ort.«

Dann stießen sie an eine lange glatte Wand. Schwarz und dunkel natürlich.

»Ich spüre die Strömung, wie sie leicht nach unten zieht. Wir müssen tauchen.«

Prima, dachte Fim und wünschte sich, er hätte seine Atemblase mitgenommen. Hatte er aber nicht. Syme sank lautlos weg, der kleine Lichtkreis ihres Stirnauges verlosch unter Wasser, und voller Furcht, sie zu verlieren, holte Fim ein letztes Mal tief Atem.

Da! Berryl spähte durch die Nacht, seinen Kopf nur bis zur Nase aus dem Wasser haltend. Endlich ein Licht. Ein Funkeln in der Farbe von – Gold. Ja. Ohne zu zögern war Berryl durch die Nacht gereist, nur geführt vom leichten Ziehen des Wassers und dem klagenden Raunen der Perle: Komm zu mir. Hole mich aus der Dunkelheit. Komm her und befreie mich!

Und Berryl kam. Jetzt spürte er Boden unter den Füßen, der zu einem Ufer wurde. Wassertropfen perlten leise an seinem Körper hinab, als er an Land kam. Sonst kein Geräusch, nur sein Atem noch und das Rufen der Großen Perle. Berryl ging schnell auf das helle Leuchten zu. Rannte schließlich. Und sogar er keuchte entsetzt auf, als er sah, woraus der Goldene See wirklich bestand.

Ich lebe, dachte sie erstaunt. Nach alldem lebe ich immer noch. Bilder schossen so schnell durch ihren Kopf wie bemalte Pfeile. Trotzdem erkannte Stella sie: der Doppelhammer mit weit aufgerissenem Kiefer. Die an ihrem Bein herumpickende Aasmöwe. Und jetzt Scamanders Rache, die Flutwelle, die wie eine weiße Wand auf sie niederkrachte.

Ich lebe, dachte Restella vom Atoll der Tausend und machte die Augen auf. Neben ihr lag der erschöpfte Qua, aber auch er blinzelte. Ihre Ohren dröhnten noch vom Donnern der Welle, nur langsam kamen andere Geräusche durch: vereinzelter Jubel, glückliches Auflachen, aber auch Stöhnen und Jammern. Die Wasserwand war auf sie gestürzt wie eine Insel aus dem Himmel, hatte wütend aufgekreischt, als sie den Widerstand von Quas Kuppelgewebe spürte, und die Flöße tief unter Wasser gedrückt. Doch selbst dort hatte Quas Magie sie beschützt, so lange, bis der Blasentang unter den Walhäuten die schwimmende Stadt wieder an die Oberfläche hob.

Ich lebe, dachte Stella abermals und konnte es nicht glauben. Mit schmerzenden Gliedern stand sie auf, blickte sich um und erschauerte: Quas magischer Wasserschutz hatte sie gerettet – doch nicht alle. Nur in einem Umkreis von zwanzig Schwimmzügen um das große Versammlungsfloß herum schaukelten andere Walhäute im immer noch kochenden Wasser. Dahinter: Nichts. Nur Trümmer, treibende Balken, abgerissene Fetzen von Walhaut und ein paar Körper im Wasser, die sich Stella lieber nicht genauer ansah. Aus der schwimmenden Stadt war in einem Augenblinzeln etwas geworden, das man höchstens noch ein schwimmendes Dorf nennen konnte.

So viele …

Lygart war es, der sie aus ihrem Entsetzen zurückholte. »Komm, Stella«, sagte er sanft. »Die Überlebenden halten eine Versammlung ab. Ich möchte, dass du dabei bist und …« Er warf einen scheuen Seitenblick auf den alten Mann, der sich gerade aufrappelte. »Du, Stella und dieser … Qua. Was auch immer er ist.«

Flüssiger Schwefel. Berryl spürte, wie sich seine Haare im Nacken aufrichteten. Dieser dampfende, brodelnde See, dessen Hitze ihm die Augenbrauen ansengte, war eher gelb als golden. Eine Barriere aus geschmolzenem Schwefel, dessen giftige Dämpfe schon jetzt seine Gedanken vernebelten. Berryl hockte sich an den Rand des Höllentümpels und starrte. Zum ersten Mal spürte er Angst. Aber nur kurz. Hinter diesem Goldenen See wartete die Große Perle auf ihn – und ein anderer Berryl. König der Lichtatmer.

Und außerdem ein Wächter, erinnerte er sich. Aber mit dem werde ich auch noch fertig. Berryl zog sich aus, öffnete eine der Blasen mit Feueralgen aus der Wasserstadt Kryla und begann sich sorgfältig einzureiben, bis er sogar noch heller funkelte als der Goldene See. Zögernd setzte er einen Fuß in die gelbe Flut: heiß, aber nicht unerträglich. Berryl hielt den Atem an, betete inbrünstig zu Uma und Scamander, dass seine Augen keine Schwefelspritzer abbekämen – und schwamm los.

Fim schien es, als tauchten sie schon endlos lange durch das Gewirr von Gängen und Schächten. Ohne Syme und ihr Gespür für die Strömung hätte er sich längst verirrt. Tauchen, dem immer schwächer werdenden Licht ihres Leuchtauges folgen, irgendwo die Wasseroberfläche erreichen, in einer neuen, auf ewig mondlosen Nacht. Schwimmen und tauchen. Aber endlich erreichten auch sie den Goldenen See.

»O Uma, Mutter aller Wellen!« Fim konnte es nicht fassen. Hatte Berryl wirklich auch nur eine einzige Schuppe in diesen brodelnden Schwefeltopf gesteckt? Das konnte nicht sein – Große Perle hin oder her. Dann entdeckten sie seinen Umhang.

Konnte also doch sein.

Syme durchsuchte Berryls Kleider. »Er hat die Feueralgen benutzt«, erklärte sie. »Die zweite Blase ist noch halb voll. Vielleicht genug für einen von uns.«

»Wollen wir nicht einfach«, begann Fim und hasste sich für die Feigheit in seinen Worten, »hier auf ihn warten? Entweder er findet die verfluchte Perle oder nicht. Wir können ihm ja doch nicht helfen …«

Syme starrte ihn nur an, aber sogar im schwachen Licht ihrer Stirn konnte Fim erkennen, wie ihre Nickhaut ungläubig blinzelte.

Dann hörten sie den Schrei. Voll Schmerz. Voll Wut. Voll Angst. Berryls Schrei.

Mithilfe der Feueralgen überstand der Doppelatmer den Schwefelsee – nur ein Großteil seiner Haare schwelte ihm vom Kopf und hüllte ihn in eine Wolke von beißendem Gestank. Ansonsten unbeschadet erreichte er das jenseitige Ufer und blickte sich um. Sah.

Und sank in die Knie.

Endlich. Endlich hatte er sie gefunden, die Große Perle der Quelle. Berryl lachte leise. Eigentlich war es viel zu leicht gewesen. Andere suchten viele Jahre nach dem, was jetzt vor ihm lag, manche starben auf ihrem Weg – und er selbst hatte nur einige wenige Monde gebraucht um den Weg hierher zu finden. Aber ich bin der Ausgewählte, dachte Berryl. Deswegen erscheint mir einfach, was für jeden anderen unmöglich wäre. Feierlich begann er aus der Tafel des Sehers zu rezitieren:

Einer, der eins und doppelt ist,
Einer, der aus dem Nichts gekommen,
Einer, der alle Sprachen spricht,
Einer, der durch das Gold geschwommen,

Der wird die Wellenperle finden,
Der wird Umas Segen empfangen,
Wird das Gute aus dem Bösen winden
Und auf den Thron der Tausend gelangen.

Die Große Perle der Wellen lag auf einem hohen Sockel aus schwarzem Stein und leuchtete im Schein des Schwefelsees nur schwach. Sie war tatsächlich größer als drei Männerköpfe zusammen, eine würdige Sonne des Atolls, sie war einfach perfekt. Langsam ging Berryl einmal um sie herum und beschaute ihre Schönheit. Eine makellose Kugel.

Er streckte seine Hand aus um sie zu berühren und wunderte sich nicht, dass seine Finger so stark zitterten wie die vom verrückten, alten Qua.

In dem Augenblick, als sie die samtene Oberfläche der Perle erreichten, die leise aufleuchtete wie ein scheues, lächelndes Gesicht, berührte auch Berryl etwas im Nacken. Ein glitschiger, mit Saugnäpfen bewehrter Tentakel, von dem Feuer tropfte.

Berryl schrie.

»Also gut, also gut!« In Fims Ohren klingelte der Schrei des Doppelatmers nach wie ein grelles Lebewohl. Entschlossen packte er die Blase mit Feueralgen.

»Ich gehe!«, entschied Syme. Aber Fim lachte nur traurig. »Meinst du nicht«, und seine Stimme klang wie auseinander geschnitten von einem Messer mit doppelter Schneide: feuriger Schwefeldampf und die Angst in seiner Kehle. »Meinst du nicht, dein Körper hat mit dem Salz schon genug zu tun? Was wird wohl passieren, wenn sich dazu auch noch ein bisschen gelbes Gift mischt?«

Einen Moment lang blickten sich die beiden an, dann nickte Syme.

Auch Fim zog sich nackt aus, und obwohl eigentlich keine Zeit dafür war, bemerkte er ihre neugierigen Blicke. Linkisch drehte er sich um und rieb sich, so schnell er konnte, mit den Feueralgen ein.

»Du musst sorgfältig sein!«, ermahnte Syme.

»Keine Zeit.« So wie Berryl vor ihm, streckte er vorsichtig einen Fuß in den Goldenen See und nickte. Einen Augenblick zögerte er noch: Zur Höllenflut mit Berryl, dachte Fim. Soll er doch sterben. Ich bin es nicht, der die Große Perle sucht.

Dann aber atmete er tief ein und sprang in den flüssigen Schwefel.

Berryl kämpfte nicht nur um sein Leben, er kämpfte auch um die Perle. Deshalb fühlte er eine größere Kraft in seinem Körper als je zuvor. Mit den bloßen Händen zerrte er an der lebendigen Schlinge, die ihn von hinten erfasst hatte und seinen Hals zudrückte. Und irgendwie schaffte er es tatsächlich, sich loszureißen. Er warf sich nach vorne, aber sofort packte ein brennender Schmerz seinen Knöchel, warf ihn herum und zerrte ihn zurück.

Der Wächter, dachte Berryl voll Panik. Ich habe den verfluchten Wächter vergessen!

Und das Monstrum, das sich jetzt vollständig aus dem Goldenen See herausgearbeitet hatte, sah so aus, als könnte das Berryls letzter Fehler gewesen sein. Der Wächter war ein Krake, ein Oktopus so groß, dass er den gesamten Schwefelsee ausfüllen würde, wenn er seine zwölf Tentakelarme ausstreckte. Einer davon hatte Berryls Knöchel gepackt und zerrte ihn heran. Das groteske Geschöpf hatte wenig mit den Tintenfischen zu tun, die Berryl kannte. Sein Körper glühte schwefelgelb, seine Augen funkelten in unbarmherzigem Rot und Berryl überlegte für einen Augenblick, in dem sich sein Verstand zu verirren drohte, ob dieser Krake wohl Tintenwolken ausspritzte oder Nebel aus giftigem Schwefeldampf.

Mit einem Ruck seines Tentakels riss der Wächter Berryl zu sich, sodass der Doppelatmer in der Luft baumelte. Drei andere Arme schlängelten sich heran, wanden sich um Berryls Beine, seine Brust und seine Kehle. Er spürte, wie die Saugnäpfe sich in seine Haut bohrten – der Wächter der Großen Perle begrüßte ihn mit einer tödlichen Umarmung. Berryl hing fest und fühlte, dass der Druck sich verstärkte. Bald würde er aufplatzen wie eine reife Frucht.

Aber noch waren seine Arme frei.

»Du«, keuchte Berryl, »wirst mich nicht daran hindern!« Wieder grub er seine bloßen Händen in das glitschige, gelb strahlende Fleisch und schaffte es, seinen Hals zu befreien. »Ich bin der Ausgewählte!«, schrie Berryl. »Ich nehme die Perle! Lass mich gehen oder stirb!«

Mit aller Gewalt hämmerte er seine Fäuste in das Gesicht des Kraken. Das Monster zischte kurz, aber ließ nicht los. Vier andere Schlangententakeln packten Berryls Leib, legten sich um seine Hände. Zerrten.

Wie eine Fliege hing Berryl im Spinnennetz der Krakenarme. Schwebte vor den rot glühenden Augen des Wächters und dem gewaltigen Schnabel des Tieres, das jetzt mit den Zähnen bleckte. Zisch- und Klacklaute drangen aus dem spitzscharfen Maul. Und dann erhöhte sich der Zug an Berryls Körper. Jedes seine Glieder schien sich langsam, aber sicher von seinem Rumpf zu entfernen. Er erkannte jetzt, welchen Tod ihm der Wächter zugedacht hatte: Arme und Beine würde er ihm vom Körper abreißen und als Letztes den Kopf. Berryl würde bei lebendigem Leib zerfetzt werden.

Doppelatmer, stückchenweise, dachte er hysterisch und bäumte sich auf. Aber Berryl schaffte es nicht. »Die Perle«, keuchte er. »Meine Perle!« Und spürte, wie die Sehnen und Knochen in seinem Leib nachgaben.

»Lass ihn los!« Fim redete nicht laut. Er brauchte nicht zu schreien, konnte so leise sprechen, wie er wollte, denn er verstand. »Lass ihn los, Wächter, und gib die Perle heraus, die du so lange gehütet.«

Und in diesem Moment verabschiedete sich Fim von dem, was seine Freundschaft mit Berryl gewesen war.

Die Arme des Kraken zuckten, danach legte er den Doppelatmer so sanft auf den Boden wie ein Neugeborenes. Drehte seine Augen aus Feuer wieder zu Fim. Klackende Laute füllten die Höhle.

Fim hörte und nickte. »Ja. Uma sei mit dir, Wächter.«

Berryl stöhnte und drehte sich auf den Bauch – alles tat weh. »Danke Fim«, keuchte er, »das war Rettung im letzten Atemzug.« Aber dann blickte er schon wieder die Perle an, die langsam heller wurde. Die Sonne des Atolls der Tausend ging auf. Berryl war zu schwach um aufzustehen, also kroch er auf sie zu. »Ich komme, endlich, ich werde …«

Plötzlich hielt er inne. Drehte sich zu Fim, der immer noch an der gleichen Stelle stand und ins Nichts starrte. »Aber …« Berryls Stimme war der Hauch eines Flüsterns. »Warum?«

Jetzt schaute Fim ihn doch an. Seine Augen schwammen in Tränen, die stärker in seinem Gesicht brannten als die Schwefelsäure im Goldenen See. »Hast du es immer noch nicht verstanden, Berryl? O Uma! Bitte verzeih mir, ich, ich wollte nie …«

Berryls Kopf fiel auf den Boden, als hätte ihn jemand abgeschlagen. Ein dumpfer Laut, der in dieser Höhle noch schrecklicher klang.

»Berryl, ich …«

»Schweig.« Der Doppelatmer wusste es jetzt. Natürlich! Kalamus hatte nicht ihn gemeint, als er halbblind den Ausgewählten zu erkennen glaubte. Fim hatte neben ihm gestanden. Auch Die Zwei sagten nicht mehr, als dass Berryl die Perle suchte. Stimmte ja auch. *Einer, der durch das Gold geschwommen.* Wie Hohn klangen die Verse in Berryls Kopf. Ja, er war nicht als Einziger dem Schwefelsee entkommen. *Einer, der alle Sprachen spricht.* Wie hatte er nur so dumm sein können. Wer sollte sonst damit gemeint sein als derjenige, der alle Tiere verstand.

Mühsam drückte Berryl sich hoch. Stand schwankend da und glotzte Fim an. »Du!«, rief er aus. »Du bist der neue König der Lichtatmer. Du bist es. Duuuuuuuuuuu!«

Berryl stürzte sich auf ihn – alle Erschöpfung war vergessen. Mit einem einzigen Schlag warf er Fim zu Boden, war über ihm und ließ ohne Pause seine Fäuste auf den Lichtatmer niedergehen. Fim! Fim! Fim! Mit jedem Hieb stieß er den Namen aus. Fim! Hatte ihm alles genommen. Erst die Freundschaft zu Großvater, jetzt seine Zukunft. Fim! Ohne die Perle der Wellen war Berryl ein Nichts. Fim! In einem einzigen grausamen Moment warf dieser lächerliche Lichtatmer ihn aus seinen Königsträumen, hinunter in ein Leben als Missgeburt. Fim! Berryls Fäuste wurden nicht müde. Er schlug. Fim! Wie sollte er weiterleben ohne die Hoffnung? Wie sollte er je eine Heimat finden, einen Ort, wo man ihn akzeptierte? Fim! Er war nichts als ein grausamer Witz der Natur, ein widerliches doppelatmendes Wesen, das besser nie geboren wäre. Fim! Ja, der war nicht nur ausgewählt mit den Tieren zu sprechen, nein, dem fiel auch alles andere in den Schoß. Die Perle der Wellen zum Beispiel. Der Quellthron des Atolls. Fim! Fim!

Der wehrte sich nicht. Zuerst, weil er nicht wollte – später, weil er nicht mehr konnte.

Keiner von Berryls Schlägen tat ihm anfangs mehr weh als die Verzweiflung, die er in diesem Gesicht brennen sah. Nein, Fim konnte sich nicht wehren. Denn er verstand Berryl. Der Fluch des Hörens machte es unmöglich, dass er zurückschlug. Berryl hatte ja Recht. Aus seiner Sicht.

Aber schließlich begriff Fim, wie weit der Doppelatmer gehen würde, begriff, dass Berryl in diesem Moment zu allem fähig war, und versuchte voll Panik sich zu befreien. Doch da war es schon zu spät. Sein Körper so geschunden, dass er nur müde die Arme heben konnte – die Berryl sofort wegschlug. Fim fühlte nur noch Schmerzen. Hörte das Stöhnen, das er selbst ausstieß. Aber wehren konnte er sich nicht mehr, war völlig in Berryls Gewalt. Fim wusste nicht, ob er leben würde oder sterben.

Lygart blickte über das Floß der Versammlung und zählte.

Restella drückte dabei tröstend seine Hand und brauchte nur einen kurzen Blick in dieses runde, so gern lachende Gesicht zu werfen um zu wissen: Die Zahl war schrecklich klein.

Dann hob Ambrettes Sohn die Arme und sagte: »Reiter der Wellen, hört zu. Scamanders Rache hat viele von uns verschlungen. Aber ein Teil hat auch überlebt. Deswegen wollen wir Scamander danken und … diesem Lichtatmer hier.« Damit zeigte er auf Qua, der blöde grinsend neben Stella stand.

Murren wurde laut. So offen die Wellenreiter auch waren – Wassermagie machte ihnen Angst. Welche Kräfte mochten noch in diesem greisen, gebückten Körper lauern, wenn er einer von Scamanders Fluten trotzen konnte?

»Und wir müssen Pläne machen«, redete Lygart weiter – auch er war nervös. »Zuerst werden wir unsere Toten in die große Strömung begleiten und klagen.«

Das Gemurmel der Überlebenden klang jetzt freundlicher.

»Aber dann, glaube ich …« – wieder hob Lygart die Arme – »… werden wir uns trennen müssen. Wir sind zu wenige um jetzt noch ein Stamm zu sein. Jeder sollte aufbrechen und sich eine neue Heimat suchen.« Als er die Arme wieder sinken ließ, war es so still auf dem Floß, dass man eine Glasgarnele hätte zirpen hören können. Aber die Reiter der Wellen waren nicht nur offen, sondern auch klug. Sie wussten, dass ihr Anführer Recht hatte.

Die Feier der Toten hatte die ganze Nacht gedauert. Sie hatten gesungen und Uma um Gnade angefleht für die Toten, damit sie die richtige Strömung fanden und den Frieden der tiefen See. Die ganze Nacht hindurch hatte Stella mitgesungen, sich an den Feuern gewärmt und immer wieder gestaunt, dass sie noch lebte. Jetzt, am nächsten Morgen, wankte sie müde über die Walhaut.

Wie durch ein Wunder – ein Wunder in Form eines vor sich hin brabbelnden, tief gebeugten Greises – hatte auch Ambrettes Floß die Flutwelle überstanden. Sogar Stellas Einbaum schaukelte daneben im Wasser, als wäre gar nichts passiert. Qua im Schlepptau ging sie darauf zu.

»Wohin willst du?«, fragte Ambrette.

»Wir … wir werden fahren.«

»Warum, kleine Welle?«

Stella lächelte traurig. »Ich glaube, wir haben schon genug Unglück gebracht. Es ist besser, Qua und ich verschwinden.«

»Du irrst dich.«

Fragend schaute Stella sie an. »Was meinst du?«

Ambrette lächelte. »Lygart hat es dir schon einmal erklärt, denke ich. Bei den Reitern der Wellen gibt es kein Glück. Nur Leben und Sterben. Und ohne deinen verirrten Freund hier, wären wir jetzt alle tot.« Beruhigend strich sie Stella übers Haar. »Bleib bei meinem Sohn und mir. Schon morgen wird sich unser Stamm in allen Strömungen verteilen. Bleibe du bei uns.«

»Aber Qua und ich, wir suchen die Schule der Magier. Wir müssen …«

»Über unseren Kurs werden wir später gemeinsam entscheiden. Und mit dem Floß sind wir immer noch schneller als mit deinem Palmblatt.« Lächelnd deutete sie auf das kleine Boot. »Also, was meinst du?«

»Und Lygart?« Stella wagte einen letzten Einwand. »Wird er einverstanden sein?«

Jetzt lachte Ambrette fast wie früher, aber nur fast. »Mehr als du denkst«, meinte sie. »Mehr als du denkst, kleine Welle.«

Einen Tag später saßen sie wirklich allein in Ambrettes Hütte: Lygart, seine Mutter, Restella und Qua. Die restlichen Flöße hatten bereits die Taue durchtrennt und ihre Segel gesetzt. Stella hatte ihnen so lange nachgesehen, bis Aluas Meer sie verschluckte.

»Also, wohin schwimmen wir jetzt?«, begann Lygart. »Ich glaube immer noch, dass wir nach Norden sollten.

Wir müssen herausfinden, woher das Salz stammt. Und warum es immer stärker ins Meer dringt.«

»Aber Qua und ich müssen einen anderen Weg gehen«, sagte Stella schüchtern.

»Stimmt das wirklich?«

»Ja«, antwortete sie leise. »Qua sagt ...«

»Er mag die Kraft eines Magiers in seinem Körper tragen«, unterbrach Lygart sie freundlich, »doch sein Geist ist leer wie ein Stück Blasentang.«

Stella biss sich auf die Lippen, nickte aber. Zum ersten Mal seit ihrem Aufbruch vom Atoll der Tausend fühlte sie sich unsicher. Hatte Lygart vielleicht Recht? War die Lösung des Salzrätsels wichtiger als Quas Vergangenheit und Zukunft?

»Was denkst du, Ambrette?«, wandte sie sich an Lygarts Mutter.

»Ich glaube auch, dass wir weiter nach Norden müssen. Dein Qua hat es selbst gesagt.«

Verwirrt schaute Stella sie an.

»Erinnerst du dich nicht, kleine Welle? Alua stirbt, hat dieser Magiernarr gemurmelt. Alua wehrt sich. Stürme und Flutwellen.«

»Du meinst ...«

»Ja.« Die alte Frau nickte. »Ich glaube, dass alles zusammenhängt. Die schlechte Tangernte bei euch im Atoll der Tausend. Das Salz im süßen Wasser. Und Scamanders Rache, die über das Meer rollt. Komm mit uns nach Norden, kleine Welle.«

Stella konnte sich nicht entscheiden. Hilflos wandte sie sich an Qua: »Was meinst du denn?«

Der Greis lächelte ihr zu. »Qua sagt: Königin weiß, was gut ist.«

»Ich mache dir einen Vorschlag, Restella.« Lygart spannte seine Schwimmhäute. »Zuerst versuchen wir herauszubekommen, woher das Salz stammt. Und danach kümmern wir uns um Qua und die Schule der Magier. Einverstanden?«

Stella war immer noch nicht überzeugt. Aber vielleicht hatten die anderen wirklich Recht?

»Ja!«, sagte sie entschlossen. »Ich bin einverstanden.«

Damit beging Restella einen furchtbaren Fehler. Einen, der Leben kostete.

Vielleicht hätte er Fim zu Tode geprügelt, der immer noch reglos unter ihm lag und sich nicht wehrte. Vielleicht wäre er aber auch rechtzeitig aus dem roten Nebel von Wut und Scham und Hoffnungslosigkeit aufgetaucht, bevor er den allerletzten Schlag gegen Fim führte. Berryl würde es nie erfahren. Denn eine Hand streckte sich aus und tastete durch die roten Wolken in seinem Kopf, bis sie Berryl berührt hatte und sanft zog. Eine Hand in Form einer Stimme.

»Berryl? Wo bist du? Ist alles in Ordnung da drüben? Berryl, geht es dir gut? Fim? Bist du da? Sagt doch was? Berryl, bitte …«

Berryl bitte Berryl bitte Berryl bitte.

Er hörte diese Stimme und erinnerte sich. Seine Faust hob sich für einen neuen Schlag, aber diese Stimme bat ihn um irgendetwas. Diese Stimme, die Syme gehörte. Syme vom Tiefen Volk. Syme mit ihren silbernen Schuppen und dem schönen Lachen. Syme …

Berryl schaute auf seine zusammengeballte Hand, an der Blut klebte. Fims Blut. Er öffnete sie und spreizte die Finger. Schloss die Augen.

»Genug«, flüsterte der Doppelatmer ohne Zukunft und Hoffnung. »Es ist genug.« Er streckte sich neben Fim aus, der dalag wie tot, lauschte dem zischenden Schwefel und Symes Stimme, die immer noch vom anderen Ufer des Goldenen Sees nach ihnen rief. »Bei Scamander«, stammelte Berryl. »Was habe ich getan?«

»Ahhh«, stöhnte Fim und versuchte seine geschwollenen Augen zu öffnen. Es ging nicht. Schmerz brandete wie eine große Schaukel durch seinen Körper, wippte vom Kopf bis zu den Füßen. Noch einmal stöhnte er.

»Fim! Du lebst!«

Zumindest, dachte Fim voll Panik, bewegen sich meine Gedanken. Bei dem Rest bin ich mir nicht so sicher. Berryl hätte es fast getan. Hätte ihn fast umgebracht!

»Geht es dir gut?«

»Du«, ächzte Fim, »bist völlig verrückt. Ein Wahnsinniger. Ich glaube dir ja, dass du wütend auf mich bist, aber …« Die Worte versickerten wie die Blutstropfen, die von seiner gespaltenen Lippe rollten.

Auch Berryl schwieg. Half Fim mit zitternden Händen sich aufzusetzen und versuchte dabei ihn nicht anzusehen. Fim sah fürchterlich aus: Beide Augen waren geschwollen, nicht nur die Nase blutete, sondern auch sein Mund, aus dem er einen abgesplitterten Zahn spuckte.

»Es … es tut mir Leid«, murmelte Berryl.

Fim hockte wacklig da und tastete an sich herum. Überall fühlte er Schmerzen, aber es sah so aus, als wäre bis auf den Zahn alles noch ungefähr da, wo es sein sollte. Erleichtert atmete er auf und antwortete, was er noch so oft antworten würde: »Ich verstehe dich.« Er grinste, verzog aber sofort wieder schmerzhaft das Gesicht. »Und gib doch bitte«, murrte Fim weiter und hustete Blut, »diesem verdammten Schreihals Bescheid, dass alles in Ordnung ist – so weit.«

Denn noch immer rief sich Syme ihre Sorge aus dem Leib. Berryl beruhigte sie, dann zerrte er Fim auf die Beine und versuchte linkisch den größten Teil des Blutes aus seinem Gesicht zu wischen. »Wird es gehen?«, fragte er ängstlich.

»Ja«, stöhnte Fim. »Lass uns von hier verschwinden.« Und er taumelte auf den Goldenen See zu.

»Warte!«, rief Berryl. »Was wird mit … der Perle?«

Fim drehte sich kaum um. »Lassen wir das verfluchte Ding doch einfach hier. Es hat schon genug Unheil angestiftet.«

»Nein! Das Atoll braucht sie. Unser Tempel der Quelle braucht sie.«

Jetzt schleppte sich Fim doch zu Berryl, der wie verzweifelt über die Perle streichelte.

»Bitte, Fim! Wir müssen sie mitnehmen. Du bist doch jetzt der König. Bitte!«

Und was Fim nun sah, schmerzte ihn mehr als alle Schläge, sogar mehr als die Gier, die früher Berryls Gesicht verzerrt hatte. Fim sah nichts anderes als hoffnungslose und bettelnde Augen.

»Na gut«, sagte er leise.

»Gar nicht gut. Ich finde dazzz gar nicht gut!«

Seit Stunden schwamm Phosphor im Zentrum der zwölf Inseln umher, starrte in dieses rote, gespenstische Licht und sagte seinen Spruch auf. Wenn dem Manta Zeit etwas bedeutet hätte – vielleicht hätte er dann wirklich diesem kleinen Schlangenwesen einen Stups auf die Schnauze gegeben. Aber Rochen waren geduldig. Und dieser hier hatte fast schon so viele Strömungswechsel erlebt wie die Seespinne Der Zwei. Großvater kümmerte sich nicht um den nervösen Leuchtaal, er lauschte dem Meer. Lauschte Aluas Wellen, dem Rascheln weit weg von hier, als einer seiner Artgenossen durch einen Wald aus Kelptang glitt. Er lauschte dem Gesang des Planktons und einer Flutwelle, die weit entfernt auf Flöße einkrachte. Großvater spürte, dass auf den Meeren etwas vorging, das zur Vernichtung führte von vielen. Vielleicht allen.

Der Manta nickte.

»Zzzcamander zzzei Dank! Da zzzind zzzie ja endlich!« Phosphor hatte einmal mehr den Kopf aus dem Wasser gestreckt und sah endlich, wie die drei auf ihn zutaumelten. Syme stützte einen vor sich hin stolpernden Fim und Berryl trug in beiden Händen …

»Graurolle und Gletschereizzz«, zischte Phosphor. »Der Junge hat ezzz tatzzzächlich geschafft. Aber wazzz izzzt mit dem anderen? Zzzieht zzzo auzzz, als müzzzte ich wieder Onkel Heiler spielen.«

Der Leuchtaal behielt Recht. Noch bevor die Gruppe das Ufer erreichte, brach Fim zusammen. Berryl legte die Perle der Quelle ab, die zwar groß war, aber leicht wie Palmenrinde, und trug Fim zu Phosphor hinüber. »Kannst du ihm helfen?«, fragte er leise.

»Bei Zzzcamanderzzz Hammer! Wazzz izzzt blozzz pazzziert?«

Fim brummte und tastete nach Berryls Hand. Drückte sie und krächzte mit zugeschwollenen Augen: »Nichts weiter. Wir haben nur gegen den Wächter gekämpft.«

Obwohl sie alle diesen seltsamen Ort so schnell wie möglich verlassen wollten, verordnete Phosphor einen Tag Ruhe für Fim. Und tauchte dann ab, um heilendes Schneckenfleisch für die Wunden zu suchen.

Aber sogar Fim drängte zum Aufbruch, als er sich ein wenig erholt hatte. Ihm gefiel diese Gegend so wenig wie Phosphor. Denn mittlerweile war das Licht fast vollständig verschwunden: Hier, im Innern der Kette aus zwölf Inseln, herrschte jetzt eine Nacht, wie sie dunkler nur im tiefsten Meer sein konnte – das Licht schien einfach zu versickern wie Regenwasser im Strand. Die Dunkelheit wurde mit jedem Atemzug tiefer und sie schien nicht nur schwärzer – sondern auch dicker zu werden. So als verwandele sich die Luft in Wasser. Aber in ein giftiges, bösartiges Wasser.

»Was geschieht hier?«, fragte Syme unruhig.

»Wenn ich ezzz nicht bezzzer wüzzzte«, entgegnete Phosphor, »würde ich zzzagen: Dazzz riecht nach einer Falle.«

»Aber …«

»Onkel Heiler hat Recht«, murmelte Fim, immer noch erschöpft, aber bestimmt. »Dieser Ort dient nur dazu, die Große Perle zu schützen. Irgendwie habe ich das Gefühl …«

»Scamander steh uns bei!«, rief Syme aus. »Ich sehe euch nicht mehr.«

»Beruhige dich«, zischte Phosphor, der neben ihr im flachen Wasser geschwommen war. »Ich bin hier. Fühlzzzt du mich nicht um deinen Halzzz?«

Doch auch er selbst erkannte keinen einzigen Schatten mehr. Die Dunkelheit hatte endgültig alles verschluckt.

»Berryl, Fim, seid ihr noch da?«

Die beiden flüsterten ihre Antworten. Auch sie hatten sich nicht von der Stelle gerührt, als die Blindheit plötzlich zuschlug.

»Ich werde jetzt mein Stirnauge leuchten lassen.«

Nichts passierte.

»Es funktioniert nicht!«

Völlige Schwärze. Blindheit. Nur das Plätschern am Ufer.

»Schnell«, rief Phosphor. »Wir müzzzen tauchen!«

Sie stürzten ihm nach, Fim immer noch an Berryls Hand.

»Aber wohin?«, fragte Syme. »Ich sehe nichts.«

Plötzlich begann etwas zu flackern – der Leuchtaal tat das, was sein Name versprach. Aber auch sein sonst so helles Strahlen flimmerte nur matt und schwach. »Schnell«, zischte er. »Ich schaffe dazzz nicht lange.«

Rasch folgten sie Phosphor und tauchten zu den Dorongas hinab, wo auch Großvater auf sie wartete. Sie schwangen sich auf die Sättel und schwammen los.

Aber es war noch nicht vorbei. Eigentlich fing es erst an.

»Ich ... ich kann mich nicht mehr richtig bewegen«, rief Fim plötzlich aus.

Und da merkten es auch die anderen. Ungläubig hoben sie eine Hand und bekamen sie doch nur so langsam nach oben, als schliefe die Zeit. Das Wasser um sie herum, das gleichzeitig die Dunkelheit war – es zog sich zusammen. Immer stärker. Immer fester. Das Wasser wurde zäh und schwer, erst dickflüssig wie Öl, dann hart wie Lava. Die Dorongas schafften es trotz ihrer schaufelnden Flossen kaum, in diesem dicken Brei vorwärts zu kommen. Und auch Großvater, der als Letzter schwamm, kam so gut wie gar nicht mehr vom Fleck.

»Schart euch um mich!«, rief Phosphor laut. »Ich erinnere mich! Dazzz izzzt dunkle Wassermagie. Wenn unzzz etwazzz rettet, dann nur dazzz Licht!«

Ganz eng drängten sich die drei Dorongas, ihre Reiter und Großvater an den kleinen Leuchtaal heran. Und wirklich schien in seiner Nähe das Wasser dünnflüssiger zu sein. Schwimmzug um Schwimmzug kamen sie voran – bald mussten sie die Kette der Zwölf erreicht haben. Wenn sie zwischen zwei der Inseln hindurchkamen, waren sie in Sicherheit.

»Schneller«, keuchte Phosphor. »Lange halte ich nicht mehr durch!«

Mit Schrecken sah Syme, welche Anstrengung es ihren Freund kostete, Licht aus seinem Körper zu strahlen. Sein durchsichtiger Leib gab ihr alles preis: das unruhig pumpende Herz, die verkrampften Muskeln, die hektisch atmenden Kiemen.

»Schneller«, brüllte jetzt auch sie, obwohl das dickflüssige Wasser in ihren Halsfalten stecken blieb und wie Honig klebte. »Schneller!«

»Da! Zwei der Inseln!«

»Bei Zzzcamander … beeilt … euch!« Phosphors Herz hämmerte wie verrückt in seinem gläsernen Körper; Syme sah, wie kleine Blutgefäße platzten, aber immer noch strahlte der Leuchtaal gegen die zähflüssige Dunkelheit an, die sie alle zu ersticken und zu lähmen drohte.

Und mit einem Mal waren sie durch. Eben hatte sie eine schwarze, unheimliche Nacht fast zerquetscht – jetzt trieben sie in sanftblauem Wasser, in dem Sonnenstrahlen munter nach Farben fischten.

»Wir haben es geschafft«, stöhnte Fim auf.

»Aber um welchen Preis.« Zusammengekauert hockte Syme auf ihrem Doronga und streckte klagend ihre Hände aus. Darauf ruhte Phosphor, der Leuchtaal. Reglos und schlaff. Das Einzige, was sich an ihm bewegte, war eine kleine Wolke Blut in seinem durchsichtigen Körper.

Im Eismeer

Aluas Meeresboden streckte sich wie ein einziger Kontinent unter der Wasseroberfläche. Gebirge türmten sich auf, Hochebenen zogen sich über den Boden, Schluchten und Klüfte bissen sich in die Felsen, und Strömungen wanderten wie gewaltige Flüsse über den Grund der Ozeane. Und tiefe Gräben rissen ihn auf. So tief, dass selbst Buckelwale nur ein einziges Mal hinabtauchten und dann nie wieder. So tief, dass diese Risse manchmal bis auf den glühenden Kern stießen, wo vulkanische Lava fauchte. So tief, dass der gewaltige Wasserdruck fast alles zerquetschte und nur wenig Leben existieren konnte: bizarre Röhrenwürmer, zuckende Larven oder Krebse, die völlig weiß über die kahlen Felsen krochen. Weiß und blind. Denn sie brauchten keine Augen. Hier gab es kein Licht.

Auf dem Grund eines dieser Gräben, mehr als tausend Schwimmzüge von der Wasseroberfläche entfernt, kreiste eine Kugel in der ewigen Dunkelheit. Eine Kugel, gewebt aus dem Meer. Ein Ort im Nichts. Eine Heimat.

Hier lebte Glorant de Grul. Und er sah seine Pläne zusammenstürzen wie eine Burg aus Sand, die ein Kind gebaut hatte ohne mit der nächsten Welle zu rechnen. Pläne, die er seit Jahrzehnten erdacht, verbessert, geprüft – und ausgeführt hatte. Und jetzt, wo die Erfüllung all dieser Qual kurz bevorstand, schwappten ein paar kleine Wellen heran und brachten seine Burg zum Einstürzen. Und diese Wellen waren ... Kinder.

Glorant de Grul konnte es nicht glauben. Kinder. Ein vertrauter, alter Schmerz klopfte an sein Herz und wie immer ließ er ihn nicht hinein. Nein, nicht diesen Schmerz. Schon die Erinnerung an ihn verzerrte Glorants Gesicht zu einer Fratze.

Er spannte seine faltige Hand und musterte die Hautrisse auf den Schwimmhäuten, seine pelzigen, ausgebleichten Schuppen. Glorant de Grul war alt und lebte nur noch für seinen Plan. Den jetzt ... Kinder störten. Denn das Tiefe Volk befand sich nicht mehr im Krieg mit den Lichtatmern. Denn die Krebsmenschen hatten versagt. Denn die Falle auf der Kette der Zwölf war nicht zugeschnappt. Denn sie suchten, suchten in der richtigen Richtung, suchten im Norden.

Glorant de Grul lachte meckernd wie ein um sich schlagender Doppelhammer. Sollten sie doch spielen, diese Kinder. Sollten sie sich wie mächtige Wellen fühlen, die einen Sandhaufen am Strand wegspülten.

Er würde sein Ziel erreichen. Sein Plan mochte gestört werden, aber nicht vereitelt. Sein eigenes Leben würde bald verlöschen und sich in der großen Strömung verlieren. Doch sein Plan würde aufgehen. Das große Ziel. Groß und einfach. Glorant de Grul würde nicht allein sterben. Er würde eine Leiche mitnehmen, wie sie größer und ehrenvoller nicht sein konnte: ganz Alua.

Von Beginn an stand ihre Fahrt nach Norden unter einem schlechten Stern. Mal hing das Segel wie der abgerissene Flügel eines riesigen Vogels am Mast, mal zerfetzten es Stürme in kleine Stücke, die Ambrette, Lygart und Stella mühsam wieder zusammennähen mussten. Erst vor zwei Tagen waren sie in ein heftiges Gewitter geraten, das oben und unten durcheinander warf: Die Wellen schleuderten ihr Floß herum, wie zwei spielende Delfine sich einen Fisch zuwarfen; Blitze zuckten über ihnen und verdoppelten ihr gleißendes Aufleuchten durch die Spiegel der Wellen; der schwarze Himmel schien sich auf sie herabzusenken und krachte donnernd, als er mit dem Wasser zusammenstieß. Stella wünschte sich eine schützende Kuppel aus Wassermagie über ihrem Kopf, aber Qua lag, angebunden wie sie alle, weil immer wieder Wellenzungen über das Floß schlürften und nach Opfern suchten, würgend und bleich in der Hütte. Die Seekrankheit hatte ihn so fest im Griff wie der Sturm ihr Floß.

Aber Schwimmzug um Schwimmzug beharrten sie auf ihrem Kurs. Als endlich wieder einmal der Himmel sein blaues Zelt herausgeholt und aufgestellt hatte, ruhten die vier in der klaren Luft aus – und flickten das Segel.

»Ich wünschte, wir hätten Dorongas«, grummelte Ambrette und antwortete auf Stellas Frage: »Das sind die besten und schnellsten Zugtiere, kleine Welle. Früher einmal hatten wir eine ganze Herde davon.« Ambrette führte einen neuen Faden durch das Öhr ihrer Grätennadel und schwärmte weiter: »Ein paar Dorongas vor unser Floß gespannt und wir würden über das Wasser fliegen, dass es nur so schäumt.«

»Wann habt ihr sie verloren?«, fragte Restella.

»Vor neun Sommern. Eine Horde Brüller stürzte sich

auf sie. Sie waren so schnell, dass wir nichts mehr tun konnten. Und das Meer färbte sich rot.«

»Nein!«

»Doch. Daran muss ich immer denken, wenn ich deinen verrückten Freund sehe, wie er am Floßrand seine Beine ins Wasser baumeln lässt. Vielleicht sollte er mehr aufpassen. Wenn da einmal ein Brüller in der Nähe ist ...« Ambrette feixte. »Die haben neben der große Geschwindigkeit in ihren Flossen auch eine Menge Zähne im Maul. Wäre doch schade, wenn Qua irgendwann wieder aufstehen will und feststellt, dass er nicht nur keine Erinnerung im Kopf, sondern auch keine Füße mehr an den Beinen hat.«

Einen Augenblick lang starrte Stella sie an, dann prustete sie los. »Du willst mir nur Angst machen«, schmollte sie mit zuckenden Lippen.

»Nein.« Und Ambrette grinste schelmisch. »Nur zur Vorsicht mahnen.«

»Schaut mal, da vorne«, unterbrach Lygart ihr Geplauder. Seine meergewohnten Augen hatten etwas erspäht. Etwas Kleines, das im Wasser trieb. Eckig und weiß.

Als sie nahe genug heran waren, beugte sich Stella hinunter.

»Denk an die Brüller!«, frotzelte Ambrette.

»Ist das ein Salzblock?«, fragte die junge Lichtatmerin.

»Nein«, lachte Lygart. »Fass es an.«

Zögernd berührte sie die glatte weiße Fläche – und fuhr zurück. »Es ist kalt!«

»Gefrorenes Wasser, Restella«, erklärte Lygart. »Eis. Wir erreichen bald das Nordmeer – ab jetzt müssen wir noch wachsamer sein. Denn Eis ist nicht nur kalt, sondern auch scharf. Unser Blasentang unter dem Floß mag das nicht besonders.«

Nach Norden.

Auch eine andere, sehr schweigsame Schar folgte dieser Richtung, und die Dorongas tuschelten untereinander, dass sie nie stillere Reiter getragen hätten. Nur Fim verstand die Tiere, doch er lächelte nicht. Früher hätte er bestimmt laut gelacht. Aber jetzt nicht mehr. Dabei, dachte Fim, war dieses Früher noch gar nicht lange her. Ein Früher, wo jeder Tag gleich war, wo die Jahre sich ähnelten und jeder Gedanke nur Schaum war auf den Wellen. Das Jetzt war eine Zeit, in der jeder Moment den Tod bringen konnte. Er spürte die Wunden noch zu gut, die Berryl ihm geschlagen hatte: Vielleicht war Fim nur einen Fausthieb vom Tod entfernt gewesen.

Auch Berryl dachte an früher. Seit sie der Zwölferkette mit Mühe und Not entronnen waren, hatte er keine drei Worte gesprochen. Er grub sich mit einer Schaufel aus Gedanken immer tiefer in den Schlamm seiner Ängste hinein. Alles war so seltsam. Noch vor zwei Tagen war die Große Perle nicht nur der alles beherrschende Gedanke in seinem Kopf gewesen, sondern auch der ganze Sinn seines Lebens. Seine Zukunft. Jetzt war sie nur noch eine Perle, eine große Perle, na gut, vielleicht sogar größer und schöner als jede andere – aber trotzdem nicht mehr als eine schillernde Kugel, die fest verschnürt von seinem Doronga getragen wurde. Ein Schmuck aus dem Meer wie andere schöne Muscheln oder Kristalle oder Korallen. Sonst nichts. Und doch hatte ihr Verlust in seinem Kopf ein Loch gerissen, das vielleicht noch düsterer war als die Dunkelheit in der Kette der Zwölf. Berryl hatte verloren. Wie ein Kind hatte er von einer Zukunft geträumt, in der er triumphierend auf das Atoll der Tausend zurückkehrte und bejubelt wurde. Jetzt war er ein Nichts. Eleni hatte doch Recht gehabt: eine zum Tod verurteilte Missgeburt, die geflüchtet war vor ihrem gerechten Urteil. Das war er, Berryl, das Findelkind. Ohne Ziel, ohne Vergangenheit, ohne Heimat. Ohne Zweck.

Und nur wenn er mit Großvater tauchte oder an ihn geklammert durch das Wasser flog, vergaß er für einen Augenblick sein schlammiges Loch im Kopf. Dann kratzte er Großvater die Parasiten vom Rücken, was sich der Manta gerne gefallen ließ. Dann rieb er die gewaltige Schnauze des Tieres. Dann schaute er jedes Mal in diese warmen Augen und flüsterte: »Ich wünschte, ich könnte dich verstehen, Großvater.«

Sogar Phosphor war ungewöhnlich still. Auch in seinem Kopf jagten die Gedanken wie ein Rudel Schnapphaie hinter einem Fischschwarm her. Dunkle Wassermagie! Ein Zauber, der fast – aber nur fast – sein durchsichtiges Herz zum Verlöschen gebracht hätte. Das Herz von Phosphor, dem berühmtesten Leuchtaal ganz Krylas. Ein Zittern lief durch seinen schlangengleichen Leib, als er daran dachte, wie knapp er der ewigen Dunkelheit entronnen war. Nur ein Augenblinzeln länger in der künstlichen Nacht, in der magischen Dickflüssigkeit dieser Falle – und der berühmteste aller Leuchtaale wäre zu einer bloßen Erinnerung verdampft. Bei Scamanders Bart, dachte Phosphor. Was ging hier eigentlich vor? Erst der Weiße Tod und jetzt Dunkle Wassermagie? Es war wirklich an der Zeit, dass sie dieses Rätsel lösten …

Nur Syme versuchte immer wieder ihre Gefährten zum Reden zu bringen. Erleichtert über Phosphors erstes schwaches Zucken und seine schnelle Genesung, so erleichtert wie nach einem schrecklichen Traum, plapperte sie drauflos und entlockte dem widerwilligen Fim Stück für Stück, was zwischen ihm und Berryl vorgefallen war. Immer wieder versuchte sie auch mit dem Doppelatmer zu reden.

»Du musst nicht unglücklich sein«, munterte sie Berryl auf. Aber der starrte sie nur traurig an. »Du hast Großartiges geleistet!«, probierte sie es weiter.

»Ach, was denn?«

»Du hast den Krebsmenschen besiegt!«

»Nur mit Fims Hilfe.«

»Und du hast den Krieg zwischen Tiefem Volk und Lichtatmern verhindert.«

»Das haben wir eher dir und Phosphor zu verdanken.«

»Du … du hast den neuen König der Lichtatmer gefunden!«

»Was für ein Trost.«

»Aber es stimmt. Ohne dich wäre die Perle der Welle vielleicht noch für Generationen verloren gewesen und dein Thron im Quellsaal verwaist.«

»Aber ich bin nicht König«, antwortete der Doppelatmer stur.

»Und … und ich habe dich gern.«

Wortlos trieb Berryl sein Doronga an und schwamm davon.

Schließlich lernte auch Syme von den dreien still zu sein. Verbissen kratzte sie an der Kruste aus Salz, die immer breiter wurde.

Nach Norden.

»Wir zzzollten unzzz hier auzzzruhen«, schlug Phosphor eines Abends vor, als die Dorongas an einer Felsinsel vorbeirauschten, die mit einem harten, pelzigen Moos bewachsen war. »Wir erreichen morgen die Grenze zum Eizzzmeer, ich spüre ezzz in jeder Schuppe.«

Sie ließen die Dorongas frei auf einer Seegraswiese grasen und folgten dem Rat des Leuchtaals. Zumindest Fim war froh, wieder einmal eine Nacht an Land verbringen zu können. Berryl schien es nichts auszumachen, aber seine eigene Haut war aufgequollen und rot. Fim fühlte sich, als schwämme er schon seit Jahren im Wasser umher. Eifrig suchte er nach Holz, fand nichts und benutzte schließlich das Moos, um sich endlich wieder an einem Feuer wärmen zu können. Stumm hockte er davor, starrte in die Flammen und manchmal zu Berryl hinüber, der abseits im Schatten lag. Syme und die anderen schliefen im Wasser – vielleicht konnte er sich nun in Ruhe mit Berryl unterhalten? Aber er wusste, wie sinnlos das sein würde. Er verstand Berryl. Fim verstand. Und starrte in die Glut, bis der Wind hineingriff und die Asche übers Wasser streute.

Am anderen Morgen beratschlagten sie lange. Fim trieb meistens im flachen Wasser vor dem Felsen und hatte sich eine zweite Tunika umgelegt – das Wasser wurde langsam kälter. Die anderen schwammen unter ihm und machten Pläne.

»Also, was jetzt?«, fragte Syme. »Wir haben das Eismeer bald erreicht. Und dann?«

»Folgen wir dem Rat Der Zwei, ganz einfach«, erklärte Phosphor ohne einen einzigen Zischlaut.

Syme erinnerte sich, was die uralte Seespinne gesagt

hatte. Die Worte hatten sich in ihr eingebrannt wie in Berryl die Tafel des Sehers: »Der Weiße Tod wohnt im Norden. Ihr müsst zum Eismeer hinauf. Dorthin, wo Maximus seine weißen Tränen weint. Und dann in die Tiefe.« Syme verstummte. »Schön und gut«, meinte sie dann. »Aber wer zum Scamander ist Maximus?«

Niemand wusste eine Antwort. Bis Fim plötzlich die Idee hatte, Großvater zu fragen. Gleich tauchte er hinab und lauschte dem großen Rochen. Stutzte und fragte sich zum ersten Mal, ob er vielleicht doch nicht alles verstand – bestimmte Mantadialekte zum Beispiel. Prustend kam er wieder an die Oberfläche.

»Na?«, fragte Syme ungeduldig.

»Großvater sagt, er kennt Maximus. Er sagt …«

»Na komm schon. Berichte! – würde mein Vater dich andonnern. Wer ist Maximus?«

»Ein … Eisberg.«

Die Welt veränderte sich mit jedem Schwimmzug, den ihr Floß weiter nach Norden machte. Luft und Wasser wurden kälter. Die Farben schärfer. Das Himmelsblau schien immer dunkler zu werden, während das Wasser immer klarer, heller und durchsichtiger leuchtete. Bald hatten sie fast das Gefühl, bis auf den Grund des Meeres sehen zu können.

»Unheimlich, nicht?«, fragte Ambrette.

»Ja«, antwortete Stella. »Genau wie die Dampfwolken vor deinem Mund.«

Ambrette kicherte ihr rundes Mondgesichtlachen. »Stimmt. Gut, dass wir genügend Seehundfelle dabeihaben. Es wird noch kälter werden.«

»Noch kälter?«

»Sicher. In ein paar Tagen atmen wir keinen Dampf mehr aus wie die Drachen, sondern gefrorenes Wasser. Dann kleben richtige Eisblöcke an unseren Lippen.«

Diesmal fiel Restella nicht auf sie herein, lachte aber doch. Und wurde plötzlich traurig.

»Was ist, kleine Welle?«

»Ich habe nur wieder an meinen Bruder gedacht.«

»Fim?«

Stella nickte. In den langen Tagen auf dem Floß hatte nicht nur Ambrette ihre kleinen Lügengeschichten erzählt, sondern auch Lygart von den Reisen der Wellenreiter und Stella von ihrer Familie.

»Ich mache mir Sorgen um ihn. Er ging fort mit einer hinterhältigen ...« Sie stockte. Missgeburt, hatte sie sagen wollen, das Wort aber nicht über die Lippen gebracht. Woher wusste sie das denn so genau? Sie selbst hatte in den letzten Monden so viel gelernt, dass sie vorsichtiger wurde mit ihren Urteilen. Denn in einem verrückten alten Narren konnte ein mächtiger Wassermagier stecken. Und im leeren Meer ein freundliches Volk von Walhautbewohnern. Woher sollte sie wissen, was in diesem doppelatmenden Berryl steckte? »Er ging fort mit einem von uns, den ich nie besonders mochte«, sagte sie also und seufzte.

»Du machst dir ja wirklich Sorgen um deinen kleinen Fim.«

»Ja. Und um Qua auch.«

Ambrette nickte nur. Denn je weiter sie ins Eismeer eindrangen, desto unruhiger wurde der alte Mann. Wie ein gefangenes Tier im Käfig hatte er begonnen ohne Pause das Floß abzuschreiten, von oben nach unten, von rechts nach links, immer hin und her. Und er murmelte wieder viel öfter als früher sein zusammenhangloses »Qua, die Qua… töten …« vor sich hin.

Unheimlich, fand Stella.

Da rief Lygart vom hinteren Floßende: »Wer löst mich am Steuer ab? Ich könnte eine Pause vertragen!«

Froh um die Ablenkung sprang Restella auf. Am Ruder hatten sie jetzt viel zu tun: Immer öfter trieben Eisschollen vorbei. Und sie wurden größer. Schon teilten sie während der Nacht Wachen ein, damit sich keiner dieser scharfen Blasentangschlitzer heranschleichen konnte. Aber irgendwann …

Am nächsten Morgen schwamm neben ihnen eine hellblaue Wand aus Eis. Sie glitzerte körnig im Sonnenlicht und dunkle Adern zogen sich wie Perlmuttlinien über die kristallene Fläche.

»Ein Eisberg«, flüsterte Stella.

»Ja.« Lygart nickte grimmig. »Jetzt müssen wir noch besser aufpassen.«

Zwei Tage später manövrierten sie nur noch mit größter Vorsicht durch die treibenden blauen Riesen. Manchmal brachen große Stücke von den Seiten der Eisberge und rutschten donnernd ins Wasser. Manchmal schoben sich kristallene Schollen übereinander, so hoch, dass sie weit über den Mast des Floßes aufragten wie viele übereinander gelegte Bücher von Riesen. Und manchmal meinte Stella kleine Schatten über die Eisberge huschen zu sehen. Einmal machte sie Lygart darauf aufmerksam, der sorgenvoll nickte. »Ich weiß.« Wenig später, während Stella am Steuerruder saß, hörte sie das Geräusch von Korallensteinen aus der Hütte dringen, die eine Knochenharpune schärften.

Trotzdem kam der Angriff völlig überraschend.

Noch in der Nacht, kurz bevor die erste Dämmerung den östlichen Himmel in Brand setzen würde, schaute Stella in ihr eigenes kleines Feuer. Sie hatte die letzte Wache übernommen und starrte in die Glut. Bald würden sie ganz darauf verzichten müssen, denn ihr Holzvorrat ging zur Neige. Müde hockte sie am Ruder, als sie aus den Augenwinkeln ein Huschen wahrnahm. Irgendetwas sprang über die Eiswand rechts von ihnen. Dann hörte sie ein leises Plätschern.

»Lygart?«, rief sie leise.

Tagsüber konnte sie Stunden damit verbringen, in diese Welt aus Eis zu starren. Unzählig waren die Farben der Berge, obwohl alles nur weiß glitzerte. Aber es gab so viel verschiedenes Weiß und oft mischten sich helle Blautöne dazu. Und dann die Formen. Eisberge waren fast besser als Wolken, fand Stella, so viele Gestalten schauten sie an, fast als hätte ein Bildhauer aus jedem einzelnen Block die aberwitzigsten Figuren herausgeschnitten. Doch nachts war das anders. In der Dunkelheit glitten die hoch aufragenden Schatten vorbei in mahnendem Schweigen – einfach nur gewaltig. So als wollten die Eisberge sagen: Wir sind die wahren Herrscher von Alua.

Wieder dieses Plätschern. Näher jetzt. Und wieder.

»Lygart!« Immer noch wollte sie ihren Platz am Ruder nicht aufgeben. Dann gluckste etwas am Rand ihres Floßes, eine kleine, gedrungene Gestalt schoss aus dem Wasser und Restella schrie auf. Laut genug diesmal.

»Was bei Scamander?« Sofort stand Lygart im Eingang der Hütte, in jeder Hand eine Knochenharpune. Aber bevor er sich noch den Schlaf aus den Augen wischen konnte, waren fünf der Geschöpfe über ihm. Er spürte einen scharfen Stich in seinem Bein und knickte um, allerdings nicht ohne einen Hieb mit seiner Waffe zu führen. Aber es war noch zu dunkel, er konnte nichts erkennen. Trotzdem traf die Harpune auf Widerstand, es klirrte und knirschte – ein Geräusch, wie wenn etwas in tausend Splitter zerbarst. Was bei allen Dämonen der Tiefsee waren das für Geschöpfe?

Auch Stella wurde von einem halben Dutzend der Tiere umringt. Rasch hatte sie einen der letzten glühenden Holzstäbe aus dem Feuer gezogen und schwang ihn im weiten Bogen um sich herum. Hörte erschrockenes Schnattern, ein klirrendes Stolpern.

»Bei Uma«, flüsterte sie, als eines der Wesen nahe genug an das aufflackernde Holzscheit kam, dass sie mehr erkennen konnte:

Das Tier war klein, ging Stella vielleicht gerade mal bis zum Bauchnabel, und sah aus wie ein kleiner, dicker Mensch mit einem Vogelkopf. Ein hässlicher Schnabel hackte auf die Fackel in ihrer Hand ein und watschelnde Flossenfüße kamen mit eckigen Bewegungen näher heran. Aber was Stella dazu brachte, noch einmal Uma um Hilfe anzurufen, war nicht die Form dieser Vogeltiere. Sondern ihre Substanz. Im schwachen Licht funkelten sie wie Kristalle, die kleinen Stummelflügel blitzten wie mit Raureif überzogen und der ganze Körper schien – aus Eis zu bestehen.

Fassungslos stieß sie ihren Holzstab in das Gesicht des Vogelwesens, das prompt mit einem singenden Platzen in unzählige Scherben zerbarst.

Aber während sie diese eine kurze Bewegung machte, huschte ein zweiter Gegner heran und hieb ihr seinen Schnabel in die Seite. Schmerz loderte auf, so klar wie die Sehnsucht nach Fim und brachte sie zum Schwanken. Wieder schrie Stella, riss aber die Fackel zurück und ließ sie mit voller Wucht auf den Kristallschädel des Angreifers niederkrachen. Wieder platzte der Körper auf und zerfiel klirrend in einzelne Teile.

»Stella«, schrie da Lygart los. »In die Hütte, schnell!«

Noch einmal schwang sie ihre Fackel im Kreis, noch einmal wichen die Wesen auftrillernd zurück.

Uma hilf! Es waren einfach zu viele. Schritt für Schritt bewegte sich Stella auf Lygart zu, der schon aus unzähligen Biss- und Schnittwunden blutete und in einem ganzen Berg aus Kristallscherben stand. Aber eine der Harpunen hatten ihm die Vogeltiere bereits aus der Hand gerissen; auf die andere stürzten sich gerade vier der Wesen und hackten schrill kreischend nach Lygarts Fingern.

»In die Hütte!«, wiederholte Lygart schwer atmend. »Hier draußen kann ich dich nicht schützen. Es sind zu viele!«

Stella bewegte sich auf die offene Tür zu, in der mittlerweile Ambrette stand und mit einem Eisenhaken alles niedermähte, was sich hineindrängen wollte. Stella machte noch einen Schritt, als etwas ihren Rücken traf. Zwischen ihren Schultern explodierte ein Schmerz, als hätte jemand einen ganzen Eisberg nach ihr geworfen, sie kippte um, schaffte es aber noch im Fallen, sich zu drehen und die Hände nach oben zu recken. Deshalb zerstach ihr der glitzernde Vogelschnabel nur ihre Hände und nicht die Kehle. Aber mit bloßen Fingern konnte sie nichts ausrichten. Sie rutschten an der glatten Kristallhaut ab und Stella bemerkte entsetzt, wie gleich vier der irrsinnig vor sich hin trällernden Dinger auf sie losgingen. Ambrette sicherte die Hütte, drinnen wimmerte Qua, Lygart kämpfte mittlerweile mit zehn von ihnen – und Stella lag auf dem Floß, ihr Rücken brannte und vier fratzenhafte Schnäbel aus Eis oder was auch immer schwebten über ihr und schickten sich an ihr Gesicht zu zerfetzen.

»He-hoo«, verabschiedete sie sich leise, als ein langer Speer aus Walknochen – wie ihre Harpunen, aber viel größer und stärker – durch die Luft schoss und drei der Vogelköpfe gleichzeitig zerplatzten. Stella schloss die Augen, Splitter prasselten auf sie ein und schnitten in ihre Haut. Zu Tode erschrocken blinzelte sie und erkannte eine kahlköpfige weibliche Gestalt mit silbernen Schuppen auf den Armen. Sie schien direkt aus dem Meer zu kommen, warf sich aufs Floß, packte die lanzenförmige Waffe und wütete unter den kristallenen Vogelwesen. Dann sprang noch ein Schatten aus dem Wasser, ein Lichtatmer, der Stella bekannt vorkam, und plötzlich … war ein Gesicht über ihr und eine Stimme, die sie so lange nicht mehr gehört hatte. Das konnte nicht sein. Sie war tot oder träumte, das konnte nicht …

»Ich bin es. Fim«, sagte die Stimme. »Dein Bruder.«

Dann umarmte Stella die Dunkelheit.

Als sie wieder zu sich kam, stand die Sonne schon eine Handbreit über dem Wasser, wärmte den geschundenen Körper und beleuchtete eine Szene, die Restella fast zum Lachen gebracht hätte – aber die brennenden Schmerzen im Gesicht waren zu stark: Ambrette hielt einen großen alten Besen in der Hand und fegte das Floß. Kehrte große Haufen aus funkelnden Scherben und

Kristallsplittern zusammen, die sie dann vor sich hin fluchend über den Floßrand ins Wasser kippte. Lygarts Mutter schien ihren Blick zu spüren. Sie schaute zu Restella, grinste erleichtert und rief: »He! Alle mal herhören! Sie ist aufgewacht!«

Die Tür der Hütte wurde aufgerissen und der Erste, der herausstürmte, war wirklich Fim.

Bruder und Schwester umarmten sich lange.

Dann stammelte Stella los: »Du ... wieso ... was waren das für Dinger?«

Fim grinste. »Großvater hat mit ihnen schon zu tun gehabt. Er nennt sie Kristallpinguine.«

»Großvater? Wer bei Uma ...«

Wieder lachte Fim, aber er sah müde und erschöpft aus. »Wir haben uns viel zu erzählen, Stella. Kannst du aufstehen?«

Für Fim war es vielleicht am schlimmsten gewesen, als sie im ersten Grau der Morgendämmerung vor sich Geräusche hörten, die nur eines bedeuten konnten: Kampf. Bald hatten sie ein Floß mit Lichtatmern ausgemacht, die sich gegen jene trillernden Tiergestalten wehrten, die Großvater als Kristallpinguine bezeichnete. Syme hatte sofort ihr Doronga angetrieben und ihre Knochenlanze geschleudert. Auch Berryl preschte ohne Zögern los und riss seinen Dolch aus der Scheide. Nur er, Fim, hing wie erstarrt im Sattel. Der Fluch des Verstehens hatte ihn fest gepackt und würgte ihn: Er hörte zwar die entsetzten Schreie der Lichtatmer, aber er verstand auch das Kreischen der Tiere. Mit ängstlichen Schuppen auf dem Rücken fühlte er sich an die grollenden Worte Der Zwei erinnert, denn auch die Kristallpinguine riefen ohne Pause: »Hunger! Nahrung! Endlich!« Der Trupp dieser glitzernd weißen Tiere war ausgehungert bis auf die Knochen und kämpfte ums eigene Leben. Fim verstand sie, er verstand sie so gut, und wer war er denn, entscheiden zu können. Besaßen Lichtatmer ein größeres Recht, zu überleben, als Kristallpinguine? War ein Schnapphai böse, wenn er einen Zackenbarsch verschlang?

Fim hörte zu – und konnte sich erst wieder rühren, als der Kampf schon fast entschieden war. Langsam ließ er sein Doronga herantreiben, sprang auf das Floß und stolperte fast über einen Körper, der zwischen den Kristallsplittern lag.

Ihm wurde schlecht, als er Restella erkannte.

Jetzt, am Morgen, als die Begegnung mit den Kristalltieren hinter ihm lag wie eine schon lang erzählte Geschichte, half Fim seiner Schwester auf die wackligen Beine. Ihr Gesicht brannte von den Splitterwunden und ihr Rücken fühlte sich an, als hätte ein Buckelwal darauf ein Nickerchen gemacht. Aber sie konnte sich bewegen, so wie auch bei Lygarts Wunden bereits der Heilungsprozess einsetzte. Das hatten sie Phosphor zu verdanken, der nach dem Kampf nur kurz den Kopf aus dem Wasser reckte, die Situation mit einem Blick seiner durchsichtigen Augen erfasste und dann murmelte: »Oje, dazzz zzzieht nach zzzehr viel Schneckenfleisch auzzz …«

Vorsichtig führte Fim Restella in die Hütte, wo nicht nur die anderen warteten, sondern auch ein brodelnder Kessel mit Frühstück.

Lygart strahlte sie mit seinem vollen Mondgesicht an und Qua hüpfte auf sie zu. »Königin! Angekommen ist er! Qua sagt: Der König ist da!« Mit einer Geschwindigkeit, die man seinem klapprigen Körper nicht zugetraut hätte, hatte er Berryls Hand gepackt und in die von Stella gelegt. »Qua sagt: König und Königin!«

»Was?«, brüllte Lygart und starrte Berryl entgeistert an.

»Wie?«, rief Syme und durchbohrte Restella mit ihren Blicken.

Auch Berryl und Stella sahen sich an und ließen sofort erschrocken ihre Hände los. Er hatte nicht vergessen, wie sie ihn vor allen eine Missgeburt genannt hatte – und Stella auch nicht. Betreten schaute sie weg.

Nur Fim lachte, bis ihm die Tränen kamen, als er die verdutzten Gesichter der vier vor sich sah – trotz all seiner Müdigkeit und Zweifel. Er lachte, denn er verstand.

Ambrette war es schließlich, die in sein Lachen einstimmte und die anderen mitriss, bis sich sogar auf Berryls Lippen ein verlorenes Lächeln schlich. Dann füllte Lygarts Mutter für jeden eine Trogmuschel mit ihrem heißen Gebräu – und das große Erzählen begann.

Fast den ganzen Tag sprachen sie miteinander. Zuerst in der Hütte, dann draußen auf dem Floß, um sich in der Sonne zu wärmen und damit auch Phosphor im Wasser zuhören konnte. Syme erzählte vom Weißen Tod und dem Kampf gegen die Krebsmenschen, Restella von Quas Wassermagie und ihrem Aufbruch vom Atoll der Tausend, Lygart von Scamanders Rache und Fim von ihren Abenteuern im Spitzwald der Felsen und auf der Kette der Zwölf.

»Ihr habt wirklich die Große Perle gefunden?«, fragte seine Schwester begeistert und gab erst Ruhe, als sie einen Blick auf Berryls Doronga geworfen hatte, das die schillernde Kugel trug. »Mein kleiner Bruder?«, keuchte

Stella dann, als ihr klar wurde, was genau Fim da erzählte. »Du? Du bist der neue König der Lichtatmer? Uma, hilf uns allen …«

Den ganzen Tag lang redeten sie, während das Floß langsam an den mächtigen Eisbergen vorbeitrieb, auf denen manchmal die kleinen Schatten der Kristallpinguine entlanghuschten und deren Wände blaugrau schillerten wie aus Knochen oder Muschelschalen. Immer weiter Richtung Norden – vorbei an bizarren Gebirgen und Skulpturen.

Die ganze Zeit über schwieg Berryl und sagte kein Wort.

»Also, was machen wir jetzt?«, fragte Lygart schließlich.

Fim schloss die Augen und lauschte einem leisen Singen, das aus dem Wasser kam. »Großvater sagt«, übersetzte er dann, »wir sollen dem Weg folgen, den Die Zwei uns gewiesen haben. Noch weiter nach Norden, bis wir Maximus … gefunden … haben … – Deckung!«

Noch während er sprach, sah Fim etwas auf sich zufliegen, was aussah wie der Schneeball eines Riesen. Unmittelbar nachdem er das letzte Wort gerufen hatte, schlug ein Eisblock neben ihnen im Wasser ein, größer als das Floß aus Walhaut. Der Boden zitterte und schwankte – kaltes Wasser spritzte über ihnen zusammen.

»Da kommt noch einer!«, brüllte Lygart.

Wieder flog ein kleiner Berg aus Eis auf sie zu und verfehlte sie knapp. Ihr Floß bäumte sich auf und begann zu schlingern.

Dann hörten sie die Stimme. Laut, dass ihre Körper erbebten, aber hoch und fein, klirrend und splitternd, so als spräche das Eis selbst. Was auch stimmte – sie hatten Maximus gefunden. Oder er sie.

Vor ihnen ragte ein Eisberg auf, flammte in kaltem Blau und schien sich bis zum Himmel zu recken. Restella dachte an Scamanders Rache – so würde diese Flutwelle aussehen, wenn sie plötzlich einfröre und zu Eis erstarrte.

Dreieckig, spitz und kalt – so trieb Maximus auf sie zu.

»Verschwindet!«, knisterte die Stimme so laut, dass selbst das Wasser unter ihnen zu schwingen und vibrieren begann. »Weg! Lasst mich allein!«

Syme schrie auf und flüchtete mit einem Kopfsprung ins Wasser – sie konnte nicht glauben, was sie sah: Der schillernde Eisberg hob etwas an seiner Seite, was nur ein kristallener Arm sein konnte, öffnete eine Pranke aus Eis, riss sich einen Brocken gefrorenen Wassers aus dem eigenen Leib und schleuderte ihn abermals auf das Floß. Und wieder entgingen sie nur knapp dem Verderben. Lange würden sie den Geschossen nicht mehr ausweichen können.

»Verlasst mein Reich! Verschwindet!« Abermals wollte der lebendige Kristallberg ein Stück eisiges Fleisch aus sich herausreißen, als plötzlich Großvater zwischen dem Floß und ihm aus dem Wasser schoss, eine elegante Spirale in der Luft drehte und wieder zurück ins Meer krachte.

Maximus zögerte. »Der Manta«, hörten sie die schneidende Stimme und das Echo der Eiswände splitterte über das ganze Nordmeer. Der Manta, Manta, Manta …

»Ein Freund? Ich weiß nicht mehr. So viele meiner Erinnerungen sind fort. Wer?«

»Wir sind alle Freunde!«, rief Lygart ihm zu. Die anderen hielten den Atem an.

»Freunde«, knisterte die eisige Stimme. »Vertrauen? Ich kenne euch nicht. Verschwindet von hier!«

»Bei den Reitern der Wellen gibt es ein Wort.« Lygart wollte noch nicht aufgeben. »Es heißt: Vertraust du dem Fremden, vertraust du dir selbst. Bist du Maximus?«

»Ja!«, brüllte die klirrende Stimme. »Ich bin Maximus! Meine Augen sind blanke Spiegel aus Eis, meine Zunge ist ein Gletscher, meine Muskeln zermalmen alles zu pulvrigem Schnee!«

»Oje«, zischte Phosphor, der sich um Symes Hals schlängelte. »Diezzzer Eizzzbrocken hat weniger Verstand in zzzeinem Spitzkopf alzzz der leere Panzer einer Strandkrabbe.«

»Nun, Maximus«, rief jetzt Fim zu dem Eisberg hinauf und setzte seine Worte so vorsichtig, als stünde er auf nur fingerdick zugefrorenem Wasser – er hörte schon das Knistern und Knacken. »Wir wurden von Den Zwei zu dir geschickt. Schwimmt dorthin, meinten sie, wo der berühmte Maximus seine weißen Tränen weint.«

»Berühmt – dazzz haben Die Zwei nicht gezzzagt«, kommentierte Phosphor in Symes Ohren hinein.

Aber die Schmeichelei schien zu wirken. Einen Augenblick starrte Maximus auf sie herab, dann brüllte seine Stimme wie zerberstendes Eis wieder los. »Ha! Dann ist dies nicht der Ort, den ihr sucht. Denn seit vielen Monden treibe ich, Maximus, der über Generationen fest und unbeweglich im Eismeer wurzelte. Kein Spalt splitterte bis zu mir, keine Welle leckte meinen Fuß. Aufrecht stand ich im ewigen Norden und unbeweglich. Nur meine Kinder schickte ich auf die Reise –

schaut her!« Unter Maximus' Augen begannen sich Risse zu bilden, etwas knisterte und riss.

»Die weißen Tränen«, flüsterte Syme. »Scamander hilf. Dieses Ding weint Eisberge!«

Donnernd und tosend rutschten zwei dieser Tränen an Maximus herab und knallten so heftig aufs Wasser, dass ihr Floß taumelte.

»Was ist geschehen?«, wagte Lygart zu fragen, als die Wellen sich beruhigt hatten.

»Geschehen?«, klirrte Maximus. »Eines Morgens spürte ich, wie eine Strömung an mir zerrte, an mir! Ich, Maximus, wurde losgerissen und treibe seit jener Zeit umher. Was geschehen ist? Ich sterbe. Ich taue. Wasser strömt an mir hinab, meine Gletscherhaut reißt und stürzt. Ich schmelze. Ich sterbe.«

»Das Salz«, flüsterte Lygart den anderen zu. »Je mehr Salz im Wasser ist, desto langsamer friert es. Desto schneller taut es.«

»Vielleicht«, rief er dann zu Maximus hinauf, »können wir dir helfen. Aber dazu müssen wir dort tauchen, wo du früher warst!«

Der Eisberg brüllte auf: »Hörst du schlecht, winzige Schneeflocke? Ich weiß es nicht. Seit Monden treibe ich nun im Packeis umher und ...« Die ganze rechte Seite brach aus Maximus' Gesicht und polterte ins Meer – er schien es nicht zu merken. »Und ich erinnere mich nicht. Mein Körper schmilzt, meine Haut – und auch mein Gedächtnis.«

Verzweifelt schauten sich die Gefährten an – was sollten sie jetzt tun?

Da sprang Großvater ein zweites Mal vor Maximus in die Höhe. Der Eisberg packte den Manta, hob ihn vor sein Gesicht und betrachtete das in der Luft hilflos mit den Flügeln schlagende Tier, das in der eisigsten aller Hände lag. Nur zögernd ließ Maximus den Rochen wieder ins Wasser gleiten.

»Freunde«, klirrte die frostige Stimme. »Vertrauen. Geht in die Korallenstadt. Ja. Vielleicht findet ihr dort Antworten. Geht. Verschwindet.«

Und Maximus blies. Ein Sturm aus Kälte und Frost packte mit einem Mal das Segel, in einem Augenblinzeln blähte es sich und knisterte sofort gefroren; sie alle wurden gepackt, sogar Syme und Phosphor auf die Walhaut hinaufgeblasen, und vom gewaltigen Atem des Eisbergs fortgeschleudert. Eis und Kälte hüllten sie ein; das Floß schoss über das Wasser, immer weiter geblasen, blieb an einer Eisscholle hängen, schob sich über eine Kante, wurde hinaufgewirbelt und rutschte noch einige Schwimmzüge weit über Eis und Schnee, bis es schließlich stoppte.

»Zzzcamander noch mal«, zischte Phosphor und bohrte sich sofort durch ein Loch in der dünnen Eisdecke ins Wasser. »Wazzz für eine Fahrt.«

Auch die anderen rappelten sich benommen hoch. Weit hinten trieb die Spitze von Maximus vorbei – und verschwand.

»Was war das denn?«, wollte Restella wissen.

»Der Eisberg hat gehustet«, schlug Syme vor.

»Nein, das glaube ich nicht.« Lygarts scharfe Augen suchten die weiße Ebene ab. »Da vorne ist eine Höhle im Eis. Und Maximus sagte etwas von einer Korallenstadt.«

»Du meinst …«, fragte Fim.

»Wir sollten auf jeden Fall nachsehen.«

Vorsichtig näherten sie sich dem Eingang – nur Phosphor und der Manta waren wieder zurückgeblieben und Ambrette, die sich den Knöchel verstaucht hatte während der Reise auf Maximus' Atem. Jetzt wartete sie auf Phosphors Schneckenfleisch.

Die anderen drängten sich dicht zusammen und traten ein. Obwohl Boden, Decke und Wände aus Eis bestanden, war es dunkel hier drinnen. Sie machten ein paar Schritte, froh um das Licht aus der Höhlenöffnung in ihrem Rücken, bis Syme ihr drittes Auge auf der Stirn einfiel. Sie berührte den kleinen Tentakel und schnappte nach Wasser.

Wie ein Echo aus Licht sprang das Leuchten ihrer Stirn von Eisblock zu Block, von Wand zu Wand, wurde reflektiert und gespiegelt. So als zünde man Tausende von Talgkerzen nacheinander an, so flammten Lichter auf und erhellten die Höhle. Den Saal. Die Stadt.

»O Göttin der Wellen!«, raunte Restella. Sie fühlte sich, als stünde sie plötzlich auf dem Meeresgrund. Denn was hier jetzt im bläulich knisternden Licht aufwuchs und funkelte, sich in feine Äste teilte oder wie ein Fächer streckte, was in schnurförmigen Armen wuchs oder als runde Klumpen mit Zeichnungen und Rillen, die einem Gehirn glichen – das waren Korallen. Einige Arten kannte Stella, etwa die Fächerkoralle, die feurige Rotkoralle oder die sich spiralig nach oben schraubende Drehkoralle. Andere hatte sie noch nie gesehen. Und – alle standen erstarrt, waren eingefroren in Scheiben und Blöcken aus Eis.

Qua fing an zu wimmern: »Qua sagt: Will weg … Die Qua…«

Auch Berryl fühlte sich unwohl – das erinnerte ihn

hier zu sehr an Krylas Zoo. So als hätte jemand alle Korallen ihrer Welt zusammengetragen um sie hier hübsch in Eis verpackt auszustellen.

»Wir grüßen euch, grüßen euch.«

Diesmal dröhnte die Stimme nicht von einem am Himmelsblau kratzenden Eisberg herunter, sondern direkt in ihren Köpfen.

»Wo bist du?«, fragte Syme und drehte sich, die Knochenlanze in der Hand, im Kreis.

»Hier, hier, hier.«

Eine Stimme im Kopf, aber eine Stimme, in der hundert andere zu stecken schienen, so als überlagerten sich unzählige Stimmen zu einer einzigen.

»Wer bist du?«, fragte Fim und lauschte. Aber auch er hörte nur dieses Wispern in seinen Gedanken.

»Wir sind wir. Die Korallenstadt. Eine jede unserer Art schickt eine Vertreterin hierher.«

»Was … was macht ihr?«

Ein Kichern in den Köpfen. »Wir reden. Erzählen. Unterhalten uns. Wir sind das Gedächtnis von Alua.«

»Aber …«

Die flüsternde Stimme im Kopf ließ sich nicht unterbrechen. »Wir wachsen überall. Zwischen jeder Welle, auf jedem Grund. Und jede Koralle singt ihr Lied, das wir hier im Eismeer hören können. Wir sind das Gedächtnis. Gedächtnis.«

Syme schüttelte den Kopf, so als versuchte sie die Stimmen aus ihm herauszukriegen. Was sollte das alles? Sie verstand kein Wort dieser tiefgefrorenen Korallen. Aber sie wusste, dass ihnen die Zeit davonschwamm, schneller als jeder Barrakuda, sie wusste, dass ihre Lippen aufplatzten unter der Kruste aus Salz

– sie wusste, dass sie bald handeln mussten oder nie mehr.

»Wir suchen den Ursprung des Salzes«, rief sie laut in den funkelnden Saal, der kein Ende zu haben schien.

»Das Salz, Salz, Salz …« Fast ängstlich wisperte die tausendmundige Stimme in ihren Köpfen, wenn Korallen denn so etwas wie Münder hatten. »Ja. Schlimm, schlimm, ihr müsst das Salz aufhalten. Schon viele gestorben von uns. Helft!«

»Das wollen wir ja!« Immer noch völlig verwirrt ließ Syme ihre Knochenlanze sinken und fing langsam an wütend zu werden. »Wir wollen ja! Aber Die Zwei haben uns zu Maximus geschickt und der zur Korallenstadt und keiner erklärt uns, wo ….«

»Nur tauchen, nur tauchen, nur tauchen …«, flüsterte die Stimme in ihren Köpfen. »Ihr müsst nur hinabtauchen.«

»Aber Die Zwei sagten, wir müssten dort runter, wo Maximus seine weißen Tränen weint.«

»Stimmt auch, stimmt auch. Aber das, was ihr sucht, ist groß. Wo ihr auch immer taucht im Zentrum des Eismeers, ihr werdet es finden. Groß, so groß. Könnt es nicht verfehlen. Den Salzmacher. So groß.«

Syme zuckte zusammen – Scamander, klang das unheimlich. »Aber wer?«, rief sie schließlich. »Wer ist schuld an alldem? Wer ist dieser Salzmacher? Sagt es endlich! Wer?«

Stille. Das Flüstern war aus ihrem Kopf verschwunden, als hätte jemand es herausgeschlürft. So als müssten sich die Korallen erst einmal untereinander beraten.

Dann wisperten sie wieder los. »Zwei Fragen –

Schuld und Machen. Wir können nur eine Antwort geben. Wer schuld ist? Wir wissen es nicht. Keine Koralle sieht ihn, keine Koralle hört ihn. Der Salzmacher? Ja. Taucht hinunter, gleich hier. So groß. Nicht tief, aber lang, so lang. Sie ist es, die das Salz macht. Salzmacherin. Kein Er. Taucht hinab und findet. Brecht das Salz wieder auf. Tötet die Salzmacherin.«

»Wer, verflucht, wer ist sie?«, brüllte Syme und die Stimme schien sich ängstlich in einen Winkel, hinten in ihrem Kopf, zu kauern.

»Die Mutter«, antwortete die Korallenstadt. »Die Mutter ist es. Die Mutter aller Quallen.«

In diesem Moment schrie einer laut auf, der früher ein wissender Magier gewesen war, aber jetzt nur ein alter Narr. Er schrie nicht nur, er heulte und stürzte zu Boden, wand sich auf der spiegelglatten Eisfläche hin und her wie ein Aal auf dem Trockenen. Er schrie.

»Die Qua… sie töten … die Qua…« Und zum ersten Mal seit Jahrzehnten vollendete er dieses eine Wort, das so lange Zeit wie eine Gräte in seiner Kehle und auch in seinem Verstand gesteckt hatte, ein halbes Wort, das zu seinem eigenen Namen wurde, weil er nur diese eine Hälfte zuwege brachte, nie das vollständige Wort, das er zu stammeln versuchte, aber nicht konnte: »Die Qualle!«.

Sie starrten ihn an, Syme, Restella und Fim, Berryl und Lygart. Qua zuckte noch einmal und lag dann still.

Die Mutter aller Quallen

»Warum soll ich hier bleiben?«, maulte Lygart.

»Weil jemand«, erwiderte Fim, »das Floß wieder ins Wasser bekommen muss, runter vom Eis. Ich habe so ein Gefühl, dass wir nachher wenig Zeit haben werden. Außerdem habe ich nur eine Atemblase gesehen und wir« – er deutete auf Berryl, Syme und sich – »sind eine gut eingespielte Gruppe.« Obwohl wir uns zwischendurch auch mal fast totschlagen, setzte er in Gedanken hinzu.

Dem Wellenreiter gefiel das nicht. Auch er war weit gereist um den Ursprung des Salzes zu finden. »Misstraut ihr mir etwa?«

Fim grinste, er verstand, was in Lygart vorging. Trotzdem konnte er sich seine Sticheleien nicht verkneifen: »Aber nicht doch. Vertraust du dem Fremden, vertraust du dir selbst – hast nicht du das gesagt?« Irgendwie konnte er diesen mondgesichtigen Flößer nicht leiden. Wahrscheinlich wegen der Art, wie er seine Schwester manchmal ansah.

Jetzt blickte Lygart allerdings Fim an, argwöhnisch noch dazu. Und nickte schließlich.

»Wie geht es Qua?«, fragte da Berryl.

Die anderen drehten sich erstaunt zu ihm um, so gewohnt waren sie sein Schweigen. Der Doppelatmer presste die Lippen aufeinander. Schon tausendmal hatte er auf Fim zugehen wollen und ihm sagen: Entschuldige. Tausendmal hatten weder seine Beine gehorcht noch seine Zunge. Bei Scamanders Bart, er hätte Fim töten können! Jenen Fim, den er aus den Stacheln der Peitschenigel befreit und vor dem Krebsmenschen gerettet hatte. Ja, flüsterte die böse Stimme in seinem Kopf, jenen Fim, der dir die Perle weggenommen hat und das Königsein und Großvaters Sprache noch dazu! Und weil Berryl wusste, wozu dieser Teil in ihm fähig war, sagte er nichts. Wurde stumm wie ein Fisch. Ha, kicherte diese gehässige Stimme wieder, für diesen neuen Fim sind Fische nicht stumm – vergiss das nicht, Missgeburt!

Berryl schwieg, als sie gegen die Kristallpinguine kämpften, er schwieg, als sie Maximus begegneten, und auch in der Korallenstadt kam kein Wort über seine Lippen. Aber jetzt, da der alte Qua immer noch bewusstlos war, musste er einfach fragen.

»Ich weiß nicht«, antwortete Stella. Sie hatten ihn aus der Eishöhle hinausgetragen, fort vom Gewisper der Korallen und aufs Floß gebracht. Selbst Phosphor hatte nur den Kopf geschüttelt: »Er izzzt alt. Und nicht verletzt. Mehr kann ich nicht zzzagen.«

Stella wischte Qua die Schweißtropfen von der Stirn. »Ich glaube, er wacht von allein wieder auf. Es war wohl … ein Schock oder so.«

Berryl kniete sich vor den Alten hin. Er fühlte eine seltsame Verbundenheit mit ihm. Einer, der eins und doppelt ist, dachte er. Genau wie ich. »Meint ihr«, fragte Berryl, »dass er wirklich etwas mit alldem hier zu tun hat? Mit der Mutter der Quallen?«

Fim grinste so breit, dass es wehtat. Vor lauter Glück

hätte er am liebsten gebrüllt: Bei Uma, Mischmasch redet wieder! Nur im letzten Moment hielt er sich gerade noch zurück. Aber Berryl redete, das war das Wichtigste, und vielleicht würde er bald auch wieder mit ihm, Fim, sprechen.

»Also gut, worauf warten wir noch?«, drängte Syme. Sie wollte es endlich hinter sich bringen. Starrte hinab in dieses seltsam klare und helle Eiswasser und kratzte sich die Lippen wund. Seit sie so weit im Norden waren, wucherte die Salzkruste immer stärker – sie musste sich einfach beeilen. *Schnell wie ein Barrakuda ist die Zeit – blickst du ihm nach, ist er schon weit.* Das hatte Morella immer gesagt. Syme dachte an ihre Großmutter und staunte, wie lange sie genau das nicht mehr getan hatte. »Also los!«, sagte sie, es klang wie ein Befehl, und nur Berryl merkte, dass sie sich ganz wie Reglion anhörte.

Dann standen die drei am Rand der Eisscholle. Fim prüfte noch einmal seine Atemblase, Syme dachte an Morella und in Berryls Gedankenmeer sprang immer wieder das Wort ›Missgeburt‹ hoch, so wie ein fliegender Fisch aus dem Wasser spritzte.

Sie nickten den anderen ein letztes Mal zu und tauchten. Kälte und Licht. Während sie hinabschwammen, begleitet von Phosphor und Großvater, wurden sie von den Sonnenstrahlen fast geblendet, die sich im kalten Blau der Eisberge verfangen hatten. Die drei schauten hinab in die Tiefe und erkannten nur leeres Wasser – und die scharfe Wand eines Eisbergs, die sich neben ihnen hinabbohrte.

An dieser Wand entlang tauchten sie nach unten, was viel anstrengender schien als sonst.

»Es ist das Salz«, keuchte Syme. »Ich spüre es in mir.«

»Ja«, bestätigte Phosphor. »Die Konzentration muzzz hier zzzo hoch zzzein, dazzz wir hinaufgedrückt werden.«

Immer weiter kämpften sie sich hinab – neben sich die gläserne Wand des Eisbergs, unter sich nur das Wasser.

»Da, eine Qualle«, sagte Berryl irgendwann.

»Das große Muttertier kann es aber nicht sein.« Syme grinste fast. »Dafür ist sie viel zu klein.« Trotzdem schauten sie der Meduse lange hinterher, wie sie ihren Wasserkörper vorwärts pumpte.

Je tiefer sie kamen, desto mehr dieser lautlosen, unheimlichen Tiere schwebten ihnen entgegen. Schon zuckten sie manchmal zusammen, wenn einer der glitschigen Körper sie berührte.

»Achtet auf Feuerquallen und Blaue Medusen«, sagte Syme – und bei der nächsten Berührung zuckten sie noch viel heftiger zusammen. Denn Feuerquallen kannten sie alle – Nesselgift steckte in den Fäden dieser Tiere, Fäden, die wie ein Vorhang unter der Schwimmglocke hingen. Und schaudernd dachte Fim an die Heilerin Eleni, die sie immer wieder vor den Blauen Medusen gewarnt hatte. Blaue Medusen brauchten mit ihren schleimigen Tentakeln nur ein einziges Mal zuzuschlagen – das Gift drang so schnell in den Körper ein, dass das Herz sofort und ohne Verzögerung stillstand.

Bei Uma, dachte Fim. Peitschenigel sind gar nichts dagegen.

Sie tauchten hinab. Bald waren sie so weit unten, dass Fim sich um seine Atemblase sorgte, an der er immer wieder nippte. Rissen nicht schon die feinen Nähte der Kugelfischhaut?

Unsinn.

Und immer kälter wurde es. Fim hatte sich zwar in eine dritte und vierte Tunika gehüllt, aber seine Hände und Füße fühlten sich so kalt gefroren an wie die Eiswand neben ihnen. Und immer mehr Quallen. Schließlich kam es ihnen so vor, als würden sie nicht mehr durch Wasser schwimmen, sondern durch ein geronnenes Meer aus durchsichtigem, glitschigem Plasma.

Plötzlich endete die Wand aus Eis, die sie bis hierher begleitet hatte, wie abgeschnitten: Sie hatten den Fuß des Eisbergs erreicht.

Fim blickte zurück und sah, wie der Sockel des Eisbergs waagrecht über ihnen schwebte. Auf der Unterseite hatten sich große Luftblasen verfangen, die nach oben drängten, aber nicht durch die dicke Eisschicht kamen. Wie ein umgedrehter See aus Luft drückte sich eine solche Luftblase gegen das Eis.

Gut, dachte Fim. Wenn meine Kugelfischhaut doch platzen sollte, kann ich es bis dorthin schaffen.

Sie tauchten weiter. Großvater schwamm jetzt voraus und wirbelte mit mächtigen Flügelschlägen die Quallen beiseite, schob und bohrte eine Art Tunnel in diesen seltsamen Fels, der aus Wasser und Gallert bestand.

Bei allen Göttern, dachte Fim. Wenn die alle aus dieser Mutterqualle kommen, muss das Ding ganz schön … fruchtbar sein.

Da hörte er, wie Syme erschrocken ausrief: »Da! Was ist das?«

Aufgeregt schlürfte Fim Luft aus der Atemblase, machte einen Schwimmzug und sah es auch: Etwas wie ein durchsichtiger, sich zusammenziehender und dann wieder streckender Schlauch schimmerte unter ihnen auf. Eine Art Riesenwurm. Nicht besonders dick, vom Durchmesser einer kleinen Palme vielleicht. Aber lang. So lang, dass er kein Ende ausmachen konnte – nur diesen zuckenden, schlauchförmigen Körper.

Sie hatten die Mutter der Quallen gefunden.

»Stella, er wacht auf!« Ambrette winkte sie in die Hütte. Ihr Floß schwamm bereits wieder im Wasser des Nordmeers – überraschend leicht war es über die Eisscholle zurückgeglitten.

Bald stand Restella zusammen mit Lygart und Ambrette bei Qua und beobachtete, wie er die Augen öffnete. »Die Qua…, Qualle.« Nur mühsam brachte er dieses Wort über die Lippen, so als müsste seine Zunge sich erst wieder daran gewöhnen. Qua blinzelte. »Ich … erinnere mich.« Als ob er sie nicht erkennen würde, schaute er durch Stella hindurch. Plötzlich ging ein Ruck durch seinen Körper und er stemmte sich hoch. »Aluas Zorn! Die Quallen! Das Salz! Ich muss …«

Sanft, aber mit ruhiger Kraft drückte Ambrette ihn zurück. »Beruhige dich.«, sagte Stella. »Weißt du, wer du bist?«

Qua blinzelte wieder. Schaute ihr diesmal direkt ins Gesicht und fragte unsicher: »Ein … Wassermagier?«

Restella lachte. Endlich.

Es dauerte aber noch einige Zeit, bis Qua sich so weit zurechtfand, dass er ihnen seine Geschichte erzählen konnte – zumindest einen Teil davon. Immer wieder schloss er so lange die Augen, dass schon alle dachten, er schliefe, aber dann redete er doch weiter. Und viel zu oft stürzte er auch in sein altes irrsinniges Stammeln zurück.

»Ich heiße Brevert de Brest«, begann Qua. »Viel mehr weiß ich nicht. Mein Kopf fühlt sich an wie ein feines Muster aus Sandkörnern, das von einer Welle durcheinander geworfen wurde. Und jetzt picke ich Sandkorn für Sandkorn heraus und lege es neu. Brevert de Brest, ja. Und ihr kennt mich als ... Qua?«

Stella nickte und der alte Mann lachte krächzend. »Wie passend. Ich ... ich wurde losgeschickt, ja. Wie lange ist das her? Ich weiß nicht.«

Versonnen blickte er auf seinen liegenden Körper hinab, musterte den zusammengesunkenen Brustkorb, die Falten, die runzlige Haut.

»Uma!«, stöhnte er auf. »Sehr lange, scheint es.« Seine zitternden Finger packten Stellas Hand und hielten sie fest, nur langsam beruhigte er sich. »Ein junger Magier des Wassers war ich, einer der stärksten. Dann wurde ich geschickt, ja. Hierher geschickt in das Eismeer. Von der Schule der Magier, wo ich Lehrer war. Wir ... wir hatten entdeckt, dass die Konzentration des Salzes im Meer anstieg.«

»Aber das kann doch nicht sein!«, rief Lygart aus. »Das muss, verzeih, Brevert, aber das muss viele Jahre her sein. Fast ein Leben! Und wir entdeckten erst vor einigen Sommern die Seuche des Weißen Todes.«

»Weißer Tod.« Qua schüttelte sich. »Ein guter Name. Aber vergesst nicht, dass die Schule der Magier tiefer forscht als alle anderen. Wir wussten, dass es noch lange dauern mochte, bis das Salz seine Wirkung tut. Aber wir wussten auch, wie verheerend die Folgen ausfallen würden.«

»Also habt ihr damals nach dem Ursprung gesucht, genau wie wir alle!« Restella drängte weiter – sie wollte endlich erfahren, was mit Qua – oder Brevert de Brest – passiert war.

»Ja. Ich durchreiste Alua und stieß auf Hinweise, die nach Norden führten. Und hier im Eismeer fand ich sie.«

In seiner Stimme tauchte ein leises Grollen auf, ein Zittern und Beben. Angst, erkannte Stella. Und als ihr klar wurde, dass ihr eigener Bruder sich jetzt an genau dem Ort befand, wo Qua der Wahnsinn ergriffen hatte, konnte auch sie ihre Stimme nicht mehr ruhig halten.

»Hier?«, fragte sie.

»Hier fand ich sie, ja«, flüsterte Qua. »Die Salzmacherin. Die Mutter aller Quallen.«

Sie schwammen an dem riesigen Wurm entlang, der nichts anderes sein konnte als eine in die Länge gezogene Qualle. Endlos schien dieser Körper zu sein, der sich rhythmisch zusammenzog und pumpte. Wieder streckte. Zusammenzog. Immer wieder.

Berryl musterte die schmierige Haut dieser Kreatur. Wenn das wirklich die Mutter der Quallen war, die Salzmacherin, so brauchte er nur seinen Dolch ziehen und einmal an dem verfluchten Ding entlangschwimmen – ein einziger langer Schnitt sollte genügen. Aber noch zögerte Berryl.

Die lebendige Röhre schwebte knapp über dem Grund, sie konnten Tausende von dünnen Nesselfäden erkennen, die zitternd und tastend über den Boden strichen. Dort wuchs ein giftgrüner Algenteppich, der mit kleinen Bläschen übersät war. Luft? Nachdem Fim näher herangeschwommen war, zuckte er gleich wieder zurück. Wenn das Luft war, dann eine genauso grüne und giftige Luft wie die Farbe der Algen selbst.

Gar nicht gut, dachte Fim.

»Dazzz gefällt mir nicht«, zischte Phosphor.

»Schaut!« Syme deutete auf eine Stelle im Boden, die sich bewegte. Voller Ekel verdrehte sie die Augen: Zwischen den Algen krabbelten unzählige winzige Würmer, die sich in den Felsboden bohrten und wieder hochkrochen. »Widerlich!« Syme zitterte.

»Diese Würmer scheiden etwas aus«, sagte Berryl. »Ein weißes – Pulver. Salz?«

»Nein«, antwortete Phosphor. »Schaut, wazzz die Mutterqualle macht.«

Und wirklich: Tausende von Nesselfäden arbeiteten unablässig. Eine Armee von winzigen Tentakeln zuckte hin und her, packte das weiße Pulver der Würmer und vermischte es mit den Gasblasen der Algen. Und immer wenn die beiden Substanzen aufeinander trafen, verpufften sie in einem winzigen Lichtblitz – und hinterließen kleine durchsichtige Kristalle: Salz. Hier unten musste seit Generationen ein ununterbrochenes Feuerwerk abbrennen.

Fims Schuppen standen zu Berge. Sieht wirklich so aus, dachte er, als würde sie bauen.

»Salz«, erklärte Brevert de Brest den unruhig lauschenden Lichtatmern, »besteht aus zwei Ursubstanzen. Einem weißen Kristall und einem giftigen Gas. Die … die Mutter aller Quallen bedient sich zweier Lebewesen – das fand ich heraus, als ich zu ihr hinabtauchte. Einer grünen Alge, die ähnlich wie Blasentang das Gas nutzt, um im Wasser Auftrieb zu bekommen und senkrecht zu stehen. Und einer bestimmten Art von Steinwürmern, die den Boden zerfrisst.«

»Und aus dieser Mischung entsteht das Salz!« Stella wurde immer nervöser – sie hatte schon verstanden. Aber welche Gefahren mochten Fim drohen? »Was passierte mit dir?«, drängte sie wieder.

»Und«, wandte Lygart ein, »warum baut dieses Quallenvieh eigentlich das Salz?«

Brevert hustete und für einen Augenblick wurde er wieder zu Qua. Aber das verging. »Es gelang mir«, berichtete der Magier weiter, »mit ihr zu kommunizieren, mit der Mutter aller Quallen …«

»Ich finde, wir sollten sie töten und so schnell wie möglich verschwinden!« Für Syme war die Sache klar: Sie hatten den Ursprung des Salzes entdeckt. Jetzt mussten sie nur dieses Mutterding aufschlitzen und nach Hause zurückkehren.

Schwimmzug um Schwimmzug waren sie an der lebendigen Röhre entlanggeglitten, an diesem wabbeligen, zuckenden Schlauch – und immer noch war kein Ende abzusehen. Sie wussten nicht einmal, ob sie auf den Kopf zuschwammen oder … auf den Schwanz? Syme stellte sich voller Entsetzen das Hinterteil dieses Monsters vor, das bei jedem Drücken und Pressen eine kleine Qualle aus sich herausschob. Das – das musste doch fürchterlich sein.

»Und, was meint ihr?«, fragte sie leise.

»Töten wir sie«, antwortete Berryl bestimmt.

»Ich weizzz nicht«, zischte Phosphor.

Berryls Hand lag schon am Dolch – er schaute zu Fim und wartete auf ein Nicken oder Kopfschütteln. Der zögerte. Und hörte plötzlich eine Stimme.

»Jaaaa, bitte«, sagte die Mutter der Quallen. »Erlöst

mich. Bitte. Es ist genug. Bitte. Hört mir zu und dann tötet mich ...«

Fim hörte zu. Lange. Dann starrte er zu Berryl, der immer noch auf ein Zeichen wartete – er und Syme hatten nichts anderes gehört als unheimliche gluckernde und knarrende Laute.

Fim nickte.

»Das Leben einer Quallenmutter ...«, Brevert de Brest lächelte schwach, »... scheint nicht sehr angenehm zu sein. Versteht ihr? Wie bei einer Insektenkönigin besteht ihr einziger Zweck darin, für Nachwuchs zu sorgen. Atemzug um Atemzug drückt sie eine Qualle nach der anderen aus ihrem Leib.«

»Schrecklich«, flüsterte Ambrette.

»Ja«, nickte der Magier. »Deshalb leben Quallenmütter normalerweise nicht lange. Schon sehr schnell, nach wenigen Sommern, nimmt eine neue Mutter ihren Platz ein.«

»Trotzdem schrecklich!«

»Ja. Doch diesmal passierte etwas, das nie hätte passieren dürfen. Eine Quallenmutter gebärt zwar Abertausende von Jungen, aber nur eine einzige Qualle, die zur neuen Mutter heranwachsen kann. Nur eine. Erst wenn diese junge sterben sollte, kann die Quallenmutter ein zweites Mal solch ein ungewöhnliches Kind bekommen.«

»Und?« Stella drängte immer noch. »Was ist passiert, Qua?«

»Etwas ... Einmaliges. Die neue Quallenmutter ... verschwand. Die alte spürte, dass sie noch lebte, und konnte keine neue gebären. Sie ... sie wartete. Wartete Monate, wartete Jahre, wartete Jahrzehnte.«

»Und«, flüsterte Ambrette, »wartet immer noch?«

»Ja. Ihr natürlicher Tod tritt erst dann ein, wenn die neue Mutter aller Quallen zur Stelle ist. Sie muss weitergebären und weiter, wird älter, aber – sie kann nicht sterben. Sie will es, nie hat ein Lebewesen etwas mehr gewollt – aber sie kann nicht.«

Erschöpft lehnte sich Qua zurück. Ein irres Grinsen flackerte über sein Gesicht und verlosch wieder. »Sie kann nicht sterben. Jeden Angreifer von außen lähmt eine Armee von Quallen. Kein Hai, kein Wal käme auch nur einen Schwimmzug nah an sie heran. Also tut sie das Einzige, was ihr in all der Verzweiflung übrig bleibt. Sie bringt sich um. Vergiftet sich seit vielen Jahrzehnten. Sie baut … das Salz um sich selbst zu töten.«

Stella hatte verstanden.

Und Fim auch. Lange hatte er der Quallenmutter gelauscht, hatte ihre Worte, ihre Trauer und Schmerzen in sich aufgenommen, hatte die Qual ihres unendlichen Lebens verstanden. Hatte gespürt, wie das Salz an ihrem unermesslichen Körper fraß ohne sie schon zu vernichten – das Gift würde noch Zeit brauchen.

Fim nickte Berryl zu. Ja, sagten auch seine Augen. Töte sie.

Der zog seinen Perlmuttdolch aus der Scheide – und war, noch bevor er die Bewegung vollendet hatte, von einem Dutzend Quallen umringt.

Natürlich!, dachte Fim voller Panik. Eleni hatte immer gesagt: Wenn ein Sturm zum Taifun werden kann, dann tut er das auch. Natürlich. Musste ja so sein. Keine normalen Feuerquallen, o nein! Das wäre ja viel zu einfach gewesen. Sondern … Blaue Medusen. Deren Nesselgift nicht schnell tötete – sondern sofort.

Nur Großvater war es zu verdanken, dass Berryl die nächsten Atemzüge überlebte. In dem Moment, als die Medusen ihre Nesselfäden abschossen, wirbelte der Manta heran und drehte eine Pirouette um Berryl. Das Wasser schäumte, Großvater schien Berryl zu umarmen und die Giftfäden prallten wirkungslos von der dicken Panzerhaut des Rochens ab.

»Fort mit der Waffe!«, brüllte Fim, aber nur ein Schwall Luftblasen kam aus seinem Mund und ein blubberndes Grunzen.

Trotzdem hatte Berryl verstanden. Ohne sich viel zu bewegen öffnete er ganz langsam Finger um Finger und ließ den Dolch fallen. Die kleine Waffe trudelte auf die Giftalgen hinunter, bombardiert von zwölf peitschenden Nesselfäden.

»Wir müzzzen verschwinden«, zischte Phosphor.

»Aber … aber das Salz!«, stöhnte Syme auf.

»Später! Nur weg hier! Weg!«

»Und … was passierte dann mit dir?« Immer wieder ihre Frage. Langsam kam es Restella so vor, als wiche Qua genau dieser Frage aus, als wollte er sich schützen davor, weil in der Antwort eine Dunkelheit lauerte, eine Angst, der er sich nicht stellen konnte.

»Ja, was passierte … was passierte dem alten Qua.« Wieder schienen sich seine Gedanken zu verirren, aber er riss sich zusammen. »Ich … ich war bereit, der Mutter aller Quallen ihren Wunsch zu erfüllen. Der Schutzkreis eines Magiers ist fast undurchdringlich …«

Lygart und Restella lächelten sich an – das hatten sie gemerkt. Und Scamanders Rache auch.

»Ja, ich … hatte also nichts zu befürchten von den

wütenden Angriffen der Quallen, die ihre Mutter gleichzeitig schützten und bewachten. Aber … aber dann …«

Brevert de Brest presste seine Hände vors Gesicht und schluchzte leise. »Ich … ich kann mich nicht mehr erinnern. Etwas … Dunkles kam, etwas, nein, jemand, wir kämpften … ich verlor … nicht mein Leben, aber den Verstand. Er … er blendete mein Denken … Ich … Nein. NEIN. NEIN!!!« Sein Kopf zuckte zurück, die Brust hob und senkte sich – dann brach der Wassermagier ohnmächtig zusammen.

»Was machen wir jetzt bloß?«

Wieder war es Nacht und vor ihnen auf dem Floß verbrannten die letzten Holzvorräte in einem hoch auflodernden Feuer. Aber zumindest Fim brauchte diese Wärme dringend: Mit blauen Lippen war er an Land gekrochen, auf Händen und Füßen, die nichts mehr fühlten. Und auch die anderen freuten sich an dem prasselnden Licht.

Viel mehr hatten sie auch nicht, über das sie sich freuen konnten. Nur mit knapper Not waren sie dem Meer aus Quallenleibern entkommen – mehr als einmal hatte Großvater seinen Rücken als Schild gegen die Nesselfäden um sie gelegt. Und schließlich hatten die Medusen aufgegeben.

Erschöpft schoben sie sich auf das Floß und berichteten den anderen – nur um zu erfahren, dass die schon Bescheid wussten.

Alles umsonst, dachte Berryl bitter. Wir hätten nur hier warten brauchen, bis Qua aufwacht und seine Geschichte erzählt. Nein, nicht Qua. Brevert de Brest. Bei Uma, was für ein dummer Name. Jetzt gab es also auch keinen Qua mehr, sondern nur einen mächtigen Wassermagier. Jetzt war Berryl die einzige Missgeburt, der einzige Narr.

»Also, was machen wir?«, fragte Syme ein zweites Mal. Aber alle schwiegen. »Wir müssen diese Mutterqualle töten!«, rief die Dunkle verzweifelt aus.

»Und wie?«, fragte Berryl höhnisch. »Sollen wir von hier oben mit Eisbrocken auf sie werfen? Oder mit deiner Knochenlanze da – und hoffen, dass sie die lebendige Mauer von unzähligen Quallenleibern durchbricht?«

Syme funkelte ihn wütend an. »Das war ja eine lange Rede für dich! Da war mir der schweigsame Berryl aber lieber!«

»Hört auf«, sagte Ambrette. »Wir müssen die Salzflut stoppen. Dafür müssen wir die Mutterqualle töten. Also ...«

»Nein.« Fim schüttelte sich, als wache er gerade auf. »Nein. Es gibt noch eine andere Möglichkeit: Wir finden die junge Mutter.«

»Aber ...«

»Wie?«

»Was meinst du?«

Die Fragen prasselten auf Fim ein, bis er beschwichtigend die Hände hob. »Die Mutterqualle hat mir davon erzählt. Sie ... seit Jahren schickt sie ihre Quallen aus um sie zu suchen. Und jetzt glaubt sie endlich ... Ich habe es nicht richtig verstanden ...«

»Ach«, stieß Berryl aus. »Der neue König der Lichtatmer, Finder der Großen Perle und derjenige, der die Sprache der Tiere spricht, hat eine wabbelige Qualle nicht richtig verstanden?«

Fim schaute ihn an. Und lächelte. Das war das erste Mal, seit sie die Kette der Zwölf verlassen hatten, dass Berryl zu ihm sprach. Kein ›Es tut mir Leid‹, nicht mal ein ›Guten Morgen‹ oder so, aber immerhin. Ein Anfang.

»Es war schwierig«, gab Fim zu. »Ihre Sprache … war nicht immer klar. Aber sie glaubt, dass jemand die neue Mutterqualle, nun, gefangen hält. Und sie meint den Ort zu kennen. Einen tiefen Graben weit unten im Meer. Zu tief für jede Atemblase.« Er schaute Syme an, die unablässig an ihren Lippen kratzte. »Vielleicht sogar zu weit unten für das Tiefe Volk.«

»Das lass nur meine Sorge sein«, zischte Syme. »Und … und weißt du, wo dieser Graben ist?«

»Nicht weit von hier, glaube ich. Ich habe nur ein undeutliches Bild im Kopf. Wenn ich eine Karte hätte …«

»Karte, kleiner Bruder?« Restella lächelte und stand auf um in der Hütte zu verschwinden. »Da bist du bei mir am richtigen Fischgrund.«

Diese … Kinder. In Glorant de Grul blühte Zorn auf wie eine dunkle Blume. Kinder! Mit einem einzigen Herumfuchteln ihrer tollpatschigen Hände hatten sie mitten hineingegriffen in das Zentrum seines Plans. Glorant konnte es nicht fassen. Diese … Kinder – und da war wieder der Schmerz, diese Erinnerung daran und die Traurigkeit. Er lachte. Trauer. Dieses Gefühl hatte er schon so lange abgelegt wie die rote Tunika der Wassermagier. Dieses Gefühl gab es nicht mehr für Glorant de Grul. Er kannte es gut, hatte es getrunken, es eingesogen mit jeder seiner Halsfalten und endgültig wieder ausgespuckt. Nein. Nichts würde ihn mehr aufhalten. Nicht die Erinnerung, nicht die Traurigkeit, nicht diese … Kinder.

Und doch waren sie ihm näher auf der Spur als je ein anderer, ob Lichtatmer oder Tiefes Volk. Er verstand es nicht. Wieder prüfte er die Bilder, ließ das Wasser in seinen Händen aufschimmern. Glorant de Grul konnte aus jedem Wassertropfen das Gedächtnis herauspressen, die Bilder, die das Meer aufgenommen hatte. Die Strömungen hier unten waren schnell – das Wasser hatte seinen Weg zu ihm vom Eismeer her gefunden. Noch einmal schaute er zu, wie die Kinder zur Mutterqualle hinabtauchten, dann wischte er die Tropfen fort. Trotzdem hatten sie nichts erreicht. Niemand konnte sie so einfach töten.

Glorant de Grul starrte in die Nacht. Noch war sein Plan nicht gefährdet. Noch.

Der nächste Morgen war kalt und windig, dicke Sturmwolken hingen über dem Eis.

»Nicht schon wieder«, brummte Stella, die ein für alle Mal genug von Stürmen hatte. Von Flutwellen. Eigentlich von allem hier. Wie war sie nur in diese kalte Öde geraten – so schön sie auch war? Sie hatte doch nur auf ihren Bruder warten wollen. Restella sehnte sich zurück aufs Atoll der Tausend, wo Palmen und Riesenfarne den Strand überzogen und die Sonne wärmte. Sie wollte nach Hause. Nur dort war sie an ihrem richtigen Platz. Dann dachte sie an ihren Bruder. Fim hatte sich verändert. Er war älter geworden, aber nicht glücklicher. War neuer König der Lichtatmer, doch traurig wie ein Kind, dem der größte Zackenbarsch seines kurzen Lebens aus dem Netzt schlüpft. Es hat etwas mit Berryl zu tun, dachte sie. Und mit dieser unheimlichen Gabe, die Tiere zu verstehen.

Stella seufzte und dachte an gestern Nacht. Mit traumwandelnder Sicherheit hatte ihr kleiner Bruder Aluas Landkarte ausgebreitet, die sie aus der Palmblattbibliothek mitgenommen hatte. Mit nur halb geöffneten Augen hatte er seinen Finger auf einen Punkt gesenkt und gesagt: »Dort!«

Tatsächlich war dieser Ort nicht weit vom Eismeer entfernt – mit den Dorongas würde man kaum zwei Tage brauchen. Aber sie konnten sich nicht einigen, was sie wirklich tun sollten. Qua – nein, verbesserte Stella sich: Brevert de Brest – hatte immer noch darauf bestanden, zur Schule der Magier zu reisen. Denn er konnte sich jetzt zwar erinnern, aber seine Macht war zum Großteil verschwunden. Uma noch mal.

Schließlich waren sie ohne Ergebnis zusammen in die Hütte gekrochen und hatten versucht zu schlafen. Nur wenigen war es gelungen, die anderen wälzten sich hin und her und träumten erst jetzt in der Morgendämmerung ihre unruhigen Träume.

Nur Restella war früh aufgewacht und schlich sich leise aus der Hütte. Aber sie war doch nicht die Erste: Am Floßrand hockte der Wassermagier, wie eh und je ins Meer blickend und mit den Füßen im Wasser, als würde er die Kälte nicht spüren. Vielleicht stimmte das sogar.

Ob er wohl, überlegte Stella, jetzt Brevert de Brest ist oder wieder der verrückte Qua?

»Hallo«, sagte sie leise und kauerte sich neben ihn.

»Guten Morgen, Königin.«

Stella zuckte zusammen, aber der alte Mann neben ihr lächelte ruhig. »Irgendwie passt dieser Titel zu dir.« Er beugte sich vor, schöpfte Wasser und ließ erst drei, dann vier Meerkugeln auf seiner Hand schweben.

»Bist du nicht glücklich«, fragte Stella ihn, »dass du deine Erinnerungen wiederhast?«

»Glücklich!« Brevert ließ die Bälle aus Wasser von Hand zu Hand springen. »Glücklich, Restella vom Atoll der Tausend? Nein. Wie kann ich glücklich sein?«

Er schwieg und Stella rückte näher heran.

»Habe ich nicht«, redete er dann leise weiter, »mein halbes Leben verloren? Mehr als das? Eingesperrt in der Hülle eines Narren? Und meine Magie – sie ist mit dem verschwunden, den du Qua nanntest. Einen Kuppelzauber gegen Scamanders Rache könnte ich jetzt nicht mehr weben. Es ist fort, verstehst du?«

Das tat Stella nicht, aber sie nickte.

»Nur noch für diese billigen Wassertricks reicht meine Kraft, kleine Königin. Ich muss zurück zur Schule.«

Voller Verzweiflung warf er die Wasserkugeln hoch in die Luft – wo sie zerplatzten. Brevert schaute sie an. »Ich bin froh, dass mein geblendeter Geist wieder sehen kann. Aber glücklich ...«

Der alte Mann schwieg. Und Stella mit ihm.

Nach und nach wachten die anderen auf und starrten voll böser Vorahnungen in den grauen Himmel. Berryl stellte sich die Wolkenmasse als Mutterqualle vor, die aber keine wässrigen Jungtiere gebären würde, sondern Blitze und Sturm. Um die Müdigkeit abzuschütteln zog er seine Tunika enger um sich zusammen und hüpfte ins Wasser, ließ sich ein paar Runden von Großvater mitziehen und sagte wie so oft zu ihm: »Ich wünschte, ich könnte dich verstehen, großer Manta!«

Als er aufs Floß zurückkehrte, stritten die anderen schon wieder. Wohin sollten sie gehen? Brevert de Brest beharrte so freundlich wie bestimmt darauf, zur Schule der Magier zu reisen. Viel weniger freundlich, aber genauso dickköpfig forderte Syme, dem tiefen Unterwassergraben einen Besuch abzustatten um die neue Mutter aller Quallen zu suchen, damit die alte sterben konnte.

»Aber es ist viel zu tief!«, warf Fim ein. »Das schaffst nicht einmal du.«

Mit einem Mal lächelte Berryl. Der Mund tat ihm ein bisschen weh, denn auch er fühlte, wie der Weiße Tod anfing über seine Lippen zu streicheln. Er war zwar ein Doppelatmer, aber trotzdem. Vielleicht konnten die anderen deshalb nicht verstehen, warum Syme so verzweifelt klang. Sie würde sterben.

»Wir trennen uns«, sagte Berryl und zum ersten Mal seit langer Zeit war in seiner Stimme etwas, von dem er nicht zu hoffen gewagt hatte, es jemals wieder zu hören: Zuversicht. Und vor allem: ein Ziel. »Syme und ich nehmen die Dorongas«, erklärte er der Gruppe seinen einfachen Plan, »und versuchen in den Graben hinunterzukommen. Ihr anderen brecht mit dem Floß auf um die Schule der Magier zu finden.«

Die anderen schwiegen. Und stimmten zu.

Ja, dachte Berryl und aus dem kleinen Lächeln wurde ein größeres. Nur Syme und ich. Und obwohl er Angst hatte vor der Nacht in tausend Schwimmzügen Tiefe, freute er sich fast auf diese Reise. Ja. Nur Syme und ich.

Die Schule der Magier

»Ich finde immer noch, wir hätten sie nicht allein lassen sollen!«

»Soso. Und was dann, Lygart? Wenn jemand es schafft, so tief hinunterzukommen, dann sind das Syme und Berryl. Nicht du, nicht ich.«

Lygart grunzte leise. Dieser alles besser wissende Fim ging ihm auf die Nerven. »Wir hätten alle zusammen fahren sollen, sage ich. Und wir … wir hätten an der Oberfläche gewartet.«

»Gewartet.« Fim wiederholte nur dieses eine Wort und lächelte. Bei Uma, dachte Lygart. Stellas kleiner Bruder tat immer so, als wären sie alle so durchsichtig für ihn wie der Leuchtaal Phosphor. Und immer dieses Ich-verstehe-Lächeln – in die Flut mit ihm! Wenn Stella nicht gewesen wäre, hätte er Fim schon längst einmal die Meinung gesagt – König der Lichtatmer oder nicht. Aber so knurrte er nur leise und packte das Steuerruder fester. Langsam ließen sie die Eisberge hinter sich und das gesamte Nordmeer dazu – und alle waren froh der Kälte wieder zu entkommen. Nur Stella blickte noch lange zu den weißblauen Kristallblöcken zurück: Obwohl sie das Atoll der Tausend vermisste, hatte sie sich regelrecht in das Eismeer verliebt.

Mithilfe ihrer Karte konnten sie leicht ausrechnen, wo sich die Schule der Magier jetzt befinden musste –

aber die Entfernung war groß. Und Fims Doronga allein konnte das Floß nicht ziehen.

Lygart brummte, hielt das Steuerruder zärtlich fest und stellte sich vor, es wäre Stellas Arm. Schaute zu ihr hinüber, die jetzt ihren Blick losriss von den immer kleiner werdenden Eisbergen und mit Brevert de Brest redete. Das Meer war unruhig, die sturmverheißenden Wolken drückten Wind in das Segel hinein und trotzdem konnte er verstehen, was die beiden sagten.

»Ich muss zur Schule«, erklärte der Magier wieder, »muss meine Kraft zurückbekommen. Und meine vollständige Erinnerung.«

Stella schüttelte sich. Nur allzu gut hatte sie Quas Stimme – für sie blieb er weiter einfach Qua – im Ohr, die von dem Kampf berichtete: *Wir kämpften. Ich verlor – nicht mein Leben, aber den Verstand. Er … er blendete mein Denken.*

»Und in der Schule der Magier wird man dir helfen können?«, fragte ihn Stella.

»Sicher. Ein einfaches Ritual wird mich zurückbringen. Aber wir sind zu langsam …« Versonnen ging er zum Heck des Floßes, wo Lygart am Steuer saß, kniete sich an den Rand der Walhaut und ließ Wasser durch seine Hände gleiten.

»Was tust du da?«, wollte Ambrettes Sohn wissen.

»Ich habe meine Fähigkeiten verloren«, antwortete Brevert, »und beherrsche nur noch ein paar Tricks.« Plötzlich begann das Wasser hinter dem Floß zu brodeln. »Aber manche dieser Tricks sind ganz nützlich.«

»Bei Umas Welle, was macht ihr?«

Brevert lächelte. »Ihr seid ein Reiter der Wellen. Aber ich kann zu den Wellen flüstern.«

Das gurgelnde Zischen im Wasser wurde stärker. Plötzlich drückte sich das Floß mit einem Ruck vorwärts und bald lachte Lygart laut auf: Zum ersten Mal hatte er das Gefühl, nicht über Wellen zu reiten. Sondern über sie zu fliegen.

Während das Floß immer schneller wurde, verzögerte sich die Reise von Syme und Berryl mehr und mehr. Zuerst waren sie in ein Rudel Brüller geraten, das im Hinterhalt auf Beute lauerte. Diese Tiere schickten ein brummendes Vibrieren auf ihre Opfer los, das in den Ohren schmerzte und bis ins Knochenmark drang. Und noch mehr: Begann man wirklich zu lauschen und sich den Klängen hinzugeben, überkamen einen Lähmungen, die auch dann nicht aufhörten, wenn einem die scharfen Zähne der Brüller ins Fleisch schnitten. Sirenenfische nannte man sie auch. Aber Lichtatmer wie Tiefes Volk wurden schon als Kinder vor dieser Gefahr gewarnt – Symes Knochenlanze wütete, Berryls Kurzharpune, die er von Ambrette als Ersatz für sein verlorenes Perlmuttmesser erhalten hatte, zischte durchs Wasser und Phosphor und Großvater taten ihr Übriges. Dennoch erschöpfte sie der Kampf – dieser Schwarm war der größte, den Berryl je zu Gesicht bekommen hatten, sodass sie sich lange ausruhen mussten.

Und heute, am zweiten Tag, brauchten die Dorongas viel zu viel Zeit um Nahrung zu finden – keine Seegraswiese weit und breit. Fim hätte die Tiere vielleicht trotz ihres großen Hungers zum Weiterschwimmen überreden können, aber Fim war nicht da.

Er hat sich verändert, dachte Berryl über den Lichtatmer nach. Wir alle verändern uns.

Erst nach drei langen Tagen erreichten sie jene Stelle, die Fim ihnen auf der Karte gezeigt hatte. Hier, tausend Schwimmzüge unter ihnen, musste der Graben verlaufen. Und dort würden sie die neue Mutterqualle finden. Wenn sie Glück hatten. Wenn nicht, würden sie auf etwas ganz anderes treffen.

Sie waren müde und beschlossen, noch eine Strömung zu warten und Kräfte zu sammeln. Für das tiefe Tauchen mussten sie frisch sein. Im warmen Flachwasser einer Lagune ruhten sie sich aus, schliefen ein wenig und redeten.

»Ich ... ich habe mich in letzter Zeit wohl ziemlich dumm benommen«, begann Berryl zögernd.

Syme lachte. »Dafür brauchst du nicht mal das Orakel Der Zwei zu befragen. Eindeutig ja!«

Berryl nickte. »Aber es war alles so schwierig. Ich träumte von der Großen Perle, dann hielt ich sie fast in den Händen und dann – nahm Fim sie mir. Verstehst du?«

Syme dachte an ihren eigenen Traum: den Weißen Tod aufzuhalten. Wieder gesund sein. Leben. Aber sie antwortete nur: »Für das Verstehen ist doch Fim zuständig.«

Jetzt war es Berryl, der lachte – aber nur traurig. »O ja, der versteht einfach alles. Aber er ... er nimmt nicht mehr teil. Und ich möchte, dass ... dass du mich verstehst und nicht nur das.«

Symes Nickhaut blinzelte über ihre Augen, als sie ihn ansah. »Manche Dinge muss jeder für sich alleine lösen.«

»Aber können andere nicht wenigstens dabei helfen?«

Die Dunkle schwieg.

Wellen schwappten plätschernd ans Ufer, so als wollten sie dem Strand alles erzählen, was sie im Meer erlebt hatten, und über ihnen krächzte eine Aasmöwe ihren Hunger heraus.

»Syme?« Berryl traute sich nicht sie anzusehen. »Du hast mir einmal gesagt, dass … du mich gern hast. Stimmt das noch?«

»Berryl, ich …« Sie blinzelte wieder. »Ich … schau mal nach den Dorongas.« Und schon war sie verschwunden.

Auch Berryl tauchte, kratzte Großvater am Rücken und flüsterte ihm verzweifelt zu: »Du kennst viele Antworten, nicht wahr? Ich wünschte, ich könnte dich verstehen, mein Freund.« Dann kehrte er an den Strand zurück und fiel in einen kurzen unruhigen Schlaf.

Vorwärts getrieben von Quas Wassermagie jagte das Floß über Aluas Meere. Lygart und Ambrette, Restella und Fim – sie staunten nur, mit welcher Geschwindigkeit dieser ›kleine Trick‹ sie vorwärts brachte. Selbst das Doronga hätte nicht Schritt und Flosse halten können, wenn sie es nicht angebunden hätten. Aber das schien dem Tier zu gefallen: Zum ersten Mal in seinem Leben zog es nicht, sondern wurde gezogen.

»Beherrscht ihr nur das Wasser?«, fragte Fim neugierig, »oder auch die anderen Elemente.«

»Nein«, antwortete Brevert de Brest. »Nur Wasser, Bruder der Königin.« Er grinste Fim an. »Einen Wind hätte ich nicht herbeirufen können um unser Segel zu füllen.«

»Wie wird man Wassermagier?«, fragte Fim weiter. Auf seiner ganzen Reise war ihm nichts Faszinierenderes begegnet als Qua – sogar der weiße Gleittölpel verblasste daneben. »Ich meine, wird man mit der Gabe geboren oder so?«

»Ja und nein.« Und sein Lächeln schien das wehmütige von Qua zu sein. »Das ist wie mit allem anderen. Ein Tropfen Talent und ein Ozean des Lernens.«

»Dahinten! Schaut!« Wieder war es Lygart, der etwas entdeckt hatte und auf den Horizont zeigte. Dort hingen die Wolken so tief, dass sie im Meer zu ertrinken schienen. »Sieht aus wie Nebel«, meinte der Wellenreiter. »Eine große Nebelbank.«

Qua stand auf und starrte. »Wir sind da«, sagte er dann. »Ja, das ist der Nebelring, der die Schule der Magier vor neugierigen Blicken verbirgt. Nebel, die Tarnkappe Scamanders.«

Wenig später hatten sie die schlierigen Wolkenfetzen erreicht und trieben vorsichtig in den Nebel hinein. Die weißen Schwaden umtanzten sie, wurden immer dichter und kälter. Brevert de Brest hatte das Steuer übernommen und schien vor jeder winzigen Kurskorrektur lauschend die Augen zu schließen.

»Bei Umas Welle«, brummte Ambrette. »Wie soll man hier zurechtkommen? Ich würde nicht mal das Floß wiederfinden, wenn ich jetzt Lust auf ein kurzes Bad hätte. Bei Uma, ich weiß nicht mal, ob ich den Weg in meine Hütte finde.«

Qua lachte. »Ja. Der Ring aus Nebel schützt die Schule besser als jede andere Waffe. Seit Generationen nutzen wir Scamanders Tarnung und halten so jeden auf, der nicht willkommen ist.«

»Aber wie findet ihr den Weg?«, fragte Fim neugierig.

»Nicht finden«, bekam er zur Antwort. »Wir spüren ihn.«

Immer tiefer führte Brevert das Floß in den wabernden Dunst, bis sich der dicke weiße Vorhang endlich zu heben begann. Sie betraten eine ganz neue Bühne: Sonnenlicht umflutete sie, ein größer werdender Spalt blauen Himmels stürzte auf sie zu wie ein riesiges blaues Messer, die Wellen funkelten wieder und tanzten ihren ewigen Tanz – und in der Mitte des Nebelrings leuchteten, noch heller schimmernd als dic Schaumkronen im Wasser, zehn flackernde und in sich verfließende Kugeln. Groß schwebten sie knapp über der Wasseroberfläche vorwärts; wirklich groß, dachte Fim und erkannte verschwommene Gestalten hinter dem Rieseln der Kugelwände. Keine Gestalten, berichtigte er sich, sondern Lehrer wie Brevert de Brest.

Sie hatten die Schule der Magier erreicht.

»Bereit?«

Berryl nickte. Zusammen trieben sie auf dem Wasser, und dieses Gefühl, zwar nervös, aber zusammen nervös in die Tiefe zu blicken, war schrecklich und schön zugleich. Ein Augenblinzeln lang schauten sie sich an.

Dann zischte Phosphor: »Von mir auzzz können wir lozzz. Aber ich habe kein gutezzz Gefühl.«

Sie tauchten. Die ersten hundert Schwimmzüge zählte Berryl noch mit, danach verhaspelte er sich und ließ es bleiben. Wieder verschluckte die Tiefe alle Farben, blasses Licht malte ihre Körper grau an, bis es schließlich auch verschwand und nur Symes Stirn leuchtete und Phosphor.

Stille. Die Ruhe der tiefen See nahm sie bei den Händen und führte sie hinab und auch die Kälte zog. Stille und Kälte und Dunkelheit.

»Wie tief sind wir wohl?«, fragte Berryl irgendwann.

»Dreihundert Schwimmzüge«, antwortete Phosphor. »Zzzo tief wie Kryla.«

Und weiter. Ohne Licht und ohne Entfernung verschwand auch die Zeit. Überall nur Wasser, kein oben und unten. Ohne Syme und die anderen hätte Berryl schon längst nicht mehr gewusst, ob sie nun hinauf- oder hinabtauchten.

»Wo ist Großvater?«, fragte er plötzlich.

»Keine Angst.« Syme klang so, als hätte sie genau das: Angst. »Er ist direkt hinter uns.«

Berryl drehte sich um und entdeckte schließlich den schwach schimmernden, aber beruhigend massigen Körper, der wie eine untergehende Insel hinter ihnen in die Tiefe sank.

Weiter.

Ob wir den Druck aushalten?, fragte sich Berryl. Je tiefer sie kamen, desto mehr Wasser lag auf ihnen, presste und quetschte alles zusammen mit seinem unermesslichen Gewicht.

Weiter.

Dunkelheit und Stille.

Ein Laternenfisch schoss vorbei, erschrocken über die unbekannten Eindringlinge, sein querbreites Maul aufsperrend und die Zähne zeigend. Und verschwand in der Nacht.

Weiter.

»Wie tief?«, fragte Berryl wieder.

»Vierhundert Schwimmzüge.« Der Leuchtaal schwebte vor Symes Gesicht, dann ließ er sich zu Berryl treiben. Er musterte die beiden genau und zischte: »Achtet auf eure Körper. Wenn ihr etwazzz Ungewöhnlichezzz bemerkt, zzzagt ezzz zzzofort.«

Etwas Ungewöhnliches?, dachte Berryl. Was bei Scamanders Bart meinte Phosphor damit? Aber er fragte nicht.

In einer Tiefe von vierhundertfünfzig Schwimmzügen stießen sie auf den Meeresgrund. Brauner, schlammiger Boden, der in feinen Wolken aufwirbelte, wenn man ihm zu nahe kam. Knochenreste, Gräten, Muschelschalen und leere Panzer: Unterwasserstaub der Meere.

Hier wuchs nicht mehr viel – einige Algen und kreideweiße Dunkelkorallen. Berryl dachte an das Eismeer, überlegte, ob die gefrorenen Wesen in der Korallenstadt jetzt wohl zuschauten.

»Und wo ist der Graben?« Berryls Stimme hörte sich seltsam an, gequetscht und dunkel. Der Wasserdruck machte sich bemerkbar.

»Vielleicht steht hier irgendwo ein Schild?« Phosphor versuchte sie aufzuheitern: Er wusste, wie gefährlich tiefes Tauchen sogar für die Dunklen war. Und Berryl war nur ein, nun – Mischmasch hatte dieser Fim mal gesagt.

Aber sein kleiner Witz brachte niemanden zum Lachen. Im Gegenteil: Berryl stellte sich nun tatsächlich eine große Tafel vor, auf der »Zum Abgrund« stand, er schaute an ihr entlang, hinunter in die Tiefe eines unendlichen Grabens, und ein Greifarm kroch von da unten heraus, ein riesiger Tentakel, der ihn zerquetschte und wohl nicht umsonst aussah wie ein Krakenarm. Der Wächter am Goldenen See, dachte Berryl, verfolgt mich noch immer.

Großvater entdeckte den Unterwassergraben. Er hatte dem Meer gelauscht, nickte und stupste dann Berryl an, der ihn verstand. Syme, Phosphor und er folgten dem Manta.

Der Graben war breit und lang gezogen. Als hätte hier, tief unter der Wasseroberfläche, ein vernichtender Blitz eingeschlagen und diesen Riss in die Erde gestanzt. Ein breiter, langer Graben und – tief.

Auch in diese Schlucht wagten sie sich hinab. Die Wände rückten bald näher zusammen, aber immer noch war viel Platz. Fünfhundert Schwimmzüge. Sechshundert. Unzählbar die Menge an Wasser, Dunkelheit und Stille über ihnen. Vor ihnen noch immer nichts als Schwärze. Berryls Bewegungen wurden unkontrolliert, so als hätten seine Arme und Beine plötzlich das Einfachste auf der Welt verlernt: zu schwimmen. Schon längst hatte er jede Orientierung verloren und hielt seinen Blick fest auf das Stirnauge von Syme geheftet. Und auch die Dunkle hatte Schwierigkeiten: Ihr Atem ging schwer. Die Falten am Hals schienen sich nur noch mühsam zu öffnen, der Außendruck presste sie zusammen.

Sechshundertfünfzig. Berryls Kopf fing an zu dröhnen.

Siebenhundert. Vor ihnen nur kalte Dunkelheit. Irgendwo dort unten wartete eine neue Mutter der Quallen. Wie tief ging es denn noch hinunter? Irgendwann musste doch auch dieser verfluchte Graben ein Ende haben.

»Berryl!« Symes erschrockene Stimme riss ihn aus seinem Dämmerzustand.

Sie hielt inne und musterte ihn. Er fuhr sich fragend über das Gesicht und schaute seine Hand an. »Nasenbluten«, sagte er.

»Gar nicht gut«, zischte Phosphor. Und auch seine Stimme klang dumpf und fremd.

Kurz danach quoll auch aus Berryls Halsfalten Blut.

»Du musst umkehren, Berryl.«

»Ich halte schon durch.«

»Nein. Du musst umkehren. Wir machen alleine weiter.«

»Syme ich ...« Wie schwierig das auf einmal war, die Worte zu setzen. Offenbar quetschte der Wasserdruck nicht nur Blut, sondern auch den letzten Rest Verstand aus seinem Kopf. »Ich ... selbst wenn ich wollte, ich kann nicht. Ich würde nie an die Oberfläche finden. Ich weiß nicht mal, wo oben und unten ist, ich ...«

Mit einer Handbewegung unterbrach Syme ihn. Sie zögerte. Auch ihr Kopf schien sich langsam in flüssigen Brei zu verwandeln. Aber Berryl konnte nicht weiter, das war klar. Berryl würde sonst sterben. Und ohne Licht und Führung konnte er nicht alleine nach oben kommen. Aber aufgeben? Die Heilung für den Weißen Tod lag so nahe! Zweihundert, dreihundert Schwimmzüge unter ihr. Sie konnte doch nicht einfach aufgeben!

»Du wartest!«, entschied sie. »Phosphor bleibt bei dir, damit du Licht hast.«

»Aber ...«

»Sei still!«

Widerstrebend ließ Phosphor sie ziehen und auch der Manta zögerte und trieb an Berryls Seite.

»Folge ihr, Großvater! Pass auf sie auf, bitte.«

Der Rochen nickte und sank tiefer, schwamm dem schwachen Leuchten nach, das Syme war.

»Zzzie wird ezzz nicht schaffen«, sagte Phosphor, als auch dieses winzige Flirren verschwunden war. »Ezzz izzzt zu tief. Ich habe noch nie von einem Dunklen gehört, der tiefer als achthundert Schwimmzüge tauchte. Zzzie kann ezzz nicht schaffen.«

Aber Berryl hörte kaum zu. Seine Gedanken drifteten ab, jedes klare Wort schien wie ein Schiff mit Segeln zu sein – der Wind griff hinein und blies es fort. Nur ein Satzboot lag vor Anker und an dem hielt er sich fest um nicht vollkommen unterzugehen. Obwohl dieser Satz schrecklich genug war: Du hast wieder einmal versagt, dachte Berryl, während ihm das Blut weiter aus Nase und Mund quoll. Du hast wieder versagt, Missgeburt. Dunkelheit. Nur die weiße Schlange aus Licht neben ihm, Phosphor, und dieser eine Satz im Kopf. Stille. Du hast wieder versagt, Missgeburt. So dunkel. Kalt.

»Bei Zzzcamanderzzz Zorn!«, kreischte da Phosphor los. »Ich habe ezzz ja gewuzzzt.«

Durch verklebte Augen erkannte Berryl, wie der Leuchtaal hinabtauchte auf eine erschlaffte Syme zu, die von Großvater Stück für Stück nach oben geschoben wurde. Auch aus ihrem Körper strömte Blut ins Wasser.

»Syme!«, rief der Doppelatmer. »Syme!«

»Es ist … einfach zu tief.« Ihre Stimme war nur ein Hauchen, das leiseste Plätschern, zu dem eine Welle fähig war, wenn ein Nichts von Wind übers Wasser strich.

Und während Phosphor sich schwor, dies sei nun das allerletzte Mal gewesen, dass Syme ihn in Schwierigkeiten brachte, während in Berryls Denken das Wort ›Missgeburt‹ einen grausamen Anker bildete und Reglions Tochter sich nur ganz langsam erholte, machten sie sich auf den langen Weg zurück nach oben.

Ans Licht.

Eine der großen Kugeln aus Wasser schwenkte aus der Formation aus, in der die Schule der Magier über das Meer schwebte. Fim hielt die Luft an und Qua stand am

Ende des Floßes und schlug den Gruß der Welle. Er sah so winzig aus vor diesem durchsichtigen und strahlenden Ball, so klein wie ein Steinfloh vor einem Felsbrocken. Dann öffnete sich die runde Wand aus Wasser, ein Kreis bildete sich, von dessen Rand immer mehr Tropfen rieselten, zusammenflossen, sich verbanden und verschmolzen, bis eine Treppe aus Wasser ihr Floß mit der fliegenden Kugel verband.

Fim hielt immer noch den Atem an, als schließlich ein Lichtatmer, gehüllt in eine feuerkorallenrote Toga, die Wasserstufen herabstieg. Auch er schlug den Gruß der Welle, schaute Qua dann lange schweigend an, bis er schließlich sagte: »Ich hatte nicht gehofft dir noch einmal zu begegnen. Willkommen zu Hause, Brevert de Brest.«

Die Schule der Magier war ein einziges Wunder. Fand jedenfalls Fim. So lange war er mit sich selbst beschäftigt gewesen, mit der Sprache der Tiere, mit der Gabe und dem Fluch des Verstehens, mit Berryls Wut auf ihn und Lygarts Blicken auf seine Schwester. Und jetzt kam er sich vor, als wären graue Wolken verschwunden, die mondenlang regnend über seinem Kopf gestanden hätten. Jetzt schien die Sonne und er spürte wieder die Neugier von früher, wenn er mit Spielkameraden Tauchrekorde aufstellte oder einsame Strände am Atoll der Tausend erforschte.

Ein einziges großartiges Wunder. Der Magier im roten Gewand stellte sich ihnen als Zeran de Zel vor. Und nachdem Fim die erste Scheu überwunden hatte, überschüttete er ihn mit Fragen, die aus seinem Mund purzelten wie Hunderte von Silberfischen aus einem prall gefüllten Netz.

Und Zeran de Zel lachte und antwortete. Ja, die Kugeln und Kuppeln der Schule bestanden wirklich nur aus einfachem Meerwasser. Ja, sie alle hier waren Magier; rund fünfzig lebten zusammen, geschützt hinter dem Nebelring. Nein, es gab nicht nur lichtatmende Magier; die vom Tiefen Volk lebten in zwei Kugeln, die mit Wasser gefüllt waren und nicht mit Luft. Und nein, einen, der die Sprache der Tiere verstand, hatten sie leider nicht dabei. Das wäre aber sicherlich interessant.

Fims Kopf drehte sich wie ein Strudel.

Ambrette und Stella waren froh ihn endlich wieder einmal glücklich zu sehen. Nur Qua warf Zeran de Zel immer wieder drängende und ernste Blicke zu, bis der sich endlich von Fim losmachte.

»Wir haben dich lange gesucht«, wandte Zeran sich an ihn.

»Und nicht gefunden, ich weiß!« Die Trauer in seiner Stimme ließ alle zusammenzucken. Aber Qua lächelte schon wieder. »Wir können später reden – die Zeit ist knapp. Was habt ihr gegen das Salz unternommen?«

»Nun«, Zeran hob die Hände. »Nach dir schickten wir noch drei weitere von uns los – und verloren alle. Seitdem … haben wir uns darauf beschränkt, zu forschen.«

»Ihr habt nichts unternommen?«

»Wir wissen nicht was. Die Konzentration des Salzes steigt und wir versuchen sie wieder zu senken. Mehr können wir nicht tun.«

»Mehr könnt ihr nicht tun?« Qua konnte es nicht fassen.

»Beruhige dich, Brevert de Brest. Ich denke, wir haben noch genügend Zeit …«

»Nein!«, fiel ihm Qua ins Wort. »Die haben wir nicht.

Bei Uma und Scamander, verstehst du denn nicht? Alua stirbt. Und zwar in diesem Augenblick!«

Besorgt schaute Zeran de Zel ihn an. »Was schlägst du vor?«

»Ich … ich brauche meine Kraft zurück. Und meine Erinnerung. Der entscheidende Teil fehlt. Ihr müsst das Ritual der Wiederherstellung an mir vollziehen …«

»Wir müssen es noch einmal versuchen!«, presste Syme aus salzverkrusteten Lippen hervor.

Einen Tag lang hatten sie sich erholt.

»Es ist zu tief«, wandte Berryl ein. »Wir schaffen es nicht. Vielleicht haben die anderen mehr Glück, finden die Schule der Magier und …«

»Und was?«

Der Doppelatmer zuckte die Achseln. Sie schwammen wieder im flachen Wasser der Lagune und brüteten vor sich hin. »Wo ist Großvater eigentlich?«, fragte Berryl schließlich – nicht nur um abzulenken. Seit sie es, blutend, aber ansonsten wohlbehalten, bis an die Meeresoberfläche geschafft hatten, war der Manta verschwunden.

»Hat wahrscheinlich keine Lust mehr!«, antwortete Syme verzweifelt. Irgendeinen Weg hinunter musste es doch geben! Sie mussten diese Quallenmutter irgendwie herbeischaffen. Und den Weißen Tod endlich besiegen!

»Nein. Großvater doch nicht. Ich denke, er …«

Berryl sprach den Satz nie zu Ende. Ein Getöse unterbrach ihn, eine kleine Flutwelle wirbelte die zwei herum und irgendetwas Großes durchbrach dröhnend die Wasseroberfläche. Etwas riesig Großes.

»Bei Scamanders Bart«, flüsterte Syme, als das Wasser sich beruhigt hatte und neben ihnen eine neue Insel aufragte, schwarz und bewachsen wie ein Schiff, das seit Generationen versunken im Wasser gelegen hatte. Eine lang gestreckte Insel, so hoch aufragend, dass sie nicht hinaufsehen konnten. Und auf einem ihrer Enden schoss plötzlich ein Wasserstrahl in die Luft, höher als die Fontäne des Feueralgenbrunnens.

»Ein Buckelwal«, keuchte Berryl.

»Und nicht nur irgendeiner«, raunte Phosphor und schlängelte sich Schutz suchend um Symes Hals. »Wenn ich nicht irre, izzzt dazzz der König aller Buckelwale.«

»Aber was um …« Auch diesen Satz brachte Berryl nicht zu Ende. Großvater kam plötzlich angeschwommen und drängte sie vorwärts. Berryl hätte schwören können, dass seine gelben Augen amüsiert funkelten, als er sie zum Wal hinführte. Zum offenen Rachen des Buckelwals.

»Also, was meint ihr?«, fragte Syme, nachdem sie alle verstanden hatten.

»Ich wünschte, Fim wäre hier. Der würde unserem König Wal zuhören und wüsste …« Berryl verstummte. Und ein Lächeln zog sich über seine Lippen. Denn er wünschte sich tatsächlich, Fim wäre hier und würde ihnen helfen. Einen Moment lang lauschte er in sich hinein und hörte auf seine Wut, auf seinen Hass gegen diesen Dieb der Großen Perle, aber er fand auch eine andere Stimme, die älter war und doch wie neu. Freundschaft, sagte sie.

»Die Idee izzzt zzzo verrückt, dazzz zzzie funktionieren könnte.« Phosphor starrte wie die beiden anderen auf dieses riesige Loch vor ihnen: Er hätte nie gedacht, dass der aufgerissene Rachen eines Buckelwals so aussehen könnte. So einladend.

»Bei uns gibt es viele Legenden«, murmelte Syme nachdenklich und auch sie konnte sich nicht von diesem schwarzen Tunnel abwenden. »Eine erzählt vom Ursprung unseres Volkes. Wir stammen von einer Lichtatmerin ab, die König Wal einlud zu einer Reise. Im Bauch des riesigen Fisches lebte sie lange und staunte über die Welt unter Wasser. Und im Bauch des Wals starb sie auch, aber nicht ohne ein Kind zu gebären: den Ersten des Tiefen Volkes.

»Können wir es schaffen?« Berryl lächelte immer noch. Es tat gut, an Fim als Freund zu denken.

»Ja«, sagten Phosphor und Syme gleichzeitig. Und auch Großvater schien eifrig zu nicken.

Sehnsüchtig wünschte sich Berryl abermals den Manta verstehen zu können – und ein giftiges Schwert kratzte an Fims Gesicht in seinen Gedanken. »Dann …«, sagte er zögernd, »dann sollten wir los.«

Sie schwebten! Fim konnte es nicht fassen. Auf der Wasseroberfläche, nein, eben eine Handbreit über der Wasseroberfläche schwebten rund fünfzig Magier in einem Kreis und Qua drehte sich in der Mitte, mit seinem Gesicht immer zu einem anderen. Sie flogen! Aber wie konnte das sein? Angeblich beherrschten sie doch nur das Wasser und nicht die Luft? Er konnte seine Neugier nicht zügeln und schwamm vorsichtig an die versammelten Männern und Frauen heran, alle in die einfachen, aber ziemlich beeindruckenden roten Gewänder gehüllt. Lichtatmer und Dunkle. Für das Ritual der

Wiederherstellung waren die Wasserkugeln – so groß sie ihm auch schienen – doch zu klein. Also hatten sich alle Meister der Schule hier draußen versammelt. Mit Qua in der Mitte.

Aha! Immer noch aus gebührender Entfernung beobachtete Fim. Und entdeckte den Trick beim Schweben: Die Magier flogen nicht wirklich, sondern trieben auf einem feinen Teppich aus Wassertropfen. Unter ihnen waberten winzige Wolken. Bei Uma, dachte Fim. Die sitzen auf Kissen aus Nebel!

Auf einmal hörte er ein leises Summen. Mit geschlossenen Lippen intonierten fünfzig Stimmen einen einzigen Ton. Gleichzeitig begannen sie vollkommen synchron die Hände zu bewegen: Feierlich schlugen sie den Gruß der Welle. Fim schaute auf seine eigenen Finger und machte es ihnen nach. Dann sagte Zeran de Zel irgendetwas und die anderen wiederholten es. Fim verstand nicht – diese Sprache war selbst ihm unbekannt, und irgendwo tief in seiner Seele freute er sich darüber wie ein Kind, das er vor kurzem noch gewesen war.

Rede und Gegenrede. Zeran sprach und der Chor aus Magiern antwortete. Dann wieder das gemeinsame Summen. Und schließlich bewegten die fünfzig ihre Hände. Rollten die Finger ein und aus, ballten die Fäuste oder ließen die Handflächen zittern. Immer rascher zuckten die Hände hin und her, während die Körper ruhig blieben, so schnell schließlich, dass Fim sie nur noch schemenhaft durch die Luft zischen sah. Qua drehte sich die ganze Zeit in der Mitte des Kreises, mit geschlossenen Lippen und Augen, aber ausgebreiteten Armen.

Nach langer Zeit bewegte sich neben ihm etwas im Wasser. Nicht im Wasser, erkannte Fim, sondern das Wasser selbst. Etwas formte sich daraus – ein Körper. Ein Körper, der wie ein Lichtatmer aussah und nach oben schwebte, bis er direkt vor Qua zum Halten kam. Nasenspitze an Nasenspitze. Wie ein Spiegelbild, dachte Fim, und eine Stimme in ihm sagte, dass es genau das war: ein Spiegelbild, ein Spiegelkörper aus Wasser, der jetzt immer feiner modelliert wurde, immer ähnlicher, bis dieses Spiegelwesen Brevert genau glich, bis auf die letzte Schuppe. Und noch mehr: Dieser Körper aus Meerwasser war Brevert de Brest.

Das Summen wurde lauter, schwoll an zu einer Welle aus Klang. Die beiden Körper im Zentrum des Kreises begannen sich zu vereinen. Zu vermischen. Das Ritual der Wiederherstellung ging seinem Höhepunkt entgegen.

»Unheimlich, nicht wahr?«

Berryl nickte, aber im Dunkeln konnte Syme das unmöglich erkennen. »Kannst du uns ein bisschen Licht machen?«, fragte er stattdessen.

»Ja«, antwortete sie. »Aber meinst du nicht, das stört … ihn?«

»Keine Ahnung.« Und woher bei Uma sollte er das auch wissen? Er war schließlich kein Experte für Buckelwale. »Probieren wir's aus«, sagte er schließlich. »Wenn es … ihm nicht gefällt, wird er sich schon melden.«

Syme kicherte – mehr hysterisch als belustigt. »Ja«, sagte sie dann. »Er braucht nur einmal mit der Zunge schnalzen und schon ist er uns los.« Trotzdem berührte sie das Leuchtauge auf ihrer Stirn. Reglos warteten sie ein Augenblinzeln lang, aber nichts geschah.

»Glück gehabt«, murmelte Berryl und schaute sich neugierig um. Ein Mischmasch in König Buckelwal, dachte er und musste kichern.

»Was ist so komisch?«

»Nichts, Syme. Habe nur nie gedacht, dass ich mal im Bauch eines Wals ende.«

»Nicht im Bauch, sondern im Rachen. Und enden wirst du hier hoffentlich nicht.«

Symes Stirnauge schenkte ihnen ein bisschen Licht, aber viel erkannten sie trotzdem nicht. Das Maul dieses Tieres war einfach zu riesig. Nur ein paar Schritte hatten sie sich hineingewagt, als sich der Rachen mit einem krachenden Schnappen auch schon wieder schloss. Jetzt starrte Berryl die hohe Wand aus weißen Baumstämmen an, die den Ausgang der Höhle versperrten. Zähne, verbesserte er sich in Gedanken. Das sind Zähne. Dann kauerte er sich auf den Boden. Die Zunge: rötlich und feucht. Dicht aneinander gedrängt standen Syme und er. Die Luft roch faulig, aber er konnte sie atmen. Syme vertraute auf den Wasservorrat in ihren Halsfalten. Mit dem Buckelwal würden sie nicht lange brauchen um den Grund des Tiefseegrabens zu erreichen. Weit hinten in der Höhle gurgelte es manchmal auf – das musste der Schlund sein. Unheimlich.

»Glaubst du, Phosphor kann uns hören?«

Der Leuchtaal hatte es ganz entschieden vorgezogen, die Reise hinab außerhalb des Wals zu machen. Aber er hatte den beiden versprochen, immer direkt neben dem Maul zu schwimmen.

»Rufen wir ihn doch mal!«, gab Berryl zurück.

Und tatsächlich: Nachdem sie ein paarmal den Namen des Leuchtaals gebrüllt hatten, hörten sie seine zischende Stimme durch das geschlossene Walmaul hindurch: »Na, hat er euch noch nicht verschluckt?«

»Wie tief sind wir?«

»Dreihundert Schwimmzüge. Der Manta führt ihn und meinetwegen können zzzie nicht schneller.«

»Gut.«

Stille. Und faulige Luft. Dieser zweite Abstieg auf den Meeresboden mochte komfortabler sein, aber nicht minder beklemmend als ihr erster Versuch.

»Erzählst du mir noch eine Legende von deinem Volk?«, fragte Berryl nervös.

»Märchenstunde?«

»Ja bitte!«

Syme überlegte und schluckte dann. »Die Geschichte von Octron und Lipara habe ich immer geliebt. Vielleicht weil mein Vater sie aus irgendeinem Grund nicht mochte.«

»Gerade deshalb?«

»Auch.« Syme lachte leise. »Also, die Geschichte geht so: Lipara war eine wunderschöne Prinzessin des Tiefen Volkes.«

»Genau … wie du.«

»Hm. Einmal durchstreifte sie ihren liebsten Wald aus Kelptang, als eine Strömung sie fortriss.«

»Hinein in den furchtbaren Rachen eines bösen Buckelwals«, mutmaßte Berryl.

»Nein. Hinein in die Arme eines starken Jünglings.«

»Octron.«

»Ja. Octron packte sie gerade noch im letzten Moment, hielt sie fest und zog sie aus der Strömung, die Lipara sonst ins Reich der endlosen Traurigkeit gezerrt hätte.«

»Und auch er war ein Königssohn.«

Syme lächelte schwach. »Ja. Aber er war … ein Lichtatmer.«

»Was?«

»Ein Oberflächler, ja. Sie verliebten sich ineinander. Octron zeigte ihr die Wunder der Sonnenwelt und Lipara weihte ihn in viele Geheimnisse der Dunklen ein. Aber … es ging nicht gut.«

»Bitte nicht weiter, Syme.«

»Sie … sie waren füreinander geschaffen, doch ihre Körper nicht für die Welt des anderen. Einmal nur blieb Octron zu lange bei Lipara, sie schwammen zusammen, ihre Küsse raubten ihm Licht und Luft, aber er wollte nicht auftauchen.«

»Hör auf.«

»Er erstickte in Liparas Armen. Als sie endlich die Wasseroberfläche erreicht hatten, war er tot.«

»Bitte!«

»Und Lipara suchte die Strömung wieder, in der das Schicksal sie getroffen hatte. Diesmal ließ sie sich mitreißen und klagt bis heute um Octron im Reich der endlosen Traurigkeit.«

Stille. Tief unten im Meer, eingesperrt im Rachen eines Buckelwals wusste Berryl nicht, was er sagen sollte. Die Wortlosigkeit lastete schwerer auf ihm als der größte Wasserdruck. Und nie war er froher gewesen Phosphor zu hören, leise und gedämpft zwar, aber deutlich.

»Achthundert Schwimmzüge tief«, verkündete der Leuchtaal. »Wie geht ezzz euch da drinnen? Nazzzenbluten?«

»Nein.« Syme klang, als wäre auch sie schon unterwegs in dieses Reich der endlosen Traurigkeit. Langsam wie im Schlaf kratzte sie sich das Salz von den Lippen.

»Neunhundert«, gab Phosphor kurz darauf bekannt. »Neunhundertfünfzig. Ich erkenne den Grund.«

»Was siehst du jetzt? Ist die neue Mutter der Quallen irgendwo?«

»Nein, aber ... Da izzzt etwazzz. Eine grozzze leuchtende Kugel. Wie auzzz Krizzztall.«

Syme und Berryl lauschten atemlos.

»Da! Ich zzzehe jemanden in der durchzzzichtigen Kugel. Einer von uns. Vom Tiefen Volk. Er ... er winkt mir zu!«

Reglion, Herrscher von Kryla und König des Tiefen Volkes, verließ die Hauptebene des Perlmuttpalasts und schwamm in den Bibliothekskeller hinunter. Seit das Verhör der beiden Krebsmenschen dieses, nun, zutiefst beunruhigende Ergebnis gebracht hatte, war er vor Sorge um seine Tochter ganz krank.

Dieser Name, den die Söldner gestammelt hatten: Glorant de Grul. Wenn der wirklich etwas mit der ganzen Geschichte zu tun hatte, mit dem Angriff der Krebsmenschen und dem Weißen Tod, dann war Syme verloren. Ihn, Glorant de Grul, hatte noch nie jemand herausgefordert – und überlebt.

Strömung um Strömung hatte Reglion über diesen Namen nachgedacht, der sich in seine Gedanken fraß wie eine Bohrmuschel in den Fels, Schicht um Schicht seiner Erinnerungen durchstieß und dabei modrigen Schlick aufwühlte. Glorant de Grul. Wie lange war das her?, fragte sich Reglion. Gar nicht so lange. Und trotzdem schien ihm dieser Name wie aus einer lange versunkenen Zeit entgegenzuleuchten.

Reglion hatte ganze Hundertschaften Späher ausgeschickt, aber niemand entdeckte auch nur eine Spur von Syme. Die Zwei schwiegen weiter beharrlich. Und in seinem Kopf dieser Name und die lang unterdrückte Erinnerung. Er war selbst noch ein Kind gewesen, damals. Endlich entschloss sich Reglion der Bibliothek einen Besuch abzustatten – dem großen Projekt seines Vaters. Papier und selbst Palmblätter waren unter Wasser natürlich nutzlos. In früheren Generationen hatte man in Steintafeln Texte geritzt oder ein Schnuralphabet benutzt. König Brechnox, Reglions Vater, hatte schließlich die Forscher im Rondell des Wissens über Tausende von Strömungen hinweg angetrieben, bis sie endlich die perfekte Aufzeichnungsmöglichkeit geliefert hatten – so war Brechnox' berühmte Schneckenbibliothek entstanden.

Reglion knurrte. Er wollte nicht an seinen Vater denken, nicht an seine Mutter Morella und nicht an Glorant de Grul.

Der Archivar begrüßte ihn ehrerbietig und suchte aus den endlosen Regalen – voll gestopft wie der unersättliche Magen eines Doppelhammers – die von Reglion gewünschten Schnecken heraus. Krylas Herrscher ließ sich in den Hörsaal treiben, wo eine Hand voll Forscher vor sich hin murmelte und verstummte. In einer ruhigen Ecke drückte er sich schließlich eine der Schneckenschalen ans Ohr und seufzte. Reglion verstand nicht genau, wie die Technik der Schneckenbücher funktionierte, aber er konnte sie nutzen. Und das war allemal genug für einen König.

Reglion lauschte. Zuerst vernahm er nur das Brausen am Ohr, das aus jeder Muschelschale summt. Dann deutlich und klar den Archivar, der die Schnecke besprochen hatte.

»Glorant de Grul, mit ursprünglichem Namen: Styrax vom Tiefen Volk. Erstgeborener Sohn von Brechnox und Morella. Lehnte schon in jungen Jahren die Königswürde ab, die damit an den zweitgeborenen Sohn fiel. Styrax widmete sich die nächsten Strömungen über dem Studium der Wassermagie. Brach später auf um die legendäre Schule der Magier zu suchen – und zu finden. Dort Lehrjahre und die Verleihung seines Magiernamens: Glorant de Grul. Entwickelte verblüffende Fähigkeiten, die ihn im Verlauf vieler Strömungen zum mächtigsten Wassermagier des Tiefen Volkes machten. In diese Zeit fielen auch die erste Anzeichen von Wahnsinn, für den bis heute eine plausible Begründung fehlt. Später kämpfte er im so genannten Königskrieg gegen Brechnox, seinen eigenen Vater, wurde vernichtend geschlagen und gilt seitdem als verschollen …«

Nüchterne Worte, dachte Reglion, für die bluttriefenden Erinnerungen in seinem Kopf. Natürlich vorsichtig formuliert: Wahnsinn, für den eine plausible Begründung fehlt. Ha! Reglion war bei diesen Worten zusammengezuckt wie vom Schlag eines elektrischen Aals. Er kannte sehr wohl den Grund für Styrax' Wahnsinn.

Die Worte im Schneckengehäuse kamen ins Stocken – offenbar war die Technik doch noch nicht ausgereift. Die Stimme verzerrte sich, stolperte und wiederholte nur noch die letzten vier Worte: »Gilt seitdem als verschollen … gilt seitdem als verschollen … gilt …«

Aber du bist nicht verschollen, nicht wahr?, dachte Reglion. Nicht du, Glorant de Grul. Mein Bruder.

Das Ritual der Wiederherstellung endete so unspektakulär, dass Fim richtig enttäuscht war. Quas unheimlicher Spiegelbruder aus Wasser glitt einfach immer näher an den lebendigen Körper heran, hatte ihn durchdrungen und war mit ihm verschmolzen. Ohne ein strahlendes Licht im Augenblick der Wiederherstellung, ohne einen dramatischen Schrei seitens Qua – nicht mal ein Seufzer war von dessen Lippen gekommen. Nur die Augen Quas, der nun wohl endgültig wieder Brevert de Brest genannt werden musste, leuchteten in einem helleren, alles durchdringenden Feuer. Und auch die Stimme klang anders, als der Wassermagier schließlich sagte: »Ich danke euch, Brüder. Ich bin Brevert de Brest, bin meine Vergangenheit, meine Gegenwart, meine Zukunft. Ich besitze all meine Kraft und alle meine Erinnerungen. Ich danke euch.«

Auch diese formellen Sätze, überlegte Fim, mussten noch zum Ritual gehören. Denn nachdem Brevert das Zeichen der Welle geschlagen hatte, winkte er Fim lächelnd zu.

Der Kreis der Magier löste sich auf; einige grüßten den Zurückgekehrten, andere schwebten wortlos wieder in ihre Kugeln aus Wasser. Schließlich blieben nur noch Brevert und Zeran de Zel übrig, zu denen sich jetzt Lygart, Ambrette und Stella gesellten. Auch Fim schwamm natürlich heran.

Wieder war es seine Schwester, die die Frage stellte. »Was ist passiert, Qua?«

»Königin, ich habe leider keine Zeit. Meine Kräfte sind wiedererwacht, aber auch meine Erinnerungen – Syme und Berryl sind in höchster Gefahr. Ich muss sofort zu ihnen.«

»Aber wie?«, fragte Fim. »Könnt ihr euch einfach ... wegzaubern? An einen anderen Ort?«

»Fast.« Obwohl Breverts Augen gehetzt in den Himmel starrten, nahm er sich Zeit für ein Lächeln. »Wir beherrschen das Wasser. Und unsere eigenen Körper bestehen nahezu vollständig aus diesem Element. Wir sind kaum mehr als Wasser mit ein wenig Haut drum herum. Trotzdem Fim, der Sprung ist ein mächtiger Zauber, den nur wenige von uns je anwenden – er braucht zu viel Kraft. Doch wir haben keine Zeit mehr. Alua treibt auf den großen Wasserfall zu, der Vernichtung heißt.«

Brevert hob die Hände, aber Zeran de Zel packte ihn und fragte: »Sag mir nur noch, Bruder: Ist es ...«

»Ja.« Brevert nickte. »Glorant de Grul. Lebt wohl.«

Dann fingen seine Hände an zu tanzen. Immer schneller bewegten sich seine Finger und Knöchel, bis er zu schwitzen begann und – mehr als das. Wasser perlte von seiner Stirn, floss bald vom ganzen Körper; Qua begann zu schmelzen, schrumpfte, löste sich auf, und Fim konnte nur erstarrt zuschauen, wie sich der Wassermagier vollständig verflüssigte. Und sich mit dem Meer Aluas vermischte.

»Leb wohl«, flüsterte auch Zeran de Zel, als Brevert verschwunden war, und drehte sich zu den anderen. Die gafften immer noch mit großen Augen auf die Stelle, wo eben noch ihr Weggefährte geschwebt hatte, bis Restella sich zusammenriss und fragte: »Wer bei Umas Wellen ist dieser Glorant de Grul?«

»Das«, sagte Zeran, »ist eine lange, traurige Geschichte. Und ihr habt euch jedes Recht verdient, sie zu hören. Kommt mit.«

In der Dunkelheit

Gurgelnd und dunkel zischte das Wasser erst um ihre Füße, stieg über ihre Hüften und hüllte sie endlich ganz ein – König Wal öffnete langsam seinen Rachen.

Das Wasser der tiefen See war nicht so kalt wie im Eismeer, aber gefährlicher. Lange würden sie – fast tausend Schwimmzüge unter der Meeresoberfläche – dem Druck nicht standhalten können. Die Zeit musste einfach reichen. Sie musste.

Berryl ließ den Atemwechsel seines Körpers über sich ergehen, krampfte sich, als die Hautfalten am Hals zu arbeiten begannen, und schwamm Syme nach, die sich, gehetzt von Hoffnung und Angst, sofort aus dem offenen Maul des Tieres gestürzt hatte.

»Warte!«, rief Berryl und tatsächlich verharrte sie, trat ungeduldig im Wasser und hielt ihm doch ihre Hand hin – gemeinsam trieben sie auf die flirrende Kugel zu. Von links und rechts stießen Phosphor und der Manta zu ihnen; neben Syme schlängelte sich der Leuchtaal, an Berryls Seite schwebte Großvater wie ein Fels: reglos, stark und geduldig.

»Was ist das?«, fragte Berryl und deutete auf die schillernde Blase.

»Wazzzermagie«, zischte Phosphor. »Die Heimat einezzz Magierzzz. Schaut!«

Tatsächlich erkannte jetzt auch Berryl die Gestalt hinter der durchsichtigen Sphärenwand: Eine Hand wurde gehoben zum Gruß. Uma und Scamander, dachte Berryl. Wie konnte jemand so tief im Nichts überleben? Und warum wollte er es überhaupt? Was musste dieser Mann verbrochen haben, dass er sich ein solches Schreckensexil auswählte? Wurde er vielleicht gefangen gehalten oder ...?

Syme unterbrach seine Grübeleien: »Seht ihr die Mutter der Quallen irgendwo?« Der Dunklen waren Kugel wie Mann völlig gleichgültig. Sie spürte, wie der Druck sie wieder mit seiner Wasserhand zusammenpresste, und wollte nichts als die Qualle finden, sie wegbringen von hier und verschwinden. Aber Syme wusste natürlich, dass das nicht so einfach werden würde.

»Nein, ich kann kaum was erkennen«, antwortete Berryl und erschrak, als eine rote Wolke vor seinem Gesicht trieb. Schon wieder Nasenbluten – so schnell? Sie hatten doch gerade erst den schützenden Buckelwal verlassen. Wie lange, bis der Wasserdruck sie platzen ließ wie eine reife Frucht?

Zu viert näherten sie sich der Kugel, die sich mit einem leisen Zischen öffnete – mitten in der gebogenen Wand schob sich ein Loch auf.

Kein Loch, dachte Berryl, eine Tür.

Wurden sie hineingebeten?

Nein. Die winkende Gestalt, einer vom Tiefen Volk, erschien in der Öffnung und kam ihnen entgegen. Auch er leuchtete, war mit einer durchsichtigen, aber hellen Schicht überzogen. Wenn eine Fackel, dachte Berryl, unter Wasser leuchten könnte, würde das so aussehen. Er brennt. »Eine Schutzaura«, zischte Phosphor und Berryl nickte. Ja natürlich. Dieser Dunkle brauchte keine

Angst vor Nasenbluten zu haben – das weißgelbe Flirren bewahrte ihn vor dem tödlichen Wasserdruck. Schweigend, mit kurzen und gelassenen Bewegungen schwamm er auf die vier Gefährten zu.

Er ist alt, dachte Berryl. Noch älter als Qua oder Eleni. Und er sieht traurig aus. Müde.

Großvater schlug nervös mit den Flossen, als der Dunkle auf sie zukam. Der Manta lauschte dem Meer, lauschte den Wellen und dem zitternden Plankton – und dieses eine Mal zögerte er. Aber dann nickte der Rochen. Wie immer.

Syme überlegte, wer der Mann sein mochte. Ein Verstoßener ihres Volkes? Einer jener Glücksritter, die Kryla verließen um in fremden Tiefen auf Perlmuttsuche zu gehen? Aber er war ein Magier. Das hatte Phosphor gesagt und sie glaubte ihm. Seltsam. Syme wusste, dass seit dem Königskrieg das Wissen um Magie in den großen Wassern Aluas versickert war. Wer bei Scamanders Bart konnte das sein? Und warum kam ihr sein Gesicht, je näher er kam, immer … vertrauter vor?

»Ihr stört meine Träume«, sagte Glorant de Grul.

In Kryla schwamm Reglion ruhelos durch den Perlmuttpalast oder presste Schneckenbücher an sein Ohr – und dachte an seinen Bruder. Auf dem Atoll der Tausend organisierte die Heilerin Eleni die große Tangernte, die dieses Jahr schlechter ausfallen würde als je zuvor. Durch die Meere Aluas schleuderte sich Brevert de Brest vorwärts, aufgelöst in Tausende von Wassertropfen, aber getrieben von einem brennenden Gedanken: Rache. Natürlich, er wollte den Tod Aluas aufhalten, die Vergiftung ihrer Welt, das Salz im Wasser. Doch unter dieser Schicht aus Vernunft und Sorge, die er allen anderen gezeigt hatte, brodelte es. Unter dieser Decke aus Verantwortung und Verstand, die er sich noch über die rote Tunika der Magier gezogen hatte, baute sich eine einzige große Welle aus Zorn auf. Wut über sein vergeudetes Leben. Zorn über die Schande, im Kampf gegen Glorant de Grul versagt zu haben. Empörung über die jahrzehntelange Existenz als närrischer Verrückter, als trottelnder Qua, der über die Inseln des Atolls der Tausend hüpfte.

Und in der Schule der Magier erzählte Zeran de Zel wie versprochen die lange Geschichte eines Magiers, der Glorant de Grul hieß.

»Ich verstehe«, sagte Fim zum Schluss. Lygart unterdrückte nur mit Mühe ein Seufzen, aber Zeran schaute Fim an und brach in lautes Lachen aus.

»Komm mal mit«, forderte er ihn auf und zog Fim mit erstaunlicher Kraft auf die Füße.

»Aber …« Bevor der junge König der Lichtatmer weiterreden konnte, zitterte der Boden unter ihnen und eine Plattform aus Wasser drückte sie beide in die Höhe. Immer weiter hinauf schob sich die schwankende Säule, über die Wassersphären der Magier hinauf, höher als jeder Baum, höher als jeder Berg. Endlich hielten sie inne – so weit oben, dass Fim es nicht wagte, hinabzusehen.

»Du wurdest mit einer Gabe beschenkt«, stellte Zeran de Zel fest. »Du bist fähig die Tiere zu verstehen. Aber bist du dankbar dafür?«

Fim wusste nicht, was er sagen sollte. »Ähm, ja doch und nein. Es ist so schwierig, weil …«

»Weil du verstehst.«

Fim atmete erleichtert auf. »Genau.«

»Aber tust du das wirklich, Junge?«

»Ja.« Fim merkte selbst, dass eine Spur von Trotz in seiner Antwort lag.

»Soso.« Zeran schwieg. Nach einer Weile fragte er weiter. »Was hörst du jetzt, Junge?«

Fim runzelte die Stirn – was meinte der Alte denn? Sie waren viel zu weit oben um irgendwelche Tiere zu hören. Das Meer lag wie ein blauer Klecks unter ihnen und sogar für die Vögel war es hier zu hoch.

»Nichts«, sagte er leise. »Ich höre nichts.«

»Soso«, wiederholte der Magier. »Aber du glaubst doch, alles zu verstehen?«

Fim schwieg.

»Was hörst du?«, fragte Zeran erneut, aber Fim schüttelte nur hilflos den Kopf.

»Dann streng dich an.« Plötzlich klang die Stimme hart und unerbittlich.

Fim versuchte zu lauschen. » Ich höre … nichts!«

»Streng dich mehr an!« Leise, aber bestimmt.

Fim gab sich Mühe. Weit unter ihnen mussten die Wellen schwappen, doch kein Laut drang hier herauf. Kein Tier, kein Mensch.

»Dich?«, fragte Fim und glaubte eine kluge Antwort gegeben zu haben.

Aber Zeran de Zel lächelte nur. Schüttelte den Kopf. Und machte eine einzige kurze Handbewegung.

Die Säule aus Wasser fiel in sich zusammen. Mit einem Schrei und rudernden Armen versuchte Fim sich irgendwo festzuhalten, doch da war nur Luft.

Ein Wassermagier und der neue Lichtatmerkönig stürzten in die bodenlose Tiefe.

»Ihr stört meine Träume«, hatte Glorant de Grul gesagt. Doch das war nur der erste seiner Begrüßungssätze. Der zweite lautete: »Und dafür werdet ihr sterben.«

Damit hob er seine rechte Hand, so als wollte er nur den Gruß der Welle schlagen. Aber plötzlich flammte etwas zwischen seinen Fingern auf und ein Strahl aus komprimiertem Wasser zischte auf Berryl zu. Ein tödlicher Blitz aus zusammengedrücktem Meer schoss auf Berryls Herz zu, zu schnell, viel zu schnell, als dass der Doppelatmer hätte reagieren können. Er sah etwas Brodelndes auf sich zukommen, ein surrendes Aufblitzen, als Wasser durch Wasser glitt, eine peitschende Nadel, die auf seine Brust losstürmte und stechen wollte. Und dann war Großvater vor ihm, ein lebendiger Schild, der im Wasser aufragte, seine gelben Augen auf Berryl gerichtet, den Rücken, mit Algen und Seemoos bewachsen, dem Strahl aus grausamem Wasser darbietend wie ein Geschenk. Berryl sah, wie der Manta zusammenzuckte, er sah, wie der gewaltige Schlag Großvater traf. Berryl taumelte im Wasser zurück, während die rote Wolke vor seinem Gesicht plötzlich dick und schwer wurde, zäh und wie Nebel. Aber unter Wasser gibt es keinen Nebel, dachte Berryl. Für ein Blinzeln fragte er sich, wie er plötzlich so stark aus der Nase bluten konnte, und dann wurde es wieder heller um ihn, der Manta schlug mit den Flügeln wie ein verletzter Vogel, wie ein tödlich verletzter Vogel, dachte Berryl – und endlich erkannte er das dampfende Loch, das der Strahl aus Wasser in seinen Freund gerissen hatte, die Fleischfetzen am Rand der Wunde, das Blut, das sich sofort mit Wasser vermischte. Ein letztes Mal sah er in die Augen des Mantas. Gelb und warm. Und Berryl konnte ihn hören. Als Großvater starb, verstand der Doppelatmer ein einziges Mal die Sprache der Mantas. »Du bist«, sagte Großvater, »vielleicht nicht der König der Lichtatmer, Berryl. Aber du bist König. König deines eigenen Reiches. Herrsche. Herrsche mild. Und lausche den Meeren Aluas.« Großvaters Körper erschlaffte. Die Augen schlossen sich nicht, blickten immer noch gelb, aber jetzt für alle Zeit kalt durch die Wassernacht. Wie eine Feder vom Wind in den Himmel hinaufgeweht wird, so trieb der große Rochen, immer noch in eine Wolke von Blut gehüllt, nach oben.

»Mörder!«, brüllte Berryl und stürzte nach vorne.

Die Bewegung überraschte Glorant de Grul. Als Berryls Körper auf seinen traf, taumelte der Magier im Wasser zurück. Dieses ... Kind klammerte sich mit seinem vollen Gewicht an ihn – er schaffte es einfach nicht, seine Arme hochzureißen um die Magie zu beschwören.

Mit bloßen Händen drückte Berryl ihm den Hals zu. Seine Muskeln waren gewachsen, seine Finger hart geworden. Berryl hatte gegen Krebsmenschen gekämpft, war das Eismeer hinabgetaucht und hatte einen halben Schwarm Brüller aufgeschlitzt. Bei jedem anderen hätten diese Hände getötet, schnell und ohne Erbarmen. Er hätte auch Glorant de Grul erwürgen, ihm vielleicht sogar das Genick brechen können in seinem Zorn, wenn der nicht die Schutzaura um sich gewoben hätte. Die hielt den Druck von tausend Schwimmzügen Wasser aus und wurde, so stark sie auch sein mochten, leicht mit den Händen des Doppelatmers fertig.

Glorant lachte leise und Berryl verstand. Er ließ los, drehte sich hinter den Magier und umschlang ihn mit seinen Armen. Glorant zappelte wie ein gefangener Fisch in der Reuse, aber er konnte sich nicht befreien. Berryls Arme hielten ihn in diesem Augenblick mit der Kraft eines Mantas: Verzweiflung und Wut waren zu stark.

»Syme!«, keuchte Berryl und drehte den Magier in ihre Richtung. Immer noch umklammerten seine Arme Glorants Hände – wie bei den Krebsmenschen die Augen, so waren bei den Magiern die Hände ihre Schwachstellen. Waren sie außer Gefecht, blieb der Gegner hilflos. Diesmal gönnte sich Berryl ein Lachen.

»Zzzyme«, zischte Phosphor. »Deine Knochenlanze, schnell! Die Schutzaura ist nur für hohen Druck geschaffen. Nicht für den Zzzstich mit einer scharfen Waffe.«

»Ja«, sagte Berryl. »Beeil dich. Töte ihn.«

Syme richtete ihre Lanze auf Glorant de Grul, der immer verzweifelter versuchte sich aus Berryls Griff zu lösen. »Nein«, kreischte er. »Nein. Der Plan. Ihr könnt nicht gewinnen. Ihr … Kinder.«

Aber Syme zögerte. Sie sah tief in das wutentstellte Gesicht Glorant de Gruls. Direkt dahinter pendelte Berryls Kopf – auch seine Züge von der Anstrengung verzerrt. Syme erinnerte sich plötzlich, wie sie sich im Spitzwald der Felsen an Fim herangeschlichen hatte, mit der festen Absicht, ihn zu töten. Wie sie dann mit Berryl gekämpft hatte und auch ihn nicht verschonen wollte. Das war alles falsch gewesen. Und dieses Gesicht, Glorants wütende Fratze, das ihr so bekannt vorkam und vertraut … Sie blickte wieder Berryl an. Plötzlich wusste sie es. »Ich … ich kann nicht«, flüsterte Syme vom Tiefen Volk.

Fim stürzte. Voller Entsetzen starrte er auf einen weißen Kreis unter sich, der rasend schnell näher kam, und identifizierte ihn als den Nebelring. Er stürzte durch die Luft und neben ihm Zeran de Zel, auch er den Tod vor Augen, den Aufschlag auf der Wasseroberfläche, doch – Uma nein – der grinste ihn an! Formte mit den Lippen eine Frage, die der sausende Fallwind ihm aus dem Mund wegriss, aber Fim verstand, o ja, er verstand sie sehr gut: »Was hörst du?«

Bitte, bitte, bitte, flehte Fim lautlos. Was willst du denn? Was wollt ihr nur alle von mir? Erst Berryl, dann dieser dumme weiße Vogel, der ihm eine Gabe schenkte, die er doch gar nicht haben wollte.

Nichts. Nichts hörte er. Nur sein Herz wummerte wie ein Schwarm Brüller, nur ein einziger Schrei in seinem Kopf, ein immer tiefer stürzendes Nein! Nur Angst war da, Angst um sein Leben, das doch so lange gar nicht gedauert hatte, und Unglaube, denn Fim konnte das einfach nicht denken, dieser Zeran de Zel konnte sie doch unmöglich beide sterben lassen, nur weil Fim nicht das hörte, was er hören sollte; er wollte nicht, wollte nicht sterben und die Angst in ihm war so groß, sie passte gar nicht mehr rein in seinen Körper, sie würde aufplatzen, so wie er bersten musste in ein paar Atemzügen auf einem Wasser, das hart sein würde, noch härter als Stein. Er stürzte weiter und mit einem Mal wusste er es. Was hörte er? Was hörte er wirklich?

»Miiiiiiiiiiich!«, brüllte Fim.

Und Zeran de Zel verstand.

Zwei verwischte Handbewegungen später lagen sie nebeneinander in einer sanft schaukelnden Wiege aus Wasser, die sie zärtlich langsam nach unten brachte.

Fim war bleich. Sein Magen protestierte, seine Darmmuskeln schienen sich zu lockern.

»Das war die richtige Antwort, Fim vom Atoll der tausend Inseln«, sagte Zeran de Zel. »Du hörst zwar mich reden, aber du hörst nur dich selbst. Du verstehst die Tiere, doch wen verstehst du wirklich? Ich erzähle dir die Geschichte von Glorant de Grul und du erdreistest dich zu sagen: Ich verstehe. Niemand, Fim vom Atoll der Tausend, wird einen Glorant wirklich verstehen. Niemand wird mich wirklich verstehen, mich, Zeran de Zel. Noch nicht einmal dir selbst kannst du trauen, denn in dir schlummern mehr Leben, als du ahnst. Hast du denn gar nichts gelernt? *Einer, der eins und doppelt ist*, wie es auf der Tafel der Seher heißt?«

»Ja, ja«, stöhnte Fim. »Schon gut, ich habe .... äh ....« Fim schluckte. »Jedenfalls, ich glaube, ich habe die Lektion gelernt.«

Stille. Nur langsam beruhigte sich Fim. Eine Tauchmöwe flatterte vorbei und bettelte um Futter. Da grinste Zeran auf einmal. »Das ist gut. Möchtest du auch noch andere Lektionen lernen?«

Fim zuckte zusammen. Hieß das etwa ...?

»Du meinst ...«

»Ja. Ich glaube, du könntest ein fähiger Wassermagier werden. Wenn du möchtest, natürlich.«

»O Uma«, stöhnte Fim. »Langweilig wird mir hier auf jeden Fall nicht ...«

»Ich kann nicht«, wiederholte Syme und Berryl lockerte seinen Griff. Nur für einen winzigen Augenblick, aber lange genug für Glorant de Grul, der sich mit einem Ruck losriss, mit einer einzigen Handbewegung das

Wasser um Symes Knochenlanze zum Kochen brachte, sodass sie schmerzerfüllt aufschrie und die Waffe fallen ließ. Lange genug, dass jetzt er Berryl die Kehle zudrückte. Aber nicht mit seinen eigenen Fingern: Ein Ring aus Wasser schnürte sich um den Hals des Doppelatmers, drückte gleichzeitig die Hautfalten zu und verdichtete sich immer mehr. Berryl zappelte im Würgegriff der Wasserhand. Blut schoss ihm aus Mund und Nase. Phosphor stürzte sich mit einem wütenden Zischlaut auf den Wassermagier, wurde aber mit einem winzigen Krümmen des Zeigefingers weit fortgeschleudert.

Und nur Syme regte sich nicht – völlig bewegungslos trieb sie neben den Kämpfenden. Berryl konnte kaum noch atmen. Der Druck in seinem Kopf stieg unbarmherzig, sein Denken stotterte wild: Was war mit Syme? Großvater war tot. Wie konnte Syme ihn so im Sich lassen? Er hat Großvater getötet. Warum tat sie denn nichts? Berryl dachte noch, aber seine Gedanken schienen zu schrumpfen. Sie wurden immer kleiner; eine schwarze Wolke dehnte sich dafür in seinem Kopf aus und schluckte alles andere weg.

»HALT!«

Syme sprach nicht laut, doch die Autorität einer Königstochter lag so kraftvoll in ihrer Stimme, dass Glorant de Grul innehielt und sich zu ihr drehte.

»Was willst du?«, zischte er. »Du kommst noch früh genug dran.«

»Schau ihn dir an.« Syme deutete auf Berryl, der immer schwächer seinen Kampf gegen die Wasserschlinge um seinen Hals führte. »Was siehst du?«

»Ich habe keine Zeit für kindische Spiele. Ich sehe einen vom Tiefen Volk, dumm und arrogant wie der Rest.«

»Einen Dunklen mit Haaren auf dem Kopf? Ohne Rückenflosse? Bist du blind, Wassermagier?«

Glorant de Grul keuchte auf. Mit einer Handbewegung wirbelte er Berryl herum und starrte auf dessen Rücken. Glatt und leer.

»Und schau ihm ins Gesicht, alter Narr. Oder hast du schon so lange keinen Spiegel mehr benutzt?«

Fassungslos öffnete der Magier seinen Griff. Zuckend und schnappend, aber endlich frei trieb Berryl im Wasser. »Was soll das?«, flüsterte er.

»Das kann ... nicht sein.« Auch Glorant de Grul murmelte nur noch. »Er ist tot. Schon lange ... Bei der Geburt gestorben ...« Grob packte er erst Syme, dann Berryl am Arm und zerrte sie mit sich. »Der Wasserdruck wird lästig«, knurrte Glorant de Grul mit neuer Bösartigkeit. »Und bevor ihr mir hier verblutet, möchte ich Antworten hören.« Er schob die beiden wie Gefangene vorwärts, führte sie in die Kugel aus Wasser. Seine Heimat. Die Zuflucht Glorant de Gruls. Zischend schloss sich die runde Pforte hinter ihnen.

Brevert de Brest schoss durch das Meer. Zerteilt in Tausende winzige Tropfen ritt er auf Strömungen, machte sich Unterwasserstürme zunutze und flog mit unvorstellbarer Geschwindigkeit dahin. Der Sprung zehrte an seinen Kräften, aber seine Rache trieb ihn, auch die Sorge um Syme und Berryl, die Angst um Aluas Schicksal. Schnell wie ein Gedanke überquerte er Gebirge und Wüsten unter Wasser, Seegraswiesen, Wälder aus Kelptang und weite Korallendschungel. Endlich würde er Rache nehmen. Glorant de Grul würde sterben.

Immer schneller jagten die zersplitterten Teile von Brevert durch das Wasser – und sein Ziel kam näher. Er konnte Glorant spüren, so wie er im Nebelring die Schule der Magier spürte. Der Dunkle hatte sein Denken geblendet, hatte ihm mit einem einzigen machtvollen Spruch den Verstand geraubt, aber dabei auch eine Signatur in Quas Kopf hinterlassen: ein unsichtbares Band, das sich Brevert jetzt zunutze machte. Wie eine Angelleine rollte er diese Schnur ein und hangelte sich vorwärts. Schon war er am Tiefseegraben angelangt, den Syme und Berryl nur mithilfe von König Wal bezwungen hatten, schon raste er an Großvaters Leichnam vorbei, der starr und grausam verstümmelt neben ihm im Wasser trieb. Aluas Zorn!, dachten Tausende von Wassertropfen gleichzeitig – ich komme zu spät. Zu spät für diesen hier, zu spät vielleicht für Syme und Berryl. Für alles. Zu spät.

»Jetzt rede. Und ich rate dir: Rede gut.«

Im Innern der magischen Wasserkugel herrschte ein seltsames Dämmerlicht. Von außen drang das Licht der runden Wände herein, die sie vor dem Druck schützten. Und das Wasser, in dem sie jetzt trieben, schien … lebendig zu sein. Ein leises Raunen und Flüstern umfing sie, Gesichter bildeten sich aus dem Wasser, lächelten und verschwanden wieder, bleiche Gestalten huschten an ihnen vorbei. Aber als Syme eine von ihnen erhaschen wollte, ging ihre Hand hindurch. Geister? Projektionen im Wasser? Was war das hier?

Doch ihr blieb keine Zeit, darüber nachzudenken. Berryl noch viel weniger. Zwar war er dem entsetzlichen Würgegriff entkommen, hing jetzt aber in der

Umklammerung von Glorants Augen. Und die hielten ihn genauso unbarmherzig gefangen.

»Also«, herrschte der Wassermagier ihn an. »Wie heißt du?«

»Berryl.«

»Aber wer bist du?«

»Nur … eine Missgeburt.«

Glorant hob eine Hand, als wollte er ihn schlagen. »Du bist wirklich ein Doppelatmer?«

Berryl nickte grimmig.

»Zeig es mir!« Mit einer einzigen Bewegung drängte der Magier alles Wasser aus der Kugel hinaus. Dumpfe Luft erfüllte die magische Blase.

Ohne die geringste Regung im Gesicht beobachtete er den sich am Boden krümmenden Berryl. Schaute zu, wie er hustete und keuchte, Wasser ausspuckte und den Übergang vollzog. Erst als Berryls Brust sich regelmäßig hob und senkte, wetterleuchtete ein ungläubiges Staunen über sein Gesicht. »Es ist wahr«, flüsterte Glorant. »Wann … wann bist du geboren?«

»Ich weiß es nicht.« Berryl blickte von Syme zu dem Dunklen und wieder zurück. Das konnte doch alles nicht wahr sein. »Ich bin ein Findelkind.«

»Wo?«, brüllte der Magier dann. »Wo bei Aluas Zorn lebst du?«

»Auf einer kleinen Inselgruppe im Südmeer. Sie nennen es das Atoll …«

»… der Tausend?« Und als Berryl nickte, schwankte der Mann, der Großvater getötet hatte, der schuld war am Weißen Tod. Der die Krebsmenschen ausgeschickt hatte um das Tiefe Volk zu zerstören. Glorant de Grul schwankte nicht nur, er taumelte. »Was habe ich getan?«, flüsterte er. »Natürlich … dort, wo sonst? Sie hatte eine Schwester, ja. Wie war ihr Name, E…, ein E am Anfang – Eleni?«

Wieder nickte Berryl und Tränen schossen aus seinen Augen, wie vorher sein Blut aus Nase und Mund. Schluchzend starrte er diesen hundertfachen Mörder an, der sein Vater war.

Das Herz des Magiers brach entzwei. Alle Gefühle und Erinnerungen stürzten heraus – glitschig, verschrumpelt und zu lange im Dunkeln versteckt. Sie quollen hervor wie die Innereien eines aufgeschlitzten Fisches.

Und ein letztes Mal wurde die Geschichte Glorant de Gruls erzählt – diesmal von ihm selbst.

»Wo soll ich anfangen?«, begann der Magier stockend mit einem leer gewischten Gesicht, aus dem aller Hass und jede Wut gelöscht und in dem nur noch Trauer und Müdigkeit übrig waren. »Mit deiner Mutter, Berryl? Mit der Mutter aller Quallen? Mit mir selbst, dem jungen Königssohn?« Glorant de Grul starrte in eine Vergangenheit, die nur er sehen konnte. »Die Qualle, ja«, murmelte er. »Vielleicht begann alles mit der jungen Quallenmutter. Als junger Prinz Styrax, Sohn von König Brechnox, durchstreifte ich die Meere Aluas, reiste von den Feuerseen im Süden bis zum nördlichen Eismeer. Eine ruhelose Kraft trieb mich immer weiter und weiter. Wie lange ist das her? Fünfzig, sechzig eurer Jahre? Ein Leben …«

Berryl und Syme lauschten gebannt, wie Glorant de Grul bei einem dieser ruhelosen Streifzüge auf die junge Mutter aller Quallen gestoßen war. Ein Seebeben und Unterwassersturm hatten sie von ihrem Volk getrennt und der junge Styrax erkannte auf den ersten Blick ihr Potenzial. Er fing sie, sperrte sie ein und studierte sie. Erst in Höhlen auf dem Meeresgrund unweit Krylas, die nur er kannte, später in ganz Alua und schließlich hier, im tiefen Graben.

»Mutterquallen müssen gebären«, erklärte Glorant de Grul. »Doch diese hier kann nicht, so wie die alte Mutter im Eismeer nicht sterben kann. Aber Gebären liegt in ihrem Wesen. Also … benutzte ich sie.«

Wieder verstummte der Magier. Er hob die Hand und streckte die Finger. Kam näher heran an Berryls Gesicht. Er wollte ihn berühren, seinen Sohn, aber seine Finger zitterten. Nein. Er konnte es nicht.

»Jetzt gebiert sie für mich. Ihr habt ihre Kinder vorhin gesehen, die Geisterschemen und Bilder. Sie gebiert meine Träume und Sehnsüchte. Mein ganzes Leben lang begleitete mich die junge Mutterqualle und brachte meine Träume zur Welt. Sie war es auch, die mir meinen Weg als Magier zeigte. Jünger als jeder andere Bewerber wurde ich an der Schule der Magier aufgenommen. Und lernte, unterstützt von der Qualle. Lernte und wurde mit jeder Strömung mächtiger.«

Auf dem Höhepunkt seiner Macht schickten die Magier einen der ihren aus, um nach dem Ursprung einer Salzschwemme zu forschen, die Alua bedrohte: Brevert de Brest.

»Ich … ich hatte nie an die alte Quallenmutter gedacht. Mir wäre vielleicht nie klar geworden, welche Prozesse ich mit der Gefangennahme der Jungmutter in Gang setzte, wenn Brevert mir nicht von seinen Nachforschungen berichtet hätte. Schließlich erkannte ich die Zusammenhänge, das Salz, der Versuch der Quallenmutter, sich selbst zu vergiften. Aber ohne meine Mutter aller Quallen, ohne die Träume, die sie für mich in bunten Bildern zur Welt brachte, konnte ich schon längst nicht mehr leben. Ich versuchte Brevert de Brest auf falsche Fährten zu locken. Als das nichts nutzte, wartete ich auf ihn im Nordmeer und – blendete seinen Verstand.«

Berryl hörte der Erzählung seines – Vaters? – zu und nickte mechanisch. Bei jedem Nicken tauchte ein Gesicht auf, das dieser Mensch ausgelöscht hatte. Eine lange Kette, die mit Großvater endete. Berryl hatte Durst.

»Als ich zurückkehrte aus dem Eismeer«, setzte Glorant de Grul seine grässliche Beichte fort, »machte ich Halt auf dem Atoll der Tausend und traf dort deine Mutter, Berryl.« Glorant lachte höhnisch aus dem tiefsten Graben seiner Seele. Ein Graben, der noch tiefer lag als dieser gespenstische Ort hier, tausendundein Schwimmzüge unter dem Meer. »Kennst du«, fragte er, »die Geschichte von Octron und Lipara?«

Berryl nickte bloß.

»Nun, dann brauche ich nicht viel zu erzählen. Deine Mutter war eine wunderbare Frau, Berryl.« Wieder dieses grässliche Lachen. »Aber das sagen natürlich alle verliebten Narren. Ich, ein Wassermagier des Tiefen Volkes, verliebte mich in eine Lichtatmerin. Sie hatte eine Schwester.«

»Eleni?« Berryl machte die Augen zu und wieder auf. Aber diese schreckliche Vision eines Vaters stand immer noch vor ihm.

»Ja. Sie hasste mich von Anfang an. Ein kluges, aber

kaltherziges Weib. Doch sie ist unwichtig. Denn an meine eigene Klugheit und Kaltherzigkeit kam sie nie heran.« Glorant de Grul bückte sich und starrte den Doppelatmer mit zuckendem Gesicht an. »Ich war jung, Berryl, und einer der mächtigsten Magier von ganz Alua. Ich ... ich versprach ihr, dass ich einen Weg finden würde. Gott, ich hätte ihr alles versprochen, ich ...«

Aber als Brechnox von der Verbindung seines Sohnes erfuhr, verstieß er ihn aus Kryla. Voller Wut begann Glorant einen aussichtslosen Krieg gegen seinen eigenen Vater – eine Art Wahnsinn überfiel ihn. Danach zog er sich mit Berryls Mutter auf eine abgelegene Inselgruppe zurück, wo er all seine Fähigkeiten, die Kräfte der Mutterqualle und die Gabe seiner Magie einsetzte um einen Weg zu finden, dass sie und er wirklich zusammenleben konnten. Den Spruch der Umwandlung. Aber jeder Versuch misslang. Nichts fruchtete. Strömung um Strömung verfloss, die Jahre vergingen. Glorant de Grul versagte. Wurde älter. Er liebte die Lichtatmerin mit allem, was an Gefühl noch in seinem Körper steckte.

»Aber«, flüsterte er Berryl zu, »aber es war nicht genug. Sie ... sie starb nach vielen Jahren. Bei deiner Geburt.« Grul machte eine lange Pause, in der die schale Luft innerhalb der Kugel noch schlechter zu werden schien. »Irgendwie musste sie ihre Schwester erreicht haben. Denn als ich aus der Tiefe zu ihr zurückkehrte, fand ich sie tot. Und Eleni an ihrer Seite. Sie ... sagte mir, dass auch das Kind tot wäre. Ich ... ich glaubte ihr.«

»Das Kind war ich.«

Der Magier nickte stumm. Nur mühsam redete er weiter. »Danach befiel mich erneut der Wahnsinn. Ich suhlte mich in Rache gegen alles, in Tod und Verderben und zog mich hierher zurück, auf den tiefsten Punkt des Meeres. Und begann erneut zu forschen. Wenn ich das Leben deiner Mutter auch nicht retten konnte, wollte ich doch eine Wiederholung verhindern.« Das Lachen aus dem tiefen Graben seiner Seele. Das Gesicht verzerrt. »Welche Ironie! Scamander erlaubte sich einen grausamen kleinen Scherz auf meine Kosten. Denn ich entdeckte die Formel. Ich entwickelte den Spruch der Umwandlung. Aber zu spät. Zu spät.«

Berryl war durstig wie noch nie in seinem Leben. Fast musste er kichern. Hier kauerte er vor seinem Vater, einem mächtigen Magier und besessenen Mörder, der ihm eine unglaubliche Geschichte erzählte. Großvater, sein einziger wirklicher Freund, war nur noch ein Stück treibendes Fleisch im Meer, an dem wohl schon die Hyänenhaie herumzerrten. Und Syme, Syme mit den silbernen Schuppen und einer dicken Salzkruste auf den Lippen, stand mit ungläubig aufgerissenen Augen neben ihm. Trotzdem war das Einzige, was er spürte, dieser Durst. Er hätte die ganze Quelle des Thronsaals leer trinken mögen, aus sämtlichen Wolken des Himmels die Regentropfen saugen – immer noch wäre er durstig gewesen. Nur dieser Durst. Kein anderes Gefühl. Zu viel für mich, dachte er. Und trotzdem lauschte er weiter auf jedes Flüstern, das sein Vater von sich gab.

»Wieder verging Zeit.« Die Stimme Glorant de Gruls hatte sich verändert, leierte nur noch monoton. »Viel Zeit. Mein erstes Leben als Magierschüler und Kerkermeister der Qualle war nur noch Erinnerung. Mein zweites Leben mit deiner Mutter im Exil, lang und fast glücklich, ebenso. Und nun dieses dritte Leben: Jahr um Jahr brütete ich in dieser Blase aus Wasser und starrte in die Nacht der Tiefe. Und Trost finde ich nur in den Träumen, die mir die Quallenmutter schenkt.«

So durstig. Berryl war so durstig.

»Mit ihrer Hilfe«, machte Glorant weiter, »sehe ich deine Mutter wieder vor mir, ihr Lachen, ihre Liebe. Ich sehe uns wieder … und träume. So träumte ich lange und vergaß alles um mich herum. Die Strömungen flossen dahin. Ich wurde alt. Ich merkte es nicht. Krank. Mir war es egal. Ich träumte und mehr war mein Leben nicht wert. Ich träumte und irgendwann würden meine Halsfalten das Wasser nicht mehr einsaugen in meinen gedunsenen Körper und ich würde von einem Traum in den anderen wechseln. Nur manchmal erwachte ich und studierte den Prozess, den ich vor so langer Zeit in Gang setzte, als ich die junge Quallenmutter gefangen nahm: Die alte Mutter aller Quallen im Eismeer ertrug ihr Leben nicht länger. Sie produzierte Salz um sich zu vergiften. Aber sie ist ein riesiges Wesen – sie braucht viel Gift. Unmengen von Salz, das sich in den Meeren ausbreitet als Weißer Tod.«

Wieder machte Glorant de Grul eine lange Pause. Und lachte sein grässliches Lachen.

»Als ich begriff, dass ich bald sterben würde, kehrte mein Stolz zurück und meine Gier. Denn durch mein Handeln, durch einen Zufall der Götter war ich nicht mehr allein. Ganz Alua würde mich begleiten. Sollte mich begleiten. Zum Andenken an deine Mutter, Berryl.«

Und so hatte Glorant de Grul Zwietracht gesät. Den Prozess beschleunigt. Er setzte die Krebsmenschen auf das Tiefe Volk an und schmiedete Ränke. Auch einer Gruppe von Kindern hatte er Fallen gestellt, als sie es wagten, seine Pläne zu stören.

»Und jetzt, Berryl, was ist jetzt? Scamander ist noch ein größerer Spaßvogel, als ich dachte. Jetzt gehört mein eigener Sohn, den ich tot glaubte, zu dieser Gruppe von … Kindern.«

Wieder das Schweigen. Lange. Und dick wie die Luft um sie herum. Vater und Sohn starrten sich an.

»Verzeihst du mir, Berryl?«

»Ich …« Der Doppelatmer brach ab. Was verlangte dieses Monster in Gestalt eines Dunklen von ihm? Und er hatte doch nur Durst. Dieser schreckliche Durst. Nein. Niemals würde er … nie.

»Bitte, Berryl. Ich sterbe schon bald. Scamanders Zorn wird mich hinunterreißen und … Was ist das?«

Glorant de Grul hatte Tropfen entdeckt, die an der Wand aus Wasser entlangperlten und jetzt sogar eine kleine Pfütze bildeten. Das konnte nicht sein. Nichts von außen hatte die Kraft, hier einzudringen. Nur er selbst konnte die Kugel wieder fluten. Außer …

Die Pfütze wurde schnell größer. Bewegte sich. Streckte sich. Wuchs im Augenblick zu einer Gestalt heran, die ihre Hände tanzen ließ. Nein, kein Riss in der Wand.

»Scamanders Zorn, sagst du«, brüllte Qua, denn in diesem Moment war es nicht Brevert de Brest, der redete. Wut und Wahnsinn spritzten aus den Augen des alten Mannes. »Wie Recht du hast, Abtrünniger. Scamanders Zorn, ja. Und meine Rache. Die Rache des Tiefen Volkes, die sich heute gegen einen der unseren richtet. Du hast schon zu lange gelebt, Glorant de Grul.«

»Nein!«, rief Berryl.

Zu spät. Ein gebündelter Strahl aus Wasser züngelte aus Quas Händen, schoss durch die Kuppel und fand sein Ziel. Der gleiche Spruch, der Großvater zerfetzt und getötet hatte, vernichtete jetzt einen großen Magier Aluas.

Ohne jede Regung stand Glorant de Grul da, schaute auf seinen Sohn hinunter und schluckte den Schmerz. Schmerz war nicht wichtig. Er legte die Hand auf die Brust, dorthin wo früher, vor so vielen Strömungen einmal ein Herz gewesen war, wo seit langem nichts Warmes mehr pochte und nun nur noch ein sauber geschnittenes Loch war, blutend und schmerzend. Qua hatte gut gezielt. Aber Schmerz war nicht wichtig. Sein Plan war nicht mehr wichtig. Sein Leben ohnehin nicht. Glorant de Grul stürzte zu Boden. Spuckte Blut. Immer noch hielt er die Hand vor das Loch, das Quas Wasserzauber in seine Brust gerissen hatte. »Berryl!«, keuchte er.

Und Berryl kroch auf ihn zu. »Vater«, sagte er leise. Ein Wort, das er noch nie ausgesprochen hatte. Das er nicht verstand. Das er nur ahnen konnte.

»Ich … ein Geschenk. Das Einzige, das ich dir … jemals gegeben ….« Glorants Körper bäumte sich auf. Wieso lebte er noch? Wie konnte er noch sprechen? Berryl hörte zu: »Die Formel … der Spruch der Umwandlung. Du, wenn du willst, kannst … wählen. Missgeburt … hast du gesagt. Aber …« Wieder hustete der Wassermagier Blut. »Beeil dich. Schnell. Entscheiden … Du kannst sein, wer du … willst. Ich … verwandele dich. Aber schnell … wenig Zeit … dunkel. Wasser oder Licht?«

Berryl war wie erstarrt. Der Spruch der Umwandlung? Eine Erlösung aus seinem Doppelwesen? Dieser alte Mann mit einem Loch in der Brust größer als seine Faust

– konnte er ihn wirklich zu einem Lichtatmer machen oder zu einem vom Tiefen Volk?

»Entscheide dich …«, krächzte Glorant de Grul.

Und Berryl dachte an die letzten Worte eines Freundes. Ein einziges Mal hatte er den Manta verstanden und er wollte auf Großvaters Worte achten: *Du bist König deines eigenen Reiches. Herrsche, aber herrsche mild und gut. Höre auf die Meere Aluas.*

Berryl lauschte.

Ein ganzer Mond war seitdem vergangen. Einmal war das silberne Meer auf Aluas Nachtgestirn angeschwollen, bis es die gesamte Fläche bedeckte, dann wieder abgeflossen um eine leere schwarze Scheibe zu hinterlassen. Jetzt umspülte es wieder den vollen Mond in seiner ganzen Pracht.

»Und … du bist wirklich sicher?«, fragte Restella ihren Bruder.

»O ja. Ich habe hier viel zu lernen.« Fim grinste.

»Aber … du bist der neue König der Lichtatmer.«

»Wer sagt das? Derjenige, der die Große Perle der Wellen zurückbringt, wird auf den Thron gesetzt.«

»Aber …«

»Dass du nicht durch den Goldenen See geschwommen bist, verrate ich auch bestimmt niemandem.« Aus Fims Grinsen wurde ein Kichern. »Und wenn ich Lygart hier neben dir sehe, stimmt es wohl sogar, dass du jetzt eins und doppelt bist.« Das Kichern explodierte zu einem Lachen.

Auch Stella fiel mit ein. Nur der Wellenreiter brummte: »Kleiner Giftzwerg! Pass bloß auf, was du sagst!«

»Vorsicht«, brachte Fim mit Mühe und Not heraus. »Du sprichst mit einem zukünftigen Wassermagier.«

Jetzt musste auch Lygart grinsen.

Aber schließlich wurde Fim wieder ernst. »Du passt mir gut auf meine große Schwester auf, ja?«

»Versprochen!«, sagte Lygart und schlug den Gruß der Welle.

»Und du, Lygart? Hast du dir auch alles gut überlegt? Wird es dir nicht zu langweilig auf dem Atoll der Tausend? Und Ambrette wird das weite Meer auch nicht vermissen?«

Lygart schüttelte bedächtig den Kopf, sein rundes Gesicht strahlte. »Ich glaube nicht. Ambrette hat endgültig genug von unserem Nomadentum. Und auch ich selbst freue mich auf ein bisschen Sand unter den Füßen.«

»Ich verst…«

»Sag es und du lernst die Faust deines zukünftigen Schwagers kennen.«

Fim lachte schon wieder los. Umarmte seine Schwester. Restella und er hielten sich lange. Sie standen auf Ambrettes Floß, die Walhaut schwankte unter ihnen, die Schule der Magier leuchtete in hellem Licht.

»Mach's gut, kleiner Bruder.«

»Du auch, Schwester. Sei den Lichtatmern eine gute Königin.«

Wild kaute Stella auf einer Haarsträhne, zerquetschte eine Träne in den Augenwinkeln und nickte dann. »Viel Glück, Fim.«

»Euch auch. Und …« Fim schluckte schwer. »Und sag Berryl, dass er mich besuchen soll. Ich … ich glaube, wir sollten miteinander reden. Er ist doch zu Hause?«

»Ja. Qua …«, sie lächelte, »… Brevert de Brest, meine ich, sagt es jedenfalls. Berryl ist auf das Atoll der Tausend zurückgekehrt.«

»Gut. Grüße ihn von mir.«

Abschied.

Als das Floß der Wellenreiter die Magierschule hinter sich ließ, zehn schimmernde Kugeln, die nun einen neuen Schüler aufnahmen, als es in den Ring aus Nebel eintauchte, schob sich prustend eine Gestalt über die Kante.

»Qua!« Stella entschuldigte sich sofort. »Ich meine, sei gegrüßt, Brevert de Brest.«

Der alte Magier zog sich aufs Floß. »Ich dachte mir, ihr könntet einen Führer durch die Tarnkappe Scamanders gebrauchen!«

»Gerne«, lachte Stella.

»Und bitte nenne mich ruhig weiter Qua.«

»Warum?«

»Weil ich hoffe, dass er ein Teil von mir bleibt. Als Brevert de Brest habe ich zu viele Fehler gemacht. Meinen letzten erst vor einem Mond.« Er schwieg einen Augenblick und starrte in den Nebel, der sie umgab. »Nach rechts!«, rief er Lygart zu, der am Steuer saß. »Qua hat nie einen Fehler gemacht«, murmelte er dann.

»Was meinst du?«

»Na, hat er dich nicht schon immer Königin genannt? Hatte er nicht Recht? Denn du bist es, die mit der Perle der Quelle ins Atoll zurückkehrt.«

Stella lächelte. »Ja. Manchmal glaube ich, Qua war klüger, als alle dachten.«

Der mächtige Wassermagier nickte. Und sagte dann leise. »Das stimmt. Manchmal, manchmal vermisse ich ihn. Ich wünsche dir gute Strömungen dein Leben lang, Restella vom Atoll der tausend Inseln. Du hast viel für mich getan. Sagt Qua. Und Brevert de Brest.«

Abschied.

Berryl tanzte mit dem Meer. Er stand am Bug der Dschunke, die über das Wasser schoss, er spürte, wie die Wellen von dem großen Schiff zerschnitten wurden. Strömungen warfen unter ihm einen Schwarm Nervenfische herum und in der Brandung klirrten die Panzer kleiner Strandkrabben. Vor ihm lag das Atoll der Tausend. Er kehrte zurück, so wie er schon einmal hierher zurückgekehrt war: mit einem Boot, so schnell es schwimmen konnte. Aber kein Fim lag im Einbaum, der vom Gift der Peitschenigel gelähmt war. Berryl sah die Inseln auf sich zukommen, die ihm gleichzeitig so vertraut und so fremd waren, und dachte an den letzten Mond. Sein Vater. Glorant de Grul. Die Verwandlung, die ihn zu etwas Neuem gemacht hatte, mit dem er noch nicht richtig zurechtkam: Er war kein Doppelatmer mehr. Er hatte von seinem Vater nur ein einziges Geschenk bekommen – aber was für eines. Vielleicht das wichtigste seines Lebens. Vielleicht.

Glorant de Grul hatte die magische Bewegungen ausgeführt, hatte Berryl verwandelt und war gestorben. Ohne ein weiteres Wort. Mit Quas Hilfe hatten sie die neue Mutter der Quallen gefunden und ins Eismeer gebracht. Endlich würde die alte Quallenmutter ihre Ruhe finden. Noch lange würden die Meere Aluas brauchen um das Gleichgewicht wiederherzustellen, aber der erste Schritt war getan.

Und jetzt stand er hier und tanzte. Kehrte zurück auf das Atoll der Tausend.

»Willst du das wirklich tun?« Syme stand neben ihm und berührte sanft seinen Arm.

»Ich muss es tun.« Berryl lächelte. Das größte Geschenk. Vielleicht wirklich die Umwandlung zu einem vom Tiefen Volk durch seinen Vater. Er schaute Syme an. Vielleicht auch nicht.

»Wie hell mir die Sonne jetzt vorkommt. Und an die Rückenflosse kann ich mich nur schwer gewöhnen.«

»Aber dein Leuchtauge ist praktisch. Wirst schon sehen.« Sie lachten. »Und ich bin froh, dass deine Haare nicht verschwunden sind.«

Berryl nickte grinsend. »Da ist wohl ein kleiner Fehler passiert. Dein Vater war jedenfalls nicht begeistert.«

»Reglion wird sich daran gewöhnen müssen.« Wieder berührte sie ihn sanft. »Ich glaube, ich verlasse dich jetzt. Dieses hier musst du alleine tun.«

Berryl nickte und blickte mit seinen neuen Augen auf das Atoll der Tausend. »He-hoo!«, brüllte er laut, noch bevor man ihn hören konnte. »He-hoo, Eleni, holt Eleni!«

Und bald schallten die Rufe von den Inseln. »He-hoo.«

Als Berryl von der Dschunke sprang und den Strand erreichte, stand sie da. Zitternd vor Alter oder Wut.

»Du bist also zurückgekehrt, Findelkind. Du weißt, was das bedeutet.«

Berryl lächelte sie an und schüttelte den Kopf. »Kein Findelkind, Heilerin. Und du weißt es? Was es bedeutet, dass ich wieder hier stehe?«

Starr blickte Eleni ihn an.

»Du hast keine Macht mehr über mich. Aber deswegen bin ich nicht hier. Du bist die Schwester meiner Mutter und hast ihr nie vergeben, dass sie mit einem vom Tiefen Volk fortging. Auch deshalb bin ich nicht hier.«

»Was willst du?«, fragte die Heilerin barsch, aber ihre Mundwinkel zuckten.

»Du wirst es nicht begreifen. Mich bat jemand um Verzeihung und ich habe geschwiegen. Ich zögerte zu lange. Bald werde ich einen Freund besuchen, der jetzt der Schule der Magier beigetreten ist. Ich werde ihn um Entschuldigung bitten. Ich bin hier, weil ich gelernt habe, dass man zu lange zögern kann. Ich bin hier um zu sagen: Ich verzeihe dir, Heilerin Eleni.«

Abschied.

Phosphor war der einzige Gast. Schade, dachte er, das hätte Berryl gewollt. Aber Rochen waren eigenwillige Tiere. Sie mochten niemanden vom Tiefen Volk dabeihaben, wenn sie einen der ihren in die letzte Strömung begleiteten.

Hunderte von Mantas drängten sich so eng aneinander, dass sie sich berührten, schlugen ihre mächtigen Flügel in einem synchronen Tanz und trugen in einer großen Spirale Großvater in die Dunkelheit. Ein stiller, machtvoller Abschied. Immer tiefer sanken die gewaltigen Tiere, bis eines nach dem anderen sich löste, wie ein gewaltiger Vogel unter Wasser abschwenkte, bis der Teppich aus Rochen auseinander fiel und nur noch ein Körper übrig blieb, reglos, sinkend, leuchtend.

»Leb wohl, Grozzzvater«, zischte Phosphor. Dann schlängelte sich der Leuchtaal weiter. Er hatte noch so einiges zu tun. Jetzt, wo auch dieser Berryl hier war, brachte sich das Mädchen bestimmt in noch größere Schwierigkeiten. Da konnten zwei durchsichtige, aber wachsame Augen wirklich nicht schaden.

Das Ende einer Geschichte, überlegte Phosphor, ist wie die Zeit des Jahreswechsels: Man blickt zurück und versucht die losen Enden zusammenzuknüpfen.

Und schaut in die Zukunft.

Inhaltsverzeichnis

Erste Welle: Von der Dunkelheit …

Zweite Welle: … ins Licht